다문화시대의 민족문학

한국문학연구총서 01

다문화시대의 민족문학

2015년 8월 20일 1판 1쇄 인쇄 / 2015년 8월 25일 1판 1쇄 발행

지은이 강정구 / 펴낸이 임은주
펴낸곳 도서출판 청동거울 / 출판등록 1998년 5월 14일 제406-2011-000051호
주소 (10881) 경기도 파주시 문발로 115 (파주출판도시) 세종출판벤처타운 103호
전화 031) 955-1816(관리부) 031) 955-1817(편집부) / 팩스 031) 955-1819
전자우편 cheong1998@hanmail.net / 네이버블로그 청동거울출판사

책값은 뒤표지에 있습니다.
잘못 만들어진 책은 바꾸어 드립니다.
지은이와의 협의에 의해 인지를 붙이지 않습니다.

First published in Korea in 2015 by CheongDongKeoWool Publishing Co.
Printed in Korea.

ISBN 978-89-5749-177-5 (93800)

이 도서의 국립중앙도서관 출판시도서목록(CIP)은 서지정보유통지원시스템 홈페이지
(http://seoji.nl.go.kr)와 국가자료공동목록시스템(http://www.nl.go.kr/kolisnet)에서
이용하실 수 있습니다. (CIP제어번호: CIP2015024295)

한국문학연구총서 01

다문화시대의 민족문학

강정구 지음

청동거울

| 머리말 |

이 책은 필자가 '신경림 시의 서사성 연구'라는 제목으로 박사학위논문을 진행할 때에 생긴 문제의식의 연장선에 있다. 신경림의 시가 저항적·진보적 민족문학의 경향으로 해석·논의되어온 기존 연구사를 넘어서려고 한 박사학위논문의 의도는, 학위 수여 이후에 1970년대 진보적 민족문학론을 다시 읽기 위한 노력으로 이어졌다. 필자가 보기에, 이른바 창비 세대로 대표되는 진보적 민족문학론자들은 과거와 당대의 주요 텍스트들을 진보적이고 저항적인 경향으로 단수화·일의화시키면서 오늘날 우리가 알고 있는 민족문학적인 인식틀(episteme)을 만든 자들이었다. 이러한 행위는 나름의 시대적인 의미를 띠는 것이었지만, 텍스트들과 당대 현실의 해석을 획일화시켰다는 점에서는 보수적 민족주의자들의 사유구조를 그대로 반복하는 것에 다름 아니었다.

이 책의 1부 '민족문학적인 인식틀의 형성'에서는 진보적 민족문학론자들이 민족문학의 전통과 민중의 개념을 어떻게 형성했는가 하는 문제의식을 지녔다. '평민문학'이 만들어진 전통이라는 것(「평민문학의 전통화와 민족문학적인 글쓰기의 재창조」), 그리고 민중 개념이란 진보적 민족문학론자들의 욕망이 복잡하게 교차하면서 형성된 산물이라는 것(「진보적 민족문학론의 민중 개념 형성론 보론」) 등의 논의는, 진보적 민족문학론자들이 1970년 전후에 자신들의 논리를 형성했던 현장을 살펴본 것이었다.

이어 2부에서는 백낙청 선생이 주창했던 '민족문학=근대문학=리얼리즘'이라는 진보적 민족문학론의 핵심구도를 비판하고 성찰했다. 1970년대 현실비판적인 경향의 문학을 진보적 민족문학의 틀 속에 가두었던 진보적 민족문학론자들의 논리를 탈-이항대립적이고 탈-민족주의적으로 다시 읽었고(「1970년대 민중-민족문학의 저항성 재고(再考)」), 리얼리즘을 현실의 적확한 반영이 아니라 환상프레임에 의해서 구성된 결과물로 봤으며(「리얼리즘에 대한 창비 세대의 태도」), 진보적 민족문학론자들의 근대 인식을 이항대립적인 시선으로 획일화·고착화시킨 것으로 검토했다(「1970~90년대 민족문학론의 근대성 비판」). 아울러 필자는 이러한 검토의 연장선에서 진보적 민족문학으로 읽혔던 1970년대 이후의 두 텍스트들을 다시 해석했다(「종교문화적인 갈등으로 바라본 신천학살사건—황석영의 장편소설 『손님』론」, 「박영근 시의 탈식민주의적인 고찰」).

3부에서는 최근 들어 활발히 제기되었던 다문화 시대의 문학 논의도 민족주의의 과잉과 밀접하게 관련되고 있음을, 나아가서 그러한 민족주의적인 접근을 넘어서야 한다는 점을 살펴봤다. 우리 사회에서 다수집단과 소수집단이 이미 혼성되어가고 있다는 것(「다문화사회에 대한 시적 구현 양상」), 문화적 소수자를 피억압집단으로 규정 짓지 말고 다층적인 양상을 지님을 살펴보자는 것(「2000년대 한국문학에 나타난 문화적 소수자의 재현 양상 연구」), 탈북이주민을 남한의 시각으로 쉽게 재단할 수 없다는 것(「탈북이주민(脫北移住民) 문화의 시적 수용—탈북이주민 시의 개념과 특질을 중심으로」), 또한 다수자 중심의 다문화교육이 필요하다는 것(「대학생 대상의 다문화교육 일 고찰—문학교육을 중심으로」) 등이 그 사례가 됐다.

필자의 고민은 여전히 누가 어떻게 민족주의를 넘을까 하는 주체와 방법에 놓여 있다. 책을 엮고 보니, 한국연구재단 등재지에 한 십여 년 매달려 발표·게재한 이 11편의 고민들이 다시 문제(pro-blem)가 되어 눈앞에 있다. 이것이 연구의 딜레마이자 추동력이 아닐까 생각된다. 이런 의미에서 이 책은 한 연구의 종결이면서도 새로운 시작이다. 이 '새로운'과 '시작' 사이에는 적지 않은 현실적인 고민들이 숨어 있다. 우리 사회의 변화와 전망, 그리고 생계와 진로에 대한 개인적인 고민들까지. 이러한 고민들을 붙잡고 있는 것이 학자의 행복이라면, 나는 행복한 자일 것이다. 이 책을 출판하면서 편집체제 상 부득이하게 「리얼리즘에 대한 창비 세대의 태도」와 「다문화사회에 대한 시적 구현 양상」을 평론집 『문학과 서정의 이면』에서 다시 가져왔음을 독자들은 양해 바란다. 이 책이 나오게끔 음양으로 도와주고 격려해 준 아내 임옥신은 정말 평생을 함께 가야 할 동지이자 연인이다. 고맙다.

2015년 8월, 천장산 아래에서

강정구

| 차례 |

제1부 민족문학적인 인식틀의 형성

평민문학의 전통화와 민족문학적인 글쓰기의 재창조
진보적 민족문학론의 민중 개념 형성론 보론

평민문학의 전통화와 민족문학적인 글쓰기의 재창조

1. 서론

이 논문에서 제기하는 문제는 1970년대의 진보적 민족문학진영에서 평민문학을 민족문학의 전통으로 만들고 계승하는 양상이 어떠한가하는 것이다.[1] 이러한 문제제기는 평민문학이 유구한 역사를 지니고 면면

---

1 이 논문에서 말하는 1970년대의 진보적 민족문학진영이란 보수적 민족문학진영에 맞서서 민중-민족주의를 지향하는 문학을 주창했던 백낙청, 임헌영, 염무웅, 김지하, 신경림 등의 문인 그룹을 뜻하는 용어이다. 이 때 민중-민족주의라는 개념은 1970년대 박정희의 국가-민족주의에 대항하여 한국민족주의운동의 과제인 민족자주(반(反)식민 · 반(反)외세), 민주주의, 평화통일을 지향하는 변혁주체를 민중으로 삼는 민족주의를 뜻하는 것으로 규정하고자 한다(박한용, 「한국의 민족주의」, 『정신문화연구』 77호, 한국학중앙연구원, 1999.겨울호, 17~22쪽 참조.). 보수적 민족문학진영에서는 민족문학이 고전적 · 신화적인 성격을 띤다고 지지하거나(김상일, 「민족문학의 기원」, 『월간문학』 1970.10; 문덕수, 「고전문학과 민족의식」, 『월간문학』 1970.10; 이형기, 「민족문학이냐 좋은 문학이냐」, 『월간문학』 1970.10, 참조), 국수주의적인 성격을 보인다고 비판한 바 있었다(김현, 「민족문학, 그 문자와 문학」, 『월간문학』 1970.10, 참조.). 이러한 주장들에 대해 진보적 민족문학진영에서는 민족문학이 민중적 · 저항적인 성격을 지녀야 함을 강조한 바 있다(임헌영, 「민족문학에의 길」, 『예술계』 1970. 겨울.; 염무웅, 「민족문학, 이 어둠속의 행진」, 『월간중앙』 1972. 3.; 백낙청, 「민족문학개념의 신전개」, 『월간중앙』 1974. 7; 김지하, 「풍자냐 자살이냐」, 1970, 『민족의 노래 민중의 노래』, 동광출판사, 1984에 재수록; 신경림, 「문학과 민중」, 『창작과비평』1973. 봄호, 『문학과 민중』, 민음사, 1977에 재수록, 참조.).
또한 본 논문에서 사용하는 평민문학이라는 개념은 평민이 주로 창작하거나 향수한 문학을 뜻하는 것으로, 그리고 평민이란 귀족 · 양반에 대립된 계층적인 용어로 규정하기로 한다. 원래 평민이라는 용어는 『서경』에서 '평선지인(平善之人)' 곧 '양선지민(良善之民)' 혹은 '양민'의

히 계승되어 온 오랜 전통이라기보다는, 진보적 민족문학진영의 민중-민족주의라는 핵심 목적을 위해 변용과 재창조되는 과정을 거쳐 당대에 만들어진 새로운 전통임을 증명하고자 하는 목적을 지닌다. 좀 더 분명히 말하면 평민문학이 민족문학의 전통으로 재배치되고 민족문학적인 글쓰기에 내용적 · 형식적인 영향을 끼치는 과정은, 다분히 민중-민족주의라는 정치적 · 문화적인 이데올로기와 밀접하게 관련되어 있음을 검토하고자 하는 것이다.[2]

이러한 문제를 해명하기 위해서는 진보적 민족문학진영에서 평민문

뜻으로 사용되었다가, 조선 시대에 와서는 반상중서(班常中庶)의 신분질서 속에서 상적(常的) 존재 곧 일반 백성으로 지칭되었으며(윤재민, 「「중인」 · 「평민」 · 「위항」의 개념한계」, 『어문논집』 27호, 1987, 참조.), 근대에 들어 와서는 안확 · 문일평 · 구자균 등에 의해 양반 · 귀족에 대립된 계층적인 개념으로 사용된 바 있다. 이 때 평민문학 개념은 일반 상민보다 교양이 높았던 서리 · 중인 · 서류의 문학인 위항문학과 상민 · 천민의 문학을 통칭하는 것으로 이해되고, 그 구체적인 장르로는 시조문학과 중인층의 한문학으로 논의되거나(구자균, 『조선평민문학사』, 문조사, 1949, 참조.), 혹은 양반 · 귀족문학이 아닌 거의 모든 문학, 즉 구비시가 · 향가 · 고려가요 · 사설시조 · 판소리소설 등으로 검토되었다(정복규, 「한국 평민문학의 개념」, 『어문논집』 14~15집, 민족어문학회, 22쪽 참조.). 이러한 계층적인 용어 규정과는 달리 저항적인 성격의 용어로 논의된 경우도 있었는데, 이 논문에서 문제 삼고자 하는 진보적 민족문학진영의 평민문학 개념이 그런 경우이다. 이 경우의 평민이란 정창렬에 의하면 "경제적 자립성을 강화하고 가(家)로서의 인간관계를 성립 · 안정화시키고 농민적 토지 소유를 실현시키려는 사회경제적 실체에 어울리는 새로운 존재형태를 추구하는 민"(정창렬, 「백성 · 평민 · 민중」, 『역사비평』 74호, 2006.2, 277~278쪽.), 즉 조선시대 민란에서 보이는 저항적 · 자각적인 백성 개념이며, 그런 맥락에서 평민문학이란 저항적인 문학, 비판적 · 대항적인 성격의 민요 · 판소리 · 사설시조 · 탈춤 등이 된다. 본 논문에서는 이러한 저항적인 평민문학이 민족문학의 전통으로 만들어지고 계승되는 동인인 민중-민족주의를 비판적으로 살펴보고자 한다.

2 이 논문에서 민족문학적인 글쓰기라는 용어는 1970년대의 진보적 민족문학진영에서 판소리와 민요 등의 평민문학 장르를 활용한 글쓰기를 지칭한다. 본 논문에서 살펴볼 글은 김지하의 창작판소리 「오적」류(「비어」, 「오행」, 「앵적가」, 「똥바다」, 『오적-김지하 담시전집』, 솔, 1993), 그리고 신경림의 민요시 「목계장터」류(「어허 달구」, 「백화」, 「옥대문」, 「각설이」, 「돌개바람」)와 민요풍의 장시 「새재」(신경림, 『새재』, 창작과비평사, 1979)이며, 경우에 따라서는 1980년대에 지어진 신경림의 시 「씻김굿」, 「소리」, 「달넘세」, 「열림굿 노래」, 「승일교 타령」(신경림, 『달넘세』, 창작과비평사, 1985)과 장시 「남한강」과 「쇠무지벌」 (『남한강』, 창비, 1987)을 참고하기로 한다. 창작판소리 혹은 근대적인 판소리란 "춘향가, 심청가, 홍보가, 수궁가, 적벽가의 5바탕을 제외하고 20세기 이후에 새롭게 만들어진 모든 판소리"(김연, 「창작판소리 발전 과정 연구」, 『판소리연구』 24집, 판소리학회, 2007, 참조.)를 뜻하고, 판소리란 춘향가, 심청가, 홍보가, 수궁가, 적벽가의 5바탕을 지시하기로 한다. 또한 민요시란 민요를 활용한 것으로 이해되는 근대시를 이르는 다소 포괄적이고 막연한 명칭으로, 그리고 민요란 "민중의 생활감정과 생각을 진솔하게 표현"한 노래라는 뜻으로 이해하고자 한다(박경수, 『한국민요의 유형과 성격』, 국학자료원, 1998, 157~158쪽 참조.).

학을 전통화하고 그러한 전통 아래 민족문학적인 글쓰기를 시도하는 과정을 검토해 볼 필요가 있다. 특히 이러한 과정은 홉스봄(E. Hobsbawm)의 사유를 참조하면 판소리, 민요, 무가, 탈춤 등의 평민문학이라는 "낡은 재료들을 이용"하여 민중-민족주의라는 "새로운 목적을 겨냥한 새로운 유형의 만들어진 전통"이 되는 것이다.[3] 다시 말해서 평민문학은 그 장르가 역사적으로 쇠퇴한 이래로 나름대로 민간적인 차원의 계승이 있었음에도 불구하고,[4] 1970년대의 진보적 민족문학진영에서는 민중-민족주의의 문학적인 구현이라는 일관된 목적 아래 계승해야 될 전통으로 전유하고 민족문학담론에 새롭게 배치한 것이다. 이러한 재배치의 지점을 포착하고 성찰하는 일은, 평민문학을 민중-민족주의적인 시각으로 바라봤던 진보적 민족문학진영의 사유를 비판적으로 성찰하여 그 개념의 다양성을 개방하는 것이 된다는 점에서 중요한 의미가 있다.

지금까지의 연구사는 진보적 민족문학진영에서 평민문학의 전통을 계승했다는 점에 대해서는 별다른 이의를 제기하지 않았다. 평민문학에 대한 학문적인 관심은 1940년대부터 있어 왔는데, 주로 반(反)귀족적이라는 특성이나 그 개념을 설명하는 데에 집중되었다. 평민문학에 대해서 구자균이 양반문학에 대비되는 해학성(諧謔性)·색정파(色情派)·취락사상(醉樂思想)이라는 특성이 있음을 주장한 뒤, 그의 후학들은 어휘·문

3 홉스봄은 내구성과 적응력을 지닌 진정한 전통과 20C 들어 민족주의라는 목적으로 창조된 전통을 구분하는데(E. Hobsbawm 외, 박지향·장문석 역, 『만들어진 전통』, 휴머니스트, 2004, 참조.), 이러한 그의 논의는 진보적 민족문학진영의 전통론을 검토하려는 본 논의의 방법론으로 활용될 여지가 많다. 본 논문에서는 평민문학이 전통화되고 계승·발전되는 과정에 나타난 민중-민족주의의 영향을 검토하고자 하기 때문이다. 우선 평민문학이 민족문학으로 재배치되는 논리를 분석한 뒤(2장), 창작판소리와 민요풍의 민족문학적인 글쓰기로 계승·발전되는 과정을 이야기(story)와 담화(discourse)로 나누어 살펴보고자 한다(3장). 이 때 이야기와 담화란 시모아 채트먼(S. Chatman)의 서사구조론을 참조한 것이다. 이야기란 사건들(행위(actions), 사고(happenings))과 존재물들(인물들, 배경)을, 그리고 담화란 장르에 따라 표현과 내용이 전달되는 수단을 뜻한다(S. Chatman, 김경수 역, 『영화와 소설의 서사구조』, 민음사, 1999, 15~29쪽.).

4 판소리와 민요 등의 평민문학은 진보적 민족문학진영이 관심을 보이기 이전에도 민간적인 차원의 계승이 나름대로 있어왔다.

체·사상 면에서 양반·귀족문학과 대조·구별되는 평민문학적인 특성을 폭넓게 파헤쳤다.[5] 또한 위항문학이나 중인문학 사이에서 발생한 개념적인 혼란이 문제시되기도 했다.[6] 이러한 과정을 거치면서 1970년대에 오면 평민문학의 장르적인 지평이 어느 정도 정립되었다.

1970년대의 논의에서 주목해야 할 점은 평민문학이 근대적이거나 민중적이라는 근대문학적인 특성을 지닌 것으로 언급되었다는 사실이다. 1970년대 초반의 국문학계에서는 식민주의 극복이라는 문제가 중요한 화두로 떠올랐는데, 이러한 문제를 해결하기 위해서는 자생적인 근대문학 혹은 민족문학을 국문학 내부에서 찾아야 하는 과제가 제기되었던 것이다. 이 때 실학파 문학과 함께 판소리·민요·탈춤 등의 평민문학은 좋은 사례가 되었다. 영·정조 시대의 평민문학에 대해서 김현·김윤식은 그 사회 "자체 내의 모순을 언어로 표현"한 근대적인 장르임을 강조한 바 있었고,[7] 진보적 민족문학진영에서는 반(反)봉건적·민중적인 근대 민족문학의 형태임을 역설했다.[8] 평민문학을 근대적·민중적인 민족문학으로 보는 이러한 시각은 이후 1980년대를 거치면서 일종의 시대적인 인식틀로 굳혀져 갔는데,[9] 그 과정에서 아쉬운 점은 평민문학을 너무 쉽게 민중적·저항적·비판적인 문학으로 단수화하는 태도였다.

---

5 구자균, 「한국고전문학의 특질」, 『현대문학』 1955.9.; 정재호, 「평민시조의 일고찰」, 『어문논집』 14~15집, 민족어문학회, 1973; 유균상, 「어휘면으로 본 『춘향전』」, 『어문논집』 14~15집, 민족어문학회, 1973; 성광수, 「『춘향전』에 대한 문체론적인 고찰」, 『어문논집』 14~15집, 민족어문학회, 1973;인권환, 「『토끼전』의 서민의식과 풍자성」, 『어문논집』 14-15집, 민족어문학회, 1973; 박을수, 「시조의 평민문학성 고찰」, 『우리문학연구』, 우리문학회, 1976.4; 심여택, 「시조문학의 특성—귀족성과 평민성」, 『한국언어문학』 15집, 한국언어문학회, 1977, 참조.

6 허경진, 『조선위항문학사』, 태학사, 1997; 윤재민, 「중인문학의 개념과 성격」, 『한국한문학연구』 17집, 한국한문학회, 1994, 참조.

7 김현 · 김윤식, 『한국문학사』, 민음사, 1973, 20쪽.

8 평민문학에 대해서 김지하는 "중세 평민문학의 핵이라 할 수 있는 해학과 풍자"가 "국민문학 건설에 기여"할 수 있다고 했고, 염무웅은 "근대적인 민족문학의 완전한 모습에 가까이 접근" 했다고 했다(김지하, 「민족의 노래 민중의 노래」, 민족학교 강연초록, 1970.11.4,, 김지하, 『민족의 노래 민중의 노래』, 동광출판사, 1984, 200쪽에서 재인용; 염무웅, 「민족문학, 이 어둠 속의 행진」, 『월간중앙』 1972.3, 102쪽.).

이러한 단수화한 태도를 벗어나기 시작하는 것은 2000년대 들어서였다. 이 시기에는 민중적·저항적·비판적인 시각에서 벗어나서 평민문학을 다시 보고자 하는 시도가 하위장르 별로 간헐적으로 나타났다. 기존의 판소리 논의에 대해서 정충권은 "하층 민중의 의식을 지배층을 향한 피지배층의 대항적 담론으로 단일화하는 문제점"이 있음을, 박승희는 "다양한 장르적 포용성과 예술적 포괄성으로 인해 다양한 관점"이 있음을 지적했다. 평민시가에 대해서 성호경은 주조는 남녀문제·사랑·향락·연정·신세한탄이며 "풍자 등에 의한 '현실비판'은 뚜렷이 나타나지 않는 편"임을 밝힌 바 있었다.[10] 이러한 연구사의 맥락에서 볼 때, 평민문학의 전통화 과정과 그 속에 숨어 있는 민중-민족주의를 파헤쳐서

9 평민문학이 근대적·민중적인 민족문학이 되는 과정을 다소 거칠게 일괄하면, 판소리·민요·탈춤·무가·설화 등의 장르를 대상으로 하여 그 속에 있는 정치적·사회적인 의식이 비판적·저항적인 민중의식에 가까움을 주장하는 것이 된다. 그 대표적인 논자들과 논의는 다음과 같다. 임진택은 판소리가 "민족적이고 민중적인 것, 그것이야말로 우리 시대가 완수해야 할 문화적 대변혁을 향한 필연적인 과정이자 목표"라고 했고, 최원식은 "평민예술의 형식과 구라파적 형식을 동시에 포괄하면서 동시에 극복하는 데서 진정한 민족형식의 원리가 수립"된다고 했으며, 백원담은 '「멍석말이열두마당이야기」'에는 "민중이 그 상황자체의 변혁을 필연적으로 요구하게 되는 전체성이 총괄적으로 구현"된 "민중문학의 원초적 구조"가 있음을 주장한 바 있었다. 또한 김도연은 "시놀이는 노래운동·시낭송·마당굿·회화 등과의 결합을 통한 일종의 노래굿"이라고 그 의의를 강조했으며, 채광석은 몇몇 시인들의 작업에 대해서 "전통적 평민예술에 대한 천착은 시에 있어 민요·평민가사 등의 비교적 광범한 창조적 수용으로 번져나갔는가 하면 마당굿을 70년대 민중문화운동의 주역으로까지 전개시키는 결실"을 맺었다고 주장했다(임진택, 「살아 있는 판소리」, 백낙청 외, 『한국문학의 현단계 II』, 창작과비평사, 1983, 342쪽; 최원식, 「민족문학론의 반성과 전망」, 김병걸·채광석 편, 『역사, 현실 그리고 문학』, 지양사, 1985, 209쪽; 백원담, 「인간해방의 정서와 의지의 형상화」, 김병걸·채광석 편, 『민족, 민중 그리고 문학』, 지양사, 1985, 23-24쪽.; 김도연, 「장르 확산을 위하여」, 김병걸·채광석 편, 『민족, 민중 그리고 문학』, 지양사, 1985, 254쪽;채광석, 「시를 생각한다」, 김병걸·채광석 편, 『역사, 현실 그리고 문학』, 지양사, 1985, 256쪽.).
평민문학을 근대적·민중적 민족문학으로 여기는 태도는 80년대 중반 이후에도 국문학계에서 지속되었다. 대표적인 몇몇 논문은 다음과 같다. 안종범, 「한국민요에 나타난 풍자성 고찰」, 『어문논집』 21집, 중앙어문학회, 1989.12; 황재군, 「임·병란 후 평민의식과 시가문학 연구」, 『어문연구』 83집, 한국어문교육연구회, 1994; 최운식, 「한국 근대민요에 나타난 항일의식」, 『비평문학』 15호, 비평문학학회, 2001.7, 참조.

10 정춘권, 「판소리 문학에 나타난 사회적 상상력과 기괴」, 『국어국문학』 146호, 국어국문학회, 2007.9, 111~112쪽.; 박영주, 「판소리의 언어예술적 특성과 미학」, 『국어국문학』 145호, 국어국문학회, 2007.5, 78쪽.; 성호경, 「조선후기 '평민시가'의 시적 초점과 창작원리」, 『어문학』 105집, 한국어문학회, 2009.9, 191쪽.

평민문학의 개념을 개방하고자 하는 본 논문의 문제의식은 절실히 요청되는 것으로 판단된다.

2. 새로운 전통으로 재배치된 평민문학

진보적 민족문학진영에서는 어떠한 논리로 평민문학을 전통화하는가? 이러한 질문은 평민문학이 유구한 역사를 지닌 전통이 아닐 수 있음을 암시한다. 평민문학이라는 장르는 해방 이전에는 양반·귀족에 대립되는 계층의 문학으로 잠깐 언급되었을 뿐, 민족문학의 전통으로는 거의 논의되지 않았다. 이러한 평민문학이 민족문학의 전통으로 재조명되기 시작한 것은 1960~70년대이다. 이 시기는 식민주의의 청산 문제가 활발히 제기되면서 반(反)식민·반(反)외세·반(反)봉건의 전통을 찾고자 하는 노력이 활발하게 진행되던 때이다. 이러한 때에 출현한 평민문학은 민족문학의 전통으로 재설정되고 전반적으로 재조명되기 시작한다.

먼저 살펴봐야 할 것은 평민문학의 개념이 재설정되는 1960년대이다. 이 시기에 가장 논쟁이 되던 것은 전통론이다. 근대문학에 영향을 끼친 전통 문제가 논쟁의 초점이 되는데, 이 논쟁에서 주목되는 것은 전통이라는 것에 대한 논자들의 태도이다. 근대문학에 영향을 끼친 고전문학이 거의 부재하다는 입장을 지닌 전통단절론자·부정론자는, 전통을 과거에서 영속적으로 이어져 온 것으로 여긴다.[11] 반면 전통계승론자인 조동일은 전통이 시대의 필요에 따라 새롭게 부각되고 재설정될 수 있다는 태도를 분명하게 지닌다. 그는 한국의 고전문학 중에서 평민문학을

11 전통단절론·부정론에 대한 대표적인 논의는 다음과 같다. 이어령, 「화전민지역」, 『저항의 문학』, 예문관, 1965; 유종호, 「현대시 50년 심포지엄」, 『사상계』 1962.5; 유종호, 「전통의 확립을 위하여」, 『비순수의 선언』, 신구문화사, 1973, 참조.

전통으로 만들 수 있다는 생각을 지니고, 그것을 담론화한 자이다.

> 중세평민문학이라고 불리워질 수 있는 이 새로운 문학의 사상적 내용은 일차적으로는 봉건사회내의 모순을 평민의 입장에서 일층 더 날카롭게 폭로하는 양반에 대한 저항과 풍자였지만 거기에 그치지 않고 봉건적인 도덕관, 낡은 종교와 결부된 관념의 구속을 타파하고 인간해방을 주장함으로써 봉건사회 그 자체조차 부정하는 데까지 이르렀으며 근대적인 사상의 터전을 마련했다. 그리고 외세의 침략을 당하게 되자 이에 대한 적극적인 항거까지 보여주었다.[12]

전통이 현재의 필요에 따라 재발견·재설정될 수 있다는 발상이 숨어 있는 것이 위의 인용이다. 민요, 판소리, 탈춤 등을 하위장르로 지니는 평민문학은, 1960년대에 와서 그 명맥을 겨우 유지하고 있었을 뿐이지, 일정한 목적을 지닌 집단에 의해서 뚜렷하게 계승되었던 것은 아니다. 조동일이 평민문학을 바라보는 태도도 그것이 원래부터 있어왔고 면면히 이어져 온 것이 아니라, "중세평민문학이라고 불리워질 수 있는 이 새로운 문학"인 것이다. 다시 말해서 그 자신에게도 어떤 필요에 의해 재발견된 "새로운 문학"인 것이다.

이 때 그 필요란 "우리가 건설해야 할 민족적 근대문학의 직접적인 원천"[13]을 재발견하는 것을 뜻한다. 조동일은 평민문학을 저항적(반봉건적·반외세적)이고 근대적인 성격으로 규정한 뒤, 그것을 중요한 '원천'으로 인식한다. 평민문학은 "봉건사회내의 모순을 평민의 입장에서 일층 더 날카롭게 폭로하는 양반에 대한 저항과 풍자"이면서 "봉건적인 도덕관, 낡은 종교와 결부된 관념의 구속을 타파하고 인간해방을 주장함으로써 봉건사회 그 자체조차 부정"한다는 점에서 반봉건적·근대적이고, "외

---

12 조동일, 「전통의 퇴화와 계승의 방향」, 『창작과비평』 3호, 창작과비평사, 1966. 여름호, 365쪽.
13 조동일, 「전통의 퇴화와 계승의 방향」, 위의 잡지, 377쪽.

세의 침략을 당하게 되자 이에 대한 적극적인 항거"라는 점에서 반외세적·저항적안 것이다. 그렇지만 이러한 논의는 평민문학의 성격을 일의화(一意化)한 뒤, 그 성격을 표나게 강조하여 근대문학의 전통을 만드는 논리에 다름 아니다. 이러한 논리가 민중-민족문학의 전통으로 만들어지는 데에는 또 한 번 논리의 뒤틀림이 있게 된다.

평민문학은 1970년대의 진보적 민족문학진영에서 다시 한 번 관심의 대상이 된다. 진보적 민족문학진영에서는 민중-민족주의를 주창하는데, 이 때의 민중-민족주의란 민족이라는 단위를 좌지우지할 운명의 주인을 대다수의 사람들(민중)로 설정한 이념인 것이다.[14] 당대 사회에서 이러한 이념이 시대적인 특수성을 넘어선 보편성을 지닌 것으로 여겨졌다는 점은 주목에 값한다. 대다수의 사람들이 주도하는 변혁이념은 각 시대에 따라 조금씩 그 형태와 내용이 다르겠지만, 거의 모든 시대를 거쳐 존재한 것으로 생각한다.[15] 이러한 민중-민족주의 논리 속에서 민중이 주도한 민족문학은 비단 근대에만 있었던 것이 아니다. 평민문학도 민족문학의 갈래 속에 포함되는 것이다.

> 그러므로 조선왕조의 말기로 내려오면 올수록 실제로 민중이 즐기고 민중을 움직일 수 있는 문학에서 민족문학의 전통을 찾아야 할 필요성이 커진다. 그런 의미에서 18세기 이후 두드러진 발전을 이룩한 평민문학(구비문학과 민중유희를 포함하여)에 대한 근년의 활발한 연구는 민족문학 유산의 정당한 평가를 위해서는 물론 정차 민족문학의 올바른 전개를 위해서도 필수적인 작업이다. 민족문

14 박한용, 「한국의 민족주의」, 『정신문화연구』 77호, 한국학중앙연구원, 1999.겨울호, 17~22쪽 참조.

15 민중이 거의 모든 시대를 거쳐 존재한다는 발상은 박현채의 민중론에서 잘 논리화된다. 박현채는 민중을 "기본적으로 직접적 생산자이면서 사회적 생산의 결과에의 참여에서 소외된 피억압자·피수탈자·피지배자"로써 "역사적으로 변화 속에서 파악되어야 할 개념"으로 규정한다. 쉽게 말해서 민중은 표현은 다르지만 역사의 각 시기별로 존재했다는 말이다(박현채, 「민중과 문학」, 김병걸·채광석 편, 『민족, 민중 그리고 문학』, 지양사, 1985, 71쪽).

학이 민중적이어야 할 필요성이 절실하게 느껴질수록 과거 민중들 자신의 놀이와 이야기와, 노래의 문학사적 비중이 커질 것도 당연하거니와 그러한 문학이 그 의식면에서나 언어면에서 많은 선비들의 문학보다도 훨씬 근대적이라는 인식은 새로운 민족문학의 창조에는 큰 힘이 될 것이기 때문이다. 우리가 동학에서 하나의 큰 봉우리를 이루었다가 의병운동과 일제하 독립운동으로 이어지는 민중운동의 큰 줄기를 의식할 때 위정척사냐 친일개화냐 하는 식의 양자택일론의 허망함을 깨닫게 되듯이 민족문학의 진로 역시 이인직이냐 황매천이냐 하는 갈림길과 별개의 왕도가 있을 수 있음을 우리는 과거 민중문학의 전통의 재발견을 통해 실감할 수 있는 것이다.[16]

민중-민족주의라는 일의적인 시각으로 평민문학을 바라본다면, 평민문학은 민족문학적인 것으로 재론되기 쉽다. 이러한 시각 속에서 평민문학은 1970년대의 민족문학에 상당한 영향을 주는 전통으로 재배치되는 것이다. 위의 인용에서 보면 그 점이 분명히 드러난다. 평민문학은 처음부터 전통으로 전해져 내려와서 1970년대의 민족문학에까지 영향을 끼치는 것이 아니라, "조선왕조의 말기로 내려오면 올수록 실제로 민중이 즐기고 민중을 움직일 수 있는 문학에서 민족문학의 전통을 찾아야 할 필요성이 커진다"라는 구절에서 보이듯이, 전통으로 "찾아야 할 필요성"에 의해서 만들어진 것이다. 쉽게 말해서 평민문학이라는 전통은 민족문학담론 내부에서 '찾아'진 것 혹은 재탐구·재창조된 것이다.

더욱이 위의 인용에서는 "새로운 민족문학의 창조"나 "과거 민중문학의 전통의 재발견"이라는 표현을 여러 차례 반복한다. 이러한 표현의 공통점은 평민문학이라는 전통이 유구한 역사 속에서 지속적으로 발견되지 않았음을 암시한다. 굳이 '창조'나 '재발견'의 당위를 강조하는 것

16 백낙청, 「민족문학개념의 신전개」, 『월간중앙』 1974. 7, 『민족문학과 세계문학』, 창작과비평사, 1978, 130~131쪽에서 재인용.

은, 기실 전통화를 해야 한다는 현재의 필요성을 암시하는 것이다. 위의 인용에서 평민문학이 전통으로 재설정되어야 하는 필요성이 분명히 제시되는 이유가 여기에 있다. "많은 선비들의 문학보다도 훨씬 근대적이라는 인식"이 있으며, "민족문학의 진로 역시 이인직이냐 황매천이냐 하는 갈림길과 별개의 왕도가 있을 수 있다"는 주장에서는 민중 주도의 민족주의 문학이 근대적 · 반외세 · 반봉건적임을 강조하는 것이다. 이처럼 평민문학은 민중-민족주의 인식 아래 진보적 민족문학담론에서 재배치되는 것이다.

3. 민족문학적인 글쓰기의 형성

1) 저항적인 풍자 중심의 창작판소리

1970년대 진보적 민족문학진영에서는 평민문학의 하위장르인 판소리와 민요 등을 활용하여 민족문학적인 글쓰기를 모색하고자 하는 노력을 보여준다. 그 대표적인 사례가 이 장에서 두 절로 나누어 논의하고자 하는 김지하의 창작판소리 「오적」류와 신경림의 민요시 「목계장터」·「새재」류이다. 이 때 주목해야 하는 것은 진보적 민족문학진영에서 판소리·민요 등의 평민문학을 어떻게 인식하여 전통화하고 그것을 민족문학적인 글쓰기로 계승하는가 하는 점이다. 진보적 민족문학진영에서는 앞 장에서 밝혔듯이 "새로운 민족문학의 창조"를 위해 평민문학이라는 낡은 재료를 활용하는데, 그 활용의 양상을 살펴보는 것은 그들이 생각하는 평민문학의 의미와 계승의 양상을 탐색하는 중요한 일이 된다. 이 장에서는 김지하가 판소리를 어떻게 인식하고 계승하는가에 대해서 창작판소리 「오적」을 통해서 검토하고자 한다.

창작판소리 「오적」은 20세기에 만들어진 새로운 근대적인 판소리 중의 하나이다. 이러한 사실은 창작판소리란 판소리를 인식하는 양상에 따라 그 성격이 규정되고 창작의 방향이 결정된다는 것을 암시한다. 김지하는 그의 평론 「풍자냐 자살이냐」에서 민예에 대해서 여러 논의를 하는데, 판소리 역시 민예 중의 하나에 속한 것으로 본다. 이 점에서 그의 민예 논의는 판소리를 어떻게 전통화하느냐 하는 문제와 아울러, 창작판소리를 어떻게 전통계승의 맥락 속에 놓느냐 하는 문제를 함께 보여준다.

> 민중 위에 군림한 어떤 집단의 어떤 용서할 수 없는 악덕에 대해서는 일언 반구도 내비치지 않는 그러한 풍자가 있다면, 그것은 민중관이 올바르지 못할 뿐만 아니라 사회를 보는 눈이 그릇되어 있는 것이며, 그것은 이미 풍자가 아닌 것이다. […중략…] 올바른 저항적 풍자는 또한 방향에 있어서는 민중의 반대편을 주요 표적으로, 민중을 부차적인 표적으로 삼는 것이며, 방법에 있어서는 주요 표적에 대한 해학은 부차적인 표현으로 배합하는 것이다. 민예 속의 풍자의 경우 양반과 탐관오리에 대한 풍자적 공격과 민중에 대한 해학적 표현의 배합관계가 풍자의 형식원리에 정확히 입각해 있음은 주의깊게 보아야 한다.[17]

위의 인용에서 주목되는 것은 '민중'과 그 "위에 군림한 어떤 특수집단"을 절대적으로 구분 짓는 이분법적인 사유이다. 이러한 사유는 "어떤 특수집단"을 박정희 주도의 국가-민족주의로, 그리고 시인은 민중의 편에서 그 "특수집단"에 맞선 변혁을 전개해야 한다는 민중-민족주의적인 인식에서 비롯된다. 이러한 인식 속에서 문학적인 풍자는 타인보다 우위에서 타인을 중상하는 수준이 아니라,[18] "어떤 특수집단"을 공격하고 붕괴시키는 적대적으로 '저항적'인 것이 되어버린다. 원래 판소리의 골

---

17 김지하, 「풍자냐 자살이냐」, 『민족의 노래 민중의 노래』, 동광출판사, 1984, 181쪽.
18 Arthur Pollard, 송현락 역, 『풍자』, 서울대출판부, 1977, 참조.

계는 사나운 골계인 풍자와 부드러운 골계인 해학으로 나뉘고,[19] 이 둘이 절묘하게 배합되어야 판이 살아난다. 위의 인용에서는 "양반과 탐관오리에 대한 풍자적 공격과 민중에 대한 해학적 표현의 배합관계가 풍자의 형식원리에 정확히 입각해 있"어야 한다는 주장에도 불구하고, 자칫 해학은 경시되고 특유의 '저항적' 풍자가 강조될 위험이 너무나 크다. 더욱이 그가 "남은 때가 많지 않다. 선택하라, '풍자냐 자살이냐'"[20]라는 주장에서는 해학은 부차적인 혹은 경시되는 것이 될 수밖에 없다. 이러한 논리 속에서 판소리는 '저항적' 풍자의 장르로 그 위상이 일의화되어 전통화된다.

이러한 '저항적'인 판소리가 근대적으로 계승된 것이 바로 창작판소리 「오적」이다. 「오적」은 '민중'과 그 "위에 군림한 어떤 특수집단"을 구분 짓고 그 '특수집단'을 민중-민족주의의 악으로 규정한 근대적인 판소리이다. 이 점에서 「오적」은 단순히 판소리라는 전통을 계승한 것이 아니다. 판소리를 민중-민족주의적인 인식 속에서 저항적인 것으로 일의화하여 전통화한 뒤 그것을 계승한 것이다. 이런 의미에서 「오적」은 과도한 민중-민족주의적인 의도 때문에, 판소리의 서사구조와 많은 차이를 보이게 된다.

첫째 도둑 나온다 재벌이란 놈 나온다

돈으로 옷해 입고 돈으로 모자해 쓰고 돈으로 구두해 신고 돈으로 장갑해 끼고

금시계, 금반지, 금팔지, 금단추, 금넥타이핀, 금카후스보턴, 금박클, 금니빨, 금손톱, 금발톱, 금작크, 금시계줄.

디룩디룩 방댕이, 불룩불룩 아랫배, 방귀를 뽕뽕뀌며 아그작 아그작 나온다

---

19 조동일, 「한국문학에 있어서의 골계」, 『국어국문학』 51권, 1971.1, 117~121쪽 참조.
20 김지하, 「풍자냐 자살이냐」, 『민족의 노래 민중의 노래』, 동광출판사, 1984, 190쪽.

저놈 재조봐라 저 재벌놈 재조봐라

장관은 노랗게 굽고 차관은 벌겋게 삶아

초치고 간장치고 계자치고 고추장치고 미원까지 톡톡쳐서 실고추 파 마늘 곁들여 날름

세금받은 은행돈, 외국서 빚낸 돈, 왼갖 특혜 좋은 이권은 모조리 꿀꺽

이쁜 년 꾀어서 첩삼아 밤낮으로 직신작신 새끼까기 여념없다

수두룩 까낸 딸년들 모조리 칼쥔놈께 시앗으로 밤참에 진상하여

귀띔에 정보얻고 수의계약 낙찰시켜 헐값에 땅샀다가 길뚫리면 한몫잡고

千원工事 오원에 쓱싹, 노동자임금은 언제나 외상외상

둘러치는 재조는 손오공할애비요 구워삶는 재조는 뙤놈술수 빰치겄다.[21]

위의 인용은 판소리와 많은 차이를 지니는데, 그 차이가 발생하는 가장 중요한 이유가 민중-민족주의적인 인식의 강조 때문이다. 위의 인용에서는 '재벌'이라는 인물이 저지르는 악행을 이야기로 보여준다. 이 때 '재벌'은 판소리의 악인과는 그 성격이 판이하게 다르다. 판소리의 악인은 "계획적인 악의 유형이 아니라 우리가 듣고 보아서 결코 증오할 수 없는 웃음으로 받아넘기게 되는 그런 유형"[22]이 주를 이루는 반면, '재벌'은 "세금받은 은행돈, 외국서 빚낸 돈, 왼갖 특혜 좋은 이권은 모조리 꿀꺽/이쁜 년 꾀어서 첩삼아 밤낮으로 직신작신 새끼까기 여념없다"는 구절에서 보이듯이 계획적이고 절대적인 악인이다. 적대적인 저항의 대상이 되는 것이다.

또한, 이러한 '재벌'이 서술되는 담화의 방식 역시 판소리와 다른 측면이 있다. 판소리는 "일상생활의 모습을 구체적으로 나타내고, 사회의식

21 김지하, 창작판소리 「오적」 부분, 『오적-김지하 담시전집』, 솔, 1993, 28~29쪽.

22 정병욱, 「판소리의 사실성과 서민정신」, 조동일 · 김흥규 편, 『판소리의 이해』, 창작과비평사, 1978, 69쪽.

의 차이 때문에 벌어지는 대결을 설득력 있게 표현"[23]하는 데에 비해서, 위의 인용에서는 오적의 악행을 강조하는 민중-민족주의적인 의도를 과도하게 드러내고자 오적과 민중 사이의 대결을 추상적으로 요약하기 때문이다. "귀띔에 정보얻고 수의계약 낙찰시켜 헐값에 땅샀다가 길뚫리면 한몫잡고/千원工事 오원에 쓱싹, 노동자임금은 언제나 외상외상"이라는 구절은, 사실 부분마다 하나의 풍성한 서사가 될 수 있지만, 시인은 요약적인 방법을 선택하고 있다. 이러한 사정 때문에 "사회의식의 차이 때문에 벌어지는 대결을 설득력 있게" 표현한다는 생각이 잘 들지 않는다.[24] 이처럼 창작판소리 「오적」에 드러난 독특한 서술구조는 민중-민족주의 의도에 따라서 판소리를 지나치게 저항적인 풍자 장르로 규정하여 전통화하고 계승하였기 때문에 발생하는 현상인 것이다.

2) 피억압적인 민중을 위한 민요시

진보적 민족문학진영에서 평민문학의 전통을 논의하고 계승한 또 다른 경우가 신경림이다. 신경림은 시 「목계장터」를 비롯한 주요 시편에서 민요를 전통론의 맥락 속에서 바라보고 계승하고자 노력한다. 이 때 눈여겨 봐야 할 것은 그가 평민문학의 한 장르인 민요를 어떻게 인식하고 계승하느냐 하는 것이다. 그는 민요를 일정한 방향에서 논의하고 그러한 논의를 근거로 민요시라는 독특한 형식의 민족문학적인 글쓰기를 시

23 조동일, 「판소리의 전반적 성격」, 조동일 · 김흥규 편, 『판소리의 이해』, 창작과비평사, 1978, 23쪽.

24 위의 인용 부분은 '부분의 독자성'과 유사하기는 하지만, 판소리에서 말하는 '부분의 독자성'과 다소 그 성격이 다르다. 판소리는 가창과 개작이 부분적으로 이루어지기 때문에 작품 전체의 일관성이 파괴되면서 독자적인 성격을 지니게 된다. 이러한 '부분의 독자성'은 "삶의 발랄한 모습을 있는 그대로 드러내는 충격적인 표현"(조동일, 「판소리의 전반적 성격」, 조동일 · 김흥규 편, 『판소리의 이해』, 창작과비평사, 1978, 24쪽.)을 보여주는 특성이 있다. 그렇지만 위의 인용에서는 '재벌'의 모습과 재주를 '발랄'하게 서술했다기보다는 요약적으로 나열했다는 인상이 짙다.

도하기 때문이다. 이러한 신경림의 민요시는 김지하가 판소리를 민중-민족주의적인 의도에서 전통화하고 그 전통을 창작판소리로 계승하는 것과 유사한 과정을 거치면서 만들어진다는 점에서 주목에 값한다.

민요란 본래 민중의 노래라는 점에서 "민중의 생활감정과 생각을 진솔하게 표현"하고 노동·의식·유희 등 생활상의 일정한 기능을 지니는 경우가 대부분이다.[25] 이처럼 민요는 오랜 세월 동안 민중의 삶에서 자연스럽게 형성·향유·재창작되어온 적층문학인 것이다. 신경림은 이러한 민요 장르에 관심을 두는데, 가장 중요한 이유는 민요가 민중의 노래이기 때문이다. 이 때 신경림이 민중을 어떤 성격으로 개념규정하느냐 하는 것은 그의 민요론과 민요계승론을 이해하는 데에 상당히 중요하다. 민중을 어떻게 바라보느냐에 따라서 민중의 노래인 민요를 인식하는 기본 방향이 달라지기 때문이다.

> 시는 본디는 민중의 것이었다. 처음 민중은 그들의 슬픔·기쁨·한 등을 서로 어울려 함께 노래했다. 이것이 민요요, 시의 원시적 모습이라 할 수 있을 것이다. (중략, 민요 「이듬논매기 노래」 인용—편집자 주) 김을 매면서 하는 가락 속에 우리의 삶과는 아무런 관계가 없는 초나라 한나라의 고사가 등장하고, 마지막엔 숙명주의·체념주의로 노래를 끝내고 있다. 조선조 오백 년간의 민중의 삶이 얼마나 거짓에 차 있었으며, 지배 계층이 이 거짓을 통하여 민중을 다스려 왔는가를 단적으로 보여 주는 것이겠는데, 우리가 오늘의 시 속에 되살려야 할 민요의 가락은 이러한 패배주의적 사대주의적 그것이 아님은 다시 말할 것도 없다. 가난하고 억눌린 사람들의 보편적 느낌과 의지와 저항, 이것이 우리 시 속에 이어져야 할 민요의 가락이다.[26]

25 박경수, 『한국민요의 유형과 성격』, 국학자료원, 1998, 157~158쪽 참조.
26 신경림, 「시와 민요」, 1978, 『월간독서』, 신경림, 『삶의 진실과 시적 진실』, 전예원, 1985, 65~69쪽에서 재인용.

위의 논의에서 눈여겨봐야 하는 것은, 신경림이 그의 민요론에서 민중을 바라보는 방식이다. "가난하고 억눌린 사람들의 보편적 느낌과 의지와 저항, 이것이 우리 시 속에 이어져야 할 민요의 가락"이라는 구절에서 확인되듯이, 민중은 대다수의 사람들이라는 중립적인 개념이 아니라 "가난하고 억눌린 사람들"이자 "보편적 느낌과 의지와 저항"을 지닌 존재인 것이다. 민중을 이러한 존재로 바라보는 것은, 민중이 국가-민족주의에 의해서 억압받기 때문에 변혁의 주체가 되어야 한다는 민중-민족주의적인 인식과 거의 일치한다. 그렇다면 신경림이 「이듬논매기 노래」가 "가난하고 억눌린 사람들의 보편적 느낌과 의지와 저항"이 없고 "우리의 삶과는 아무런 관계가 없는" "패배주의적 사대주의적 그것"이라는 점에서 민요가 아니라 '거짓' 노래라고 비판한 까닭도 이해가 된다. 나아가서 그가 "우리 시 속에 이어져야 할 민요"란 「이듬논매기 노래」와 같은 것이 배제된 것이고, 민중-민족주의 의도에 따라 전통으로 재구상·재발명된 것임이 암시된다.

이처럼 신경림은 민요를 민중-민족주의의 의도에 따라 전통화한다. 민요에 대한 이러한 태도는 그가 민요시라는 독특한 민족문학적인 글쓰기를 전개할 때에 많은 영향을 준다. 특히 "가난하고 억눌린 사람들의 보편적 느낌과 의지와 저항, 이것이 우리 시 속에 이어져야 할 민요의 가락"이 요구된다는 과제는, 그가 민요를 전통화하고 계승하는 중요한 논리가 된다. 「목계장터」의 서사구조를 분석하면 그가 생각하는 민요시, 좀 더 구체적으로 말하면 민요를 계승하는 근대시가 무엇인지를 살펴볼 수 있다는 점에서 관심의 대상이 된다.

하늘은 날더러 구름이 되라 하고
땅은 날더러 바람이 되라 하네
청룡 흑룡 흩어져 비 개인 나루

잡초나 일깨우는 잔바람이 되라네
뱃길이라 서울 사흘 목계나루에
아흐레 나흘 찾아 박가분 파는
가을볕도 서러운 방물장수 되라네
산은 날더러 들꽃이 되라 하고
강은 날더러 잔돌이 되라 하네
산서리 맵차거든 풀 속에 얼굴 묻고
물여울 모질거든 바위 뒤에 붙으라네
민우새우 끓어넘는 토방 툇마루
삭삼년에 한 이레쯤 천치로 변해
짐 부리고 앉아 쉬는 떠돌이가 되라네
하늘은 날더러 바람이 되라 하고
산은 날더러 잔돌이 되라 하네[27]

위의 시에서 이야기는 "하늘은 날더러 구름이 되라 하고/땅은 날더러 바람이 되라 하네"와 "산서리 맵차거든 풀 속에 얼굴 묻고/물여울 모질거든 바위 뒤에 붙으라네"라는 구절에서 잘 정리된다. 누구인지 잘 알 수 없는 시적화자(인물)가 자기 삶의 역경을 견디고 때로는 일탈하고 싶은 사건을 보여준다. 이 때 유의해야 하는 것은 위의 시가 민요를 계승한 것으로 자기변론된다는 점이다.[28] 신경림의 민요론을 참조하면, 위 시의 인물과 사건은 "가난하고 억눌린 사람들의 보편적 느낌과 의지와 저항"과 깊은 관련이 있다. 인물은 "가난하고 억눌린 사람들" 중의 하나가 되고, 사건은 그들의 "보편적 느낌과 의지"를 드러내는 것으로 이해되는

27 신경림, 「목계장터」 전문, 『새재』, 1979, 6쪽.
28 신경림은 시 「목계장터」에 대해서 "우리의 고유한 가락–그것이 빠져 있었서는 목계장터는 결코 한 편의 시로 될 수가 없다는 생각"을 했다고 고백한 바 있다(신경림, 「내 시의 뒷이야기」, 『삶의 진실과 시적 진실』, 전예원, 1985, 308쪽.).

것이다. 이러한 민요시는 본래 민요가 지니고 있는 "민중의 생활감정과 생각"을 "가난하고 억눌린 사람들의 보편적 느낌과 의지"로 일의화·재해석하여 계승한 것이다. 이 점에서 이러한 전통계승의 형태란 낡은 재료의 이어받음이 아니라 새로운 것을 발명한 것에 가깝다.

"가난하고 억눌린 사람들의 보편적 느낌과 의지"는 민요시를 창조하는 데에 있어서 주재료가 된다. "사람이 산다는 일 잡초 같더라"(「어허 달구」), "이렁저렁 한세월 녹두적이나 구었지"(「달래강 옛나루에」), "한세상 각설이로 굴러다니다/한세상 광대로 허허대다가"(「각설이」)와 같은 구절은 그러한 예가 된다. 또한, 서사시 「새재」류나 시 「씻김굿」에서는 "보편적 느낌과 의지"뿐만 아니라 민중-민족주의적인 성격의 '저항'까지도 이른바 계승된다. "가난한 사람 모여 사는/새상을 찾"(「새재」)고자 투쟁하는 '돌배'의 이야기나 "꺽인 목 잘린 팔다리로는 나는 못 가" "되돌아왔네. 피멍든 눈 부릅뜨고 되돌아왔네"(「씻김굿」)라는 죽은 원혼의 이야기에는 피억압적인 민중의 저항이 분명히 드러난다.

뿐만 아니라, 담화의 측면을 보면 민요라는 전통의 계승이 상당히 민중-민족주의적인 의도에 영향받고 있음이 확인된다. 신경림은 앞에서 논의한 "가난하고 억눌린 사람들의 보편적 느낌과 의지와 저항"을 "우리 시 속에 이어져야 할 민요의 가락"으로 규정한다. 이것은 '가락'(율격)과 정서·의지를 혼동한 것이라기보다는, 그가 생각하는 민요시의 율격은 "가난하고 억눌린 사람들의 보편적 느낌과 의지와 저항"을 잘 드러내는 다소 쉽고 편한 리듬이면 된다는 것을 암시한다. 위의 시에서는 "하늘은˘날더러˘구름이˘되라 하고/땅은˘날더러˘바람이˘되라 하네/청룡 흑룡˘흩어져˘비 개인 나루/잡초나˘일깨우는˘잔바람이 되라네"에서처럼 4음보와 3음보가 교차된다. 이 때 3·4음보의 교차는 그 자체가 민요를 중핵으로 하는 "전통적 율격의 기본형태"[29]이기도 하지만, 무엇보다 "가난하고 억눌린 사람들의 보편적 느낌과 의지와 저항"이라는 민중-민족주의적인 내용을 쉽고 편안하게 잘 풀어낸다는 점에서 민요를 계승한 율격으로 이해되는 것이다. 이처럼 신경림의 시 「목계장터」는 민중-민족주의적인 의도를 구현하는 방향에서 민요를 전통화하여 계승한다.

4. 결론

지금까지 1970년대의 진보적 민족문학진영에서 평민문학을 민족문학의 전통으로 만들고 계승하는 과정에 민중-민족주의라는 정치적·문화적인 이데올로기가 심도 있게 개입되어 있음을 살펴보았다. 판소리·민요 등의 평민문학은 원래 양반·귀족 계층과 대립하는 막연한 의미였으나, 진보적 민족문학진영에서 민중-민족주의라는 핵심 목적을 위해 민중적·저항적인 것으로 일의화하여 유구한 전통으로 재창조했던 것이다. 본 논문에서는 홉스봄의 전통창조론을 참고하여 진보적 민족문학진영에서 평민문학을 어떻게 전유하여 전통론 속에 재배치하고 또 창작판소리와 민요시 등의 민족문학적인 글쓰기를 통해 계승했는가를 자세히 검토했다.

첫째, 평민문학이 진보적 민족문학론에서 새로운 전통으로 재배치되었음을 규명하였다. 1960-70년대에는 반식민·반외세·반봉건의 전통론이 활발히 제기되었는데, 이러한 과정에서 평민문학은 민족문학의 전통으로 재조명되었다. 1960년대의 전통론에서 조동일은 전통이란 시대의 필요에 따라 새롭게 창조될 수 있다는 태도를 분명하게 지녔다. 그는

29 조동일, 「현대시에 나타난 전통적 율격의 계승」, 『한국민요의 전통과 시가율격』, 지식산업사, 1996, 290쪽. 현대시에서 잘 읽히는 율격은 주로 3·4음보가 교차될 때라는 점을 상기하면, 시 「목계장터」의 율격적인 특성이 민요에 근거를 둔다는 주장은 그 근거가 희박한 측면이 있다.

평민문학이 면면히 이어져 온 것은 아니지만, "민족적 근대문학의 직접적인 원천"으로 논의될 수 있다는 점에서 전통이 됨을 주장했다. 이처럼 전통이 발굴 · 재창조될 수 있다는 그의 태도는 백낙청에 의해서 좀 더 심화되었다. 백낙청은 민중이 주도하는 민족문학의 전통을 찾았는데, 그 원류를 평민문학에서 발견했다. 이것은 그의 표현대로 "새로운 민족문학의 창조"이자 "과거 민중문학의 전통의 재발견"이었던 것이다.

둘째, 진보적 민족문학진영에서는 판소리와 민요 등의 평민문학을 민중적 · 저항적인 전통으로 일의화한 뒤, 그러한 맥락에서 전통계승론을 전개했고 민족문학적인 글쓰기를 시도했다. 먼저, 김지하는 판소리를 저항적인 풍자문학으로 규정한 뒤 그러한 풍자문학의 전통을 계승하였다. 그는 민중의 편에 서서 "올바른 저항적 풍자"를 강조하였는데, 이것은 민중-민족주의의 의도를 거의 그대로 반영하는 것이었다. 이러한 저항적인 판소리를 계승한 것이 바로 창작판소리 「오적」이었다. 판소리와 달리, 「오적」의 '재벌'이 절대적인 악인으로 재현되었고, 오적과 민중의 대결이 추상적으로 요약되었던 것은, 민중-민족주의적인 의도를 과도하게 드러낸 결과였다.

그리고, 신경림은 민중의 노래인 민요를 민중-민족주의적인 의도에서 전유하고 전통으로 계승하였다. 이 때 민요의 민(중)은 대다수의 사람들이 아니라, "가난하고 억눌린 사람들"이자 "보편적 느낌과 의지와 저항"을 지닌 존재였다. 다분히 피억압적인 민중이 변혁주체가 되어야 한다는 민중-민족주의적인 인식과 일치한 발상이었다. 이러한 발상으로 인해서 민요는 일의화 · 전통화되었고 계승되었다. 이것은 민요시 「목계장터」에서 잘 확인되었다. 이 시의 화자(인물)는 "가난하고 억눌린 사람들"이었고, 사건은 그들의 "보편적 느낌과 의지"를 드러낸 것이었다. 아울러 "가난하고 억눌린 사람들의 보편적 느낌과 의지와 저항"이라는 민중-민족주의적인 내용을 쉽고 편안하게 풀어내는 것이면, 민요를 계승한 율격으로 이해되었다.

이렇게 보았을 때, 1970년대 진보적 민족문학진영에서 판소리와 민요 등의 평민문학을 전통으로 이해하고 계승한 것은, 그것이 내구성과 항구성을 지닌 진정한 의미의 전통이라기보다는 민중-민족주의적인 목적을 구현하기 위해서 낡은 재료를 이용해 새롭게 만들어진 전통으로 보는 것이 여러 측면에서 더 일리가 있음이 확인되었다. 물론 이러한 논의가 당대 문인들의 진의와 노력을 경시하는 것은 아니다. 오히려 그들이 새롭게 만들어낸 전통의 위상과 특성을 잘 드러내는 것이 된다. 이런 의미에서 평민문학에 대해서는 좀 더 열린 사고를 하는 것이 가능하다.

참고문헌

구자균, 「한국고전문학의 특질」, 『현대문학』 1955.9.

______, 『조선평민문학사』, 문조사, 1949.

김　연, 「창작판소리 발전 과정 연구」, 『판소리연구』 24집, 판소리학회, 2007, 참조.

김도연, 「장르 확산을 위하여」, 김병걸 · 채광석 편, 『민족, 민중 그리고 문학』, 지양사, 1985.

김상일, 「민족문학의 기원」, 『월간문학』, 1970.10.

김지하, 「민족의 노래 민중의 노래」, 민족학교 강연초록, 1970.11.4,: 김지하, 『민족의 노래 민중의 노래』, 동광출판사, 1984.

______, 「풍자냐 자살이냐」, 1970.: 『민족의 노래 민중의 노래』, 동광출판사, 1984.

______, 창작판소리 「오적」, 『오적—김지하 담시전집』, 솔, 1993.

김　현 · 김윤식, 『한국문학사』, 민음사, 1973.

김　현, 「민족문학, 그 문자와 문학」, 『월간문학』 1970.10.

문덕수, 「고전문학과 민족의식」, 『월간문학』, 1970.10.

박경수, 『한국민요의 유형과 성격』, 국학자료원, 1998.

박영주, 「판소리의 언어예술적 특성과 미학」, 『국어국문학』 145호, 국어국문학회, 2007.5.

박을수, 「시조의 평민문학성 고찰」, 『우리문학연구』, 우리문학회, 1976.4.

박한용, 「한국의 민족주의」, 『정신문화연구』 77호, 한국학중앙연구원, 1999. 겨울호.

박현채, 「민중과 문학」, 김병걸 · 채광석 편, 『민족, 민중 그리고 문학』, 지양사, 1985.

백낙청, 「민족문학개념의 신전개」, 『월간중앙』 1974. 7.: 『민족문학과 세계문학』, 창작과비평사, 1978.

백원담, 「인간해방의 정서와 의지의 형상화」, 김병걸 · 채광석 편, 『민족, 민중 그리고 문학』, 지양사, 198쪽.

성광수, 「『춘향전』에 대한 문체론적인 고찰」, 『어문논집』 14 · 15집, 민족어문학회, 1973.
성호경, 「조선후기 '평민시가'의 시적 초점과 창작원리」, 『어문학』 105집, 한국어문학회, 2009.9.
신경림, 「내 시의 뒷이야기」, 『삶의 진실과 시적 진실』, 전예원, 1985.
______, 「문학과 민중」, 『창작과비평』1973. 봄호.: 『문학과 민중』, 민음사, 1977.
______, 「시와 민요」, 『월간독서』, 1978.: 신경림, 『삶의 진실과 시적 진실』, 전예원, 1985.
______, 『남한강』, 창비, 1987.
______, 『달넘세』, 창작과비평사, 1985.
______, 『새재』, 창작과비평사, 1979.
심여택, 「시조문학의 특성—귀족성과 평민성」, 『한국언어문학』 15집, 한국언어문학회, 1977.
안종범, 「한국민요에 나타난 풍자성 고찰」, 『어문논집』 21집, 중앙어문학회, 1989.12
염무웅, 「민족문학, 이 어둠 속의 행진」, 『월간중앙』 1972.3.
유균상, 「어휘면으로 본 『춘향전』」, 『어문논집』 14 · 15집, 민족어문학회, 1973
유종호, 「전통의 확립을 위하여」, 『비순수의 선언』, 신구문화사, 1973.
______, 「현대시 50년 심포지엄」, 『사상계』 1962.5.
윤재민, 「「중인」 · 「평민」 · 「위항」의 개념한계」, 『어문논집』 27호, 1987.
______, 「중인문학의 개념과 성격」, 『한국한문학연구』 17집, 한국한문학회, 1994.
이어령, 「화전민지역」, 『저항의 문학』, 예문관, 1965.
이형기, 「민족문학이냐 좋은 문학이냐」, 『월간문학』 1970.10.
인권환, 「『토끼전』의 서민의식과 풍자성」, 『어문논집』 14 · 15집, 민족어문학회, 1973
임진택, 「살아 있는 판소리」, 백낙청 외, 『한국문학의 현단계Ⅱ』, 창작과비평사, 1983.
임헌영, 「민족문학에의 길」, 『예술계』 1970. 겨울.
정병욱, 「판소리의 사실성과 서민정신」, 조동일 · 김흥규 편, 『판소리의 이해』, 창작과비평사, 1978.

정복규, 「한국 평민문학의 개념」, 『어문논집』 14 · 15집, 민족어문학회.
정재호, 「평민시조의 일고찰」, 『어문논집』 14 · 15집, 민족어문학회, 1973.
정창렬, 「백성 · 평민 · 민중」, 『역사비평』 74호, 2006.2.
정춘권, 「판소리 문학에 나타난 사회적 상상력과 기괴」, 『국어국문학』 146호, 국어국문학회, 2007.9.
조동일, 「전통의 퇴화와 계승의 방향」, 『창작과비평』 3호, 창작과비평사, 1966.여름호.
______, 「판소리의 전반적 성격」, 조동일 · 김흥규 편, 『판소리의 이해』, 창작과비평사, 1978.
______, 「한국문학에 있어서의 골계」, 『국어국문학』 51권, 1971.1.
______, 「현대시에 나타난 전통적 율격의 계승」, 『한국민요의 전통과 시가율격』, 지식산업사, 1996, 290쪽.
채광석, 「시를 생각한다」, 김병걸 · 채광석 편, 『역사, 현실 그리고 문학』, 지양사, 1985.
최운식, 「한국 근대민요에 나타난 항일의식」, 『비평문학』 15호, 비평문학학회, 2001.7.
최원식, 「민족문학론의 반성과 전망」, 김병걸 · 채광석 편, 『역사, 현실 그리고 문학』, 지양사, 1985.
허경진, 『조선위항문학사』, 태학사, 1997.
황재군, 「임 · 병란 후 평민의식과 시가문학 연구」, 『어문연구』 83집, 한국어문교육연구회, 1994.

Arthur Pollard, 송현락 역, 『풍자』, 서울대출판부, 1977.
E. Hobsbawm 외, 박지향 · 장문석 역, 『만들어진 전통』, 휴머니스트, 2004.
S. Chatman, 김경수 역, 『영화와 소설의 서사구조』, 민음사, 1999.

진보적 민족문학론의 민중 개념 형성론 보론

1. 문제제기

이 글에서는 진보적 민족문학론의 핵심적인 사유를 보여주는 민중 개념을 다시 한 번 살펴보고자 한다[1]. 백낙청을 비롯한 현실비판적인 문인들 중심으로 전개된 진보적 민족문학론의 민중 개념은, "역사적으로 자기회복에 의해 다시 역사의 주인으로 되어 가고 있는 사회적 존재"[2] 즉 역사변혁주체라는 뜻으로 1970~80년대의 문학담론에서 일반화되었다가, 현실사회주의의 붕괴 이후 차츰 논의에서 배제되어 오늘날에는 거의 쓰이지 않는다. 이러한 상황의 변화가 암시하는 점은 하나의 개념이

1 필자는 2007년 12월에 발표한 논문 「진보적 민족문학론에서 민중 개념의 형성 과정 연구」(『비교문화연구』 제11권 제2호)에서 역사변혁주체로서의 민중 개념이 탄생하자마자 그 기원을 은폐하고 '사건 이후'(after the event)의 현상으로 담론화되었다는 입장을 견지하고서, '간과된 기원', '개념의 소급 · 적용', 그리고 '민중의 재구성'에 대해서 논의한 바 있었다. 그러나 이후의 후속연구를 통해서 역사변혁주체로서의 민중 개념이 1920~30년대에 이미 존재했음을 살펴봤고, 1970년을 전후해서 제출된 진보적 민족문학론의 몇몇 평론이 민중 개념의 형성 과정에서 상당히 중요한 영향을 끼치고 있음을 확인했다. 이 논문에서는 선행 논문의 문제점을 보완하면서 민중 개념의 형성이라는 문제의식을 좀 더 심화시키고자 한다.

2 박현채, 「민중과 문학」, 김병걸 · 채광석 편, 『민족, 민중 그리고 문학』(지양사, 1985), 72쪽, 74쪽.

변화한다는 것, 다시 말해서 시대의 필요에 따라서 새로운 개념이 형성·지지되기도 하고 소멸되기도 한다는 것이다.

이 논문의 문제의식은 진보적 민족문학론에서 역사변혁주체로서의 민중 개념이 어떻게 형성되었는가 하는 것이다. 이것은 민중 개념을 역사변혁주체로 일의화하는 진보적 민족문학론 특유의 사유를 문제시하는 것이다. 민중이라는 한자어는 대다수[衆]의 사람들[民], 즉 많은 무리를 의미한다. 다수의 무리를 뜻하는 양적 개념이 역사변혁주체라는 질적 개념으로 변화하는 과정과 그 시점에 관심을 지니는 까닭은, 무엇보다 '열린 개념'(open conception)의 필요성 때문이다. 민중을 역사변혁주체로 일의화하는 태도로 1970~80년대의 민중문학을 검토하면, 그것은 문학 속의 민중을 선험적으로 인식하는 위험이 발생한다. 민중이라는 존재의 정체성이 선(先)규정되면, 그 만큼 문학작품의 해석은 일의화·이념화되기 쉬운 것이다.[3] 이러한 문제점을 해소하기 위한 중요한 방법 중의 하나가 바로 민중 개념이 일의화되는 형성과정을 살펴봄으로써 그 개념이 당대 사회에서 담론주체의 여러 욕망들이 복잡하게 교차하면서 우연히 형성된 역사적인 산물일 뿐이지 절대적이지 않다는 점을 검토하는 것이다.

이러한 작업은 한국문학의 담론체계 내부에서 역사변혁주체로서의 민중 개념이 언표화된 양상을 문제 삼는 일이다. 그 동안 민중 개념은 주로 대다수의 사람들이라는 의미로 사용되어왔다. 이 용어는 중국 고

3 필자는 논문 「진보적 민족문학론의 민중시관 재고」에서 민중 개념이 역사변혁주체로 선규정될 때, 민중문학이 변혁과 저항의 관점으로 과도하게 해석되는 것을 문제 삼은 바 있다. 신경림의 시 「겨울밤」에서 "올해는 닭이라도 쳐 볼거나."와 "올해에는 돼지라도 먹여 볼거나"라는 구절이 이시영에 의해서 "분명한 현실 극복 의지"로, 그리고 시 「편지」에서 "장바닥에 밴 끈끈한 삶"을 사는 시장 사람들이 윤영천에 의해서 "역사 변혁의 주체"로 오독된 것을 지적·비판했다. 그리고 일의적인 민중 개념을 극복하는 방법으로써 다중적·복수적인 민중 개념의 필요성을 제기했다.(이시영, 「70년대의 시」, 『동서문학』, 1990. 겨울호, 180쪽.: 윤영천, 「예술가의 사회적 책무」, 1989, 『서정적 진실과 시의 힘』(창작과비평사, 2002), 179쪽.: 강정구, 「진보적 민족문학론의 민중시관 재고」, 『국제어문』 40집 참조.)

대에서 지배계층에 대한 상대적인 개념으로 처음 사용되었고,[4] 한국에서는 1890년대 동학농민운동과 관련해서 민(民), 백성(百姓), 중민(衆民), 인민(人民) 등의 개념과 유사한 의미로 쓰였다.[5] 이 때의 민중은 동학농민운동의 중심세력으로써 지배계층과 대립했던 대다수의 사람들을 의미했다.

이러한 민중 개념이 변화하기 시작한 것은 1920년대였다. 1920년대에는 민족주의 · 사회주의 · 아니키즘 등의 이데올로기가 수용되면서 민중의 다양한 개념이 부각되었다. 민중은 대다수의 사람들이라는 양적 개념으로 쓰이기도 했지만,[6] 나아가서 국가의 주인 혹은 역사변혁주체라는 질적 개념으로 사용되기도 했다. 상해임시정부의 헌법에는 "민중이 주인 되는 국가"라는 표현이 나왔다. 또한 신채호는 『조선혁명선언』(1923)에서 "우리 조선 민족 생존의 적인 강도 일본을 구축하는 방법은 민중직접폭력혁명뿐"이라고 하면서 민중을 역사변혁주체로 이해했다.[7] 이러한 논의는 민족주의와 사회주의의 영향으로 인해서 민중의 위상을 새롭게 정립한 것이었지만, '주인' 되기나 '민중직접폭력혁명' 하기의 현실적 · 구체적인 방법이 소홀하다는 점에서 민족 지도자의 사회적인 이상을 드러낸 측면이 강했다.

민중 개념은 식민지 시기와 해방공간에서 민족, 백성, 프로레타리아, 인민, 국민 등의 용어와 경쟁 관계를 지녔으며, 해방 직후 우익 정부가 들어서고 전쟁을 거치면서 사라졌다가, 1960년대의 현실비판적인 문학담론에서 다시 엿보이기 시작했다. 이 때의 민중 개념은 지식인의 사회

---

4 김진하, 「민중론에 관한 실증적 접근」, 서강대학교 정치외교학과 석사학위논문, 1989. 참조.

5 정창렬, 「한국에서 민중사학의 성립 · 전개과정」, 김성재 외, 『한국민중론의 현단계』, 돌베개, 1989, 9~10쪽.

6 민중은 "다수라야 할 것이니 그런 의미로 보아 조선의 민중은 농민 · 어민 · 노동자를 합한 것이라 할 것이다."(『동아일보(사설)』 1924. 2. 6.)

7 장상철, 「1970년대 '민중' 개념의 재등장」, 『경제와 사회』 74호, 2007. 여름. 117~118쪽 참조.

적·문학적인 위상을 고민하는 과정에서 등장했기 때문에 주로 대다수의 사람들이라는 뜻으로 이해되었다. 지식인 혹은 문인은 "민중의 대변자로서, 선각자로서의 자각"[8]을 보여줘야 한다거나, "오직 선구적인 진리의 인간, 민중의 길잡이"[9]가 되어야 한다거나, 혹은 "한국에 관한 한, 민중의 저항을 가로맡"[10]아야 하는 것으로 주장되었다. 이 주장의 공통점은 민중이 지식인에 의해서 대변되어야 하는 존재로 설명된 것이었다. 이런 맥락의 연장선상에서 "〈민중적 자아〉 곧 〈우리로서의 나〉의 진지한 확립"[11]이 필요하다는 논의도 제시되었지만, 이것 역시 민중의 대변자라는 지식인의 위상은 그대로였다.

민중 개념이 역사변혁주체로 변화한 것은 1970년대였다. 가장 분명하게 눈에 뜨이는 것은 백낙청이 민중의 사명을 "민족생존권의 수호와 반봉건적인 시민혁명의 완수"[12]로 설명한 부분이었고, 이 외에도 임헌영, 염무웅, 구중서, 김병걸 등이 민중을 민족문학론의 중요한 요소로 언급했으며,[13] 1980년대 후반에는 '노동해방주체' 혹은 '민족해방주체'로 변주되기도 했다.[14] 문학에서 논의된 민중 개념은 종교계와 사회과학계를

---

8 장백일, 「문학혁신」, 『한양』 1964. 4. 130~131쪽.

9 이진영, 「지식인과 역사의식」, 『청맥』 1966.3, 324쪽.

10 백낙청, 「새로운 창작과 비평의 자세」, 『창작과비평』 1966 겨울호; 『민족문학과 세계문학 I』, 창작과비평사, 1978, 356쪽에서 재인용.

11 임중빈, 「반사회참여의 모순」, 『대한일보』 1967.10.17.

12 백낙청, 「민족문학개념의 정립을 위해」, 『민족문학과 세계문학 I』, 창작과비평사, 1978, 131쪽.

13 임헌영은 "참된 역사란 민중의 힘으로 창조"된다고 했고(「민족문학에의 길」, 『예술계』, 1970. 겨울호, 44쪽), 염무웅은 "근대적인 의미의 민족 개념이 민주 및 민중 개념과 결합되어야" 한다고 했으며(「민족문학, 이 어둠 속의 행진」, 『월간중앙』, 1972. 3월호, 109쪽), 『상황』지의 편집자는 "오늘의 문학은 참다운 민중의 것이어야" 함을 강조했다.(「문학조건2」, 『상황』, 1972년 봄호, 3쪽). 또한 구중서는 "권력의 시녀인 자유를 참된 민중의 소유물로 만들어 주"어야 함을,(「상황의 현상적 인식」, 『상황』, 1972년 봄호, 33쪽) 그리고 김병걸은 러시아의 리얼리즘이 "민중의 해방운동과 밀접한 관계를 유지"했음을 살펴봤다.(「19세기 리얼리즘 문학」, 『상황』 5호, 76쪽)

14 김명인, 「지식인 문학의 위기와 새로운 민족문학의 구상」, 『전환기의 민족문학』, 풀빛, 1987.; 조정환, 「민주주의 민족문학론에 대한 자기비판과 '노동해방문학론'의 제창」, 『노동해방문학』, 1989. 4.; 백진기, 「민족해방문학의 성격과 임무」, 『녹두꽃』 2집, 1989. 참조.

비롯한 여러 학문 분야에서 민중담론이 확산되는 데에 많은 영향을 끼쳤다.[15] 이러한 민중 논의는 1970년대의 사회에서 역사변혁의 과제를 담당해야 할 새로운 주체가 요구되었던 시대적인 분위기에 대한 일종의 문학적인 응답이었다.

그렇다면 민중을 역사변혁주체로 이해한 태도는 1960년대 후반부터 1970년대 초반 사이의 문학담론에서 발생했음을 추측할 수 있다. 민중이라는 용어는 1960년대 중반까지 지식인에 의해서 대변되어야 하는 존재로 이해되었으나, 1970년을 전후로 한 몇 년 사이에 역사변혁주체 개념으로 바뀌기 시작한 것이다. 이 변화된 민중 개념은 1960년대의 현실비판적인 문학담론에서 문제시되었던 지식인과 민중의 시대적 역할과 그 사명을 새롭게 관계 설정하면서 형성된 것이다.

이제 탐구해야 할 과제는 어떠한 과정을 거치면서 역사변혁주체로서의 민중 개념이 형성되었는가 하는 것이다. 이러한 문제를 해명하기 위해서 진보적 민족문학론이 발생하는 과정에서 역사변혁이라는 시대적인 과제와 민중의 관계를 분명하게 언급하기 시작한 세 편의 평론, 구체적으로는 백낙청의 「시민문학론」(1969), 김지하의 「풍자냐 자살이냐」

---

15 종교계, 특히 민중신학에서 안병무와 서광선 등이 예수와 민중의 관계를 살펴봤고,(안병무, 「역사와 민중」, 『안병무전집6』, 한길사, 1993.; 서광선 외, 『민중신학의 이해』, 한국기독교협의회), 사회과학계에서는 송건호, 안병직, 한완상, 박현채가 민중 개념과 그 범주를 사회경제학적인 입장에서 검토했다.(송건호 · 안병직 · 한완상, 「민중의 개념과 그 실체—좌담」, 『월간 대화』, 1976. 11월호, 유재천 편, 『민중』, 문학과지성사, 1984에 재수록, 박현채, 『민족경제론』, 한길사, 1978. 참조) 또한, 『신동아』지에서는 1980년 7월 「특집 민중은 누구인가」를 게재한 바 있다. 여기에서는 안병영의 「역사의 주체로서의 민중」, 유재천의 「70년대의 민중에 대한 시각」, 박성수의 「한국사에 나타난 민중운동」, 황문수의 「민중의 역설성」, 이광주의 「민중의 서구적 논리와 계보」, 한상범의 「민중론의 전개방향」, 고재식의 「민중의 진리성과 신학」, 조남현의 「문학으로 본 대중과 민중」이 실려 있다. 이러한 글의 제목에서 알 수 있듯이 민중은 '진리성'이나 '역사변혁주체'와 같은 의미로 사용되었다. 이외에도 신경림의 「민중문학의 참길」(『이화』, 1978, 『삶의 진실과 시적 진실』(전예원, 1982)), 백낙청의 「민중은 누구인가」(『인간해방의 논리를 찾아서』(시인사, 1979)), 그리고 박현채의 「민중과 문학」(김병걸 · 채광석 편, 『민족, 민중 그리고 문학』(지양사, 1985))에서도 역사변혁주체로서의 민중 개념이 제시되었다.

(1970), 그리고 신경림의 「문학과 민중」(1973)을 검토할 필요가 있다. 이 세 편의 평론은 1970년대 민족문학론의 성립과 관련해서 여러 차례 언급이 있었지만,[16] 지식인과 민중의 관계를 재설정하면서 역사변혁주체로서의 민중 개념을 형성해 나아가는 일련의 과정으로 살펴본 논의는 찾기 힘들다.

2. 진보적인 의식을 지닌 존재

역사변혁주체로서의 민중 개념은 현실비판적인 지식인들이 암묵적으로 합의하면서 문학담론에 자리 잡은 것이다. 다시 말해서 이 개념은 누가 어떻게 사용하고자 주장했던 명시적인 생성지점을 지니는 것이 아니라, 당대 사회에서 여러 욕망들이 복잡하게 교차하면서 우연히 형성된 측면이 있는 것이다. 그렇다면 민중 개념의 형성을 살펴보고자 하는 이 논문의 문제의식은, 그 욕망들의 교차 지점을 지적하는 작업이 되어야 한다. 이 장에서는 백낙청이 한국문학과 전통을 논의하는 과정에서 진보적인 의식을 지닌 존재로서 민중을 재평가하고 있음을 살펴보고자 한다.

백낙청이 평론 「시민문학론」(1969)을 집필할 때의 민중은, 엄밀히 말해서 평론 「민족문학개념의 정립을 위해」(1974)를 집필할 때의 민중과는 다른 측면이 있다. 평론 「민족문학개념의 정립을 위해」에 나타난 민중은 앞 장에서 논의한 바처럼 "민족생존권의 수호와 반봉건적인 시민혁명의 완수"를 사명으로 지니며, "민족주권을 수호하는 일"을 '스스로가' '떠맡'[17]아야 하는 자기주도적인 역사변혁주체로서 설정되어 있다. 그렇지

16 세 편의 평론을 민족문학론의 성립이라는 관점에서 본 대표적인 논의는 성민엽의 평론 「민중문학의 논리」(『민중문학론』, 문학과지성사, 1984)를 보라.

17 백낙청, 「민족문학개념의 정립을 위해」, 『민족문학과 세계문학 I』, 창작과비평사, 1978, 131; 129~130쪽.

만 평론 「시민문학론」에서 서술된 민중은 그러한 위상을 지닌 것이 아니라, 지식인과 함께 하는 존재로 서술된다.

> 외세를 헛믿었던 갑신년(1884) 역시 독자적 시민의식의 발달사에서는 큰 빛을 발하지 못한다. 그리고 이 모든 움직임의 공통된 치명적 약점은 한마디로 민중과 호흡이 일치된 운동이 아니었다는 것이다. 그러므로 민중은 민중대로 시민의식의 성장을 보여주고 있었다는, 다시 말해서 대다수 민중과 소수의 선구적 지식인이 하나의 시민의식으로 뭉칠 수 있는 잠재적 가능성이 자라고 있었다는 사실을 지적하지 못하는 한, 소수 선각자의 업적은 거의 있으나마나 한 것이었다는 풀이가 나와도 대답할 말이 없다. 그런데 바로 그러한 가능성의 존재를 우리는 갑오년(1984)의 동학농민전쟁에서 보는 것이다.[18]

위의 인용에서 민중과 "소수의 선구적 지식인" 사이에는 미묘한 관계가 엿보인다. 백낙청의 서술을 따라가면, "시민의식의 발달사"의 "큰 빛"이 되려면 "민중과 호흡이 일치된 운동"이 있어야 한다는 것, 다시 말해서 "민중은 민중대로 시민의식의 성장을 보여주"어야 "민중과 소수의 선구적 지식인이 하나의 시민의식으로 뭉칠 수 있"는 운동이 가능하다는 것이다. 그렇지 못하면 "소수 선각자의 업적은 거의 있으나마나" 하다는 것이다. 이러한 백낙청의 서술에서는 지식인이 "민중과 호흡이 일치된 운동"을 해야 함을 분명히 제시하고 있다.

이러한 민중의 위상은 그의 문학담론 전개과정에서 보면 상당히 획기적인 변화이다. 그는 1966년의 평론 「새로운 창작과 비평의 자세」에서 지식인이 "한국에 관한 한, 민중의 저항을 가로맡"[19]아야(대신 맡아야—편집

18 백낙청, 「시민문학론」, 『민족문학과 세계문학 I 』, 창작과비평사, 1978, 41쪽.
19 백낙청, 「새로운 창작과 비평의 자세」, 『창작과비평』 1966 겨울호.; 『민족문학과 세계문학 I 』, 창작과비평사, 1978, 356쪽에서 재인용.

자 주) 한다고 주장한 바 있었는데, 불과 3년 만에 자신의 입장 일부를 수정한 것이다. 1966년의 논의에서는 지식인이 역사변혁(저항)주체였는데, 1969년에 오면 "민중과 소수의 선구적 지식인이 하나의 시민의식으로 뭉"쳐야 함을 강조함으로써 역사변혁주체의 자리에 민중과 지식인을 함께 설정한다. 이 부분에서 민중의 위상이 서서히 변화하고 있음을 알 수 있다.

이러한 변화는 백낙청이 지식인과 구별되는 민중, 즉 대다수의 사람들이 역사 속에서 보여준 저항성을 강조·주목했음을 의미한다. 그는 동학농민운동에 대해서 "지배계급의 이념과 완전히 다른 이념에 입각한 민중혁명"이라고 하거나, 3·1운동에 대해서 "민중의 저항정신"이 "지식층의 근대적 의식"과 한데 모이는 데 성공한 운동이라고 평가한다.[20] 이러한 평가가 가능한 이유를 살펴보기 위해서는, 민중이 보여준다고 하는 '시민의식'이 무엇인지 이해할 필요가 있다.

> 그리하여 농민들에 비하면 처음부터 뚜렷하던 이들(시민계급—편자 주)의 단체의식은 자신의 공동운명과 사회적 위치를 명백히 인식하며 필요하다면 실력을 행사해서라도 봉건적 제약을 철폐하겠다는 하나의 주체적인 시민의식으로 발전하는 것이다. 이러한 의식이 그 극도에 다다라, 이제는 이미 어느 한 도시 한 계급의 이해관계만이 아니고 인류 전체에 대한 당대로서는 가장 진취적인 사상을 대변하는 집단으로서, 그리고 시민계급 이외에도 민중의 대다수와 일부 귀족들까지 가세한 당대의 가장 거대하고 전진적인 세력으로서, 세계사에 커다란 한 전기를 마련한 움직임이 바로 우리가 익히 아는 18세기 말 프랑스의 대혁명이었다. 프랑스혁명을 고전적인 시민혁명이라 일컫는 것도 그 때문이며 시민계급의 가장 시민다운 모습, 이른바 〈시민계급의 영웅적인 시대〉(the Heroic

20 백낙청, 「민족문학개념의 정립을 위해」, 『민족문학과 세계문학 I』, 창작과비평사, 1978, 41~42; 43쪽.

Age of the Bourgeoisie)를 흔히 그 시기에서 찾는 것도 그 때문이다.[21]

백낙청이 말하는 '시민의식'은 프랑스 시민혁명을 배경으로 만들어진 조어이다. 그가 이해하는 프랑스 시민혁명은 봉건영주의 지배에서 벗어나서 독자적인 정치적 권리를 획득하려는 시민계급(bourgeoisie)의 '단체의식'이 "필요하다면 실력을 행사해서라도 봉건적 제약을 철폐하겠다는 하나의 주체적인 시민의식으로 발전"한 것이고, 좀 더 나아가서 "한 도시 한 계급의 이해관계만이 아니고 인류 전체"의 "가장 진취적인 사상"을 보여주는 진보적인 의식이 되는 것이며, "민중의 대다수와 일부 귀족들까지 가세"할 수 있는 계급초월적인 의식인 것이다. 정리해서 말한다면 '시민의식'이란 초계급적인 진보의식이다. 백낙청은 프랑스 시민혁명이 가능한 근본동력을 그러한 진보적인 의식에서 찾은 것이다.

여기에서 말하는 '시민의식'은 프랑스 사회와는 전혀 다른 계층적인 구성을 보이는 한국 사회의 민중도 지닐 수 있는 것이 된다. 한국의 민중 역시 시민계급은 아니지만 "한 도시 한 계급의 이해관계만이 아니고 인류 전체"의 "가장 진취적인 사상"을 획득하고자 하는 근대적인 혁명운동에 참여한다면, '시민의식'을 지닌 자가 되기 때문이다. 이러한 이유 때문에 동학농민운동과 3·1운동에 참여한 민중이 '시민의식'을 보여준다는 백낙청의 논의가 가능한 것이다. 이 지점에서 민중은 자기 계층의 한계를 넘어서서 초계급적인 진보의식을 지닌 존재가 될 수 있다는 논리적인 근거가 확보된 셈이다.

더욱이 백낙청의 논의에서 '시민의식'이 전(全)역사적인 혹은 초역사적인 의식으로 설명된다는 점은 주목에 값한다. 이것은 "우주내에서 플라톤적 〈설득〉의 원칙으로서의 〈이성〉, 그 움직임의 추진력으로서의 〈

---

21 백낙청, 위의 평론, 12쪽.

사랑〉(플라톤 철학의 Eros), 그리고 그러한 이성과 사랑의 역사적 구체화로서의 〈시민의식〉은 현재까지 지속된 가장 오래된 문명사회의 하나인 한반도에 아득한 옛날부터 오히려 두드러져 있었다"[22]라고 말하는 데에서 잘 확인된다. 백낙청이 '시민의식'을 전역사적인 지평에서 살펴볼 때, 민중은 새로운 의미를 띨 수밖에 없다. 그가 1966년에 창작과 비평의 자세를 논했을 때 그 주체를 지식인(문인)으로 한정짓는 것이 가능했지만, 1969년에 혁명과 역사를 논할 때에는 그 주체를 지식인으로 제한하기 곤란하다. 프랑스 시민혁명에서 보듯이 시민계급 혹은 지도계급은 민중과 함께 혹은 민중을 동원해서 혁명에 성공했기 때문이다.

역사적인 사실에서 알 수 있듯이, 백낙청은 인식의 지평을 문학에서 역사의 차원으로 확장하면서 필연적으로 민중에게 새로운 가치를 부여하게 된다. 역사변혁은 지식인 혼자서 가능하지 않고 꼭 민중이 동반되어야 하기 때문이다. 이 지점에서 민중은 '시민의식'이라는 진보적인 의식을 지니는 존재로 재논의된다. 백낙청의 평론 「시민문학론」은 진보적 민족문학론의 민중 개념이 형성되는 과정에서 그 물꼬를 튼 논의이다. 그의 논의는 역사변혁과 민중 개념을 연결시키는 데에 있어서 논리적인 근거를 부여한 출발점이 된다.[23]

3. 범주의 확장

백낙청이 1966년에 "민중의 저항을 가로맡"는 지식인의 필요성을 주장하고, 1969년에 지식인은 지식인대로, 그리고 민중은 민중대로 "시민

22 위의 평론, 38쪽.

23 진보적 민족문학론이 전개된 1970년대 이후, 백낙청은 자신의 논의를 수정하여 시민이 곧 민중이고 시민의식이 민중의식이라고 주장하면서 시민과 민중을 동일시하는 논리를 개진하는 방향으로 나아간다.

의식의 성장을 보여주고 있었다"고 말한 이면에는, 지식인으로서의 자의식이 분명하게 있었던 것으로 이해된다. 그는 지식인 비평가로서 민중과 구별되는 중간계층의 위치에서 진보적인 의식을 논하였던 것이다. 이처럼 지식인과 밀접한 관계를 지니고 있는 민중의 위상은, 1970년에 발표된 김지하의 평론 「풍자냐 자살이냐」에서 다시 한 번 커다란 변화를 맞이한다. 김지하는 '시인이' "자기 자신과 자기가 속해 있는 민중의 편에 분명히 서"[24]야함을 주장했는데, 이러한 주장은 민중의 범주와 성격이 새롭게 설정되고 있음을 암시한다.

'시인'(지식인)이 '민중'에 속해 있고 또 "민중의 편"에 서야 한다는 김지하의 표현은, "민중의 저항을 가로맡"는다는 것이나 "민중은 민중대로" 진보적인 의식을 지닌다는 것과 근본적으로 다른 사유에서 나온 것이다. 김지하가 주창한 민중 개념은 대다수의 사람들을 비롯해서 지식인이라는 중간계층을 포함한 범주를 지니기 때문이다. 이 때 문제는 민중의 범주 구성이다. 지식인도 민중에 속한다면, 이제 민중 범주 속에는 대다수의 사람들과 지식인이 함께 있게 된다. 백낙청이 민중과 지식인으로 구분했던 것을, 김지하는 자신의 민중 개념 속에서 대다수 사람들로서의 민중과 지식인으로서의 민중으로 재구분한 것이다.

> 민중의 거대한 힘을 믿어야 하며, 민중으로서 초연하려고 들 것이 아니라 민중 속으로 들어가 그들과 함께 생활하는 자기 자신을 확인하고 스스로 민중으로서의 자기 긍정에 이르러야 할 것이다. […중략…] 문제는 민중 속에서, 그 긍정적인 것의 사랑을 통하여 민중으로서 느끼고 생각하느냐 아니면 민중의 밖에서 선택된 자아의식으로 사고하느냐의 차이에 있다. 민중으로서의 시인은 민중들을 사랑하고 민중들의 사랑을 받는 가수이자 동시에 민중을 교양하며 민중들

24 김지하, 「풍자냐 자살이냐」, 『민족의 노래 민중의 노래』, 동광출판사, 1984, 174쪽.

의 존경을 받는 교사여야 한다.[25]

위의 인용에서는 '시인'이 민중과 어울려 "스스로 민중으로서의 자기 긍정"에 도달해야 하고, "민중들의 사랑을 받는 가수"이자 "민중들의 존경을 받는 교사"이어야 함을 강조하고 있다. 여기에서 민중은 두 가지의 계층을 모두 포함한 개념이다. 먼저 민중은 대다수의 사람들을 의미한다. "민중의 거대한 힘", "민중 속으로 들어가", "민중들을 사랑하고 민중들의 사랑", 그리고 "민중들의 존경"이라는 표현 속의 민중은 대다수의 사람들을 뜻한다. 그리고 민중은 지식인을 포함하기도 한다. "스스로 민중으로서의 자기 긍정에 이르러야 할 것"과 "민중으로서 느끼고 생각하느냐"라는 구절의 민중은 지식인이 "민중의 편"이 되어 "그들과 함께 생활"하고 동화될 때에 가능한 민중, 즉 지식인으로서의 민중을 지칭한다.

김지하가 이처럼 민중의 범주를 확장할 때, 어떤 계층이 민중임을 확인시켜주는 정체성의 중핵이 물질적 실체보다는 의식 쪽에 놓여있다는 점을 지적하는 것은 상당히 중요하다. 김지하의 민중 정체성은 "문제는 민중 속에서, 그 긍정적인 것의 사랑을 통하여 민중으로서 느끼고 생각하느냐 아니면 민중의 밖에서 선택된 자아의식으로 사고하느냐의 차이에 있다"는 진술에서 확인되듯이 "민중으로서 느끼고 생각하"는 것, 쉽게 말해서 민중의 의식을 선택하는 것에서 보증된다. 지식인도 민중의 의식을 지니면 민중이 된다는 그의 논리, 그것은 지식인이 아닌 다른 계층도 민중의 의식을 지니면 민중에 포함된다는 것을 뜻한다. 이러한 민중 범주의 확장은 초계층적인 범주론을 형성한다는 점에서 1970~80년대 진보적 민족문학론에 많은 영향을 끼친다. 백낙청이 민중도 초계층적인 '시민의식'을 지닐 수 있다고 한 데에 비해서, 김지하는 지식인도

25 김지하, 위의 평론, 184~185쪽.

민중의 의식을 가질 수 있다고 함으로써 민중이라는 용어의 비중을 더 부각시킨 셈이다.

그렇다면 김지하가 생각하는 민중의 의식이란 무엇인가라는 문제가 남는다. 그가 생각하는 민중의 의식을 이해하기 위해서는, 무엇보다도 지식인과 민중이 처한 상황이 거의 구별되지 않는 것으로 여긴 1970년대의 정치적·사회적인 상황을 염두에 두어야 한다. 그가 보기에 1970년대 개발독재의 시대에는 지식인이건 민중이건 간에 모두 지배계층에 의해서 억압당하는 피억압적인 존재인 것이다. 이런 상황에서 민중의 의식이란 억압당하는 존재가 지닐 수 있는 의식, 구체적으로 말하면 지배계층의 억압을 비판하고 거기에 맞서는 의식으로 추측된다.

> 이러한 요소에 대해서조차 적대적인 폭력을 가한다면, 그러면서도 이 민중 위에 군림한 어떤 집단의 어떤 용서할 수 없는 악덕에 대해서는 일언반구도 내비치지 않는 풍자가 있다면 [⋯하략⋯][26]

> 시인은 민중 풍자를 통하여 그들을 계발해야 하며 민중적 불만 폭발의 방향에로 풍자 폭력을 집중시킴에 의해서 그들을 각성시키고 그들의 활력의 진격 방향을 가르쳐 주어야 한다.[27]

위의 인용에서는 1970~80년대 사이에 논의되었던 진보적 민족문학론의 민중 개념이 잘 드러나 있다. 김지하의 민중 개념 속에는 대다수의 사람들이 지배계층에게 억압을 당하는 이미지와, 지식인이 대다수의 사람들을 '각성'시키고 "진격 방향을 가르쳐 주어야" 하는 이미지가 동시에 내포되어 있다. 대다수 사람들로서의 민중은 자기 "위에 군림한 어떤

26 김지하, 위의 평론, 180~181쪽.
27 김지하, 위의 평론, 184쪽.

집단"과 적대적으로 대립된 존재이면서, 동시에 지식인의 도움을 받아서 '각성'하고 "진격 방향"을 배우는 역사변혁적인 존재가 되어야 하는 것이다. 이 부분에서 피억압성, 각성, 그리고 역사변혁성이라는 진보적 민족문학론의 민중 개념이 지닌 핵심이 발견된다.

이러한 김지하의 민중 개념은 지배계층과 상대된다는 정도의 뜻으로 쓰이던 기존의 용례와는 상당한 차이를 보인다. 기존의 민중 개념은 지배계층과 상대되지만 적대적으로까지 파악되지는 않는다. 그렇지만 김지하의 민중 개념은 지배계층과 적대적인 존재로 규정된 것이다. 이러한 이해는 자기가 속한 사회적인 계층을 억압계층과 피억압계층으로 이해한 김지하의 이분법적인 인식론에서 비롯된다. 김지하는 민중 위에 군림하고 악덕을 행하는 지배계층과 그러한 지배계층에게 억압당하지만 지식인의 도움으로 역사변혁을 향하는 민중계층을 담론화하기 때문이다.

김지하의 민중 개념은 대다수의 사람들과 지식인을 모두 포함하지만, 사실상 두 계층의 역할은 거의 구분된다. 대다수의 사람들로서의 민중은 "어떤 용서할 수 없는 악덕"에 희생당하는 피억압적인 존재로 제시되고, 지식인으로서의 민중은 앞 선 인용에서 확인되듯이 "민중들의 사랑을 받는 가수이자 동시에 민중을 교양하며 민중들의 존경을 받는 교사"라는 계몽적인 존재로 이해되기 때문이다. 김지하는 지식인이 "스스로 민중으로서의 자기긍정에 이르러야" 함을 말하면서도, 동시에 자신의 입장을 스스로 드러내지 못하는 민중을 위해서 대변하고 계몽해야 함을 분명하게 자각하고 있는 것으로 판단된다[28].

---

28 이러한 구분법이 잘 구현된 김지하의 작품이 바로 담시 「오적」이다. 이 담시에서 대다수의 사람들 중 하나인 '꾀수'는 배고파서 국화빵을 훔쳐먹은 도둑으로서 포도대장에게 잡혀 고문을 받고 나중에 무고죄로 감옥에 가는 피억압적인 존재이고, '시인'(지식인)은 '꾀수'를 동정하고 '오적'과 '포도대장'을 천벌 받아 죽게 만들면서 작품을 읽는 독자(민중)에게 '각성'과 "진격 방향"을 암시하는 계몽적인 존재로 나타난다.

4. 이념의 투영

백낙청과 김지하의 담론에서는 "민중과 호흡이 일치된 운동"[29]이나 "민중들의 존경을 받는 교사"[30]이어야 한다는 표현에서 알 수 있듯이, 지식인이 민중과 함께 하거나 민중을 계몽해야 한다는 생각을 보여준다. 이 경우 민중은 지식인의 주도로 역사변혁이라는 과제를 수행하는 동반자적인 존재 혹은 지식인의 계몽 대상으로 설명된다. 그런데 신경림은 평론 「문학과 민중」(1973)에서 "민중의 생활감정에 뿌리박은 문학, 민중의 감정과 사상을 결합시키고 승화시키는 문학"[31]이 필요함을 주장하는데, 이 주장은 민중에 대한 근본적인 태도의 변화를 의미하는 것이다. 민중 개념이 지식인의 이념을 배우는 존재에서 그 이념이 투영된 존재로 바뀌고 있기 때문이다.

신경림의 평론 「문학과 민중」은 그 부제에서 알 수 있듯이 '현대한국문학에 나타난 민중의식'을 살펴본 글이다. 여기에서 '민중의식'이란 민중에 대한 지식인의 의식이자, 민중이 지닌 의식으로 중의적인 해석이 가능하다. 전자는 "민중의 생활감정에 뿌리박은 문학", "민중의 목소리로 노래", "민중에 대한 자각", 그리고 "민중 속에 있는 작가"라는 표현 등에서 엿보이듯이,[32] 민중에 대한 지식인의 관심과 사랑을 뜻한다. 이것은 김지하가 "민중의 편"이라고 말할 때에도 해당된다. 그렇지만 후자는 "민중의 감정과 사상을 결합시키고 승화시"킨다는 표현에서 보이는 것으로써 민중이 자신의 "감정과 사상"을 '승화'시킨다는 뜻이다. 여기에서 '승화'(sublimation)란 원래 질적인 고양을 뜻하는 개념인데, 그것

29 백낙청, 「시민문학론」, 『민족문학과 세계문학 I』, 창작과비평사, 1978, 41쪽.
30 김지하, 「풍자냐 자살이냐」, 『민족의 노래 민중의 노래』, 동광출판사, 1984, 185쪽.
31 신경림, 「문학과 민중」, 『문학과 민중』, 민음사, 1977, 51쪽.
32 신경림, 위의 평론, 45;48;64;70쪽.

을 예술작품에 적용시키면 등장인물(민중)의 이념적인 고양을 암시하는 것이 된다. 이 때 '승화'라는 개념을 좀 더 분명히 이해하기 위해서는, 신경림이 해방 이후의 작가 중 가장 긍정적으로 평가하는 작가 방영웅에 대한 논평을 살펴볼 필요가 있다.

> 여기 나타난 똥예의 소망은 곧 민중의 그것이요, 그녀의 호소는 곧 우리의 것이다. 그러면서도 우리가 아직도 그에게 한가닥 아쉬움을 가지는 것은 무엇 때문인가. 백 3, 40년 전에 벨린스키는 레르몬토프의 시를 얘기하면서 "재능 있는 화가에 의하여 캔버스 위에 창조된 풍경은 자연에 있어서의 모든 회화적인 조망보다도 우수하다. 그 속에는 우연한 불필요한 아무 것도 없이, 모든 부분이 전체에 종속되고 모든 것이 하나의 목적으로 향해지고 하나의 아름다운 전체적인, 그러면서도 개별적인 것을 형성하고 있기 때문이다."라고 전제하고 "현실적인 것은 이성적이며 이성적인 것은 현실적이다—이것은 위대한 진리이다. 그러나 현실에 존재하는 모든 것이 현실적인 것은 아니며, 또 예술가에게는 오직 이성적 현실만이 존재해야 한다. 그러니까 이 의미에 있어서도 그것에 대하여 그는 노예가 아니라 창조자이다. 현실이 예술가를 지배하는 것이 아니라 예술가가 현실 속에다 자기의 이상을 도입하고 그에 따라 현실을 개조하는 것"이라고 술회했던 바, 그것은 또한 우리가 방영웅에게 들려주고 싶은 얘기이기도 하다.[33]

신경림은 방영웅의 소설 「분례기」를 분석하면서 벨린스키의 말을 인용한다. "모든 부분이 전체에 종속되고 모든 것이 하나의 목적으로 향해"진다는 것, 그것은 "현실적인 것은 이성적이며 이성적인 것은 현실적이다"라는 헤겔의 사유에 근거해서 세계를 보는 태도를 뜻한다. 즉 현실

---

33 위의 평론, 71~72쪽.

의 '부분'은 '전체' 속에서 이해되는 것이다. 이러한 사유를 예술작품에 적용하면, 예술가가 그려내는 '현실'은 "전체에 종속되고" "하나의 목적으로 향해"지는 것, 다시 말해서 "현실 속에다 자기의 이상을 도입하고 그에 따라 현실을 개조하는 것"이 된다.

위의 인용은 신경림이 주장한 "민중의 감정과 사상을 결합시키고 승화시키는 문학"이 어떠한 것인가를 짐작하게 해준다. "민중의 감정과 사상을 결합"시키다는 것은, 민중이 현실에서 느끼고 생각하는 것을 결합하는 것이다. "똥예의 소망은 곧 민중의 그것"이라고 할 때의 "똥예의 소망"이 바로 그런 것이다. 그리고 '승화'란 "모든 부분이 전체에 종속되고 모든 것이 하나의 목적으로 향해"진다거나 "현실 속에다 자기의 이상을 도입하고 그에 따라 현실을 개조"한다는 표현에서 알 수 있듯이, 예술작품 속의 '현실'(부분)을 '전체' 혹은 "하나의 목적"으로, 혹은 예술가의 '이상'으로 보는 것을 의미한다. 이 때 예술작품 속의 '현실'을 "똥예의 소망"으로 본다면, 거기에 "이상을 도입"하고 "현실을 개조"하는 것이란 '똥예'와 같은 등장인물을 이념적인 존재로 형상화하는 것을 뜻한다.[34] 쉽게 말해서 예술가가 지향하는 사회 · 역사에 대한 전망(이념)을 민중에게 투영시켜 서술하는 것이다.

이러한 신경림의 민중 개념은 김지하의 논의를 넘어서는 측면이 있다. 김지하는 지식인이 민중을 "각성시키고 그들의 활력의 진격 방향을 가

---

34 "현실 속에다 자기의 이상을 도입하고 그에 따라 현실을 개조하는 것"이라는 표현은, '현실'을 무엇으로 이해하느냐에 따라서 다르게 이해될 수 있다. 본 논문에서는 '현실'과 '이상' · '개조'를 등장인물을 중심으로 설명하고 있다. 등장인물을 어떠한 성격으로 형상화하는가 하는 문제로 이해한 것이다. 등장인물을 현실순응적인 인물로 그리느냐, 아니면 예술가의 '이상'이 투영된 역사변혁적인 인물로 서술하느냐 하는 문제로 본 것이다. 그렇지만 그 '현실'을 등장인물이 살아가는 사회로 설명할 수도 있다. 이 때에는 김지하가 담시 「오적」에서 보여준 것처럼 등장인물(민중)에게서는 예술가의 '이상'이 드러나지 않지만, 오히려 예술가가 부패한 사회상을 서술함으로써 현실변혁을 추동하는 '이상'을 암시하는 것으로 이해된다. 그렇지만 '현실'이 "모든 부분이 전체에 종속되고 모든 것이 하나의 목적으로 향해지고 하나의 아름다운 전체적인, 그러면서도 개별적인 것을 형성"한다고 말하는 가운데에서 나왔다는 점에서 '현실'은 어떤 상황(사회)보다는 '개별적인' 인물로 이해할 필요가 있다.

르쳐 주어야 한다"고 했지만, 신경림은 예술작품의 "현실 속에다 자기의 이상을 도입하고 그에 따라 현실을 개조하는 것"이라고 주장한다. 신경림에게 오면, 민중 개념은 계몽의 대상에서 이념이 투영된 존재로 새롭게 이해된 것이다. 이러한 민중 개념이 중요한 이유는 1970~80년대 민족문학(민중시, 민중소설)에서 민중이 어떻게 서술되어야 하는가에 대한 방향을 제시하고 있기 때문이다. 앞으로 요구되는 문학작품 속의 민중은 "감정과 사상을 결합"해서 서술되어야 하되, 전체적인 방향에서 볼 때에는 지식인의 이념이 투영되어야 하는 존재로 이해되는 것이다.

이 때 신경림의 민중 개념을 좀 더 분명하게 이해하기 위해서는 이념이란 무엇인가라는 질문을 던질 필요가 있다. 그가 인용하는 벨린스키가 러시아의 리얼리스트라는 점에서 예술가의 '이상'과 '현실'의 '개조'는 리얼리즘 논의 속에서 설명될 필요가 있다. 평론 「문학과 민중」에서는 리얼리즘이 언급된 부분이 있다.

> 서구의 어느 비평가는 대전 전에 있어 자본주의, 특히 그 위기에 있어서의 문학의 발전현상을 대체로 세 개의 집단으로 나누어 설명하고 있다. 즉, 첫째로 현체제를 옹호하는 반(反)리얼리즘 또는 사이비 리얼리즘의 문학. 둘째 표현주의, 초현실주의 등을 포함한 아른바 아방가르드(前衛藝術)의 문학. (그리고 그는 이의 주요한 경향을 리얼리즘의 철저한 배제, 리얼리즘의 정력적 청산이라 규정한다.) 셋째로 참다운 이 시대의 리얼리스트의 문학. 이는 제 1차대전 이전의 서구의 사회상을 전제로 한 것인 만큼 보편타당성을 지닌 규정이라고 보기는 어렵다. 그러나 이 이론을 수정 적용해서, 어느 시대 어느 문학에 있어서나 현존 체제를 옹호·정당화하려는 반리얼리스트 또는 의사(擬似)리얼리스트의 문학과 역사의 진행을 비판적으로 보려는 참다운 리얼리스트의 문학이 있다는 것을 추론한다는 것은 어려운 일이 아니다.[35]

위의 인용에서 서구의 '문학'은 반리얼리즘, 아방가르드, 참다운 리얼리즘으로 구분되는데, 이러한 논의를 한국문학에 적용해 보면 "현존 체제를 옹호·정당화하려는 반리얼리스트 또는 의사(擬似)리얼리스트의 문학"과 "역사의 진행을 비판적으로 보려는 참다운 리얼리스트의 문학"으로 구분된다. 여기에서 주목해야 하는 것은 "참다운 리얼리스트의 문학"이다. 이 글에서 '참다운' 리얼리즘이란 신경림 자신이 분명한 내용을 밝히지 않지만, 1970년대 리얼리즘 논의에서 가장 핵심적인 화두라는 점에서 짐작이 가능하다. 그것은 "낡은 상황을 부수면서 새로운 현실을 형성해나가는 독자적 기능"[36]이 있는 것으로, 혹은 "작가의 건강한 창조적 능력이 사회적 현실과의 투쟁을 통해 철저히 개발되는 과정에서 나타나는 것"[37]으로 설명된다. 이러한 설명을 참고할 때 "역사의 진행을 비판적으로" 본다는 표현은, "낡은 상황을 부수면서 새로운 현실을 형성해나가는" 것 혹은 "사회적 현실과의 투쟁"으로 이해될 필요가 있다. 이렇게 볼 때 신경림의 민중 개념은 역사변혁이라는 리얼리즘적인 과제가 투영된 존재로 판단된다. 그가 예술가의 '이상'과 '현실'의 '개조'를 논할 때 그 '이상'과 '개조'는 역사변혁의 술어인 셈이다.

5. 결론—민중 개념의 종합적인 논의를 중심으로

이 논문의 문제의식은 진보적 민족문학론의 핵심 용어인 민중 개념이 형성된 과정을 살펴보는 것이었다. 민중이라는 한자어는 대다수[衆]의 사람들[民], 즉 많은 무리를 뜻하는 것이었지만, 백낙청 등의 현실비판적

35 신경림, 위의 평론, 50쪽.
36 구중서, 「한국 리얼리즘 문학의 형성」, 1970.; 『문학적 현실의 전개』, 창비, 2006, 46쪽.
37 염무웅, 「리얼리즘의 심화와 확대」, 1972.; 홍신선 편, 『우리문학의 논쟁사』, 어문각, 1985, 456쪽.

인 평론가에 의해서 역사변혁주체로 담론화되었다. 이러한 의미로 민중이 규정되면, 그 만큼 문학작품의 해석이 일의화·이념화되는 문제점이 발생했다. 이러한 문제점을 해소하기 위해서는 민중을 '열린 개념'으로 새롭게 이해할 필요가 있었는데, 그 방법 중의 하나는 역사변혁주체로서의 민중 개념이 역사적인 산물이지 절대적인 것이 아니라는 점을 살펴보는 것이었다. 이 논문에서 주요 평론들을 분석하면서 민중 개념을 담론주체의 욕망이 복잡하게 교차하면서 우연히 형성된 산물로 보는 이유가 바로 이것이었다.

먼저, 백낙청은 평론 「시민문학론」에서는 한국문학과 전통을 논의하는 과정에서 민중을 진보적인 의식을 지닌 존재로 재평가하였다. 그는 1969년 이후 민중을 '시민의식'을 지닌 존재로 이해했는데, 이 '시민의식'이란 프랑스 시민혁명을 모델로 한 일종의 진보적인 의식으로써 초계급적인 것이었다. 민중도 '시민의식'을 지닌다는 그의 논리는, 이제 지식인에 의해서 대변되는 존재가 아니라 지식인과 함께 역사변혁을 하는 존재로 민중을 이해한 것이었다. 이러한 인식의 변화는 민중을 문학에서 역사로 그 지평을 확대하여 살펴봄으로써 가능한 것이었다. 역사의 변혁은 지식인 혼자가 아니라 대다수의 사람들인 민중이 꼭 동반되어야 했던 것이다. 백낙청은 민중을 동원의 대상이 아닌 동반자의 위치에서 바라보기 시작한 것이었다.

둘째, 백낙청이 민중을 동반자의 위치에서 생각했다면, 김지하는 민중의 범주를 지식인과 대다수의 사람들로 확장하면서 새로운 논의를 가능하게 했다. 물론 그의 논의에서 대다수 사람들로서의 민중과 지식인으로서의 민중은 거의 확연히 구분되는 것이었지만, 중요한 것은 민중이라는 범주를 확장시킬 때의 논리였다. 그는 민중이라는 정체성의 중핵이 물질적 실체보다는 의식 쪽에 놓여 있는 것으로 생각함으로써 그 범주를 확장할 수 있었다. 이 때 민중의 의식이란 억압당하는 존재가 지니는 의식—지배계층의 억압을 비판하고 거기에 맞서는 의식—으로 추측되었다. 이로써 민중이라는 개념 속에는 대다수 사람들의 피억압성과 지식인의 계몽성이 동시에 포함될 수 있었다.

셋째, 백낙청과 김지하의 담론에서 민중이란 계몽적인 지식인과 어느 정도 구별되는 존재이었지만, 신경림의 담론에서는 지식인의 계몽성(이념)이 투영된 존재로 재설정되었다. 지식인의 역할까지도 감당하는 민중 개념은, 이제 그 스스로가 역사변혁주체임을 자각하고 실천할 수 있음을 의미했다. 민중은 지식인의 이념을 배우는 대상에서 그 이념을 지닌 주체가 된 것이었다. 신경림은 "민중의 감정과 사상을 결합시키고 승화시키는 문학"을 주장했는데, 이 때의 '승화'란 벨린스키의 표현을 참조하면 "현실 속에다 자기의 이상을 도입하고 그에 따라 현실을 개조하는 것"으로 이해되었다. 이러한 민중 개념은 1970~80년대 민족문학에서 민중이 형상화되어야 하는 방향을 제시했고, 민중의 역사변혁을 과제로 하는 1970년대의 민족문학론이 실질적으로 시작하고 있음을 암시했다.

1960~73년 사이에 발표된 백낙청, 김지하, 신경림의 문학담론을 검토해 보면, 민중 개념은 일정하고 분명한 합의가 없이 담론주체의 욕망에 따라 사용된 것이었다. 백낙청은 역사의 지평에서 지식인이 변혁을 주도해 나아갈 때의 동반자적인 존재로, 김지하는 지배계층에게 억압당하고 지식인에 의해서 대변·계몽되어야 하는 존재로, 그리고 신경림은 문학 속에서 예술가(지식인)의 이념이 투영되어야 하는 존재로 민중을 규정했던 것이다. 이러한 논의는 역사변혁주체로서의 민중 개념이 담론주체의 욕망에 따라서 다소 복잡하게 우연히 형성되는 현실 상황의 산물이자, 어떤 절대성을 띠지 않는 '열린 개념'임을 보여주는 것이다. 민족문학론 전반에 거쳐서 민중 개념을 '열린 개념'으로 살펴보는 것과, 최근의 다중(multitude) 개념과 견주어 보는 것은 후속과제로 남긴다.

참고문헌

1. 기본 자료

김지하, 「민족의 노래 민중의 노래」, 『민족의 노래 민중의 노래』, 동광출판사, 1984.

백낙청, 「시민문학론」, 『민족문학과 세계문학 I 』, 창작과비평사, 1978.

신경림, 「문학과 민중」, 『문학과 민중』, 민음사, 1977.

2. 주변 자료

『동아일보(사설)』 1924.2.6.

『상황』1972년 봄호.

『신동아』1980년 7월.

『월간문학』 1970.10.

『월간문학』 1972.10.

강정구, 「진보적 민족문학론에서 민중 개념의 형성 과정 연구」, 『비교문화연구』 제11권 제2호.

______, 「진보적 민족문학론의 민중시관 재고」, 『국제어문』 40집.

구중서, 「상황의 현상적 인식」, 『상황』, 1972년 봄호.

______, 「한국 리얼리즘 문학의 형성」, 1970, 『문학적 현실의 전개』, 창비, 2006.

김명인, 「지식인 문학의 위기와 새로운 민족문학의 구상」, 『전환기의 민족문학』, 풀빛, 1987.

김병걸, 「19세기 리얼리즘 문학」, 『상황』 5호.

김지하, 「오적」, 『오적』, 솔, 1993.

김진하, 「민중론에 관한 실증적 접근」, 서강대학교 정치외교학과 석사학위논문, 1989.

박현채, 「민중과 문학」, 김병걸 · 채광석 편, 『민족, 민중 그리고 문학』, 지양사, 1985.

______, 『민족경제론』, 한길사, 1978.
백낙청, 「민족문학 개념의 정립을 위해」, 1974, 『민족문학과 세계문학 I 』, 창작과비평사, 1978.
______, 「발문」, 신경림, 『농무』, 창작과비평사, 1975.
______, 「새로운 창작과 비평의 자세」, 『창작과비평』 1966 겨울호, 『민족문학과 세계문학 I 』, 창작과비평사, 1978.
______, 「시인과 현실(좌담)」, 『신동아』 1973. 7월호.
백진기, 「민족해방문학의 성격과 임무」, 『녹두꽃』 2집, 1989.
서광선 외, 『민중신학의 이해』, 한국기독교협의회.
성민엽, 「민중문학의 논리」, 『민중문학론』, 문학과지성사, 1984.
송건호 · 안병직 · 한완상, 「민중의 개념과 그 실체-좌담」, 『월간 대화』 1976. 11월호, 유재천 편, 『민중』, 문학과지성사, 1984.
신경림, 「민중문학의 참길」, 『삶의 진실과 시적 진실』,. 전예원, 1987.
______, 『민요기행2』, 한길사, 1989.
안병무, 「역사와 민중」, 『안병무전집6』, 한길사, 1993.
염무웅, 「리얼리즘의 심화와 확대」, 1972, 홍신선 편, 『우리문학의 논쟁사』, 어문각, 1985.
______, 「민족문학, 이 어둠 속의 행진」, 『월간중앙』 1972. 3.
______, 「민족문학, 이 어둠 속의 행진」, 『월간중앙』 1972. 3월호.
윤영천, 「예술가의 사회적 책무」, 1989, 『서정적 진실과 시의 힘』, 창작과비평사, 2002.
이시영, 「70년대의 시」, 『동서문학』 1990. 겨울호.
이진영, 「지식인과 역사의식」, 『청맥』 1966.3.
임중빈, 「반사회참여의 모순」, 『대한일보』 1967. 10. 17.
임헌영, 「민족문학에의 길」, 『예술계』 1970. 겨울.
______, 「민족문학에의 길」, 『예술계』 1970. 겨울호.
장백일, 「문학혁신」, 『한양』 1964. 4.
장상철, 「1970년대 '민중' 개념의 재등장」, 『경제와 사회』 74호, 2007. 여름.
정창렬, 「한국에서 민중사학의 성립 · 전개과정」, 김성재 외, 『한국민중론의 현단계』, 돌베개, 1989.
조정환, 「민주주의 민족문학론에 대한 자기비판과 '노동해방문학론'의 제창」, 『노동해방문학』 창간호, 1989. 4.
채광석, 「설 자리, 갈 자리」, 『민중적 민족문학론』, 풀빛, 1989.

Anderson, B., 윤형숙 역, 『상상의 공동체』, 나남출판, 2002.
Foucasult, M., 이정우 역, 『담론의 질서』, 1998.

제2부 '민족문학=근대문학=리얼리즘' 다시 읽기

1970년대 민중-민족문학의 저항성 재고(再考)

1. 문제의식

이 논문은 1970년대 민중-민족문학의 저항적인 성격, 즉 저항성을 다시 한 번 논의에 붙이고자 한다.[1] 여기에서 검토할 1970년대 민중-민족문학은 김지하의 담시 「오적」(1970)과 신경림의 시집 『농무』(1973)를 말한다. 이 두 작품을 검토의 대상으로 하는 이유는 민중-민족문학의 출발지점에 놓여 있으면서 비교적 대표성을 띤다는 점 때문이다. 지금까지 이 두 작품을 비롯한 민중-민족문학 속의 저항에 대해서 민중-민족문학론에서는 독특한 사고구조를 보여 왔는데, 이 글에서 문제 삼고자 하는 것은 바로 이 사고구조이다.

---

1 이 논문은 지난 5월 9일 동국대학교에서 개최된 '국제어문학회 2009년 봄 정기학술대회'에서 발표한 발표문을 보완 · 수정한 것이다. 이 논문은 그 때 토론자로 나선 신주철 선생님과 몇몇 질의자 선생님들의 날카로우면서도 애정 어린 지적과 비판에 많은 신세를 지고 있다. 이 지면을 통해서 감사드린다.
이 논문에서 '2장 민중-민족문학론의 저항성' 부분은 필자의 논문 「1970~90년대 민족문학론의 근대성 비판」(『국제어문』 38집, 국제어문회)에서 보여준 근대성 비판의 시각을 저항이라는 주제로 확대시킨 것이며, '3장 2절 민중의 혼성성과 모방' 부분은 필자의 논문 「신경림 시에 나타난 민중의 재해석」(『어문연구』 33권, 어문교육연구회)에서 논의한 혼성성 · 모방을 저항이라는 차원에서 검토한 것이다.

그 독특한 사고구조란 지배권력과 민중을 서로 대립적·상극적인 관계로 바라보는 것을 뜻한다. 민중-민족문학론에서는 민중-민족문학을 "현실권력에 의해 탄압받는 주변적·저항적 담론"[2]으로, 그리고 "다분히 강요된 근대에 주체적으로 대응하는"[3] 과정에서 요구된 문학으로 규정해 왔는데, 이러한 주장에는 '현실권력'과 민중을 이분법적으로 이해하는 인식이 전제되어 있는 것으로 판단된다. 이러한 인식은 민중을 개발독재에 맞서는 사회 변혁의 주체로 이끌어내면서 실사구시적(實事求是的)인 진실을 탐구해 나아가는 의미 있는 사유였지만, 문학 논의에서 지나치게 강조되면 작품을 해석할 때에 지배권력과 민중의 정체성을 일의적(一義的)인 것으로 바라보고 이분법적으로 사고하는 위험에 빠지기 쉽다.

이 논문에서 주목하는 것은 일부 민중-민족문학론에서 그러한 이분법적인 사고구조가 존재하고 있으며, 또 그러한 사고구조 속에서 문학을 바라본다는 점이다. 다시 말해서 문학 속의 지배권력과 민중을 상극적으로 대립하는 것으로 인식한 측면이 은연중에 있다는 것이다. 이렇게 되면 작품은 지배권력에 맞선 민중의 상극적인 저항으로 과도하게 해석되기 쉽다. 그렇지만 이러한 해석은 작품의 세밀하고 다양한 측면을 간과한다는 점에서 재론의 대상이 된다. 이 논문은 일부 민중-민족문학론자가 이항대립적인 인식을 지니고서 문학 속의 저항을 논의했던 것을 문제 삼으면서, 그러한 인식을 넘어설 수 있는 한 가능성으로써 탈식민주의론을 구축하여[4] 저항의 성격을 재고(再考)하고자 한다.

일부 민중-민족문학론자가 저항을 이분법적인 인식 속에서 바라보기 시작한 것은 그 형성 단계부터였다. 그 주도자들은 보수적 민족문학론자의 논의에 반발해서 민족문학을 식민 대 반(反)식민이라는 대립 구도

---

2 염무웅, 「민족문학의 상상적 경계들—그 착종된 역사성에 대하여」, 『영남대인문과학연구소 학술회의 발표문』, 2000. 참조.

3 백낙청, 「근대성과 근대문학에 관한 문제제기와 토론」, 『통일시대 한국문학의 보람』, 창비, 2006, 111쪽.

속에서 바라보기 시작했고,[5] 『창작과 비평』지의 백낙청을 중심으로 해서 시대를 바라보는 기본적인 인식틀(episteme)로 이해했던 것으로 추측된다. 특히 백낙청은 민중-민족문학을 "민족생존권의 수호와 반(反)봉건적인 시민혁명의 완수"[6]라는 사명을 반영해야 하는 것으로 논의한 바 있었는데, 이것은 "민족생존권의 수호와 반봉건적인 시민혁명의 완수"를 지향하는 민중과 그것을 방해하는 지배권력을 구분하는 이분법적인 인식이 전제된 것이었다.

이러한 인식은 문학작품을 평가하고 이해하는 데에서 중요한 기준으로 자리 잡았다. 1970년대 초반 김지하는 "민중 위에 군림한 어떤 집단의 어떤 용서할 수 없는 악덕에 대해서"[7] 맹렬하게 비판하면서 공격적인 풍자를 창작방법으로 주장했고, 신경림은 "예술가가 현실 속에다 자기의 이상을 도입하고 그에 따라 현실을 개조하는 것"[8]이라면서 현실의 개조·변혁을 강조하였다. 뿐만 아니라 1970년대 후반의 한 좌담회를 살펴보면, 참여자들이 "통일에 대한 뜨거운 열정"과 "분단상황에 대한 체질적인 저항감"을 작품 평가의 중요한 기준으로 설정했는데,[9] 그것은 당

---

4 이 논문에서 탈식민주의론이란 구체적으로 지배권력과 민중의 양가성(ambivalence)과 혼성성(hybridity)을 논의한 호미 바바(Homi Bhabha)의 담론을 의미한다. 바바가 지닌 기본적인 인식은 지배권력((신)식민자) 대 민중(피식민자)의 관계를 이분법적으로 보지 말자는 것이다. 늘 지배권력은 우월하고 민중은 열등한 것이 아니라, 지배권력도 양가적이고 정체성이 분열되어 있으며, 민중 역시 지배권력의 근대화 욕망을 모방하는 혼성적 존재라는 것이다. 이러한 바바의 논의는 백낙청의 민중-민족문학론이 지닌 이분법적인 사고구조를 비판하고, 나아가 김지하의 담시 「오적」에서 볼 수 있는 지배권력의 양가성과 정체성 분열을, 그리고 신경림의 시집 『농무』에서 보이는 민중의 혼성성과 모방성을 검토할 수 있을 것으로 기대된다. (H. Bhabha, 나병철 역, 『문화의 위치』, 소명출판, 2002 참조.;고부응 외, 『탈식민주의:이론과 쟁점』, 문학과지성사, 2003 참조.)

5 민족문학에 대해서 임헌영은 "식민지적 예술 의식에서 벗어날 수 있는" 방법으로 인식했고, 염무웅은 "봉건적 양반지배 사회의 모순을 비판하고 참된 근대화"를 시도하며 "식민지 지배를 극복하는 작업"으로 이해했다.(임헌영, 「민족문학에의 길」, 『예술계』 1970. 겨울, 51쪽.; 염무웅, 「민족문학, 이 어둠 속의 행진」, 『월간중앙』 1972. 3, 107쪽.)

6 백낙청, 「민족문학개념의 정립을 위해」, 『민족문학과 세계문학 I』, 창작과비평사, 1978, 131쪽.

7 김지하, 「풍자냐 자살이냐」, 『민족의 노래 민중의 노래』, 동광출판사, 1984, 180~181쪽

8 신경림, 「문학과 민중」, 『문학과 민중』, 민음사, 1977, 71~72쪽.

대 현실에서 작품을 이해하는 방식을 단적으로 보여준 사례였다.

이러한 분위기 속에서 민중-민족문학론은 몇몇 비판이 있음에도 지속되었다가,[10] 1990년대에 들어와서 서서히 흔들리기 시작했다. 1990년 전후 현실 사회주의의 붕괴 이후 "위기의 역사적 실체가 불분명해"[11]졌다거나, "'국수주의적 민족주의'와 구별하기 지극히 어렵다"[12]거나, 혹은 민중 자체가 "정체가 불분명한" "'공백의 기표'"[13]라는 비판이 그 예가 되었다. 그렇지만 그 비판은 민중-민족문학론의 논리와 이념에 관한 것이었을 뿐, 민중-민족문학을 다시 읽기(rereading) 위한 노력까지 나아가지 못했다. 민중-민족문학론에 대한 이러한 연구사를 살펴볼 때, 민중-민족문학을 다시 읽기하는 작업이 필요함을 알 수 있다.

2. 민중–민족문학론의 저항성

민중-민족문학론에 나타난 저항의 논리를 검토하기 위해서는 '민족문학'의 개념을 정립하고 담론의 장을 주도해 나아간 백낙청의 논의를 주목해 볼 필요가 있다는 것이 본고의 판단이다. 물론 백낙청은 민중-민족문학론을 개진해 온 여러 논자들 중의 한 사람에 불과하지만, 그의

---

9 1978년 『창작과비평』지의 특집좌담인 「내가 생각하는 민족문학」에서 좌담의 참여자들은 현단계의 민족문학이 나아갈 방향에 대해서 논의했다. 이 좌담에서 백낙청은 "통일에 대한 뜨거운 정열"을, 그리고 구중서는 "분단상황에 대한 체질적인 저항감"을 문학 평가의 중요한 잣대로 설정했다.(고은 외, 「내가 생각하는 민족문학(좌담)」, 『창작과비평』 1978년 가을, 290~304쪽 참조.)

10 김주연은 민족문학론의 민중적 저항성이 "오히려 민족 자체의 분열을 조장한다는 인상을 씻기 힘들"음을(「민족문학론의 당위와 한계」, 『문학과지성』 1979. 봄, 『뜨거운 세상과 말의 서늘함』의 57쪽에 재수록), 그리고 정과리는 민중의 "싸움 의식을 고취하는 데 중점을 두고 있"음을(「민중문학론의 인식 구조」, 『문학과 사회』 1988. 봄, 123쪽) 지적한 바 있다.

11 이광호, 「〈민족문학〉의 역사적 범주에 관하여」, 『환멸의 신화』, 민음사, 1995, 59쪽.

12 김철, 「민족-민중문학과 파시즘」, 『'국민'이라는 노예』, 삼인, 2005, 220~221쪽.

13 황종연, 「민주화 이후의 정치와 문학」, 『문학동네』 2004. 겨울, 396쪽.

논의에서부터 민중-민족문학론이 본격화되었다는 점에서 어느 정도의 대표성을 띤다고 본다. 특히 이 논문에서 살펴보고자 하는 저항의 성격이 민중-민족문학의 개념 속에서 규정되고 논의되는 것이라면, 백낙청의 평론 「민족문학의 개념정립을 위해」를 논의의 중심에 놓는 것은 여러 모로 의미가 있다고 하겠다.

이 평론에서 백낙청은 저항에 대하여 뭐라고 분명히 규정하지는 않는다. 그렇지만 그가 민중-민족문학의 개념을 정립하는 논리를 살펴보면, 저항을 어떻게 이해하는가에 대한 의문이 어느 정도는 해소될 수 있다. 그는 민중-민족문학을 "민족으로서 가능한 온갖 문학활동 가운데서 특히 그 민족의 주체적 생존과 인간적 발전이 요구하는 문학"[14]으로 개념화한 바 있다. 이 때 민중-민족문학은 "민족의 주체적 생존과 인간적 발전"이라는 목표를 지닌 것이 되는데, 이러한 목표는 "민족의 주체적 생존과 인간적 발전"을 어렵게 만드는 어떤 위기를 전제해야 가능한 것이다. 쉽게 말해서 백낙청은 "민족의 주체적 생존과 인간적 발전"이 어려운 상황과 그것을 극복하고자 하는 노력 속에서 민중-민족문학을 개념화하는 것이다.

이렇게 본다면 백낙청이 현실을 바라보는 태도는 다분히 이분법적인 셈이다. 그의 평론에서는 "민족의 주체적 생존과 그 대다수 구성원의 복지가 심각한 위협에 직면해 있다는 위기"[15]라는 구절도 나오는데, 이 '위기'라는 표현은 제공자와 희생자가 있다는 이분법적인 인식 속에서 설명되는 것이다. 민중-민족문학 개념이 정립되는 과정을 좀 더 살펴보기로 한다.

---

14 백낙청, 「민족문학개념의 정립을 위해」, 『민족문학과 세계문학 I』, 창작과비평사, 1978, 124~125;129쪽.

15 백낙청, 앞의 평론, 124~125쪽.

즉 한국의 문학이 스스로 〈민족문학〉이어야 할 역사적 요청을 의식하고 이에 상당히 부응하기 시작했을 때 우리 문학사의 〈근대〉가 시작되었다고 말할 수 있을 것이다. 그런 의미에서 우리의 근대문학은 외세의 침입이 일부 지역 또한 일부 계층에 대한 위협이 아니라 민족 전체에 대한 침략으로 의식되는 가운데 싹텄다고 보겠다. 동시에 이러한 침략에 대해 무기력하거나 심지어는 영합적이기조차 한 국내 봉건세력을 이 민족적 위기의 일환으로 파악하는 의식 역시 그러한 근대의식의 일부가 될 것임은 물론이다. 문학을 통해 그것이 표현되기 시작한 정확한 연대의 설정은 앞으로 더 많은 연구를 통해 이루어지리라 믿지만, 여하간 그 본격적인 전개가 일본 제국주의의 침략에 맞선 일련의 반(反)식민·반(反)봉건 운동과 직결된다는 것은 명백한 사실이다.[16]

백낙청은 민중-민족문학의 "본격적인 전개가 일본 제국주의의 침략에 맞선 일련의 반(反)식민·반(反)봉건 운동과 직결된다"고 말한다. 이때 그가 문학을 이해하는 기본적인 사고구조를 살펴볼 수 있다. 그에게 있어서 민중-민족문학이란 민족의 위기를 의식하고 그것을 극복하는 데에 도움을 주는 것이어야 한다. 민중-민족문학의 장에서는 '외세'와 그 외세에 영합한 "국내 봉건세력"이 한 항으로, 그리고 "일본 제국주의의 침략에 맞선 일련의 반식민·반봉건"을 보여주는 세력(민중)이 또 다른 항으로 설정되는 것이다. 이러한 대립항 구조 속에서 문학을 이해할 때에는 필연적으로 이분법적인 인식이 싹틀 수밖에 없다. 이러한 인식이 전제되면, 민중-민족문학은 '외세'와 "국내 봉건세력"에 저항하는 "반식민·반봉건 운동"의 일환으로 이해되는 것이다.

이 부분에서 민중-민족문학론의 저항성이 무엇이냐 하는 질문의 답이 찾아진다. 저항이란 "반식민·반봉건 운동"이란 표현에서 알 수 있듯이,

16 백낙청, 위의 평론, 126쪽.

식민·봉건에 맞선 행위인 것이다. 좀 더 구체적으로 말하면 저항이란 식민·봉건을 극복하고 해소하고자 하는 상극적인 행위인 것이다. 이러한 인식은 위기의 제공자를 식민주의·제국주의로 보고 그 희생자·극복자를 (지식인을 포함한) 민중으로 본다는 점에서 저항 민족주의(resistance nationalism)의 사고구조와 유사한 것이다.[17] 백낙청은 이러한 사고구조를 바탕으로 해서 문학적 저항의 성격을 선(先)규정하는 측면이 있다. 문학이 시민문학이어야 함을 강조하고, 시민문학이 곧 민족문학이어야 한다는 논리를 펼치는 민중-민족문학론의 전개과정에서는, '외세'와 "국내 봉건세력"에 저항하는 문학 개념이 분명하게 엿보인다.[18]

저항에 대한 이러한 인식이 지나치게 강조되다 보면 자칫 일의적이고 경직된 해석이 나타날 우려가 있다는 점에서 문제가 된다. 문학작품을 해석할 때에 저항을 (신)식민자에 맞선 피식민자의 대립적·상극적인 행위로 규정짓는 태도는, 세밀한 독서를 방해한다. 백낙청이 서구문학을 논의하는 부분을 보더라도 그의 인식이 다소 일의적인 측면이 있다.

> 카프카의 경우 『성』이나 『심판』같은 작품은 […중략…] 제국주의적 침략을 몸소 당한 후진국 민중과는 달리 이러한 비인간화 상태를 그 역사적 인과관계에서 파악한다거나 동포들과의 연대의식으로써 극복하려는 노력은 생각조차 못하고 있다. 그렇기 때문에 그러한 비인간화 상태를 마치 인간본연의 조건인 양으로 신비화함으로써 서구의 독자들에게조차 난해한 문학이 되고, 제국주의

---

17 백낙청의 논리는 저항 민족주의가 보여주는 이분법적인 것이지만, 저항 민족주의와 완전히 일치하지 않는 측면이 있다. 그는 저항 민족주의를 비롯한 민족주의 일반이 지닌 폐해도 잘 알고 있고, 그 민족주의를 극복하고자 인간해방론과 제3세계문학론을 전개한다.(백낙청, 「인간해방과 민족문화운동」, 『인간해방의 논리를 찾아서』, 시인사, 1979 참조.; 백낙청, 「제삼세계와 민중문학」, 앞의 책, 참조.) 그럼에도 그가 후속논의에서 지배권력 대 민중을 이분법적인 것으로 보는 태도는 여전하다.

18 백낙청, 「시민문학론」, 『민족문학과 세계문학 I』, 창작과비평사, 1978, 9~76쪽 참조.; 백낙청, 「한국문학과 시민의식」, 앞의 책, 77~81쪽 참조.

의 극복이 인류발전의 당면문제라 믿는 사람에게는 얼마간 수상쩍은 예술이 될 수밖에 없는 것이다.[19]

위의 인용에서는 백낙청이 문학을 바라보는 기본적인 태도를 분명히 알 수 있다. 그는 "제국주의 · 식민지주의에 대한 철저한 비판과 저항"[20]이라는 명확한 기준을 가지고서 문학을 바라본다. 이 때 "비판과 저항"은 반제(反帝) · 반(反)식민이라는 민족주의적인 차원에서 이해되는 것이다. 이러한 이해에 따라서 그는 카프카의 작품 『성』이나 『심판』을 비판한다. 그 작품들이 "후진국 민중"의 입장에 서 보지 못한, 혹은 "반식민 · 반봉건 운동"을 전혀 고려하지 않은 문학이라는 것이다. 이러한 해석은 물론 작품의 한 측면을 민중-민족문학론적인 시각으로 바라본 것이고, 커다란 논리를 만들어 나아가는 하나의 과정 속에서 이해되는 것이다. 그럼에도 그 해석은 "반식민 · 반봉건 운동"이라는 측면을 너무 강조한 나머지, 애초 식민 · 봉건이나 "반식민 · 반봉건 운동"의 차원으로 씌여지지 않은 작품에 대해서도 일의적인 기준을 적용시킨다는 점에서 좀 무리가 따르고, 그 작품이 지닌 특유의 의미와 가치를 경시했다는 비판을 면하기 어렵다.

이러한 백낙청의 논의에서 엿볼 수 있는 사실은, 저항을 인식하는 일의적인 태도이다. 그에게 있어서 문학 속의 저항은 반식민 · 반봉건이라는 운동의 차원에서 이해되는 것이다. 저항이라는 개념 속에는 식민자 대 반식민자라는 이분법적인 사고구조가 견고하게 숨어 있는 것이다. 이런 상황에서 작품 읽기란 독아론에 빠지기 쉽다. 낯선 것보다는 자기가 잘 아는 것을 읽는 것이다. 이제 1970년대의 문학에서 민중-민족문

---

19 백낙청, 「민족문학개념의 정립을 위해」, 『민족문학과 세계문학 I』, 창작과비평사, 1978, 134쪽.

20 백낙청, 위의 평론, 133쪽.

학론이 읽지 못한 낯선 것을 찾아볼 필요가 있는 것이다. 이것이 1970년대에 발표되었던 주요 문학이 재고되어야 하는 한 이유이다.

3. 탈식민주의적인 독법의 모색

1) 지배권력의 양가성과 정체성 분열

김지하의 담시 「오적」은 개발독재에 맞선 저항의 문학으로 자주 언급되고 있다. 이 때 저항이란 "지배담론에 맞선 대항담론"[21]이나 "반근대성 담론"[22]의 차원으로 이해된다. 더욱이 김지하는 창작방법론의 성격을 지닌 평론 「풍자냐 자살이냐」를 발표한 바 있는데, 이 평론에서 시를 "시적 폭력으로 물신의 폭력에 항거"[23]하는 것으로 설명했다. 이러한 배경에서 「오적」은 재벌, 국회의원, 고급공무원, 장성, 장차관으로 대표되는 사회지도층의 부패와 타락을 비판하고, 그로 인한 민중의 희생과 억압을 다룬 작품으로 알려지게 된다.

이 때 저항은 억압하는 자에 맞선 억압당하는 자의 항거로 이해된다. 그렇지만 이러한 방식으로 저항의 성격을 이해하면 자칫 억압자와 피억압자의 정체성을 너무 일의화(一意化)·고착화(固着化)할 우려가 있다. 쉽게 말해서 늘 억압자는 억압하는 자이고, 피억압자는 억압당하는 자로 본다는 것이다. 이러한 이해는 당대의 문학작품을 볼 때 경직된 이분법적인 논리를 발생시키며, 작품의 맥락에 따른 세밀한 읽기를 간과하게 만든다. 사실 김지하의 「오적」에서는 억압자와 피억압자의 이미지가 그

21 이태숙, 「저항의 담론과 〈오적〉」, 『어문학』 88호, 391쪽.
22 임동확, 『김지하시연구』, 전남대학교대학원, 2000, 102쪽 참조.
23 김지하, 「풍자냐 자살이냐」, 『민족의 노래 민중의 노래』, 동광출판사, 1984, 173쪽.

리 견고하지 않다. 탈식민주의의 논리를 참고해 볼 때, 억압자이든 피억압자이든 간에 주체는 양가적이고 분열된 정체성을 지니는 존재이다.

우선 어휘의 측면을 보기로 한다. '오적'은 앞서 말했듯이 부패하고 타락한 사회지도층을 이르는 말이다. 김지하는 그들을 한자로 옮기면서 그들이 지닌 부패와 타락을 상징하는 뛰어난 언어유희를 보여준다. 예를 들어 재벌은 원 한자어가 재물을 쌓는다는 뜻의 '財閥'이지만, 김지하는 미친 개를 엮어놓는다는 뜻의 '재벌'로 적는다. 이러한 표현에서 중요한 점은 재벌이 원래 미친 개처럼 부패했다는 것이 아니라, 그들에게 그러한 측면이 함께 있다는 것이다. 다시 말해서 그들은 재물을 쌓는 자이면서도 미친 개 무리처럼 부패한 자라는 양가적인(ambivalent) 의미를 지닌다는 것이다.[24]

'오적'이 양가적인 존재라는 점을 주목하는 것은 이 담시를 읽을 때에 상당히 중요하다. 왜냐하면 그것은 작품을 읽는 기본적인 시각과 관련이 있기 때문이다. '오적'이 억압자라는 측면만 강조되면 김지하가 '오적'을 통해서 보여주는 정체성 해체의 전략을 세밀하게 보기 힘들기 때문이다. 즉 김지하가 서술하는 '오적'은 자신의 본분을 잘 알고 있는 표면과 함께 부패하고 타락한 이면을 양가적으로 지니기 때문이다. '고급공무원'을 묘사하는 부분을 보기로 한다.

> 셋째 놈이 나온다 고급공무원 나온다.
> 풍신은 고무풍선, 독사같이 모난 눈, 푸르족족 엄한 살,
> 콱 다문 입꼬라지 청백리(淸白吏) 분명쿠나
> 단 것을 갖다 주니 쩔레쩔레 고개저어 우린 단 것 좋아 않소, 아무렴, 그렇지,

24 김지하는 다른 '오적'에 대해서도 재벌과 마찬가지로 언어유희를 보여준다. 국회의원을 '간교한 곱사등이와 불깐 원숭이'로, 고급공무원을 '우뚝 솟은 산봉우리에 걸터앉은 공(功)이 없는 돼지'로, 장성을 '어른 오랑우탕'으로, 장차관을 '눈에 백태낀 미친 개'로 훈독하게 만든다.

그렇구 말구

어허 저놈 뒤좀 봐라 낯짝하나 더 붙었다

이쪽보고 히뜩히뜩 저쪽보고 헤끗헤끗, 피둥피둥 유들유들 숫기도 좋거니와 이빨꼴이 가관이다

단 것 너무 처먹어서 새까맣게 썩었구나, 썩다 못해 문들어져 오리(汚吏)가 분명쿠나

산같이 높은 책상 바다같이 깊은 의자 우뚝 나직 걸터앉아

공(功)은 쥐뿔 없는 놈이 하늘같이 높이 앉아 한 손으로 노땡큐요 다른 손은 땡큐땡큐

되는 것도 절대 안 돼, 안될 것도 문제없어, 책상위엔 서류뭉치, 책상 밑엔 지폐뭉치[25]

위의 인용에서 '고급공무원'은 양가적인 모습을 보임으로써 지배권력으로서의 정체성이 분열된다. "단 것을 갖다 주니 쩔레쩔레 고개저어 우린 단 것 좋아 않소"라는 말에서 알 수 있듯이 '고급공무원'은 자신이 '청백리'처럼 살아야 함을 잘 알고 있다. 그렇지만 그는 현실 속에서는 "단 것 너무 처먹어서 새까맣게 썩었구나, 썩다 못해 문들어"진 '오리'의 모습을 보이고 만다. 시인의 표현대로 그는 "한 손으로 노땡큐요 다른 손은 땡큐땡큐"하는 부패와 타락의 주체가 된다. 이 때 중요한 것은 시인이 이러한 '고급공무원'의 양가적인 모습을 묘사함으로써 그가 지닌 지배권력으로서의 정체성이 해체되고 있다는 점이다. 신식민담론에서 지배권력은 피식민자보다 모든 면에서 우월하고 월등한 존재로 설명되는데, '고급공무원'의 행태는 그러한 신식민담론의 논리가 모순됨을 보여주는 것이기 때문이다.

25 김지하, 「오적」, 『오적』, 솔, 1993, 30쪽;36쪽.

김지하가 서술하고자 하는 지배권력은 신식민담론 내부의 우월자나 민중-민족문학론 내부의 억압자보다는, "정당함과 동시에 부당하고, 절제함과 동시에 탐욕스러"[26]운 양가성을 지닌 존재라는 맥콜리의 진술을 참조할 때에 더 잘 이해된다. '고급공무원'은 '정당'하고 '절제'해야 함을 잘 알지만 '부당'하고 '탐욕'스러운 이면을 보이는 양가적인 존재인 것이다. 「오적」에서 이러한 양가성을 가장 잘 보여주는 자는 '포도대장'이다.

> 저게 모두 도둑질로 모아들인 재산인가
> 이럴 줄을 알았더면 나도 일찌감치 도둑이나 되었을 걸
> 원수로다 원수로다 양심(良心)이란 두 글자가 철천지 원수로다
> [···중략···]
> 만장하옵시고 존경하옵는 도둑님들
> 도둑은 도둑의 죄가 아니요, 도둑을 만든 이 사회의 죄입네다
> 여러 도둑님들께옵선 도둑이 아니라 이 사회의 충실한 일꾼이니
> 부디 소신껏 그 길에 매진, 용진, 전진, 약진하시길 간절히 간절히 바라옵고 또 바라옵나이다
> 이 말 끝에 박장대소 천지가 요란할 때
> 포도대장 뛰어나가 꾀수놈 낚궈채어 오라묶어 세운 뒤에
> 요놈, 네 놈을 무고죄로 입건한다.[27]

'포도대장'의 심리가 양가적임을 보여주는 것이 위 인용의 핵심이다. '포도대장'은 자신이 양심을 지켜야 하고, 또 스스로는 양심을 지키고

---

26 T. B. Macaulay, " Warren Hastings", Critical and Historical Essays, Vol. Ⅲ, London:Methuen, 1903, 85~86쪽. H. Bhabha, 나병철 역, 위의 책, 197쪽에서 재인용.
27 김지하, 「오적」, 앞의 책, 42~43쪽.

있다고 생각한다. 하지만 그는 '오적'과 같이 자신보다 더 큰 권력 앞에서는 그러한 양심이 무용함을 느낀다. 그는 이 지점에서 양가적인 심리 상태를 여실히 드러낸다. "이럴 줄을 알았더면 나도 일찌감치 도둑이나 되었을 걸/원수로다 원수로다 양심(良心)이란 두 글자가 철천지 원수로다"라고 하면서도 "도둑은 도둑의 죄가 아니요, 도둑을 만든 이 사회의 죄입네다"라고 말하는 그의 심리적인 이중성은, 그 자체가 양가적이다. 그는 '양심'을 지켜야 된다는 사실을 잘 알지만, 현실적으로는 비양심적으로 살아가고자 하는 자인 것이다.

이 부분에서 '포도대장'으로서의 정체성이 분열되고 있음이 드러난다. '포도대장'은 '오적'을 잡아야 하지만, 오히려 그들을 옹호하기 때문이다. 이 때 '포도대장'이 분열된 정체성을 나름대로 극복하면서 '오적'을 인정하는 방법은 인식론적인 전도밖에 없다. '오적'은 "이 사회의 충실한 일꾼"으로, 그리고 불쌍하고 힘없는 '꾀수'는 죄수로 인식하는 것이다. '포도대장'의 이러한 심리 묘사는 「오적」에서 지배권력에 대한 가장 신랄한 냉소이자 풍자가 된다. 이처럼 담시 「오적」에서는 지배권력에 맞선 민중의 항거에서가 아니라, '오적'과 '포도대장'의 양가적인 모습과 그들의 정체성이 분열되었다는 사실을 드러내는 것에서 저항이 발생하는 것이다.

2) 민중의 혼성성과 모방

억압자와 피억압자를 양분화한 구도 속에서 바라보는 것이 곤란하다는 사실은, 신경림의 시집 『농무』에서도 확인된다. 그 동안 시집 『농무』에 나타난 지배권력과 민중의 관계는 다소 경직되게 논의된 감이 있어왔다. 시집 속의 민중에 대해서 "분명한 현실 극복 의지"[28]가 있다거나 "미래의 어떤 비존을 암시하는 측면"[29]이 있다는 논의는, 민중을 피억압자 혹은 현실극복자로 이해하는 태도에서 비롯된 것이다. 그렇지만 이러한 논의는 민중의 정체성을 너무 일의화시키는 것이 아닌가 싶다. 왜냐하면 시 속의 민중은 그러한 논리로 읽히지 않은 부분이 많기 때문이다.

민중의 정체성이 어떠하냐 하는 문제는 이 논문에서 말하고자 하는 저항과도 밀접한 관계가 있다. 민중이 현실에서는 피억압자이지만 가까운 미래에는 억압을 극복하는 해방자로 이해된다면, 그의 저항은 억압자와 맞서는 상극적인 행위가 된다. 민중과 지배권력이 이분법적인 구도 속에서 존재하는 것이기 때문이다. 그러나 신경림의 시에서 보이는 저항은 그러한 것이 아니라, 다분히 탈식민주의적인 것이다. 정확하게 말해서 민중이 혼성적이고 모방적인 모습을 보이기 때문에 오히려 저항적이라는 것이다. 이러한 주장을 좀 더 분명히 하기 위해서는 지배권력과 민중의 관계를 세밀하게 이해할 필요가 있다. 다음의 시를 보기로 한다.

학교 앞 소줏집에 몰려 술을 마신다
답답하고 고달프게 사는 것이 원통하다
[…중략…]
보름달은 밝아 어떤 녀석은
꺽정이처럼 울부짖고 또 어떤 녀석은
서림이처럼 해해대지만 이까짓
산구석에 처박혀 발버둥친들 무엇하랴
비료값도 안 나오는 농사 따위야
아예 여편네에게나 맡겨 두고
쇠전을 거쳐 도수장 앞에 와 돌 때
우리는 점점 신명이 난다

---

28 이시영, 「70년대의 시」, 『동서문학』 1990. 겨울호, 180쪽.
29 백낙청, 「시인과 현실(좌담)」, 『신동아』 1973. 7, 302쪽.

한 달리를 들고 날나리를 불어거나

고갯짓을 하고 어깨를 흔들꺼나

—시 「농무」 부분[30]

위의 시에서 "산구석에 처박혀 발버둥친들 무엇하랴/비료값도 안 나오는 농사 따위야"라는 구절이 강조되면, '우리'의 춤은 농촌현실을 궁핍하게 만드는 지배권력에 대한 역설적인 분노와 비판이 된다. 물론 이렇게 이 시를 읽을 수도 있지만, 이런 시각에서는 '우리'로 표상되는 농민의 심리를 너무 일의적으로 파악하는 것이 된다. 왜냐 하면 농민이 분노하고 비판하는 이유는 지배권력의 농촌근대화 정책을 순종하며 따라했는데에도 불구하고 삶이 개선되지 않기 때문이다.[31] 이 지점을 포착하는 것은 상당히 중요하다. 농민은 이미 지배권력의 욕망에 뒤섞여 있는 미메시스(mimesis)이자, 그 욕망을 자신의 것으로 완전하게 실현시키지 못하는 엉터리 모방자(mockery)이기 때문이다.[32] '우리'의 분노는 그 이전에 뒤섞임과 모방을 거친 것이다.

시 「농무」에 대한 이해가 이렇게 바뀌면, 이 시 속의 민중이 보여주는 저항도 그 성격이 변하게 된다. 농민은 원래부터 지배권력과 이분법적인 대립구도를 보이면서 저항하는 자가 아니라, 오히려 지배권력의 농촌 근대화 욕망을 농민 자신의 것으로 모방하지만 그럼에도 삶이 개선되지 않는다는, 다시 말해서 지배권력의 농촌 근대화 기획이 성공적이지 않음을 증거하는 자라는 점에서 저항적인 존재가 된다. 이처럼 시집

30 신경림, 『농무』, 창작과비평사, 1975, 16~17쪽.

31 지배권력의 농업 근대화 정책은 수입 비료값을 고가로, 그리고 쌀값을 저가로 책정함으로써 도시노동자의 저임금 정책을 유지하게끔 했다. 촌민은 그러한 정책 속에서 근면하게 농사를 지었으나 늘어나는 빚을 감당하지 못하는 경우가 많았고, 그 결과 이농을 하여 도시로 가서 빈민이 된 경우가 빈번했다. (박세길, 『다시 쓰는 한국현대사』, 돌베개, 1989, 173~186쪽 참조.)

32 H. Bhabha, , 나병철 역, 위의 책, 182쪽 참조.

『농무』에서는 혼성적·모방적이면서도 저항적인 장면이 많이 보인다. 가령 "양곡 증산 13·4 프로"를 이루어냈음에도 마을에는 "누더기를 걸친 동리 애들"(시 「오늘」)로 가득 차 있는 있다는 것이나, "농지세 1프로 감세"함에도 촌민들이 "꽃처럼 밝아"(시 「꽃 그늘」)지지 않는다는 것은 모두 이러한 사례가 된다.

모방과 저항의 관계를 살펴볼 수 있는 것은 아래의 시에서도 가능하다.

> 이발 최씨는 그래도 서울이 좋단다
> […중략…]
> 술독이 오른 딸기코와 떨리던 손
> 늦 어린애를 배어 뒤뚝거리던 그의 아내
> 최씨는 골목 안 생선 비린내가 좋단다
> 쉴 새 없는 싸움질과 아귀 다툼이 좋단다
> 이발소에 묻혀 묵은 신문이나 뒤적이고
> 빗질을 하고 유행가를 익히고
> 허구헌 날 우리는 너무 심심하고 답답했지만
> 최씨는 이 가파른 산동네가 좋단다
> 시골보다도 흐린 전등과 앰프소리가 좋단다
> 여자들이 얼려 잔돈 뜯을 궁리나 하고 돌아가는
> 동네에 깔린 가난과 안달이 좋단다
>
> —「골목」 부분[33]

위의 시에서 "이발 최씨"가 "그래도 서울이 좋단다"라는 구절은 주목

33 신경림, 「골목」, 『농무』, 창작과비평사, 1975, 106~107쪽.

에 값한다. "이발 최씨"의 생각을 따라가 보면 그가 살고 있는 '서울'은 "쉴 새 없는 싸움질과 아귀 다툼"이 있고 "여자들이 얼려 잔돈 뜯을 궁리나 하고 돌아가는/동네에 깔린 가난과 안달"이 있는 사실상 비참한 공간이기 때문이다. 그럼에도 그가 "서울이 좋단다"라고 말하는 데에는 어떤 욕망과 깊이 관계한다. "어느 남쪽 산골 읍내에서 여관을 했다"[34]가 상경하여 갖은 고난을 겪으면서 변두리에 자리를 잡은 "이발 최씨"와 같은 이들에게 있어서, '서울'이란 지배권력의 도시화·근대화 욕망이 실현되는 공간인 것으로 여겨지기 때문이다.

1970년대의 '서울'은 변두리 빈민가와 함께 번화가의 눈부신 불빛과 엄청난 부가 모여 있는 모순적인 공간이다. 이 때 "이발 최씨"가 "그래도 서울이 좋단다"라는 말을 한 이유는 그런 부를 이룰 수 있는 욕망의 공간으로 '서울'을 이해했기 때문인 것으로 추측된다. '서울'을 이렇게 이해했을 때, "이발 최씨"가 "그래도 서울이 좋단다"라는 구절은 다시 읽힌다. 그가 "그래도 서울이 좋단다"라고 말하는 것은, 지배권력의 도시화·근대화 욕망을 지지하고 따르는 것과 관련이 있기 때문이다. 다시 말하면 "이발 최씨"에게 있어서 '서울'은 근대화가 진행되는 공간이자 그 근대화의 결실이 자신을 비껴가는 좌절의 공간이 된다. 이 점에서 "그래도 서울이 좋단다"는 "이발 최씨"의 말은 근대화의 이면을 보여주는, 다시 말해서 근대화의 모순과 한계를 살짝 들춰내는 것이 된다. "그래도 서울이 좋단다"라는 말은 지배권력의 도시화·근대화 욕망이 실패되고 있음을 암시한다는 점에서 저항적인 것이다.

---

34 신경림, 「골목」, 『농무』, 창작과비평사, 1975, 107쪽.

4. 결론

이 논문은 1970년대 민중-민족문학의 저항성을 재고하고자 하는 문제의식을 지녔다. 민중-민족문학론에서는 문학 속의 저항에 대해서 그들 나름의 독특한 이분법적인 사고구조를 지녔는데, 이 사고구조는 작품의 세밀하고 다양한 측면을 간과한다는 점에서 재론의 대상이 되었다. 이 글에서는 문학 속의 저항에 대해서 일부 민중-민족문학론자가 이분법적으로 인식했던 것을 비판한 뒤, 탈식민주의적인 독법을 모색하고자 했다. 이러한 시도는 그 시대의 지배적인 인식틀 역할을 했던 민중-민족문학론의 논리를 넘어서서 지난 시대의 문학과 담론을 다시 읽을 수 있는 중요한 계기가 되었다.

첫째, 민중-민족문학론의 저항성을 살펴보았다. 이것을 위해서는 '민족문학'의 개념을 정립하고 담론의 장을 주도해 나아간 백낙청의 논의를 검토할 필요가 있었다. 그의 평론「민족문학의 개념정립을 위해」에서는 현실을 바라보는 태도가 다분히 이분법적이었다. 민중-민족문학이란 '위기'의 상황에 직면해서 그것을 극복하기 위한 노력이었다거나, 혹은 그 본격적인 전개가 "일본 제국주의의 침략에 맞선 일련의 반식민·반봉건 운동과 직결"된다는 발상을 보면, 저항의 성격은 식민·봉건(지배권력)에 맞선 상극적·대립적인 것이 되었다. 또한, 저항의 성격을 지배권력과 민중 사이에서 발생하는 대립적인 것으로 이해하는 태도는 작품을 해석할 때에도 거의 그대로 적용되었다는 문제점도 있다. 백낙청이 서구문학을 비판하거나 문학을 인식하는 태도 속에서는 이러한 이분법적인 사고구조가 깊숙이 박혀있던 것이다.

둘째, 1970년대의 주요 작품인 담시「오적」과 시집『농무』를 대상으로 하여 탈식민주의적인 독법을 모색했다. 먼저, 김지하의 담시「오적」에서 지배권력의 양가성과 정체성의 분열을 찾아보면서 탈식민주의적인 저항을 분석했다. 이러한 양가성과 분열이 가장 잘 드러나는 지점은 '오적'에 대한 명칭과 주체성이었다. '오적' 중 '재벌'은 재물을 쌓는 자로 음독되면서도 미친 개 무리처럼 부패한 자로 훈독된다는 점에서 양가적인 의미를 지녔다. 또한 '고급공무원'과 '포도대장'은 '정당'하고 '절제'해야 함을 잘 알지만 '부당'하고 '탐욕'스러운 이면을 보이는 양가적인 존재라는 점에서 지배권력으로서의 정체성이 분열되었다. 담시 「오적」에서 저항은 지배권력에 맞선 항거가 아니라, 이처럼 양가적인 모습과 정체성의 분열에서 드러나는 것이었다.

그리고, 신경림의 시집 『농무』에서 민중의 혼성성과 모방성을 탐색하면서 탈식민주의적인 저항을 검토했다. 신경림의 시 「농무」에서 저항은 민중의 정체성과 밀접하게 관계했다. 시 속의 민중은 현실에 대해서 분노하고 비판하는데, 그 이유는 지배권력의 농촌근대화 정책을 순종하며 따라했는데도 불구하고 삶이 개선되지 않았기 때문이었다. 민중은 미메시스이자 엉터리 모방자였던 것이다. 시 「골목」에서도 "이발 최씨"는 지배권력의 도시화·근대화 욕망을 지지하고 따르면서도 그것이 실현불가능한 것임을 보여줬다. 이처럼 민중의 혼성성과 모방은 지배권력의 근대화 욕망이 무화되는 지점에서 발생된다는 점에서 저항적인 것이었다.

민중-민족문학의 저항성에 대한 이러한 해석은 작품의 결을 세밀하게 본다는 점에서 우선 의미가 있다. 더욱이 민중-민족문학론의 이분법적인 사고구조를 극복하면서 탈식민주의적인 독법을 모색한다는 점에서 중요한 의미가 있다. 물론 이러한 독법은 민중-민족문학 전체에 해당되는 것이 아니고 여러 보완이 필요한 것이다. 그럼에도 민중-민족문학을 새롭게 다시 읽는 작업의 한 방법이 될 것으로 기대한다.

참고문헌

강정구, 「1970~90년대 민족문학론의 근대성 비판」, 『국제어문』 38집, 국제어문회.

______, 「신경림 시에 나타난 민중의 재해석」, 『어문연구』 33권, 어문교육연구회.

고부응 외, 『탈식민주의:이론과 쟁점』, 문학과지성사, 2003.

고은 외, 「내가 생각하는 민족문학(좌담)」, 『창작과비평』 1978년 가을.

고현철, 「장르 패로디로 본 김지하의 '오적'」, 『국어국문학』, 부산대학교 국어국문학과, 1993. 12.

김 철, 「민족-민중문학과 파시즘」,『'국민'이라는 노예』, 삼인, 2005.

김상일, 「민족문학의 기원」, 『월간문학』 1970. 10.

김주연, 「민족문학론의 당위와 한계」, 『문학과지성』 1979. 봄.; 『뜨거운 세상과 말의 서늘함』.

김지하, 「오적」, 『오적』, 솔, 1993.

______, 「풍자냐 자살이냐」, 『민족의 노래 민중의 노래』, 동광출판사, 1984.

김 현, 「민족문학, 그 문자와 언어」, 『월간문학』 1970. 10.

박현채, 「민중과 문학」, 김병걸 · 채광석 편, 『민족, 민중, 그리고 문학』, 지양사, 1985.

백낙청, 「근대성과 근대문학에 관한 문제제기와 토론」, 『통일시대 한국문학의 보람』, 창비, 2006.

______, 「민족문학개념의 정립을 위해」, 『민족문학과 세계문학 I』, 창작과비평사, 1978.

______, 「민족문학론과 리얼리즘론」, 『통일시대 한국문학의 보람』, 창비, 2006.

______, 「발문」, 신경림, 『농무』, 창작과비평사, 1975.

______, 「시민문학론」, 『민족문학과 세계문학 I』, 창작과비평사, 1978.

______, 「한국문학과 시민의식」, 『민족문학과 세계문학 I』, 창작과비평사, 1978.

______, 「시인과 현실(좌담)」, 『신동아』 1973. 7.

______, 「인간해방과 민족문화운동」, 『인간해방의 논리를 찾아서』, 시인사, 1979.

______, 「제삼세계와 민중문학」, 『인간해방의 논리를 찾아서』, 시인사, 1979.

신경림, 『농무』, 창작과비평사, 1975.
염무웅, 「민족문학, 이 어둠 속의 행진」, 『월간중앙』 1972. 3.
______, 「민족문학의 상상적 경계들-그 착종된 역사성에 대하여」, 『영남대인문과학연구소 학술회의 발표문』, 2000.
이광호, 「〈민족문학〉의 역사적 범주에 관하여」, 『환멸의 신화』, 민음사, 1995.
이시영, 「70년대의 시」, 『동서문학』 1990. 겨울호.
이태숙, 「저항의 담론과 〈오적〉」, 『어문학』 88호.
임헌영, 「민족문학에의 길」, 『예술계』 1970. 겨울.
정과리, 「민중문학론의 인식 구조」, 『문학과 사회』 1988. 봄.
최원식, 「한국 문학의 근대성을 다시 생각한다」, 『민족문학과 근대성』, 문학과지성사, 1995.
황종연, 「민주화 이후의 정치와 문학」, 『문학동네』 2004. 겨울.

E. Said, 박홍규 역, 『오리엔탈리즘』, 교보문고, 1991.
H. Bhabha, 나병철 역, 『문화의 위치』, 소명출판, 2002.
T. B. Macaulay, " Warren Hastings" , Critical and Historical Essays, Vol. Ⅲ, London:Methuen, 1903.

1970~90년대 민족문학론의 근대성 비판

1. 서론

이 글은 1970~90년대에 백낙청이 주도한 민족문학론의 근대성(modernity) 인식을 문제 삼고자 한다. 민족문학론이란 일차적으로 볼 때 민족의 문학에 관한 모든 담론이라는 포괄적인 내포를 지니는 관계로 논의를 위해서는 범주에 대한 분명한 규정이 선행될 필요가 있다. 이 글에서 말하고자 하는 민족문학론이란 1970~90년대의 민족문학론, 그 중에서 백낙청이 주도하고 그 동조자들에 의해서 전개 · 확산된 창작과 비평 그룹 중심의 담론을 뜻한다.[1]

1970년대 이후 백낙청의 민족문학론은 동시대의 모순을 극복하고자 주장한 여러 민족문학론 중에서 가장 대표적이고, 또 주도적인 역할을 해왔다는 점에서 관심의 대상이 된다. 먼저 백낙청의 생각을 충실히 따라가면 민족문학론의 핵심개념 혹은 기본논리가 확인된다. 그는 "민족문학의 주체가 되는 민족이 우선 있어야 하고 동시에 그 민족으로서 가

1 특별한 규정이 없는 한 이 글에서 민족문학론이란 백낙청이 1970~90년대에 걸쳐 발의 · 주도한 민족문학론을 지시하기로 한다.

능한 온갖 문학활동 가운데서 특히 그 민족의 주체적 생존과 인간적 발전이 요구하는 문학을 〈민족문학〉"[2]으로 규정하고, "다수 민중을 '민족'의 중심에 놓"[3]는다고 말한다. 정리해 보면 그가 발의한 민족문학론이란 민중이 민족의 중심·주체가 되어 민족적 위기를 극복하고자 한 문학담론인 것이다.

민족문학론은 산업화·근대화를 주도한 지배권력이 경시 혹은 무시하던 것들, 가령 민중의 인권과 통일의 사명, 민주의 염원을 담론화함으로써 근대를 사유하면서 동시에 극복하고자 한 담론을 생산했고, 그 결과 우리 사회의 내적 성숙에 이바지했다. 그런데 이 과정에서 지배권력의 위상을 억압의 주체로, 그리고 민중과 비판적 지식인의 위상을 피억압 혹은 저항의 주체로 인식한 결과, 상당히 이항대립적인 근대성론을 구성한 혐의가 있다. 지배권력과 민중을 이처럼 대립된 위상으로 놓고 볼 때에는, 자칫 상생과 협력의 실제 현실을 송두리째 놓치고서 상극적인 시각이 앞설 위험이 있다.

이 글은 이러한 문제의식에서 출발한다. 백낙청은 1970년대 이후 근대(성)를 이항대립적인 인식에 바탕을 두고 규정한 경향이 있다. 시대적인 현실이 바뀜에 따라 민족문학론의 세부논의도 좀더 심화·확장되었지만, 근대를 바라보는 기본적인 인식은 일관된다. 그는 1974년의 글에서 근대 시기가 "일본 제국주의의 침략에 맞선 일련의 反식민·反봉건 운동과 직결"[4]됨을 강조한 바 있다. 이 때 근대는 (신)식민화 전략과 그에 맞선 反식민화 전략, 즉 억압과 저항의 논리로 이해된다. 이러한 이해

2 백낙청, 「민족문학 개념의 정립을 위해」, 1974, 『민족문학과 세계문학 I』, 창작과비평사, 1978, 124~125쪽.
3 백낙청, 「민족문학론 · 분단체제론 · 근대극복론」, 1995, 『흔들리는 분단체제』, 창작과비평사, 1998, 115쪽.
4 백낙청, 「민족문학 개념의 정립을 위해」, 1974, 『민족문학과 세계문학 I』, 창작과비평사, 1978, 126쪽.

는 1993년의 글에서도 크게 다르지 않다. 근대는 "역사상 유래 없는 자본주의의 위력이 한반도에서도 불가역적으로 작용하기 시작했으며, 이에 주체적으로 대응하는"[5] 과정이 된다. 여기에서 "자본주의의 위력"이란 "일본 제국주의의 침략"이요, "주체적으로 대응하는 문제"란 곧 "일련의 反식민 · 反봉건 운동"인 셈이다. 더욱이 이러한 이항대립적인 인식은 최원식과 같은 창작과비평 그룹에 의해서도 반복 · 확산된다.

사실 무엇을 인식한다는 것은 어느 수준의 특정한 시각으로 바라본다는 것을 뜻한다. 그렇지만 민족문학론의 경우에는 특정한 시각이 너무 앞서서 근대적인 현실 존재의 다양한 측면을 보지 못한 문제가 있다. 엄밀히 말해서 1970~90년대 현실에서 지배권력과 민중의 관계는 서로 이항대립적으로 구분 · 단절되지 않고, 오히려 둘은 서로에게 영향을 주고 관계를 맺으며 그 가운데에서 살아간다. 이 글에서 방법론으로 삼고자 하는 호미 바바(H. Bhabha)의 탈식민주의(post-colonialism) 논의를 참조해 보면, 민중은 일상 속에서 지배권력의 근대화 정책에 적극 협조하고 지배권력의 발전 욕망을 모방하면서도(mimic), 동시에 지배권력이 '예측할 수 없는' 효과를 보여준다는 점에서 혼성적인(hybrid) 존재이다.[6]

이러한 시각은 민족문학론이 바라보았던 민중, 문학, 역사를 새롭게 이해할 수 있는 중요한 통로가 된다. 예를 들어 신경림의 민중시는 은연중에 민족문학론에 의해서 민중주의 혹은 민중저항주의의 시각으로 살펴진 결과, 자주 역사변혁 혹은 현실극복의 차원으로 논의된다.[7] 그렇지

---

5 백낙청, 「근대성과 근대문학에 관한 문제제기와 토론」, 1993. 9. 24, 서울대 민교협 토론문, 『통일시대 한국문학의 보람』, 창작과비평사, 2006, 109쪽. 백낙청은 서울대 민교협의 한 토론회(1993. 9. 24.)에서 '문학과 예술에서의 근대성 문제'란 제목의 글을 발표한 후, 나중에 「근대성과 근대문학에 관한 문제제기와 토론」으로 개제함.

6 '예측할 수 없는' 효과란 호미 바바가 말하는 모방의 특징을 의미한다. 그는 모방이 "예의바름의 규율 내에 존재하는 시민불복종의 계기, 즉 눈부신 저항의 신호를 특징짓는다"고 말한 바 있다. 민중은 지배권력을 모방하는 과정에서 그들이 의도하지 않고 예측할 수 없었던 의외의 저항적인 말과 생각, 행위들을 그들에게 되돌려준다.(H. H. Bhabha, 나병철 역, 『문화의 위치』, 소명출판, 2002. 241쪽.; 고부응 편, 『탈식민주의 이론과 쟁점』, 문학과지성사, 2003, 참조.)

만 그의 시 「농무」에서 "산구석에 처박혀 발버둥친들 무엇하랴/비료값도 안나오는 농사 따위야"라는 구절은 '예측할 수 없는' 효과를 잘 보여준다. 민중은 단순히 지배권력의 억압 대상이 아니라 농업공업화 욕망에 적극 협조하고 그 욕망을 모방했으며, 그러면서도 그 욕망이 차별적임을 한탄 섞인 분노의 발화로 보여준다.[8] 즉 "예의바름의 규율 내에 존재하는 시민불복종의 계기"를 드러낸다.

이렇게 본다면 민중을 피억압과 저항의 주체로 고정시켜 놓고서 논의를 전개했던 민족문학론은, 이제 비판될 필요가 있다. 이 점에서 이 글의 필요성이 제기된다. 이 글은 민족문학론의 근대성 인식을 무시하거나 동시대에 무용함을 폭로하는 차원이 아니라, 민족문학론이 간과한 담론 내부의 이야기, 즉 근대를 이해하는 인식 자체의 문제점을 지적하고 나아가서 혼성적인 시각의 대안이 있음을 제시하고자 하는 목적을 지닌다. 이러한 목적을 지닌 이 글이 증명하고자 하는 것은, 민족문학론의 근대성 논리에 드러난 이항대립적인 인식을 끄집어내고 그러한 인식이 필연적이지 않음을 혼성의 논리를 활용해 보여주고자 함이다.

그동안 민족문학론에서는 근대 주체론(the discourse of modern subject), 근대문학 기점론(the discourse of starting point of modern literature), 근대 극복론(the discourse of overcoming modernity)으로 근대성 논리를 전개해 왔다. 이 글은 세 가지의 핵심 문제를 제기하고자 한다. 첫째는 민족문학론의 근대 주체론이 보여준 저항적인 민중의 문제점을 지적하고자 한다. 민족문학론은 평범한 '대다수의 사람들'을 뜻하는 민중을 근대 주체론 속으

7 윤영천은 신경림의 시 「편지」에서 형상화된 시장의 생선장수 아주머니를 "역사 변혁의 주체로서의 민중"(윤영천, 「예술가의 사회적 책무」, 『한국현대시연구』, 민음사, 1989, 『서정적 진실과 시의 힘』, 창작과비평사, 2002, 179쪽.)으로 보았고, 이시영은 시 「겨울밤」에서 "올해는 돼지라도 먹여볼거나"라는 농촌 촌민의 소박한 소망에서 "소박하나 분명한 현실 극복 의지를 읽을 수가 있다"(이시영, 「70년대의 시」, 동서문학』, 1990. 가을호, 180쪽.)고 논한 바 있다.

8 강정구, 「탈식민적 저항의 서사시—「남한강」론」, 『한국시학연구』, 한국시학회, 2005. 4, 303~322쪽 참조.

로 흡수한다. 원래 지배권력에 협력하고 모방하는 혼성적인 민중이, 피억압계층과 변혁주체로 이미지화되고 전유된 것이다. 대다수의 민중이 실제와는 달리 저항·혁명의 존재로 보여진 것이다. 이 장에서는 민족문학론이 현실 민중을 어떻게 저항적인 민중으로 바라보고 그 과정에서 어떤 문제점들이 발생하는지를 추적하고자 한다.

둘째는 민족문학론의 근대문학 기점론을 살펴보면서 역사를 바라보는 일면적인 시각을 비판하고자 한다. 민족문학론자들은 근대문학의 기점으로 1894년 동학농민운동說 또는 1905년 애국계몽기說을 주장하는데, 그 근거가 되는 것은 식민주의에 대응하는 민중의 역사 경험이다. 이때 문제는 양가적 · 중층적으로 해석될 수 있는 민중의 역사 경험을 反식민적인 저항의 시각으로만 바라본다는 데에 있다. 이 장에서는 민중의 역사 경험을 피억압 · 저항이라는 관점으로 바라보는 민족문학론의 일면적인 시각을 분석하고자 한다.

셋째는 민족문학론의 근대 극복론에 나타난 한계를 밝히고자 한다. 민족문학론은 1970년대 이후 지금까지 저항의 논리가 유일한 근대 극복의 방법임을 주장한다. 그러나 그 주장은 지배권력과 민중의 관계가 혼성적인 근대의 상황을 간과하고서, 민중의 적대적인 저항과 그 방법을 모색하는 독아론적인 태도를 보여준다. 이 장에서는 지배권력과 민중 사이의 관계를 경직되게 파악하여 획일적인 논리를 구사하는 민족문학론의 근대극복론을 비판적으로 탐색하고자 한다.

이 글은 민족문학론의 근대성 인식을 논의한다는 점에서, 민족문학론에 대한 다종다양한 연구사를 모두 검토하기 보다는 근대(성)에 관계된 논의를 일차 검토 대상으로 할 필요가 있다. 민족문학론에서 근대성이란 용어가 논란이 된 것은 1993년 백낙청의 「근대성과 근대문학에 관한 문제제기와 토론」에서부터였으나, 그 이전에도 근대에 대한 중요한 논의들이 여러 차례 제기되었다. 기존의 연구사에서는 민족문학론의 근대성 인식에 대해서 다양한 논의들을 제출했는데, 민족문학론의 몇몇 문제점들을 비판하고 모순을 지적하는 수준이었지, 근대성 인식 그 자체를 문제시한 경우는 드물었다.

1970~80년대 『문학과 지성』 그룹은 민족문학론의 근대적 주체에 대한 인식을 민중 중심의 민족주의로 규정짓고서, 근대 인식이 편향되고 모호함을 비판했다. 민중 중심의 민족주의에 대해서 김현은 식민주의·제국주의와 같은 '국수주의'로 비판했고, 김주연은 외세에 맞서서 민족을 통합시키지 못하고 "오히려 민족 자체의 분열을 조장"한다고 지적했다.[9] 한편 1980년대 후반 정과리의 경우에는 민중 개념의 모호성을 살펴보면서 "상징이면서도 실체인 모순의 개념"으로 규정하기도 했다.[10]

1990년대 이후 민족문학론에서는 동구권 사회주의의 붕괴로 인해 근대성에 대한 회의와 새로운 전망이 논의되었지만, 억압과 저항의 논리를 끝까지 고수하는 자기중심적인 한계를 보여줬다. 자본주의(근대) 이후의 사회가 붕괴됐다는 사실은 대안의 부재를 의미했다. 민족문학론자들에게는 근대성에 대한 반성과 성찰이 요구된 시점이었다. '민족문학과 근대성'이란 주제를 내건 심포지엄이 이선영·최원식·이현식 등의 참가로 이루어졌고,[11] "우리 민중의 현실에서 출발"하는 "민족문학론의 갱신을 위한 노력"[12]이 신승엽 등에 의해 전개됐다. 또한 민족문학론의 근대성을 "복수의 근대"[13]로 이해하려는 시도가 하정일에 의해서 제기되기도 했다.

---

9 김현, 「민족문학, 그 문자와 언어」, 『월간문학』, 1970. 10, 191쪽.; 김주연, 「민족문학론의 당위와 한계」, 『문학과 지성』 1979. 봄호, 『뜨거운 세상과 말의 서늘함』, 솔, 1994, 57쪽.

10 정과리, 「민중문학론의 인식 구조」, 『문학과 사회』, 1988. 봄호, 79쪽.

11 이 심포지움의 발표문들은 민족문학사연구소 편의 『민족문학과 근대성』(문학과지성사, 1995)이란 제목의 책으로 출간되었다. 참가자는 위의 3인 이외에 김종철, 이상경, 한기형, 서영채, 고미숙, 정우택, 김경숙, 김영민, 하정일, 오현주, 이훈, 김윤재 등이 있었다.

12 신승엽, 「민족문학론의 방향 조정을 위해」, 1997, 『민족문학을 넘어서』, 소명출판, 1999, 42쪽.

13 하정일, 「민족문학론의 역사와 탈식민성」, 『비평』 3집, 생각의 나무, 2000, 197쪽.

그럼에도 여전히 근대를 억압과 저항의 시대로 규정한 것은, 바깥의 현실보다 안의 논리에 집착하는 민족문학론의 문제점이 아닐 수 없었다.

이 점에서 민족문학론 외부의 비판은 더욱 신랄할 수밖에 없었지만, 근대성 인식 자체에 대한 근본적인 반성에 도달하지 못한 약점이 있다. 주로 억압과 저항의 논리가 시대착오적이고 모순적임을 지적한 것들이었다. 민족문학론에 대해서 김철이 국수주의 혹은 파시즘임을,[14] 이광호는 민족적 위기만을 강조하는 "비역사주의적인 본질주의"[15]임을, 그리고 황종연은 민주화 이후 "퇴락의 운명"[16]임을 지적했다. 그러한 외부의 비판들에서도 이항대립적·선험적인 시각에 대한 진지한 성찰이 아쉬웠다.

따라서 이 글에서는 민족문학론의 근대성 논의에서 가장 핵심이 되는 억압과 피억압, 또는 억압과 저항의 논리를 문제 삼고자 한다. 특히 지배권력의 억압과 그로부터의 민중 저항이라는 선험적·이항대립적인 시각을 분석하면서 그러한 시각이 필연적이지 않으며, 탈식민주의적인 시각이 필요함을 역설하고자 한다.

2. 저항적인 민중 개념의 문제점

근대 주체론은 근대를 주도해 나아가는 주체의 정체성을 문제 삼는다. 민족문학론이 근대시기를 저항의 시대로 규정한 만큼, 저항의 주체가 누구냐 하는 것은 중요한 관심사 중의 하나가 된다. 그 동안 근대 한국사에서는 계몽주의자, 민족주의자, 사회주의자처럼 현실을 자각하고 주도하는 소수의 계층을 근대적 주체로, 그리고 나머지 '대다수의 사람들'은 근

14 김철, 「민족 – 민중문학과 파시즘」, 1998, 『국민이라는 노예』, 삼인, 2005, 218쪽.
15 이광호, 「〈민족 문학〉의 역사적 범주에 관하여」, 『환멸의 신화』, 민음사, 1995, 61쪽.
16 황종연, 「민주화 이후의 정치와 문학」, 『문학동네』 2004. 겨울, 397쪽.

대적 주체가 선도하고 대변해야 하는 대상으로 여겨왔다. 그러나 민족문학론자들은 선도·대변의 대상이었던 '대다수의 사람들'을 민중으로 명명하고 억압적인 현실을 극복해 나아가는 저항의 주체로 내세운다.

민족문학론자들의 입장에서 보면, 지배권력의 억압과 맞서 싸워야 하는 저항적인 존재가 시대적인 현실에서 요청되었고, 그러한 저항적인 존재를 민중으로 통칭해 부르면서 사회적인 대항 여론을 만들어갈 필요가 있었다. 그렇지만 이러한 의도는 일상적인 '대다수의 사람들'을 저항적인 존재로 전유한 것에 다름 아니고, 바로 이 지점에서 1970년대 민족문학론이 출발한다. 1960년대 중반까지의 문학론들이 민중을 지식인의 계몽 대상으로 보았다면, 1970년대의 민족문학론은 민중을 저항의 주체로 분명하게 인식한다.[17] 민중에 대해서 김지하는 억압과 피억압이라는 이항대립적인 시각에 기초한 피억압·피지배 계층으로, 그리고 백낙청은 진보사관에 근거한 변혁주체 혹은 '역사의 주인'으로 논의하기 시작한다. 이 과정에서 현실 민중은 지배권력과 혼성된 모습이 배제·은폐되고, 이항대립적·선험적인 존재로만 인식된다. 민족문학론이 시작되는 지점을 살펴보자.

> 이러한 지향의 정점에서 풍자시가 나타난다. 또한 그 방향의 결정에 있어서 때로 어떤 시인은 자기 자신과 자기가 속해 있는 사회계층에 대한 부정과 자학과 매도에 폭력을 동원하는 곳으로 나아간다. 그러나 어떤 시인은 자기 자신과 자기가 속해 있는 민중의 편에 분명히 서서 자기와 민중을 억압하는 어떤 특수집단에 대한 부정과 폭로와 고발에 폭력을 동원하는 곳으로 나아간다.[18]

---

17 민중 개념은 1970년을 전후로 해서 크게 변화한다. 그 예를 백낙청의 논의에서 찾을 수 있다. 그는 1966년에 지식인이 "한국에 관한 한, 민중의 저항을 가로맡"(「새로운 창작과 비평의 자세」, 1966, 『민족문학과 세계문학 I』, 창작과비평사, 1978, 356쪽.)아야 한다고 하나, 1974년에는 "민중 스스로가 이 과업을 떠맡는 길밖에 없"다고 주장한다(「민족문학 개념의 정립을 위해」, 1974, 『민족문학과 세계문학 I』, 창작과비평사, 1978, 129-130쪽.)

하지만 오늘날의 민족적 위기에서 민중적인 문학이 수행해야 할 구실은 기존의 민중의식을 수동적으로 반영하고 전파하는 것만이 아니다. 반영작업은 동시에, 민족생존권의 수호와 반봉건적인 시민혁명의 완수라는 객관적으로 민중에게 주어진 사명을 민중의 각성된 인식과 실천으로 이끌어가는 예술작품 특유의 능동성을 발휘해야 한다.[19]

민족문학론은 "민중을 억압하는 어떤 특수집단"을 상정함으로써 현실 민중을 피억압계층으로 전유한다. 이 때 문제가 되는 것은 전유의 논거가 되는 '억압' 개념의 단순성이다. 1970년대 사회가 보여주는 지배권력과 '대다수의 사람들' 사이의 혼성적인 관계를 간과하고서 '억압'이라는 잣대로 둘의 관계를 이항대립화시키고 있기 때문이다. 이런 구분법에서는 현실 관계의 복잡성은 무시되기 쉽다. 지배권력의 근대화 노력은 허위와 거짓으로, 그리고 저항의 논리와 실천은 진리로 단순화될 위험이 있다. 또한 한 사회의 정치적·경제적·문화적 층위에서 억압하면서 동시에 억압되는 존재들의 복잡한 그물망도 간과되기 쉽다.

더욱이 현실 민중을 변혁주체로 바라보는 민족문학론의 선험적인 시각도 문제이다. 민족문학론에서는 "민족생존권의 수호와 反봉건적인 시민혁명의 완수라는 객관적으로 민중에게 주어진 사명"을 전제하는 까닭으로 민중의 정체성은 선험적으로 결정된다. 현실 민중은 현재 저항의 주체가 아니라면 그렇게 되어야 하고, 현재 그런 모습을 보인다면 미래에 더욱 더 그렇게 되어야 하는 것이다. 이처럼 진보의 구도 속에서 민중의 정체성이 논의되면, 민족문학론의 민중 개념과 현실 민중 사이에는 상당한 괴리가 생길 수밖에 없지만, 그 괴리를 좁힐 수 있는 가능성

18 김지하, 「풍자냐 자살이냐」, 『시인』 1970.10, 『민족의 노래 민중의 노래』, 동광출판사, 1984, 174쪽.

19 백낙청, 「민족문학 개념의 정립을 위해」, 1974, 『민족문학과 세계문학 I』, 창작과비평사, 1978, 131쪽.

은 시대적인 '사명'이라는 전제 때문에 원천봉쇄 된다.

나아가 민족문학론은 지배권력과 민중의 사이를 서로 적대적·전복적인 관계로 인식하고, 이런 인식을 근대 한국사에 적용시켜서 민중을 근대 개화기 이후 외세의 시련을 극복하고 민족의 발전을 주도하는 민족사적 주체로 구상하며 민족의 전통으로 주장한다. 백낙청은 한국사의 전통을 "동학에서 하나의 큰 봉우리를 이루었다가 의병운동과 일제하 독립운동으로 이어지는 민중운동의 큰 줄기"[20]로 파악한다. 그렇지만 이런 전통은 홉스봄(E. Hobsdawm)에 따르면 발견한 것이기보다는 발명(Invention)한 것에 가깝다.[21] 저항적인 민중은 원래부터 역사 속에서 이항대립적·선험적인 실체로 발견되는 것이 아니라, 진보사관에 입각한 변혁주체의 이미지를 덮어씌워야 발명되는 것이기 때문이다. 이런 의미에서 민족사를 주도하는 민중 개념은 발명된 전통이다. 따라서 이런 민중이 실제 현실에서 누구냐 하는 문제는 중요하지만, 쉽게 설명될 문제가 아니다.

> 문학이라는 쪽에서 민중을 파악하려고 하는 경우 민중개념에서 중요한 것으로 된 것은 여러 가지가 있을 수 있으나 빼놓을 수 없는 것은 이들 민중이 직접적 생산자적인 범주이고, 역사적으로 자기 회복에 의해 다시 역사의 주인으로 되어 가고 있는 사회적 존재라는 것이다. […중략…] "민중 구성은 노동자계급을 기본으로 하여 근로자 범주의 농민 · 소상공업자 · 도시빈민 · 일부지식인으로 된다. 근대 자본주의사회는 그것에 앞서는 이전 사회보다 민중의 자기해방이 비록 완전한 것은 아니더라도 실현된 사회이다. 민중은 신분적이거나 경제외적인 제약에서 해방되었고, 형식적인 것이기는 하지만 대등한 권리를 되찾았다. 그들을 제약하고 있는 것은 경제적 관계에서의 불평등 밖에는 없다. 따라서

---

20 백낙청, 「민족문학 개념의 정립을 위해」, 1974, 『민족문학과 세계문학 I 』, 창작과비평사, 1978, 130쪽.

21 E. Hobsbawm 외, 박지향·장문석 역, 『만들어진 전통』, 휴머니스트, 2004, 참조.

민중의 주체적 성격은 강화된다. 민중의 기본구성인 노동자계급은 사회구성으로서 보다 많은 비중을 차지하고 미래 역사의 주인으로 등장했으며, 역사에서 어떤 민중구성보다 진보적인 계급으로서 역사진보의 편, 즉 민중의 자기해방에의 지향을 같이 하고 있다."[22]

민족문학론은 민중을 "역사적으로 자기 회복에 의해 다시 역사의 주인으로 되어 가고 있는 사회적 존재"로 설정하나, 이런 시도는 현실 민중을 지시하기 보다는 앞으로 있어야 할 바람직한 존재 혹은 현재 저항운동에 참여하는 존재를 의미하기 쉽다. 또한 민중의 범주를 "직접적인 생산자 범주"로서 "노동자계급을 기본으로 하여 근로자 범주의 농민·소상공업자·도시빈민·일부지식인"으로 규정하지만, '소상공업자'와 '일부지식인'은 '직접적'으로 생산하는 계층이 아니기 때문에 민중으로 보기 어려운 점이 있다. 위의 인용에서 보이는 민중의 개념과 범주 설정은 현실 민중을 전유하는 방식에 따라서 결정되는 것이라는 혐의에서 벗어나기 힘들다. 이처럼 저항적인 민중 개념은 실제 혼성된 존재성과의 괴리 때문에 그 범주와 정체성을 고정시키지 못한 채, 민족문학론의 담론장 안에서만 마치 저항을 주도하는 것처럼 생각되는 떠도는 기표로서 존재할 뿐이다.

3. 역사를 바라보는 일면적인 시각

근대문학 기점론은 근대라는 시기의 특성을 어떻게 규정하느냐 하는 문제에서 출발한다. 그 시기의 특성을 반영한 문학의 출현 시기를 근대

---

22 박현채, 「민중과 문학」, 김병걸 · 채광석 편, 『민족, 민중 그리고 문학』, 지양사, 1985, 73~74쪽.

문학의 기점으로 설정할 수 있기 때문이다. 그 동안 근대문학의 기점 논의에는 임화의 이식론을 비판한 김윤식·김현의 자생론[23]과 조동일의 이행기론[24] 등이 제기되었는데, 민족문학론은 이전의 논의들이 지닌 기점 설정 기준의 주관성과 모호성을 비판하면서 "일반적인 기준"을 모색하고자 한다. 그 기준에 따라 백낙청은 1894년 동학농민운동說을, 그리고 최원식은 1905년 애국계몽기說을 근대문학의 기점으로 설정한다.

민족문학론에서는 동학농민운동과 애국계몽운동이 근대의 "일반적인 기준"에 부합하는 것으로 보지만, 그 주장은 "일반적인 기준"을 상당히 일면적으로(one-sided) 바라본 태도에서 비롯된다. 왜냐하면 그들이 주장한 "일반적인 기준"이란 마샬 버먼(M. Berman)이 제기한 "근대성의 경험"이기 때문이다. 마샬 버먼이 말하는 "근대성의 경험"은 중세 이후 근대화의 세계 확산에 따른 인류의 보편적인 경험, 즉 "全세계 모든 사람들이 함께하는 생생한 경험—공간과 시간의 경험, 자아와 타자의 경험, 삶의 가능성과 모험의 경험—"[25]을 의미한다. 그러나 민족문학론의 "근대성의 경험"은 인류의 보편적인 경험이 아닌 민중의 反식민적인 저항을 강조하는 경향이 있다.

실제로 문학사에서는 1894년 또는 그보다 뒤를 근대문학의 기점으로 삼는 일이 흔하다. 그러나 문학사란 어디까지나 특수한 분야사로서 일반사와 다소간의 편차를 두는 것이 당연하다. 일반사에서는 아무래도 조약체결을 통한 자본주의 세계시장으로의 공식 편입이라는 외형적 사건과 함께, 앞서 거론한 '근대성의 경험'이라는 일반적인 기준이 적용되어야 할 듯하다. 즉 개항과 더불어, 비록 조선 내부의 자본주의 경제제도(우끌라드) 형성이 주도한 것은 아니지만

23 김윤식 · 김현, 『한국문학사』, 민음사, 1973, 참조.
24 조동일, 『한국문학통사1~5』, 지식산업사, 1982~86, 참조.
25 M. Berman, 1994, 12쪽.

'모든 고정된 것이 연기처럼 사라진다'는 역사상 유례없는 자본주의의 위력이 한반도에서도 불가역적으로 작용하기 시작했으며, 이에 주체적으로 대응하는 문제가 한반도 주민 전원에게 생활상의 과제로 주어졌던 것이다.[26]

이 때문에 필자는 민족문학작가회의 1990년도 상반기 심포지엄에서 그 동안 신소설 시대를 다룬 일련의 연구를 중간 결산하면서 기존의 기점론들, 특히 갑오경장설과 18세기설을 비판하고 애국 계몽기(1905~1910)설을 제안했던 것이다. 나라가 反식민지로 떨어진 이 시기에 오히려 도시를 중심으로 한 애국 계몽 운동과 농촌을 근거지로 한 의병 전쟁이 일제에 반대하면서 치열하게 전개되는 한편, 봉건적 백성을 근대적인 국민(nation)으로 전화시키려는 계몽주의 문학이 모든 장르에서 구체적인 작품군으로 등장하기 때문이다.[27]

민족문학론은 근대 이후 인류의 보편적인 경험 중에서 反식민적인 저항이라는 하나의 측면을 부각시키면서 근대문학의 기점을 설정한다. "자본주의의 위력이 한반도에서 불가역적으로 작용하기 시작"했을 때 "주체적으로 대응하는" '농민전쟁',[28] 또는 "일제에 반대하면서 치열하게 전개되는" "애국 계몽 운동"과 "의병 전쟁"은, 당대인들이 겪은 "근대성의 경험" 중에서 한 측면에 불과한데도, 민족문학론에서는 그 측면이 "근대성의 경험" 중 핵심을 차지하는 것처럼 여긴다. 그들의 "근대성의 경험"은 反식민적인 저항이라는 일면적인 논리 속에서 이해·인정되는 것이다.

이렇게 되면 민족문학론의 논의는 非혁명론을 "일반적인 기준"으로

---

26 백낙청, 「근대성과 근대문학에 관한 문제제기와 토론」, 1993.9.24, 서울대 민교협 토론문, 『통일시대 한국문학의 보람』, 창작과비평사, 2006, 109쪽.

27 최원식, 「한국 문학의 근대성을 다시 생각한다」, 『민족문학과 근대성』, 문학과지성사, 1995, 51쪽.

28 백낙청, 1992, 47쪽.

삼아서 저항·혁명론의 기점을 구성하는 모순을 범하게 된다. 페리 앤더슨(Perry Anderson)에 따르면, 마샬 버먼의 논의는 "(자본질서와의 엄격한 단절을 뜻하는) 혁명이"[29] 아니라 오히려 자본주의의 내발적 발전을 중시한다. 이에 반해 백낙청은 마샬 버먼의 자본주의발전론을 가지고 자본주의를 비판·극복·저항하는 논리를 구상한다. 따라서 자본주의 비판·극복·저항론은 민족문학론의 의도와는 달리 자본주의의 내발적 발전 과정에 흡수되는 논리적인 모순을 초래할 위험이 있다.

이러한 일면적이고 모순적인 논리는 필연적으로 역사적인 사건이 지닌 중층성과 양가성을 외면한다. 근대 한국사에서 동학농민운동과 애국계몽운동을 反식민적인 저항으로만 보는 태도는, 역사적인 사건의 복잡한 영향과 결과를 외면하는 논리임을 자인하는 것밖에 되지 못한다. 예를 들어 동학농민운동은 反식민적인 운동의 측면이 있기는 하지만 그에 못지않게 反서학적인 종교운동의 측면과, 무엇보다 1차 봉기로 말미암아 일본의 한반도 침략이 정당화된 부정적인 측면도 함께 지녔음을 종합적으로 고려해 봐야 한다. 역사적인 사건의 중층성과 복잡성을 간과하고서 反식민적인 저항이라는 일면적인 시각을 고집하는 것은 상당히 경직된 태도일 뿐이다.

민족문학론의 일면적인 시각은 초기 근대문학의 구체적인 범주를 설정할 때에도 그대로 적용된다. 민족문학론자가 생각하는 근대문학의 수준에 도달하려면 "反식민·反봉건 운동"의 경험과 인식을 형상화한 작품이어야 한다. 초기 근대문학에서 주목할 만한 작가·작품에 대해 백낙청은 "만해 한용운이나 벽초 홍명희처럼 전통문화에 깊이 뿌리박은 반외세정신에다 근대성의 과감한 수용을 겸한 작가"들을 꼽고 있으며, 최원식은 "이해조를 비롯한 애국 계몽 문학"[30]을 들고 있다. 다시 말해서

29 P. Anderson, 1993, 359~360쪽.
30 최원식, 「한국 문학의 근대성을 다시 생각한다」, 『민족문학과 근대성』, 문학과지성사, 199, 57쪽.

근대문학이란 범주는 '반외세정신'과 "애국 계몽"이라는 인식을 명백히 가지고 있고 그것을 반영한 측면이어야 된다.

민족문학론은 "反식민·反봉건 운동" 성격의 일부 문학을 제외한 나머지가 근대문학의 수준에 미달된다는 가치평가를 하고 있다. 그런 태도는 우리의 초창기 문학작품들이 보여준 근대적인 성격의 다양성을 모두 배제하고, "反식민·反봉건 운동" 경향이라는 일면성을 강조한 것에 다름 아니다. 백낙청은 한용운·홍명희·이해조의 문학에 나타난 "反식민·反봉건 운동"의 성격을 강조하는 반면, 이인직·이광수·정지용·김기림·김수영의 문학에서는 그런 성격을 찾아볼 수 없다는 이유로 근대문학적인 가치에 미달된다는 우를 범한다.[31] 그러나 후자들의 문학작품에서도 일면성으로 포괄할 수 없는 다양한 근대적인 의미와 가치가 있다는 점을 부정할 수는 없을 것이다.

4. 근대 극복론의 한계

근대 극복론이란 근대를 극복의 대상으로 전제하고 그 방안을 모색하는 논의이다. 이 논의는 자본주의 세계경제로 확산 중인 근대(세계체제)가 해체될 정도의 심각한 모순이 있다는 생각에서 출발한다. 민중의 상실된 주체성을 회복해야 하는 근대가 오히려 억압의 시대가 되었기 때문이다. 그간의 근대 극복론들이 주로 마르크스의 사회주의론과 포스트모더니즘 경향의 탈근대론들이었다면, 민족문학론자들 중의 하나인 백낙청은 反민중적인 억압성을 주목하고 민중 중심의 극복논리를 모색한다. 그 모색은 근대적응과 근대극복의 이중과제로 구체화된다.

---

31 백낙청, 「근대성과 근대문학에 관한 문제제기와 토론」, 1993. 9. 24, 서울대 민교협 토론문, 『통일시대 한국문학의 보람』, 창작과비평사, 2006, 111~112쪽.

민족문학론은 근대의 성과에 적응하면서도 근대적인 민중 억압을 극복하자는 '이중과제'를 설정한다. 백낙청은 개항 이후 자본주의의 도래와 그 수용과정을 식민과 단순한 모방·이식의 과정으로 인식하기 때문에, 한반도의 식민 현실에 적응한다는 것은 그 현실을 인정하고 어떤 긍정적인 요소를 적극 활용한다는 것이 아니라, 그 현실을 부정하면서 현실의 억압적인 요소를 극복한다는 것을 의미한다.

그러나 '민족문학'이라는 과제의 본질 자체가 우리에게 근대에 대한 복합적인 태도를 강요한다. 한편으로 이 과제는 근대 초기의 유럽국가들이 보여준 자국어 문학의 찬란한 꽃핌을 본받고자 하는 열망으로 차 있었지만, 더 중요한 것은 단순한 모방이나 '따라잡기'로는 그러한 꽃핌을 이룰 수 없으며, 오로지 식민지의 과거를 지닌 분단민족의 특수한 현실에 충실하고, 그럼으로써 이제까지 세계문학에서 다루어지지 않았던 근대성의 어떤 측면과 대면함으로써만 가능하다는 사실을 우리는 직감하고 있었던 것이다. 아마도 진정한 예술적·문학적 노력이란 어느 시절에든 현실과 더불어 살면서 동시에 그것을 극복하려는 '이중과제'를 담고 있는 것이겠지만, 근대의 예술가에게는 근대 세계체제의 엄청난 압력과 그 모순의 거대함으로 인하여 그러한 과제가 더 강력하게 요구된다.[32]

위의 인용에 따르면, 민족문학론에서는 "근대 초기의 유럽국가들이 보여준 자국어 문학의 찬란한 꽃핌을 본받고자 하는 열망"을 상당히 단순화시킨다. 이 "본받고자 하는 열망"은 서구 (신)식민주의의 근대화 욕망에서 한국의 근대화 욕망을 발견하고 흉내 내는 탈식민주의적인 모방론(mimicry theory)의 근거로 이해할 수 있는데도, 민족문학론에서는 어떠

32 백낙청, 「한반도에서의 식민성 문제와 근대 한국의 이중과제」, 『창작과비평』 1999. 가을호, 19~20쪽.

한 교섭도 없고 창조적 · 혼성적인 성격도 없는 "단순한 모방"론(imitation theory)의 사례로 설명한다. 민족문학론은 "오로지 식민지의 과거를 지닌 분단민족의 특수한 현실에 충실"해야 하는 것, 즉 反식민화 전략이라는 자기논리 · 자기대화를 전개하는 방향으로 나아간다.

이렇게 되면 '근대적응'이란 근대적인 현실의 복합성 · 혼성성을 무시하는 獨我論的인 논리에 불과하다. 민족문학론에서는 "근대는 특히 유럽과 북미 지역에서 그 자체로 본받을 만한 여러 가지 성취를 이뤄냈다는 점"[33]을 강조하지만, 이 '성취'란 주로 저항과 혁명을 의미한다. 근대 시기에 강조되는 것은 산업화 · 근대화 · 공업화 · 도시화의 성과가 아니라, 혁명 · 투쟁 · 인간해방의 성과이기 때문이다. '서양문명'(근대화)은 극복해야 될 "형이상학적 사유"의 일종으로 보는 반면, 유럽의 시민혁명은 "인간해방에 일단의 공헌을 해낸"[34] 것으로 이해하기 때문이다.

민족문학론의 이러한 발상은 지배권력과 민중의 관계가 혼성적인 근대의 상황을 간과한 채, 억압에 대한 극복 · 저항 방안만을 모색한다는 점에서 아주 중요한 한계가 있다. 1970년대 이후 민족문학론은 민족문학 개념론, 인간해방론, 제3세계문학론, 분단체제론, 그리고 근대 극복론에 이르기까지 변화무쌍한 논의를 발전 · 전개시켜 왔지만, 문제는 그 논의가 극복 · 저항을 일관되게 주장하는 논리 속의 변화무쌍함이라는 것이다.

이러한 민중지향적인—즉 양쪽의 기득권층이 보통사람들과 대립되며 그들을 억압한다고 보는 의미의—담론으로서, 그리고 전지구적인—즉 한반도의 분단을 세계체제의 국지적 작용으로 이해한다는 의미의—시각으로서, 작가들의 분

33 백낙청, 「한반도에서의 식민성 문제와 근대 한국의 이중과제」, 『창작과비평』 1999. 가을호, 19쪽.
34 백낙청, 『인간해방의 논리를 찾아서』, 시인사, 1979, 135쪽.;109쪽.

> 단체제극복 의지는 민족적인 과제를 지구적인 과제 및 국지적인 과제들과 통합하는 작업을 '과학성'을 내세우는 담론들보다 훨씬 효과적으로 수행해왔다. 거듭된 이야기지만 우리의 목적은 통일 그 자체보다도 세계체제의 한 핵심적인 하부단위로서의 분단체제를 철폐하는 일이며, 따라서 남북한 각자 내부에서 좀더 완전한 시민권을 획득하려는 그날그날의 '개혁주의적' 투쟁과, 이러한 확대된 시민권을 바탕으로 이를 더욱 확장해주는 통일이라는 중기적 과제, 그리고 세계체제를 바꾸고 새로운 문명을 창조하는 장기적인 노력 사이의 효과적인 상호연관을 성립시킬 것을 요구하는 것이다.[35]

민족문학론이 근대를 "양쪽의 기득권층이 보통사람들과 대립되며 그들을 억압"하는 시대로 이해한 결과, 근대 극복론은 억압에 맞선 투쟁·저항의 논의가 되어버린다. 그런데 문제는 근대성 논쟁이 진행된 1990년대에 과연 "기득권층이 보통사람들과 대립되며 그들을 억압"했는지, 더욱이 근대 극복론에 걸맞은 '억압'의 현실이 세계체제를 극복해야 할 정도로 상당히 존재했는지 의문이 아닐 수 없다. 민족문학론은 "견고한 모든 것은 대기 속에 녹아버"리는 근대의 혼성적인 현실을, 상당히 독아론적인 저항의 논리로 이해하려는 혐의를 벗어나기 어렵다.

따라서 "'개혁주의적' 투쟁"과 '통일', 그리고 "세계체제를 바꾸고 새로운 문명을 창조하는" '노력'이 과연 가능한지를 묻기 전에, 민족문학론의 대안이 근대적인 현실을 제대로 짚고 있는지 물어 볼 필요가 있다. 또한 명색이 근대 극복론이면서 근대를 벗어난 현실의 어떠한 청사진이 없다는 것도 따질 문제가 아닐 수 없다. 이 점에서 민족문학론의 근대 극복론은 脫과 극복·초월의 미덕을 말하기 이전에 근대적인 현실에 대한 여러 목소리들을 좀더 사려 깊게 듣고 그것들과 교섭할 필요가 있다.

---

35 백낙청, 「한반도에서의 식민성 문제와 근대 한국의 이중과제」, 『창작과비평』 1999. 가을호, 21쪽.

5. 결론

이 글은 1970~90년대 민족문학론의 시대적인 가치와 의미를 인정하면서도, 근대를 억압과 저항의 시대로 바라본 민족문학론의 인식을 문제삼았다. 이런 인식이 근대를 이항대립적인 시선으로 바라보게 만들기 때문이었다. 이 글에서는 탈식민주의의 논리를 참조해서 근대를 혼성과 모방의 시대로 규정했고, 이런 관점에서 민족문학론의 근대성 논의에서 가장 핵심이 되는 억압과 피억압 또는 억압과 저항의 논리를, 구체적으로는 근대 주체론, 근대문학 기점론, 근대 극복론을 비판·해체했다.

먼저, 민족문학론의 근대 주체론은 선도·대변의 대상이었던 '대다수의 사람들'을 민중으로 명명하고 억압적인 현실을 극복해 나아가는 저항의 주체로 전유했다는 점에서 문제점이 지적됐다. 민중을 피억압·피지배 계층(김지하의 경우)으로, 그리고 진보사관에 근거한 변혁주체(백낙청의 경우)로 보는 것은, 지배권력과 민중 사이의 혼성적인 관계성을 무시한 태도이기 때문이었다. 더욱이 민족사적인 주체로서의 민중 개념은 발견이 아닌 발명에 가까웠다. 이 점에서 민족문학론의 민중 개념은 현실 민중과 괴리된 불명확한 범주와 정체성을 지녔다. 민중은 민족문학론의 담론장 안에서 마치 저항을 주도하는 것처럼 생각되는 떠도는 기표로서 존재했다.

그리고, 민족문학론은 마샬 버먼의 "근대성의 경험"을 "일반적인 기준"으로 삼아서 1894년 동학농민운동說(백낙청의 경우) 혹은 1905년 애국계몽기說(최원식의 경우)을 근대기점으로 설정했는데, 이 때 문제는 그 "일반적인 기준"이 일면적인 시각으로 논의된다는 점이었다. 원래 "근대성의 경험"은 근대 이후 근대화의 세계 확산에 따른 양가적·중층적·혼성적인 경험인데, 민족문학론은 민중의 역사적 경험 중에서 反식민적 저항에 관계된 것을 취사·선택했다. 더욱이 근대문학의 구체적인 범주도

이런 시각에서 논의했다. 그 결과 근대적 경험과 근대문학의 다양하고 주목할 만한 측면들이 논의에서 제외되었다. 이런 일면적인 시각은 역사와 문학이 지닌 혼성성을 외면하는 것이었다.

끝으로, 민족문학론의 근대 극복론은 근대 시기의 反민중적인 억압성을 비판하고 민중 중심의 극복논리를 모색한 논의에 대한 것이었다. 백낙청은 근대의 성과에 적응하면서도 근대적인 민중 억압을 극복하자는 '이중과제'를 제안했다. 그런데 이 주장은 지배권력과 민중의 관계가 혼성적인 근대의 상황을 간과한 채 억압에 대한 극복·저항 방안을 모색한 독아론적인 논리라는 점에서 중요한 한계가 있었다. 민족문학론은 탈식민주의적인 모방론을 간과했고 근대적인 현실의 복합성·혼성성을 무시했다. 이 점에서 다른 논리와의 교섭이 없는 자기논리·자기대화라는 혐의가 있었다.

1970~90년대 민족문학론은 민중을 피억압계층 혹은 변혁주체로 보았고, 근대와 근대문학의 기점을 반식민적인 저항의 시각에서 살펴봤으며, 억압에 대한 극복·저항 방안으로 탈근대를 지향한 이항대립적인 성격의 논의라는 측면이 강했다. 오늘날은 지난 시대에 치열하게 응전한 민족문학론의 문제의식을 본받으면서도, 근대를 바라보는 이항대립적인 인식에서 벗어나서 새로운 논리를 모색해야 할 시점이다. 앞으로 문제는 근대를 억압과 저항의 시대에서 혼성과 모방의 시대로 다시 보는 것이다. 전유된 민중을 이미 지배권력과 혼성된 존재로 再전유하고, 反식민적인 성격의 역사를 양가적·중층적인 성격의 역사로 재론하며, 독아론적인 근대 인식을 탈식민주의적인 모방론으로 재구성하는 것이 새로운 연구 방향이 될 것으로 기대된다.

참고문헌

강정구, 「탈식민적 저항의 서사시—「남한강」론」, 『한국시학연구』, 한국시학회, 2005. 4.

______, 「신경림 시에 나타난 민중의 재해석」, 『어문연구』, 한국어문교육연구회, 2005. 9.

고 은, 『민족과 문학』, 한길사, 1986

고부응 편, 『탈식민주의 이론과 쟁점』, 문학과지성사, 2003.

구중서, 『민족문학의 길』, 새밭사, 1979.

김동리, 「민족문학에 대하여」, 『월간문학』 1970. 10.

김병걸 · 채광석 편, 『민족, 민중 그리고 문학』, 지양사, 1985-가.

______________, 『역사, 현실 그리고 문학』, 지양사, 1985-나.

김상일, 「민족문학의 기원」, 『월간문학』 1970. 10.

김우창, 「민족문학의 양심과 이념」, 1978, 『지상의 척도』, 민음사, 1981에 재수록.

김우창 · 김종길 · 백낙청, 「시인과 현실(좌담)」, 『신동아』 1973. 7.

김윤식 · 김현, 『한국문학사』, 민음사, 1973.

김주연, 「민족문학론의 당위와 한계」, 『문학과 지성』 1979. 봄호, 『뜨거운 세상과 말의 서늘함』, 솔, 1994에 재수록.

김지하, 「풍자냐 자살이냐」, 『시인』 1970. 10, 『민족의 노래 민중의 노래』, 동광출판사, 1984에 재수록.

김 철, 「민족-민중문학과 파시즘」, 1998, 『국민이라는 노예』, 삼인, 2005에 재수록.

김 현, 「민족문학, 그 문자와 언어」, 『월간문학』, 1970. 10.

문덕수, 「고전문학과 민족의식」, 『월간문학』, 1970. 10.

민병욱, 「신경림 『남한강』 혹은 삶과 세계의 서사적 탐색」, 『시와 시학』 1993. 봄.

민족문학사연구소 편, 『민족문학과 근대성』, 문학과지성사, 1995.

박현채, 「민중과 문학」, 김병걸 · 채광석 편, 『민족, 민중 그리고 문학』, 지양사, 1985.

백낙청, 「근대성과 근대문학에 관한 문제제기와 토론」, 1993. 9. 24, 서울대 민교협 토론문, 『통일시대 한국문학의 보람』, 창작과비평사, 2006에 재수록.
______, 「민족문학 개념의 정립을 위해」, 1974, 『민족문학과 세계문학 I 』, 창작과비평사, 1978에 재수록.
______, 『민족문학과 세계문학 II, III』, 창작과비평사, 1985, 1990.
______, 「민족문학론 · 분단체제론 · 근대극복론」, 1995, 『흔들리는 분단체제』, 창작과비평사, 1998에 재수록.
______, 『인간해방의 논리를 찾아서』, 시인사, 1979.
______, 「한반도에서의 식민성 문제와 근대 한국의 이중과제」, 『창작과비평』 1999. 가을호.
성민엽 편, 『민중문학론』, 문학과지성사, 1984.
신경림, 『문학과 민중』, 민음사, 1977.
______, 『삶의 진실과 시적 진실』, 전예원, 1982.
신승엽, 「민족문학론의 방향 조정을 위해」, 1997, 『민족문학을 넘어서』, 소명출판, 1999.
염무웅, 『민중시대의 문학』, 창작과비평사, 1979.
______, 『한국문학의 반성』, 민음사, 1976.
윤영천, 「예술가의 사회적 책무」, 『한국현대시연구』, 민음사, 1989, 『서정적 진실과 시의 힘』, 창작과비평사, 2002에 재수록.
이광호, 「〈민족 문학〉의 역사적 범주에 관하여」, 『환멸의 신화』, 민음사, 1995.
이시영, 「70년대의 시」, 『동서문학』, 1990. 가을호.
이형기, 「민족문학이냐, 좋은 문학이냐」, 『월간문학』, 1970. 10.
임헌영, 『문학과 이데올로기』, 창작과비평사, 1982.
______, 『창조와 변혁』, 형성사, 1979.
정과리, 「민중문학론의 인식 구조」, 『문학과 사회』, 1988. 봄호.
조동일, 『한국문학통사1~5』, 지식산업사, 1982~86.
최원식, 「한국 문학의 근대성을 다시 생각한다」, 『민족문학과 근대성』, 문학과지성사, 1995.
______, 『민족문학의 논리』, 창작과비평사, 1982.
하정일, 「민족문학론의 역사와 탈식민성」, 『비평』 3집, 생각의 나무, 2000.

황종연, 「민주화 이후의 정치와 문학」, 『문학동네』 2004. 겨울.

柄谷行人, 송태욱 역, 『탐구1』, 새물결, 1998.
H. Bhabha, 나병철 역, 『문화의 위치』, 소명출판, 2002.
J. Habermas, 박거용 역, 「모더니티: 미완성의 기획」.
H. Foster, 윤호병 외 역, 『반미학』, 현대미학사, 1993.
P. Anderson, 김영희 · 유재덕 역, 「근대성과 혁명」, 『창작과비평』 1993. 여름호.
P. Childs, P. Williams, 김문환 역, 『탈식민주의이론』, 문예출판사, 2004.
S. Zizek, 이수련 역, 『이데올로기라는 숭고한 대상』, 인간사랑. 2002

리얼리즘에 대한 창비 세대의 태도

1. 문제의식

이 글에서 주목하는 것은 리얼리즘(Realism)에 대한 창비 세대의 태도이다. 여기에서 말하는 창비 세대란 1966년에 창간된 계간 『창작과 비평』지의 출현과 더불어 리얼리즘 논의를 전개했던 집단, 구체적으로는 백낙청을 중심으로 한 염무웅, 김종철, 구중서 등을 포함한다.[1] 이들은 리얼리즘에 대해서 다른 집단이나 세대와 구별되는 독특한 사고방식을 보여주는데, 그것의 핵심적인 요점은 그 주도자인 백낙청의 표현을 빌면 리얼리즘이 "현실에 대한 정당한 인식과 정당한 실천적 관심을 구현"[2]하는 "진정한 리얼리즘"[3]이라는 것, 다시 말해서 인식론적·실천론

---

1 이 논문에서 백낙청, 염무웅, 김종철, 구중서를 창비 세대로 설정한 이유는 이들의 담론에서 창비의 리얼리즘이 형성·전개되었음을 주목하기 때문이다. 백낙청은 실질적으로 창비의 리얼리즘을 주도했고, 염무웅과 구중서는 1970년대에 리얼리즘 개념을 형성하는 과정에서 그리고 김종철은 제3세계 리얼리즘을 전개하는 과정에서 상당한 영향력을 끼치며, 이들은 모두 1990년대에 들어와서도 지속적으로 리얼리즘론을 펼쳤다는 공통점이 있다.

2 백낙청, 「민족문학론과 리얼리즘론」, 『민족사의 전개와 그 문화』, 창작과비평사, 1990.; 『통일시대 한국문학의 보람』, 창작과비평사, 2006, 359쪽에서 재인용.

3 백낙청, 「시민문학론」, 『창작과비평』 4. 1969. 여름호.; 『민족문학과 세계문학 I』, 창작과비평사, 1978, 25쪽에서 재인용.

적인 정당성 혹은 진리를 지녔다는 것이다.

창비 세대의 논의에서 '인식'과 '실천'에 합당한 근거를 보장해 주는 이 정당성 혹은 진리가 무엇이냐를 묻는 것은 리얼리즘에 대한 그들의 태도를 검토하는 일이 된다. 이 논문의 문제의식은 바로 여기에 있다. 이러한 문제의식은 그들이 현실을 정당하게 인식하고 실천한다는 것 자체가 슬라보예 지젝(S. Zizec)의 견해를 참고하면 리얼리즘이라는 환상프레임(fantasy frame)에 의해서 구성된 것이 아닌가 하는 의문에서 출발한다.[4] 쉽게 말해서 그들이 말하는 정당성 혹은 진리가 리얼리즘이라는 프레임 속에 이미 들어 있다는 것이다. 이러한 발상은 창비 세대의 리얼리즘이 그 동안 우리 역사와 문예에 기여한 점을 생각할 때 조심스러운 것이나, 리얼리즘을 진리화하는 태도는 오늘날 재고되어야 하는 것이라는 점에서 필요하리라고 본다.

그동안 창비 세대의 리얼리즘에 대해서는 여러 논의가 진행되었는데, 그 논의는 크게 창비 진영과 그 비판 진영으로 양분된 양상을 보였다. 주로 창비 쪽에서는 자신들의 리얼리즘이 그 시대의 사회적·역사적인 모순을 해결해 나아가는 데에 유의미함을, 반대로 반박하는 쪽에서는 유의미성을 인정하지 않거나 보완해야 함을 주장했다. 이 주장들은 창비 세대가 민족문학론을 수용한 시점과 동구권 사회주의가 붕괴되는 시점에 따라서 대략 세 시기의 변곡점이 있다.

창비 세대가 민족문학론을 수용하기 이전, 즉 1960년대부터 1970년

4 지젝은 환상이 없이는 현실을 냉철하게 바라보기는커녕 현실 자체에 접근할 수 없다고 한다. 이 때의 환상은 비현실 혹은 공상을 의미하는 것이 아니라, 현실을 바라보는 일종의 관점, 즉 프레임 그 자체를 뜻한다. 현실은 그 환상프레임을 통해서 구성되는 것이다. 지젝의 논의는 창비 세대가 말하는 리얼리즘이 현실을 구성하는 일종의 환상프레임임을 시사해준다. 이 때 "현실에 대한 정당한 인식과 정당한 실천적 관심을 구현"한다고 말할 때의 현실이란 실재(real)를 의미하는 것이 아니라 리얼리즘이라는 프레임을 통해서 보여진 혹은 구성된 것이고, 그 현실에 대한 인식론적·실천론적인 정당성 혹은 진리도 그 프레임 속에 이미 들어있는 것이라는 논리가 가능해진다.(S. Zizec, 이수련 옮김, 『이데올로기라는 숭고한 대상』, 인간사랑, 206~210쪽.; Tony Myers, 박정수 옮김, 『누가 슬라보예 지젝을 미워하는가』, 앨피, 189~194쪽.)

대 초반까지의 리얼리즘 논의는 주로 1970년대 문단의 리얼리즘론 일부로 취급되면서 창비 특유의 논리가 주목받지 못한 측면이 있었다. 1970년에 월간 『사상계』지가 주체한 좌담 「4·19혁명과 한국문학」에서는 김현과 구중서가 리얼리즘에 대해서 서로 엇갈린 의견을 제시한 이래,[5] 한국문학에서 리얼리즘을 운운하는 것이 도식적 혹은 사회주의적인 성격이 아니냐 하는 김현·김양수·원형갑·최일운의 비판에 맞서서, 구중서·임헌영·최일수·염무웅·김병걸 등이 우리의 민족적 현실에 적합한 성격을 모색하고 있다는 반박을 했다.[6] 이 논쟁은 "서구에서의 리얼리즘의 초기적 형태에 간"[7]혔다거나, "리얼리즘의 개념 확정과 그것의 한국문학의 적용 문제"[8]를 고민했다는 사후의 평가에서 알 수 있듯이, 우리 문학에서 리얼리즘 개념의 적용 문제를 살펴본 것이었다. 그렇지만 그 문제에서 가장 중요한 창비 세대의 논의를 주목하지 않았다는 점이 아쉬운 부분이었다.

창비 세대는 1974년 민족문학론의 형성과 더불어 1970~80년대에 제3세계 리얼리즘론을 전개했는데, 이 시기에는 진보 진영 내부에서 긍정과 부정이 엇갈렸다. 제3세계 리얼리즘론에 대해서 긍정적인 쪽은 문학을 민족 내부가 아닌 전지구적인 차원에서 살펴볼 수 있는 계기를 마련했다는 측면에서,[9] 그리고 부정적인 쪽은 주로 1980년대 후반에 출현한

5 김현 외, 「4·19혁명과 한국문학」, 『사상계』 21. 1970. 4.

6 1970년대 문단의 리얼리즘 논쟁은 다음을 참고할 것. 김현, 「한국 소설의 가능성」, 『문학과지성』 1. 1970. 가을.; 김양수, 「민족적 리얼리즘의 정체는 무엇인가」, 『현대문학』 196. 1971.4.; 원형갑, 「반리얼리즘의 기능」, 『문학』 1971.1.; 최일운, 「사회주의 리얼리즘」, 『현대문학』 199. 1971.7.; 구중서, 「한국 리얼리즘문학의 형성」, 『창작과비평』 18. 1970.여름.; 임헌영, 「한국문학의 과제—민족적 리얼리즘에의 길」, 『현대문학』 195. 1971.3.; 최일수, 「민족적 리얼리즘」, 『현대문학』 196. 1971.4.; 염무웅, 「리얼리즘의 심화시대」, 『월간중앙』 33. 1970.12.; 염무웅, 「리얼리즘의 역사성과 현실성」, 『문학사상』 1. 1972.10.; 김병걸, 「리얼리즘 논쟁」, 『현대문학』 193. 1971.1.

7 임규찬, 「70년대 이후 사실주의」, 한길문학 편집위원회 편, 『한국근현대문학연구입문』, 한길사, 1990, 256쪽.

8 김용락, 『민족문학 논쟁사 연구』, 실천문학사, 1997, 146쪽.

진보 진영이었는데 계급적인 문제의식에서 출발하여 당파성이나 주체 문제를 간과했다는 측면에서 논의했다.[10] 이들의 논의들 역시 창비 세대의 리얼리즘에 대한 계급론적인 성격이었지, 근본적이고 개념론적인 성격은 아니었다는 문제점이 있었다.

동구권 사회주의가 붕괴된 1990년대 이후, 창비 세대의 리얼리즘론은 그 이전의 시대에서 심화·발전되는 경향을 보였는데, 이러한 경향에 대해서도 지지와 비판이 극명하게 나뉘었다. 지지하는 입장에서는 리얼리즘론을 보강하면서 모더니즘과의 회통론을 제시하거나[11] "인간해방과 진리구현의 역사적 싸움"[12]으로써 중요한 의미가 있음을 검토했다. 그러나 비판하는 입장에서는 창비 세대의 리얼리즘에 대해서 "마음먹기에 달"[13]린 주관적인 용어이거나, 총체적으로 현실을 반영하지 않는다거나,[14] 혹은 "모더니즘을 리얼리즘 쪽으로 끌어당기는" "창비의 고유한 독법"[15]을 보였다고 지적했다. 이런 논의들 역시 창비 세대가 리얼리즘을 대하는 태도를 심층적으로 살펴보지는 못했다.

이러한 연구사를 볼 때, 창비 세대가 주장한 리얼리즘에 대해서는 찬성과 반대가 분명하게 엿보인다. 그것은 그만큼 창비 세대의 리얼리즘

---

9 제3세계 리얼리즘에 대해서 이상갑이 1970년대 "리얼리즘의 자기 갱신"임을, 그리고 오창은은 민족문학론의 확대와 주체적 문학이론의 형성 가능성을 언급했다.(이상갑, 「제3세계문학론과 탈식민화의 과제—리얼리즘론의 정초 과정을 중심으로」, 『한민족어문학』 41. 2002.12, 15쪽.; 오창은, 「'제3세계 문학론'과 '식민주의 비평'의 극복」, 『우리문학연구』 24, 2008, 275쪽.)

10 조정환이 "제3세계 리얼리즘의 핵심범주인 민중성은 계급성과 당파성을 내용적으로 배제하는 경향"이 있다거나, 김명인이 "현단계 우리 리얼리즘에서의 대표적인 전형은 '전위'에게서가 아니라 노동자대중에게서 구해져야 한다"는 것이 그 대표적인 논의이다.(조정환, 「목표와 방법문제에 대하여」, 『민주주의 민족문학론과 자기비판』, 연구사, 1989, 53쪽.; 김명인, 「현단계 문학운동의 방향감과 조정을 위하여」, 『희망의 문학』, 풀빛, 1990, 99쪽.)

11 최원식, 「리얼리즘과 모더니즘의 회통」, 『문학의 귀환』, 창비, 2001, 참조.

12 김명환, 「리얼리즘, 인간해방과 진리구현의 역사적 싸움」, 설준규·김명환 편, 『지구화 시대의 영문학』, 창비, 2004, 337쪽.

13 황종연, 「모더니즘에 대한 오해에 맞서서」, 『창작과비평』 116. 2002.여름, 262쪽.

14 신승엽, 「흔들리는 민족문학」, 『민족문학을 넘어서』, 소명, 2000, 437쪽.

15 김영찬, 「한국문학의 증상들 혹은 리얼리즘이라는 독법」, 『창작과비평』 125. 2004. 가을호, 281쪽.

이 시의적·논쟁적인 요점을 많이 지녔음을 뜻한다. 주로 그 시대적인 의미와 가치를 평가하는 시각에 따라서 그 평가가 엇갈렸는데, 이 때 중요하게 언급되어야 할 것 중의 하나는 창비 세대가 이해한 독특한 리얼리즘의 개념이다. 그들의 리얼리즘이 당대의 현실을 어떻게 설명했고 그것이 옳은 것이냐 하는 기존의 논쟁에서는, 리얼리즘 개념에 대한 심도 있는 이해가 전제될 필요가 있다. 창비 세대는 리얼리즘을 진리로 규정짓는데, 그것이 진리냐 아니냐를 따지기 전에 진리로 여기는 사고구조를 살펴보는 일이 선행되어야 한다. 이 글에서는 민족문학론이 창비에 출현한 1974년 이전과 그 이후, 그리고 동구권 사회주의가 붕괴된 1990년대 이후인 세 시점을 중심으로 해서 리얼리즘이 전개된 양상을 검토하고, 그 과정에서 창비 세대의 리얼리즘적인 특성을 살펴보기로 한다.

2. 리얼리즘론의 형성과 진리라는 믿음

창비 세대의 리얼리즘론이 형성되는 과정에서 리얼리즘의 개념을 살펴보는 일은 그들의 독특한 사고방식을 검토하는 것이 된다. 창비 담론에서 리얼리즘이라는 용어가 본격적으로 사용되기 시작한 시기는 1960년대 후반부터인데, 이 시기의 주요 평론들을 분석하면 그들의 리얼리즘이 사조로서의 리얼리즘[16]과 구분되는 지점을 살펴볼 수 있을 것으로

16 창비 세대의 담론에서 문예학상의 리얼리즘이라는 용어는 몇 가지 갈래로 사용된다. ①유래를 말할 때의 리얼리즘—19C 중엽 『레알리슴(Realism)』이라는 잡지에서 유래되어 "현시대 및 현시대 사회환경의 적확하고 완전하고 진지한 재현"을 뜻하는 개념, ②사조로서의 리얼리즘—19C 중엽의 리얼리즘으로써 외적 현실을 충실하게 관찰·기록한다는 의미에서 자연주의로 이해, ③발자끄의 리얼리즘-발자끄가 그의 작품에서 세부의 진실성과 전형적 환경에서의 전형적 인물을 진실하게 재현하면서 자기 계급을 위반해 리얼리즘의 승리를 나타냈다는 엥겔스의 논의(발자끄 역시 19C 중엽의 리얼리스트이지만 엥겔스의 논의에 힘입어 대부분 구별해서

기대된다. 창비 세대의 리얼리즘론이 지닌 특성은 백낙청과 염무웅의 글에서 가장 잘 드러난다. 그들의 글에서는 리얼리즘이 보편적인 진리라는 믿음을 은밀히 보여준다.

먼저, 백낙청의 평론 「시민문학론」을 대상으로 하여서 리얼리즘의 개념을 추적하고자 한다. 그는 리얼리즘이 "당대 현실(너무 멀지 않은 역사적 현실을 포함하여)에 대한 사실적인 묘사"를 특징으로 하는데, 서구의 시민문학이 "당대 현실을 소재로 삼고 되도록 만인이 자연스럽다고 느끼는 기법"[17]을 쓴다는 점에서 리얼리즘과 유대하고 있음을 주장한다. 여기에서 리얼리즘이란 발자끄와 톨스토이를 대표적인 예로 드는 것으로 보아서 발자끄의 리얼리즘을 의미한다. 백낙청은 이 발자끄의 리얼리즘에서 한 걸음 더 나아가면서 창비 세대 특유의 리얼리즘론을 주창한다.

> 하지만 진정한 리얼리즘을 소재의 성격이나 자연주의적 기법의 문제만으로 규정할 수는 없다. 필자로서는 리얼리즘의 본질을 사회와 인간을 보는 어떤 〈원숙한 관점〉과 이에 수반되는 〈균형〉으로 파악한 영국의 비평가 레이몬드 윌리엄스의 다음과 같은 주장에 공감을 느낀다. (중략) 그렇다면 현대의, 또 장래의 시민문학에서 사실성(事實性)의 문제에는 어떤 비중을 두어야 할 것인가? 당대 현실에 대한 사실적 · 자연주의적 묘사는 그것이 원숙한 시민의식에서 행해질

논의함), ④루카치의 리얼리즘—리얼리즘이란 현실을 총체적으로 재현하는 것이며 자연주의 · 표현주의보다 우월하다는 루카치의 논의, ⑤레닌의 리얼리즘—당파성이야말로 사회주의 리얼리즘의 핵심이라는 레닌의 논의, ⑥양식으로서의 리얼리즘—신석기시대 이후 지배적인 것으로 된 아이디얼리즘의 양식으로부터 리얼리즘 양식에로의 전환은 서구의 예술사에서 네 개의 중요한 사례를 보인다는 블라디미르 프리체의 논의.
창비 세대의 담론에서는 관습적으로 사실주의와 리얼리즘이라는 용어를 구분하여 쓴다. 사실주의는 현실의 세부적인 묘사라는 점이 강조되는 경우에(이 때에는 자연주의와 사실상 잘 구별되지 않는 것으로 봄), 그리고 리얼리즘은 주로 ③, ④, ⑤, ⑥의 경우와 창비 세대 특유의 리얼리즘을 의미할 때에 사용한다. (염무웅, 「리얼리즘론」, 『민중시대의 문학』, 창작과비평사, 1979, 99~116쪽 참조.; 백낙청, 「민족문학론과 리얼리즘론」, 앞의 책, 359~412쪽 참조.; 백낙청, 「리얼리즘에 관하여」, 『민족문학과 세계문학 Ⅱ』, 창작과비평사, 1985, 355~392쪽 참조.)

17 백낙청, 「시민문학론」, 『창작과비평』 4. 1969. 여름호.; 『민족문학과 세계문학 Ⅰ』, 창작과비평사, 1978, 24쪽에서 재인용.

때 값있는 현실파악 · 현실비판이 되는 것이지 그렇지 않은 경우에는 허구를 현실로 위장하는 수단에 불과한 것이다.[18]

위의 인용에서 주목되는 것은 창비 세대 특유의 리얼리즘인 "진정한 리얼리즘"이다. 이 리얼리즘이 특이한 것은 "자연주의적 기법"과 구별된다는 점뿐만 아니라, "리얼리즘의 본질을 사회와 인간을 보는 어떤 〈원숙한 관점〉"으로 규정하는 "레이몬드 윌리엄스"를 참조하고 있으며, 나아가서 그 "〈원숙한 관점〉"을 다시 "원숙한 시민의식"으로 재해석하고 있다는 점이다. 레이몬드 윌리엄스(R. Williams)의 "〈원숙한 관점〉"이란 "사회가 단순히 개인관계 탐구의 배경을 이루고 있는 것만도 아니고 개인이 순전히 생활양식의 어떤 국면을 예시하는 수단으로서만 존재하는 것도 아"[19]닌, 사회와 개인의 관계를 변증법적으로 바라보는 관점을 의미하는데, 백낙청은 그것을 자신의 논리인 '시민의식'으로 끌어들이면서 "원숙한 시민의식"을 "진정한 리얼리즘"의 핵심으로 파악한다.

여기에서 백낙청이 말하는 '시민의식'이란 "우주내에서 플라톤적 〈설득〉의 원칙으로서의 〈이성〉, 그 움직임의 추진력으로서의 〈사랑〉(플라톤 철학의 Eros), 그리고 그러한 이성과 사랑의 역사적 구체화로서의 〈시민의식〉은 현재까지 지속된 가장 오래된 문명사회의 하나인 한반도에 아득한 옛날부터 오히려 두드러지게 있었다고 말해야 옳다."[20]라는 구절에서 볼 수 있듯이, 헤겔(Hegel)적인 의미의 절대정신(absoluter geist)과 유사한 것이다.[21] '시민의식'은 절대정신처럼 역사 속에서 자기의 모습을

18 백낙청, 「시민문학론」, 앞의 책, 25~26쪽.
19 백낙청, 「시민문학론」, 위의 책, 25쪽.
20 백낙청, 「시민문학론」, 위의 책, 38쪽.
21 헤겔은 역사란 절대정신의 자기전개, 즉 역사를 통해서 자신의 모습을 완성해 가는 과정으로 이해한다. 구체적인 역사(특수) 속에는 절대정신이라는 보편이 부분적으로, 그리고 궁극에는 전체적으로 자신을 구현하는 것이다.(G.W.F.Hegel, 임석진 옮김, 『정신현상학1, 2』, 한길사, 2005, 참조)

"이성과 사랑의 역사적 구체화", 즉 진리의 수준으로써 드러내면서 전개되는 것이다. 이러한 논리에 근거할 때, "당대현실에 대한 사실적 · 자연주의적 묘사"가 "원숙한 시민의식에서 행해"지는 리얼리즘이란 절대정신에 육박하는 '진정한' 것, 즉 진리이며, 역사 속에서 의미 있는 문예란 "진정한 리얼리즘"의 자기전개가 된다.[22]

리얼리즘을 진리로 여기는 태도는 염무웅에게도 반복된다. 염무웅은 김현의 리얼리즘 비판에 대해서 백낙청의 "진정한 리얼리즘"을 심화·발전시키는 논리를 구축한다. 김현은 「한국소설의 가능성」에서 서구문학의 문맥 속에서 리얼리즘을 파악하지 않고 "리얼리즘과 혁명이라는 괴이한 이원론을 선험적인 진리"[23]로 파악하는 진보 진영의 도식성을 문제 삼는데, 염무웅은 이러한 인식 자체가 리얼리즘의 역사를 몰이해한 단견이라고 맞선다. 그에게 있어서 김현이 말한 "서구문학의 문맥 속에서 리얼리즘"은 리얼리즘의 한 종류인 것이다. 염무웅이 주장하는 리얼리즘은 그보다 좀 더 큰 개념이다.

> 그러나 우리가 여기서 말하는 〈리얼리즘〉은 철학적 내지 정치적 〈리얼리즘〉과 전연 무관한 것은 아니더라도 일단 구별되는 것이다. 다음으로 이 용어(리얼리즘-필자 주)에 개념적 혼란을 가져온 보다 핵심적인 이유는 이 용어가 특정한 시대의 예술운동과 그 경향을 지칭한 역사적 개념에서 출발하여 예술 일반의 어떤 보편적 원리를 밝히는 포괄적 개념으로 발전했다는 데서 찾을 수 있다. (중략) 참다운 〈리얼리즘〉이 현실의 단순한 재생으로만 설명되어선 안 되는 〈

22 백낙청은 이러한 논리에 입각해서 원숙한 시민의식을 지닌 진정한 리얼리즘 문학의 자기전개를 세계 문학사에서 살펴본다. 그가 〈계몽철학자〉의 문학, 괴테와 쉴러의 고전주의, 스땅달과 발자끄의 리얼리즘, 톨스토이와 도스또예프스끼의 문학, 로렌스의 문학 등으로 서구 시민문학의 전통을 검토하는 것은 이러한 논리 아래에서이다.(백낙청, 「시민문학론」, 위의 책, 17~35쪽.)

23 김현, 「한국소설의 가능성」, 『문학과지성』 1. 1970. 가을.; 홍신선 편, 『우리문학의 논쟁사』, 어문각, 1985, 339쪽에서 재인용.

비전>과 심화를 뜻하는 것이 분명하지만, 특정한 시대사조로서의 <리얼리즘>이 그러한 요청에서 출발한 것은 우연한 일이 아니다.[24]

위의 인용에서 주의 깊게 봐야 할 부분은, 염무웅이 리얼리즘을 "어떤 보편적 원리를 밝히는 포괄적 개념"으로 본다는 점이다. 그는 리얼리즘이라는 용어를 19C 유럽이라는 "특정한 시대의 예술운동과 그 경향을 지칭한 역사적 개념"에 국한하여 사용하지 않고, "예술 일반의 어떤 보편적 원리를 밝히는 포괄적 개념으로 발전했다"는 구절에서 알 수 있듯이 보편적인 개념으로 이해한다. 이것은 리얼리즘을 어느 한 단계의 "역사적 개념"이라는 특수 속에 출현하는 보편으로 인식한 것이다. 다시 말해서 그의 리얼리즘 개념은 백낙청과 마찬가지로 헤겔적이다. "특정한 시대의 예술운동"으로서의 리얼리즘에는 절대정신과 유사한 보편적인 개념이 현현되는 것이고, 역사에서 출현하는 문예는 리얼리즘의 자기전개인 셈이다. 이 점에서 염무웅의 리얼리즘은 "참다운 <리얼리즘>"인 것이다. 그의 리얼리즘 역시 백낙청의 "진정한 리얼리즘"처럼 보편적인 진리에 대한 믿음에 근거한다.

이 때 중시해서 봐야 하는 것은 '참다운' 혹은 '진정한'이라는 의미심장한 수식어이다. 그것은 리얼리즘이 진리의 차원에 육박하는 것임을 믿는다는 뜻인데, 문제는 그 믿음이 리얼리즘의 개념을 규정하는 태도 속에 이미 전제되어 있다는 점이다. 리얼리즘이 보편적인 진리라는 믿음은 구체적인 작품을 통해서 검증되는 것이 아니라, "참다운 <리얼리즘>" 혹은 "진정한 리얼리즘"이라는 관점 혹은 프레임 속에 이미 들어 있는 것이다. 창비 세대의 논의 속에는 리얼리즘이 진리라는 프레임이 먼저 있고 그것에 따라 작품을 논하는 인식론적인 전도가 숨어 있는 것이다.

---

24 염무웅, 「리얼리즘의 심화시대」, 『월간중앙』 33. 1970.12.; 홍신선 편, 『우리문학의 논쟁사』, 어문각, 1985, 375~377쪽에서 재인용.

3. 제3세계 리얼리즘으로 명명하기

창비에 민족문학론이 수용되면서 리얼리즘은 제3세계 리얼리즘으로 그 외연이 확대된다. 창비의 논리대로 말하면, 리얼리즘은 문학을 민족 내부가 아닌 전지구적인 차원에서 살펴볼 수 있는 매개가 되는 셈이다(1장의 연구사 검토 부분을 참조할 것.). 이 때 제3세계 리얼리즘론을 주도한 백낙청과 김종철의 논의를 살펴보면, 1970~80년대에 전개되었던 리얼리즘 논의에 대한 창비 세대의 태도를 자세히 검토할 수 있다. 특히 백낙청이 시인 파블로 네루다(Pablo Neruda)의 초현실주의 시를, 그리고 김종철이 소설가 리차드 라이트(Richard Wright)의 미국 흑인소설을 제3세계 리얼리즘으로 명명하는 부분에서는, 리얼리즘이라는 용어 자체가 리얼리즘의 정체성을 보장해주는 일종의 주인기표(master signifiant)임이 확인된다.[25]

우선 백낙청은 1974년 이후 모더니즘(modernism)을 비판하면서 리얼리즘의 의미와 가치를 강조한다.[26] 그는 모더니즘이 "사회현실을 그리되 그 현실의 전부에 대한 어떤 역사적 판단에 입각하여 더 의미있고 덜 의미있는 부분들"을 "식별하려는 노력이"[27] 배제되어 있거나 서구 현대예술의 "'특별히 전위적이고 실험적인 것'이야말로 실제로는 퇴폐와 퇴영

---

25 주인기표란 라캉을 참조한 지젝이 말한 용어이다. 그것은 '기의 없는 기표', 즉 현실화되면 의미가 텅 비어지고 마는 잠재적 의미의 기표이다. 현실화되기 이전인 그 기표의 공백에는 환상이 개입되어 있다. 이 글에서 리얼리즘을 주인기표라고 함은, 리얼리즘의 일반적인 속성-재현, 반영, 총체성, 사실성 등-이 기의가 되지 않고 진리라는 추상적인 가치의 환상이 기표의 공백을 메우기 때문이다.(S. Zizec, 이수련 옮김, 『이데올로기라는 숭고한 대상』, 인간사랑, 163~169쪽 참조.; Tony Myers, 박정수 옮김, 『누가 슬라보예 지젝을 미워하는가』, 앨피, 249~254쪽 참조.)

26 이 글에서 모더니즘이란 용어는 논문전개상 주로 백낙청이 사용하는 범주를 뜻하는 것으로 한다. 그는 모더니즘을 "진정한 리얼리즘과 지속적인 대립관계에 있는 예술용어"로 규정한 뒤, 루카치가 쓰는 용어는 전위주의(Avantgardismus), 초현실주의(surrealism), 표현주의(expressionismus)를 이 범주 안에 넣는다.(백낙청, 「모더니즘에 관하여」, 『민족문학과 세계문학Ⅱ』, 창작과비평사, 1985, 393~398쪽.)

27 백낙청, 「현대문학을 보는 시각」, 『문학과 행동』, 1974.; 『민족문학과 세계문학Ⅰ』, 창작과비평사, 1978, 149쪽에서 재인용.

의 증상이며 오히려 그들이 극복했다고 하는 자연주의의 연장선상"[28]에 있다는 루카치의 비판을 적극 수용한다. 그는 이처럼 모더니즘에 대한 리얼리즘의 우위를 주장함에도, "'특별히 전위적이고 실험적인'" 초현실주의자인 네루다에 대해서는 다소 모순적인 논의를 전개한다. 네루다의 초현실주의 시도 리얼리즘 문학으로 보는 것이다.

> 예컨대 칠레의 노벨상 수상시인인 네루다의 세계를 일별할 때 서구 문학에서 리얼리즘과 반리얼리즘을 둘러싼 딜레마가 새로운 차원에서 해결되고 있음을 볼 수 있다. 즉 네루다의 초현실주의는 서구에서처럼 시의 내면화 · 비대중화를 가져오는 것이 아니라 오히려 그의 시를 서구 합리주의의 전통과 거리가 먼 라틴아메리카 민중에 접근시키고 그들의 의식으로써 외계의 사물을 생생하게 그려내는 역할을 한다. 다시 말해서 라틴아메리카의 역사적 · 사회적 현실을 있는 그대로 파악하고 그 모순을 주체적으로 극복하려는 네루다의 리얼리즘적 · 참여문학적 노력과 근본적으로 일치해 있는 것이다. 실제 작품에 있어 리얼리즘과 초현실주의의 두 측면 중 어느 쪽에 더 치우쳐 있으며 그것이 과연 가장 바람직한 상태인가 하는 것은 네루다의 시를 직접 읽고 판단할 문제다.[29]

"네루다의 초현실주의"가 "리얼리즘적 · 참여문학적 노력과 근본적으로 일치해 있"다는 것은 쉽게 간과할 수 있는 논리가 아니다. 이 논리에는 리얼리즘에 대한 백낙청의 태도가 그대로 엿보이기 때문이다. 네루다의 시에서 보이는 기법적인 속성을 초현실주의로 인정하면서도 거기에서 "라틴아메리카의 역사적 · 사회적 현실을 있는 그대로 파악하고 그 모순을 주체적으로 극복하"고자 하는 정신적인 가치를 리얼리즘으로 보는 것은,[30] 사실상 모든 문예적인 사건이 그 가치만 인정되면 리얼리즘

28 백낙청, 「모더니즘에 관하여」, 『민족문학과 세계문학 II』, 창작과비평사, 1985, 396쪽.
29 백낙청, 「현대문학을 보는 시각」, 앞의 책, 160쪽.

이 되는 것이나 다름이 없다. 심지어 네루다처럼 "리얼리스트가 아닌 시인은 죽은 시인이다. 그러나 리얼리스트에 불과한 시인도 죽은 시인이다"[31]라고 하면서 리얼리즘을 넘어서고자 하는 시인도, 창비 세대에서는 제3세계 리얼리스트로 가두어 놓는 것이다.[32]

이처럼 백낙청의 리얼리즘은 속성보다 가치를 중시여긴다는 점에서 혹은 네루다 시의 경우처럼 속성과 가치가 거의 무관하다는 점에서 상당히 이데올로기적인 장을 형성하고 있다. 그가 주장하는 리얼리즘은 "역사적 · 사회적 현실을 있는 그대로 파악하고 그 모순을 주체적으로 극복하"고자 하는 가치, 좀 더 구체적으로는 "인간해방이라는 진리 본연의 권능"[33]을 보여주거나 "현실에 대한 정당한 인식과 정당한 실천적 관심을 구현"[34]하는 가치를 지닌 것으로 판단되면, 기법적인 속성과 무관하게 리얼리즘으로서의 정체성을 획득하는 것이다.

이러한 예는 김종철이 미국 흑인문학을 제3세계 리얼리즘으로 명명하는 태도에서도 거의 그대로 나타난다. 김종철은 평론 「제3세계의 문학과 리얼리즘」에서 미국의 흑인작가 리차드 라이트의 문학을 제3세계 리얼리즘의 일종으로 논의한다. 이 논의에서 "오늘날 제3세계 문학 중 정말 의미있는 것이라고 생각되는 작품들은 리얼리즘적 요소를 다분히 자

---

30 이 문장의 인용에서 "있는 그대로"란 사조로서의 리얼리즘에서 말하는 "외적 현실을 충실히 관찰 · 기록"한다는 의미가 아니라 초현실주의에서 말하는 마음의 현실을 "있는 그대로" 본다는 것을 뜻한다는 의미에 가깝다. 이 점에서 "있는 그대로 파악하고 그 모순을 주체적으로 극복하"고자 하는 것은, 기법적인 속성이 아니라 정신적인 가치로 이해된다.

31 Pablo Neruda, 박병규 옮김, 『파블로 네루다 자서전—사랑하고 노래하고 투쟁하다』, 민음사, 2008, 394쪽.

32 네루다를 리얼리스트로 보는 견해는, 창비 세대에서 전적인 공감을 얻은 것은 아닌 듯하다. 네루다에 대해서 김종철은 백낙청의 견해를 수용하여서 리얼리스트로 규정하지만(김종철, 「제3세계의 문학과 리얼리즘」, 백낙청 · 구중서 편, 『제3세계 문학론』, 한벗, 1982, 30쪽.), 구중서는 저항시인 정도로 설명하고 있다(구중서, 「제3세계와 라틴아메리카 문학」, 백낙청 · 구중서 편, 『제3세계 문학론』, 한벗, 1982, 123쪽.).

33 백낙청, 「제삼세계와 민중문학」, 『인간해방의 논리를 찾아서』, 시인사, 1979, 208쪽에서 재인용.

34 백낙청, 「민족문학론과 리얼리즘론」, 앞의 책, 359쪽.

기의 본질의 일부로 하고 있다"[35]고 하면서 제3세계와 리얼리즘을 연결짓는데, 이 때 문제시되는 것은 그 사례가 미국의 흑인작가 라차드 라이트라는 점이다.

> 라이트를 빌어 이미 이야기한 김에 우리는 여기서 라이트 자신의 문학적 업적을 간단하게 살펴봄으로써 리얼리즘의 제3세계적 전개에 대한 하나의 구체적인 본보기를 보고자 한다. 라차드 라이트는 미국 남부의 농촌 태생으로 소년시절과 청년시절의 초기를 남부 소도시에서 보내고 북부 시카고로 이주하여 흑인 게토 생활의 온갖 곤경을 경험하고, 1930년대와 40년대를 통하여 작가생활을 한 뒤 프랑스 파리로 건너가 창작과 흑인 문제에 대한 정치적 운동에 참여하면서 일생을 보냈다. […중략…] 그런데 여기서 흥미로운 것은, 흑인문학의 제3세계적 관점을 확립하는 데 크게 기여한 라이트의 문학은 현대 서구문학에서 찾아보기 어려운 리얼리즘의 정신과 방법이 생생하게 살아있는 세계라는 사실이다.[36]

위의 인용에서 보면, 라이트가 미국 태생의 흑인이라는 사실은 그를 제3세계 리얼리즘 작가로 보는 데에 있어서 중요한 고려점이 되지 않는다. 김종철은 라이트의 문학을 "리얼리즘의 제3세계적 전개에 대한 구체적인 본보기"로 규정짓는데, 이러한 규정은 제3세계에 대한 그의 독특한 인식 때문이다. 제3세계란 지역적인 속성이 아니라 "제3세계적 관점", 좀 더 구체적으로 말하면 "정치와 예술의 분리를 거부하고 인간의 보편적 행복의 증진이라는 역사적 대의에 봉사하"며, 동시에 "서구 리얼리즘 문학의 한계를 넘어서"고 "민중적인 바탕에"[37]서는 정신적인 가치

---

35 김종철, 「제3세계의 문학과 리얼리즘」, 백낙청 · 구중서 편, 『제3세계 문학론』, 한벗, 1982, 37쪽.

36 김종철, 「제3세계의 문학과 리얼리즘」, 위의 책, 61~63쪽.

37 김종철, 「제3세계의 문학과 리얼리즘」, 위의 책, 61쪽.

개념인 것이다. 이러한 개념 규정이 전제되고 라이트의 소설에 적용된다는 김종철의 입장에 동의할 때, 그의 문학은 제3세계 리얼리즘의 '본보기'로 논의되는 것이다.

라차드 라이트에 대한 김종철의 논의는 사실상 백낙청의 담론을 수용한 것인데,[38] 중요한 것은 구체적인 속성을 무시하면서도 추상적인 가치를 중시하는 태도이다. 김종철과 백낙청이 제3세계 리얼리즘이라고 부르는 것은, 사조나 양식, 혹은 기법적 · 지역적인 속성을 가로지르면서 어떤 작품이 그 테두리에 속함을 확인시켜주는 일종의 '기의 없는 기표', 즉 주인기표와 같은 것이다. 좀 더 쉽게 말하면 제3세계 리얼리즘이라는 주인기표 속에는 진정성, 진리, 정당성 등의 추상적인 가치가 이미 내재되어 있고, 그러한 주인기표가 리얼리즘이 아닌 속성들을 가진 작품을 리얼리즘으로 통합해내는 것이다.

4. 탈이데올로기 시대의 상징적인 효력

1990년대 이후 창비 세대의 리얼리즘론은 탈이데올로기 시대라는 새로운 환경에 부딪히게 된다. 동구권 사회주의의 붕괴는 인간해방 혹은 정당한 인식 · 설천을 지향하는 창비 세대의 진보주의 모델이 해체되는 정신사적인 위기였고, 아울러 리얼리즘과는 다른 인식론적인 기반을 지

38 백낙청은 "미국의 흑인문학이 제3세계문학에 속하느냐에 대해서는 미국흑인들 사이에서도 논란이 있는 모양이다. 한가지 확실한 것은 그들이 제1세계인 미국의 입장과 상반되는 흑인의식을 강조하고 저항의 사명을 받아들이면 받아들일수록 제3세계의 문학으로 자타가 공인하게 될 것"이라고 주장한 바 있다. (백낙청, 「제삼세계와 민중문학」, 앞의 책, 196쪽.) 여기에서 미국 흑인문학이 "제1세계인 미국의 입장과 상반되는"지, 혹은 제3세계 국가의 흑인이나 민중의 입장과 일치되는지는 따져봐야 할 문제이기도 하다. 미국 흑인은 제3세계 국가의 흑인과 엄연한 정치적 · 경제적 · 문화적인 차이가 존재하고 있는데, 백낙청은 이 차이를 간과하기 때문이다.

닌 생태주의 담론의 출현과 확산은 창비 세대가 대응해야 할 중요한 문제로 떠올랐다. 이러한 상황에서 김종철과 구중서의 논의는, 창비 세대가 탈이데올로기의 시대에 리얼리즘이라는 이데올로기를 대하는 모순적인 태도를 잘 보여준다. 그들은 리얼리즘이라는 개념이 생태주의 담론에서는 거의 영향력이 없음에도 현실적으로는 여전히 진리로서의 효력을 발휘하고 있음을 믿는다.

김종철은 그의 평론 「인간·흙·상상력」에서 생태주의를 전개하면서 리얼리즘에 대해서 상당히 모순적인 태도를 보인다. 그는 1980년대까지 우리 문학에서 보여줬던 "사회주의리얼리즘에 충실하라고 하는 주장에 담겨 있는 그런 종류의 사고방식이" "시적 가능성을 위축시키고"[39] 있음을, 그리고 리얼리즘에서 말하는 "총체적인 것이 되려면 그 인식의 지평이 좀더 확대되어야"[40] 함을 잘 알고 있다. 리얼리즘은 그 자체의 인식론적 지평을 근본적으로 재고민해야만 생태의 문제를 숙고할 수 있는 것이다. 그렇지만 김종철은 정작 1990년대 이후 리얼리즘의 위상을 논의할 때에는 상반된 태도를 보인다.

> 저는 지금 와서 리얼리즘이라는 개념이 폐기되는 것이 좋겠다고 생각하는 것은 아닙니다. 그것은 인간에 의한 인간의 억압을 반대한다는 기본적 입장을 줄기차게 견지해왔고, 그런 점에서 역사적으로 창조적인 역할을 해왔음이 분명하니까요. 그리고 그러한 역할의 필요성이 아직도 계속된다는 것은 길게 말할 것이 없습니다. 다만 리얼리즘의 역할이 부분적인 것이 아니고, 총체적이고 본질적인 것이 되려면, 인간과 자연간의 관계에 대한 새로운 인식을 위한 노력이 있어야 한다는 겁니다. 이러한 노력은 물론 지금까지 있어온 기존의 상상체계의

---

39 김종철, 「인간 · 흙 · 상상력」, 『녹색평론』 3, 1992. 3~4월호.; 윤여탁 · 이은봉 편, 『시와 리얼리즘』, 소명출판, 176~177쪽에서 재인용.
40 김종철, 「인간 · 흙 · 상상력」, 위의 책, 183쪽.

뼈대를 온전히 그대로 두고 이른바 생태학적 고려를 부분적으로 추가한다는 방식을 통해서는 이루어질 수 없음이 분명합니다. 르네상스적 인본주의에 연원하는 지적 전통에 내포된 인간중심사상은 따지고 보면 그것이 생물권 내의 인간의 배타적 지배권을 인정하는 한, 인간에 의한 다른 인간의 지배도 암묵적으로 동의하는 이념체계라는 것을 이제 명확히 하는 것이 선결문제인 것 같습니다.[41]

위의 인용에서는 리얼리즘에 대한 김종철의 태도를 잘 보여준다. 그는 리얼리즘이 "인간에 의한 인간의 억압을 반대"하여 지지함에도, "인간에 의한 다른 인간의 지배도 암묵적으로 동의하는 이념체계"임을 인지하고 있기 때문이다. 이러한 모순 속에는 사실상 리얼리즘이 생태주의 담론 내부에서는 해체·재구성되어야 하는 이데올로기임에도, 그것을 '폐기'하지 않는 복합적인 심리가 숨어 있다. 다시 말해서 리얼리즘의 "역할의 필요성이 아직 계속된다는" 주장은, 생태주의 담론 내부에서 거의 영향력을 발휘하지 못하여 지양해야 하는 것이지만, 그 동안 "역사적으로 창조적인 역할"을 해온 기념비처럼 존재한다는 기존의 사유를 덧대어 놓음으로써 일종의 상징적인 효력이 있음을 인정하는 것이다.[42]

김종철은 탈이데올로기의 시대에 창비 세대의 리얼리즘이 존재하는 방식을 잘 보여준다. 1990년대의 생태주의 담론이 진보적인 이데올로기를 해체·재구성하는 상황에서 창비 세대는 리얼리즘이 구성했던 상징계(현실)를 겹쳐놓음으로써 진리로서의 유효성을 간직하고자 하는 것이다. 그렇지만 이러한 리얼리즘은 "인간에 의한 인간의 억압을 반대"하는

41 김종철, 「인간 · 흙 · 상상력」, 앞의 책, 196쪽.

42 이 글에서 상징적인 효력이라고 함은, 특정한 상징계(현실)에서 발휘되는 힘을 뜻한다. 다시 말해서 상징계가 전복되는 상황에서는 기존의 특정한 상징계에서 발휘되는 힘은 새로운 상징계에서 무화될 수 있음을 암시한다. 창비 세대가 생태주의의 상징계에서는 리얼리즘이 진리라는 믿음이 무의미한 것을 잘 알고 있지만, 기존의 상징계를 겹쳐놓으면서 그 믿음을 지니고 있음을 밝히기 위한 전략적인 용어이다.(Tony Myers, 박정수 옮김, 『누가 슬라보예 지젝을 미워하는가』, 앨피, 103~107쪽 참조.)

"역사적으로 창조적인 역할"이 가능하다는 창비 세대의 믿음 아래에서 유효한 것이지, 생태주의 담론에서는 사실상 그 믿음의 효력이 상실된 것이다.

리얼리즘에 대한 이러한 태도는 구중서에게서도 나타난다. 그 역시 생태주의 담론에 서서 리얼리즘의 역할을 고민하는 자기모순적인 태도를 보인다. 그는 "한국 리얼리즘 문학론은 한 차례 자체 정돈을 해야 하는 단계"에 왔는데, 그 까닭은 "사회주의 세계권이 와해된 데에 관계가 있다"고 한다. 동구권 사회주의의 붕괴를 통해서 '계급투쟁'이나 "산업의 끝없는 성장" 등과 같은 "'진보'의 개념"이 더 이상 '불가능'함을 깨닫고 있는 것이다.[43] 그럼에도 그는 진보의 세계관에 바탕을 둔 리얼리즘에 대해서 옹호한다.

> 여기에는 1934년 소련의 계급적 당파성 이데올로기가 만들어낸 사회주의 리얼리즘이라든가, 자본주의의 난숙이 빚어낸 것이라는 모더니즘 및 포스트모더니즘이 별로 위협이 되지 않는다. 그러한 요인들은 그것대로 자유로이 해 보라고 하면 그만이다. 리얼리즘은 자신을 지키기 위해 싸우거나 지혜를 써야 할 만큼 상대적 차원에서 충동적 대응을 하지 않아도 되지 않을까 하는 생각이다.
>
> 객관적 현실과 내재적 깊이를 하나의 총체성으로 지니며 창조와 구원의 작업을 통해 진리에 교분을 갖는 것, 여기까지를 리얼리즘의 테두리로 생각할 수 있을 것이다. 이 테두리는 어디엔가로 계속 질주해 달아나는 진보가 되지 않아도 괜찮을 것이다. 본성과 자연에 따라 자기완성을 구현하고 있으면 될 것이다. 이것이 이 불안하고 혼란스러운 시대에 오히려 문학예술이 취할 바 길이 아닌 길이요 진리요 생명이 되는 것이 아닐지 새삼 숙고하게 되는 바이다.[44]

---

43 구중서, 「자연과 리얼리즘」, 『녹색평론』 6, 1992. 9~10월호.; 윤여탁 · 이은봉 편, 『시와 리얼리즘』, 소명출판, 445~450쪽에서 재인용.
44 구중서, 「자연과 리얼리즘」, 위의 책, 453~454쪽에서 재인용.

구중서는 인간의 진보 개념을 비판하는 생태주의 담론 내부에서 진보를 주장하는 리얼리즘이 상충되는 이데올로기임을 잘 알고 있음에도, 여전히 "본성과 자연에 따라 자기완성을 구현하"면 된다는 모순된 논리를 편다. 그는 리얼리즘이 탈이데올로기의 시대에도 루카치의 "총체성으로 지니며" "진리에 교분을" 가질 수 있다고 판단하는 것이다. 이러한 그의 주장은 엄밀히 말해서 창비 세대가 현실이라고 여기는 상황에서 유효한 것이다. 좀 더 분명히 말하면 그의 리얼리즘은 "길이 아닌 길이요 진리요 생명"이라는 종교적인 형태의 믿음 속에서 가능한 것이지, 탈이데올로기의 시대적인 상황에서는 그 실효성의 근거가 불확실한 것이다. 리얼리즘은 특수한 현실이 전제된 상태에서 진리인 것이다.

구중서와 김종철의 리얼리즘론이 보여주는 공통점은, 리얼리즘이 가장 '정당한' 혹은 진리라는 믿음이 (리얼리즘이라는) 그 프레임 안에 이미 들어 있다는 것이다. 리얼리즘에 대한 창비 세대의 태도는 이 점에서 진리라고 믿는 이데올로기 속에서 그것을 진리라고 말하는 동어반복적인 혹은 자기대화적인 방식으로 논지를 강화시켜 온 것이다. 이것이 탈이데올로기 시대를 설명하는 이데올로기 속에서 리얼리즘이 살아남는 방식이다.

5. 결론

이 글에서 주목한 것은 창비 세대의 리얼리즘에 대한 태도였다. 그들은 리얼리즘을 정당성에 기초한 인식론·실천론이자 "진정한 리얼리즘"으로 규정했는데, 이 때 이 정당성 혹은 진리가 무엇이냐를 묻는 것은 곧 리얼리즘에 대한 그들의 태도를 검토하는 일이 되었다. 이 논문에서는 지젝의 견해를 참고해서 그들이 말하는 정당성 혹은 진리가 리얼리즘이라는 프레임 속에 이미 들어있는 것임을 살펴보고자 했다. 이러한 논의가 요구되는 까닭은 리얼리즘을 진리화하는 그들의 일원론적인 태도가 오늘날 재고될 필요가 있기 때문이었다. 이 글에서는 리얼리즘을 진리로 여기는 창비 세대의 사고구조를 세 시기로 나누어 문제 삼았다.

먼저, 창비 세대의 리얼리즘론이 형성되는 과정을 살펴보면서, 리얼리즘이 보편적인 진리라는 믿음이 있었음을 검토했다. 백낙청은 "원숙한 시민의식"을 지닌 "진정한 리얼리즘"을 주창했는데, 이 때의 리얼리즘이란 절대정신에 육박하는 '진정한' 것, 즉 진리로 이해되었고, 역사 속의 의미 있는 문예는 그 진리의 자기전개로 여겨졌다. 이러한 태도는 염무웅에게도 나타났다. 염무웅은 "참다운 〈리얼리즘〉"을 "어떤 보편적인 원리를 밝히는 포괄적 개념"으로 봤는데, 그 개념 역시 절대정신과 유사한 보편적인 개념이었다. 이들은 리얼리즘이 보편적인 진리임을 믿었는데, 문제는 그 믿음이 리얼리즘의 개념을 규정하는 태도 속에 이미 전제되어 있다는 점이었다.

그리고, 창비 세대의 제3세계 리얼리즘론을 분석하면서, 리얼리즘이라는 용어 자체가 리얼리즘의 정체성을 보장해주는 일종의 주인기표임을 확인했다. 백낙청은 모더니즘을 비판하고 리얼리즘을 긍정하는 입장을 지녔는데, 네루다의 초현실주의(모더니즘)에 대해서는 "리얼리즘적·참여문학적 노력과 근본적으로 일치해 있"음을 주장했다. 그의 초현실주의는 인간해방이라는 정신적인 가치를 지닌다는 점에서 리얼리즘으로 명명했던 것이다. 아울러 김종철은 미국 흑인작가 라이트의 소설이 "인간의 보편적 행복의 증진"을 추구하는 제3세계 관점(정신적인 가치)을 지닌다는 점에서 제3세계 리얼리즘으로 명명했다. 이러한 명명은 제3세계 리얼리즘이 제3세계 리얼리즘에 속하지 않는 기법적·지역적인 속성을 통합해 내는 주인기표이기 때문에 가능한 것이었다.

마지막으로, 1990년대 이후의 창비 세대 리얼리즘론을 대상으로 해서 그들이 구성한 상징계(현실) 내에서는 리얼리즘이 여전히 진리로서의 상징적 효력을 발휘하고 있음을 주목했다. 김종철은 리얼리즘이 생태주의 담론 내부에서는 거의 영향력을 지니지 못함을 잘 알고 있음에도, 창비 세대의 리얼리즘론을 겹쳐놓음으로써 "역사적으로 창조적인 역할"을 해 왔고 그 "필요성이 아직도 계속된다"는 진리로서의 상징적인 효력을 인정했다. 또한 구중서도 생태주의 담론에 리얼리즘론을 덧대어 놓음으로써 리얼리즘이 "길이 아닌 길이요 진리요 생명"이라는 종교적인 형태의 믿음을 보여줬다. 이것이 탈이데올로기의 시대에 생존하는 이데올로기(생태주의)와 리얼리즘이 공존하는 방식이었다.

이렇게 볼 때, 창비 세대의 리얼리즘은 대문자 리얼리즘(Realism)이다. 리얼리즘이 정당성에 기초한 인식론·실천론이라는 사고 속에는 이미 리얼리즘이 정당하다는 혹은 진리라는 전제가 숨어 있는 것이다. 이러한 리얼리즘은 우리 문학에서 문학의 비판적·참여적인 기능을 극대화했다는 점에서 유의미한 것이지만, 오늘날 문학을 바라보는 시각을 일원화한다는 점에서 재론의 여지가 있는 것이다. 리얼리즘의 개념을 열어놓을 때, 오히려 창비 세대가 희망하던 창작과 비평의 자유가 실현되는 것이 아닐까 하는 생각을 해본다. 리얼리즘론에서 창비 세대 내부의 차이와 작품과의 적용 문제는 다음 기회로 넘긴다.

참고문헌

1. 자료

구중서, 「자연과 리얼리즘」, 『녹색평론』 6, 1992. 9~10월호.; 윤여탁 · 이은봉 편, 『시와 리얼리즘』, 소명출판.

김종철, 「인간 · 흙 · 상상력」, 『녹색평론』 3, 1992. 3~4월호.; 윤여탁 · 이은봉 편, 『시와 리얼리즘』, 소명출판.

______, 「제3세계의 문학과 리얼리즘」, 백낙청 · 구중서 편, 『제3세계 문학론』, 한벗, 1982.

백낙청, 「시민문학론」, 『창작과비평』 4. 1969. 여름호.' 『민족문학과 세계문학 I 』, 창작과비평사, 1978.

______, 「제삼세계와 민중문학」, 『인간해방의 논리를 찾아서』, 시인사, 1979.

염무웅, 「리얼리즘의 심화시대」, 『월간중앙』 33. 1970.12.; 홍신선 편, 『우리문학의 논쟁사』, 어문각, 1985.

2. 논문 및 단행본

구중서, 「제3세계와 라틴아메리카 문학」, 백낙청 · 구중서 편, 『제3세계 문학론』, 한벗, 1982.

______, 「한국 리얼리즘문학의 형성」, 『창작과비평』 18, 1970. 여름.

김명인, 「현단계 문학운동의 방향감과 조정을 위하여」, 『희망의 문학』, 풀빛, 1990.

김명환, 「리얼리즘, 인간해방과 진리구현의 역사적 싸움」, 설준규 · 김명환 편, 『지구화 시대의 영문학』, 창비, 2004, 337쪽.

김병걸, 「리얼리즘 논쟁」, 『현대문학』 193. 1971.1.

김양수, 「민족적 리얼리즘의 정체는 무엇인가」, 『현대문학』 196. 1971.4.

김영찬, 「한국문학의 증상들 혹은 리얼리즘이라는 독법」, 『창작과비평』 125. 2004. 가을호, 281쪽.

김용락, 『민족문학 논쟁사 연구』, 실천문학사, 1997, 146쪽.

김　현 외, 「4 · 19혁명과 한국문학」, 『사상계』 21. 1970.4.

______, 「한국소설의 가능성」, 『문학과지성』 1. 1970. 가을.; 홍신선 편, 『우리문학의 논쟁사』, 어문각, 1985, 339쪽에서 재인용.
백낙청, 「리얼리즘에 관하여」, 『민족문학과 세계문학Ⅱ』, 창작과비평사, 1985.
______, 「모더니즘에 관하여」, 『민족문학과 세계문학Ⅱ』, 창작과비평사, 1985.
______, 「민족문학론과 리얼리즘론」, 『민족사의 전개와 그 문화』, 창작과비평사, 1990, 『통일시대 한국문학의 보람』, 창작과비평사, 2006.
______, 「현대문학을 보는 시각」, 『문학과 행동』, 1974, 『민족문학과 세계문학Ⅰ』, 창작과비평사, 1978.
신승엽, 「흔들리는 민족문학」, 『민족문학을 넘어서』, 소명, 2000.
염무웅, 「리얼리즘론」, 『민중시대의 문학』, 창작과비평사, 1979.
______, 「리얼리즘의 심화시대」, 『월간중앙』 33. 1970.12.
______, 「리얼리즘의 역사성과 현실성」, 『문학사상』 1. 1972.10.
오창은, 「'제3세계 문학론'과 '식민주의 비평'의 극복」, 『우리문학연구』 24, 2008.
원형갑, 「반리얼리즘의 기능」, 『문학』 1971.1.
이상갑, 「제3세계문학론과 탈식민화의 과제-리얼리즘론의 정초 과정을 중심으로」, 『한민족어문학』 41. 2002.12.
임규찬, 「70년대 이후 사실주의」, 한길문학 편집위원회 편, 『한국근현대문학연구입문』, 한길사, 1990.
임헌영, 「한국문학의 과제—민족적 리얼리즘에의 길」, 『현대문학』 195. 1971.3.
조정환, 「목표와 방법문제에 대하여」, 『민주주의 민족문학론과 자기비판』, 연구사, 1989.
최원식, 「리얼리즘과 모더니즘의 회통」, 『문학의 귀환』, 창비, 2001.
최일수, 「민족적 리얼리즘」, 『현대문학』 196. 1971.4.
최일운, 「사회주의 리얼리즘」, 『현대문학』 199. 1971.7.
황종연, 「모더니즘에 대한 오해에 맞서서」, 『창작과비평』 116. 2002.여름.

G.W.F.Hegel, 임석진 옮김, 『정신현상학1, 2』, 한길사, 2005.
Pablo Neruda, 박병규 옮김, 『파블로 네루다 자서전—사랑하고 노래하고 투쟁하다』, 민음사, 2008.

S. Zizec, 이수련 옮김, 『이데올로기라는 숭고한 대상』, 인간사랑.
Tony Myers, 박정수 옮김, 『누가 슬라보예 지젝을 미워하는가』, 앨피.

종교문화적인 갈등으로 바라본 신천학살사건

—황석영의 장편소설 『손님』론

1. 서론

이 논문은 한국전쟁 중에 황해도에서 일어난 신천학살사건을 어떻게 볼 것인가 하는 점을 문제로 제기한다. 신천학살사건이란 한국전쟁 중인 1950년 10월 중순부터 그 해 말까지 약 35,000여 명의 신천군 마을 주민이 살해된 일을 뜻한다. 이 글에서 이 사건을 주목하는 이유는, 학살주체를 누구로 보느냐에 따라 그 사건의 성격이 새롭게 규명되기 때문이다. 학살주체가 2000년대 초반까지 논의되듯이 미군 혹은 공산당·자치회·치안대라면, 학살은 남북한 국가권력의 직·간접적인 개입 사건이 된다.[1] 그렇지만 작가 황석영이 그의 소설 『손님』(2001)에서 그려놓았듯

1 신천학살(사건)은 신천대학살, 신천군사건, 신천대중학살, 신천양민학살사건, 신천군봉기, 신천군학살사건 등의 용어로 혼용되어 학계의 용어 정립이 요구되는데, 이 글에서는 논문진행의 편의상 신천학살사건으로 명명하기로 한다. 이 사건이 문제시되는 것 중의 하나는 학살주체에 따라 그 성격이 달라진다는 점이다. 학살주체는 그 동안 크게 두 가지로 논의된 바 있다. ① 미군. 국제민주여성연맹, 북한, 국제민주법률가협회의 주장. 1951~1952년 사이에 17개국의 대표들로 구성된 공산계열단체인 국제민주여성연맹의 한 조사단은 안악과 신천에서 각각 19,092명, 23,259명이 살해되었다고 보고서를 발표한 바 있다. (조선중앙통신사 편, 『조선중앙년감(朝鮮中央年鑑)』 1951~1952, 조선중앙통신사, 1952, 200~215쪽.) 이후 국제민주법률가협회(International Association of Democratic Lawyers)가 작성한 '코리아에서의 미군 범죄에 관한

이 학살주체가 면식 있는 마을주민들이라면, 학살은 다른 성격을 띠게 된다.

이 글에서는 황석영의 소설 『손님』을 대상으로 하여 신천학살사건이 남북한 국가권력의 직·간접적인 개입뿐만 아니라, 마을주민 간에 오랜 세월 동안 쌓여온 종교문화적인 갈등이 폭발한 경우임을 분석하고자 한다.[2] 이러한 분석이 필요한 이유는 한국전쟁 중에 일어난 집단학살 중의

보고서(1952년 3월 31일)'에 따르면, 해리슨 신천미점령군사령관이 주민에게 남한으로 내려가자고 권유하고, 남아 있으면 적으로 규정한다고 포고한 뒤, 실제로 남아 있는 주민을 처벌했다고 한다. 이후 북한은 이 두 보고서를 근거로 하여 1958년 8월에 신천박물관을 건립하고 이 사건을 반미주의 교육에 이용한다. 이러한 주장은 해리슨이 일개 중위라는 점, 당시 미군의 군사작전이 평양 점령에 집중되어 있다는 점, 그리고 신천군에는 두 시간 정도 머물렀다는 점 등을 근거로 반박되기도 한다. ② 공산당, 혹은 공산당이 먼저 학살한 후 반공주의 조직의 복수. 반공주의자 김종문과 조동환의 주장. 김종문은 그의 저서 『구월산』에서 "치안대원들은 공산당을 잔인할 정도로 처단하는 것은 그들이 배워주고 갔으니 그대로 복수할 따름이라고 말"한 바 있고, 조동환은 그의 기록물 『항공의 불꽃』에서 인천상륙작전 직후 "공산당간부회의에서는 요시찰인—지주, 지식인, 교인, 우익계의 학생 및 교직원—들을 당원 한명에 4명씩의 책임제로 살해할 것을 결의"하고 "적이 침공하면 반동으로 도량할 위험이 있거나 그 이상의 우익계열은 검거되지 아니한 자라도 예방적으로 모두 처단"하기로 했다고 한다. 이후 공산당이 도망간 뒤 남한의 국가권력과 연계된 반공 조직인 치안대·자치회에서는 부역자 숙청과 공비 소탕 등을 하면서 "피의 복수"를 감행했으나, 이후 자기반성을 통해 그만두었다고 한다(김종문 편, 『구월산』, 국방부 정훈국, 1955, 7~8쪽.; 조동환, 『항공의 불꽃』, 보문각, 1957, 189~190;474~476쪽.). 이렇게 보면, 학살주체는 직접적인 국가권력(미군, 공산당) 혹은 간접적인 국가권력(남한 국가권력의 지원을 받는 자치회·치안대)으로 규정되며, 이 때의 신천학살사건은 국가권력이 직·간접적으로 개입된 집단학살이 된다.

2 여기에서 종교문화적인 갈등을 개념화하기 위해서는 우선 종교문화라는 개념을 짚고 넘어갈 필요가 있다. 종교문화란 특정한 신앙이나 믿음이 종교 내부의 차원이 아니라 문화의 차원에서 규정되는 것을 뜻한다. 홉스테드(Geert Hofstede)는 문화를 한 집단이 다른 집단과 구별되는 "집합적 정신 프로그램"으로 정의하는데(Geert Hofstede, 차재호·나은영 역, 『세계의 문화와 조직』, 학지사, 1995, 26쪽.), 이 정의를 참조하면 종교문화란 종교를 지닌 집단이 다른 집단과 구별되는 "집합적 정신 프로그램"을 의미한다. 종교문화적인 갈등이라는 개념은 종교 집단, 특히 이 글의 경우 기독교 집단의 믿음—예수가 기독(그리스도), 즉 구세주라는 믿음—이 삶의 세계에서 나름대로 다양한 방식으로 '현실화'되고 "인식 가능한 현상"으로 나타나면서 이러한 믿음에 반(反)하는 현상에 맞서는 기독교 집단의 폭력·차별·대립·배제 등을 뜻한다(정진홍, 『종교문화의 이해』, 청년사, 1995, 156쪽 참조). 또한, 이 글에서 기독교 집단이라는 용어는 기독교 신앙을 지닌 지도자와 신도 공동체로써, 기독교라는 믿음으로 인해서 그 집단의 외부와 분명한 종교문화적인 차이를 갖는 자들을 의미한다.

소설 『손님』에서는 요한의 가계를 모델로 하는 신천 지역의 기독교 집단이 외부(다른 집단이나 북한의 국가권력)와 구별되고, 예수를 구세주로 여기는 그들의 믿음을 외부와 대립된 채로 현실화하기 위해서 맞서 싸우고 대립하는 종교문화적인 심리와 갈등 양상이 잘 드러나 있다. 이 글에서는 소설 『손님』의 이러한 서사를 따라가면서, 신천학살사건이 좌우 이데올로기의 대립

일부는 좌우 이데올로기나 지주·소작인의 계급 갈등을 조장하는 국가 권력의 의지로 온전히 설명할 수 없는 특수성이 있기 때문이다.[3] 작가 황석영은 찬샘골이라는 마을을 중심으로 하여 신천학살사건을 다루면서 근대 이후에 출현한 기독교 집단이 그들의 독특한 종교문화적인 시각에서 그 외부와 차이를 만들어내고, 좌우 이데올로기를 선택·수용·활용하며, 마을 안의 작은 전쟁에 참여하는 과정을 면밀하게 재현하고 있어 주목을 요한다.

여기에서는 소설 『손님』에 나타난 이러한 과정을 주목하기 위해서, 요한을 중심으로 소설의 서사를 쫓아가면서 거시사와 미시사의 인식을 비교·대조하고자 한다. 신천학살사건은 거시사적인 인식으로 보면 한국전쟁이라는 세계사적인 이데올로기의 대립과 충돌의 한 사례가 된다. 이러한 인식을 잘 보여주는 것이 바로 북한의 태도이다(2.). 그렇지만 소

으로 인한 국가권력의 직·간접적인 개입 사건이라는 측면 못지않게, 기독교 집단의 내부와 외부 사이에서 오랜 세월동안 벌어진 종교문화적인 대립·갈등으로 인한 마을주민 간의 학살 사건이라는 측면이 강함을 검토하고자 한다(박찬승,『마을로 간 한국전쟁』, 돌베개, 2010, 22쪽.). 이 때 요한을 중심으로 소설의 서사를 재구성하고자 하는 본 논문의 접근 방식은 요섭, 상호, 순남, 일랑, 성만 등의 목소리가 다성적으로 제시되는 화법의 특성을 제대로 논의하지 않는 약점이 있는 반면, 북한의 신천 지역 기독교 집단의 대표성을 띠는 인물 중의 하나인 요한이 자기 스스로 교인이라는 정체성을 형성하고 좌우 이데올로기를 선택·수용하며 전쟁에 참여하여 학살을 주도하는 종교문화적인 심리를 잘 드러내는 장점이 있을 것으로 기대된다. 이 논문은 기독교를 우익으로 환원시켜서 우익 기독교 대 좌익 사회주의로 이데올로기화하는 기존의 연구 방식을 벗어나, 요한을 중심으로 한 종교문화적인 심리와 갈등을 주목하고자 한다.

3 신천학살사건은 그동안 주로 이데올로기나 계급의 시각에서 설명되어 온 감이 있지만, 이러한 시각으로는 마을주민 간의 학살이라는 특수성을 온전히 설명하지 못한다는 점에서 종교문화적인 시각이 보충될 필요가 있다. 신천학살사건이 좌우 이데올로기나 지주·소작인의 계급 문제로 설명되면, 학살주체(s)는 국가권력의 이데올로기적인 주체(S)로 호명되어 국가권력-주체가 되고, 학살은 남북 국가권력-주체 간의 집단학살이 된다(L. Althusser, 김동수 역, 「이데올로기와 이데올로기적 국가장치」, 『아미엥에서의 주장』, 솔, 1991, 117쪽 참조.). 그렇지만 소설 『손님』에서는 마을주민 간의 갈등이 이데올로기나 계급의 시각으로 온전히 포괄되지 못한 측면이 있음이 날카롭게 형상화된다. 마을주민은 자본주의·사회주의 이데올로기를 분명히 이해하고 그 이데올로기에 맞춰 정치적 선택을 하거나 역사적인 계급의식을 명확하게 지닌 지식인으로서 세계를 대립적으로 바라보기보다는, 오랜 세월에 거쳐서 기독교 집단의 종교문화적인 자기 정체성을 획득한 자와 그 외부의 대립된 자로 나뉘어 좌우 이데올로기를 수용하고 (때로는 국가권력의 의지와 무관하게) 자기 집단의 목적에 맞게 활용한다는 측면이 두드러지게 나타나 있다.

설 『손님』에서는 신천학살사건의 학살주체가 지닌 심리적·종교문화적인 동기와 그 배경을 주목하는 미시사적인 인식이 잘 드러나 있다.[4] 구체적으로 말해서 한국전쟁 이전에 마을주민 간에 이미 뿌리 깊은 종교문화적인 갈등이 형성되어 있고 그 갈등 위에서 좌우 이데올로기를 나름대로 수용하여(3장 1절)), 전쟁 중에 격렬한 충돌과 반복적인 학살로 나타남을 보여주는 것이다(3장 2절)).

지금까지 황석영의 소설 『손님』에 대한 연구사는 주로 작품 속의 이데올로기를 탐색하는 방향에서 서서히 종교적인 특성을 함께 논의하는 방향으로 나아갔지만, 미시사적인 접근을 심도 있게 다루지 못한 감이 있었다. 소설 출간 직후에는 대부분이 작품의 서사를 이데올로기적·거시사적인 독법으로 읽고자 한 경향이 역력했다. 소설 『손님』에 대해서 김재용이 이데올로기적인 "냉전적 적대감의 해소"[5]를 보여주고자 한다거나, 성민엽이 "이데올로기의 대립은 맑스주의와 기독교의 대립으로 나타"[6]난다고 하거나, 혹은 임홍배가 "전쟁의 폭력으로 구조화된 분단의

---

4 이 글에서 말하는 미시사(微示史, microstoria)는 곽차섭의 논의를 참조하면 ① 역사의 리얼리티를 작은 규모 또는 척도를 통해 바라보는 것, ② 삶의 물질적 조건이 평균적·익명적이 아니라 개개인 혹은 공동체의 층위에서 구체적으로 경험되는 것을 중시한다는 점, ③ 이데올로기적보다는 문화적으로 사건에 접근한다는 것, ④ 이야기식으로 서술된다는 점, ⑤ 가능성의 역사를 지향한다는 점 등의 특성을 지닌다. 단적으로 말해서 거시사(擧示史)가 좌우 이데올로기나 계급이라는 역사적인 거대 구조의 탐색에 초점을 맞추면서 사회과학적 분석과 계량을 중시한다면, 미시사는 기독교 집단의 요한과 같은 구체적인 개인이라는 창을 통해 역사적 리얼리티의 복잡 미묘한 관계망을 이해하고자 하는 시도이다(곽차섭, 「서설: 미시사란 무엇인가」, 곽차섭 편, 『미시사란 무엇인가』, 푸른역사, 2000, 13~33쪽 참조;J. Schlumbohm, 백승종·장현숙 역, 『미시사의 줄거움』, 돌베게, 2003, 참조.).

소설 『손님』은 요한이라는 기독교 집단 속의 한 인물과 그와 관계된 혹은 대립된 인물들을 대상으로 하여 그의 종교문화적인 정체성이 형성되고 그 위에서 마을주민 간의 갈등이 폭력적으로 표출되는 복잡 미묘한 관계망을 다룬다는 점에서 이데올로기적·거시사적이 아닌 종교문화적·미시사적인 접근이 더 의미가 있는 것으로 판단된다. 이 때 소설 작품은 주요 인물이 체험한 이야기라는 점에서 본래 미시사적인 성격을 지닌 것이 아니냐 하는 의문이 가능하다. 물론 소설 작품 속의 주요 인물이 구체적인 개인인 점은 사실이지만, 그 주인공의 체험이 주로 좌우 이데올로기에 지배되어 거시사적으로 서술되는 경우와 종교문화라는 복잡 미묘한 관계망에 의해 미시사적으로 서술되는 경우는 구별될 필요가 있다고 본다.

5 김재용, 「냉전적 분단구조 해체의 소설적 탐구」, 『실천문학』 2001. 가을, 324쪽.

6 성민엽, 「이데올로기 너머의 화해와 그 원리」, 『창작과비평』 2001. 겨울, 243쪽.

고착과정을" 살펴보고 해소하고자 한다는 것이 그러한 예가 되었다. 이러한 독법은 이후에도 계속 심화·확산되어 갔으며, 이런 상황에 반발하여 작품 자체가 편협한 민족주의의 소산이라는 비판도 있었다.[7]

이러한 이데올로기적인 독법에 기초하여 작품에 나타난 종교적인 특성을 살펴보고자 한 시도도 차츰 제기되었지만, 미시사적인 접근을 제대로 하지 못한 점은 아쉬웠다. 소설 『손님』이 기독교 집단을 한 축으로 다루고 있다거나, 서사가 황해도 진오귀굿 열두 마당에 대응되어 전개된다는 점이 크게 작용한 것이었다. 기독교에 대한 논의는 성찰적인 입장에서 작품 속의 기독교 집단을 비판하거나, 작품의 서사구조가 원한의 풀이와 화해라는 전통 제의의 형식을 지닌다는 점을 부각시킨 논의들이 있었다.[8] 이러한 독법은 자칫 작품 속의 종교문화적인 요인을 좌우 이데올로기로 환원시킬 위험이 있다는 점에서 문제점이 제기된다. 이 점에서 소설 『손님』에 나타난 종교문화적인 요인의 특성과 의미를 미시사적인 인식으로 진지하게 검토하고자 하는 본 논문의 문제의식이 요청된다.

---

7 소설 『손님』을 이데올로기적·거시사적인 독법으로 읽고자 한 시도는 홍승용, 안남일, 오태호, 양진오에 의해서 심화·확산되었으며, 이러한 독법에 대한 반발은 현길언에 의해서 나타났다 (홍승용, 「미래의 조건」, 『진보평론』 12호, 2002.6, 217~232쪽 참조.; 안남일, 「분단인식의 사유」, 『한국학연구』 16, 2002, 147~165쪽 참조.; 김미영, 「황석영 소설에 나타난 탈식민주의 고찰」, 『한국언어문화』 26집, 한국언어문화학회, 2004, 3~11쪽 참조.; 오태호, 「황석영 소설에 나타난 이데올로기적 주체의 변화 양상 고찰」, 『국제어문』 33집, 국제어문학회, 2005.4, 263~291쪽 참조.; 양진오, 「야만적 폭력으로서의 제노사이드, 그 혼돈의 진실」, 『현대사상』 1호, 대구대학교 현대사상연구회, 2007.9, 115~128쪽 참조.; 현길언, 「종교와 이념」, 『문학과 종교』 7권 1호, 문학과종교학회, 2005.6, 151~158쪽 참조.).

8 성찰적인 입장에서 작품 속의 기독교 집단을 비판하는 경우는 "땅의 배타적 독점을 전복시키는" 구약성서의 진의로 작품 속의 기독교 집단을 비판하는 이정희, 요섭의 영매 역할을 통해서 "역사에서 섭리하는 신의 목소리"를 듣게 한다는 김명석 등의 논의가 있고(이정희, 「유령을 재울 것인가 기억에 몸을 입힐 것인가」, 『당대비평』 제17호, 생각의나무, 2001, 387쪽.; 김명석, 「황석영 문학과 대화의 종교」, 『문학과 종교』 제13권 2호, 한국문학과 종교학회, 2008, 140쪽.), 작품 속의 사서구조가 전통 제의의 형식을 지닌다는 점을 강조하는 경우는 "현실의 폐기와 새로운 현실의 재생"이라는 굿의 의미를 보여준다는 윤영옥과 "서구적 이념에 희생된 원혼을 위무"하는 굿의 형식을 채택하고 있다는 고인환의 논의 등이 있었다(윤영옥, 「『손님』의 서사전략과 굿 형식의 관련양상 연구」, 『국어문학』, 국어문학회, 2007, 97쪽.; 고인환, 「황석영 소설에 나타난 전통 양식 전용 양상 연구」, 『한민족문화연구』 26집, 한민족문화학회, 2008.8, 175쪽.).

2. 이데올로기적인 시각과 그 허구성

소설 『손님』의 서사를 좇아가면, 북한의 국가권력이 신천학살사건을 바라보는 인식과 그 허구성이 잘 나타나 있다. 소설에서는 신천학살사건을 좌익 이데올로기에 대립된 우익 이데올로기적 주체인 미군이 저지른 집단학살 중의 하나로 규정한 북한 국가권력의 거시사적인 인식의 양상과, 그와 반대로 미국 국적의 한인 목사인 요섭이 자신의 경험을 근거로 하여 그러한 인식의 허구성을 폭로하는 양상이 분명하게 드러나 있어서 주목을 요한다. 이 장에서는 신천학살사건을 세계사적인 이데올로기의 대립과 충돌로 바라보는 북한 국가권력의 인식과 그 허구성을 자세히 살펴보고자 한다.

소설 『손님』에서는 북한의 국가권력이 신천학살사건을 미군이 자행한 집단학살로 규정하고 있는 것을 보여주는데, 거기에는 거시사적인 인식이 내재되어 있다. 작품 속에서 요섭 자신의 고향인 신천을 방문하는 기회를 우연히 얻게 된다. 요섭은 고향을 방문하여 학살사건을 애도하는 신천박물관을 관람하면서 해설사의 설명을 통해 북한의 국가권력이 신천학살을 미군에 의한 집단학살로 재구성하는 것을 목도하게 된다. 이때의 신천학살사건은 한국 · 미국이라는 국가권력이 직접 개입된 사건으로 규정되고, 또 그렇게 교육 · 홍보된다.

해설원의 목소리가 차츰 높아지기 시작했다.

"지난 조국해방전쟁 시기 미제침략자들은 조선에서 인류력사상 일찍이 그 류례를 찾아볼 수 없는 전대미문의 대규모적인 인간살륙 만행을 감행함으로써 이십세기 식인종으로서의 야수적 본성을 만천하에 낱낱이 드러내놓았습니다. 흡혈귀 신천지구 주둔 미군사령관 해리슨놈의 명령에 따라 감행된 신천 대중학살은 그 야수성과 잔인성에 있어서 제이차세계대전 시기 히틀러 도배들이 감행한 오스벤찜의 류혈적 참화를 훨씬 릉가하였습니다. 미제침략자들은 신천에서 살아 움직이는 모든 것은 잿가루 속에 파묻으라고 지껄이면서 오십이일 동안에 신천군 주민의 사분지 일에 해당하는 삼만오천삼백팔십삼명의 무고한 인민들을 가장 잔인하고 야수적인 방법으로 학살하는 천추에 용납 못할 귀축 같은 만행을 감행하였습니다."[9]

신천박물관의 한 해설원이 설명한 신천학살사건이란 신천지구 주둔 미군사령관 해리슨이 직접 지휘한 집단학살이라는 것이다. 위의 인용문은 북한의 국가권력이 이 사건을 한국·미국의 국가권력이 직접 개입한 사건, 특히 민간인에 대한 우익 군부의 직접 학살사건으로 이해하고 있음을 보여준다. 미군사령관 해리슨은 실제로는 중위 정도의 계급을 지닌 자이다. 그가 신천군 주민의 1/4을 학살한 것은, 본인의 의지가 아닌 미군(미국)의 명령에 의한 것으로 추측되기 때문이다. 이 점에서 해리슨은 사실상 국가권력의 (대리)주체에 다름 아니며, 학살의 성격은 우익 이데올로기를 지닌 국가권력이 직접적으로 개입한 사건이 되는 것이다. 해설원은 이러한 전제 아래 한국 전쟁 중에 민간인을 학살한 미군의 잔인함과 몰인정을 강력하게 비난한다.

이러한 해설원의 비난에서 간과하지 말아야 할 것은, 신천학살사건을 설명하는 과정에서 나타나는 거시사적인 인식이다. 해설원은 사실상 북한의 국가권력의 대리(주체)라는 점에서 그의 해설은 북한 국가권력의 입장이기도 한데, 그는 해리슨을 세계사적인 이데올로기의 대립 구조 속에서 평균적·익명적인 존재로 바라본다는 것이다. 좀 더 구체적으로 말해서 해설원이 해리슨을 '흡혈귀'로 규정하는 것은, 좌익이 우익을 바라보는 평균적·익명적인 시각을 그대로 노출시킨 것이다.[10] 이러한 시

---

9 황석영, 『손님』, 창작과비평사, 2001, 99쪽.

각은 미군과 우익을 야수·악마·적으로 선(先)규정해 놓는 환상프레임(fantasy frame)에 다름 아닌 것이다.[11]

소설 『손님』의 서사가 긴장감을 획득하는 이유 중의 하나는, 이러한 북한 국가권력의 거시사적·이데올로기적인 인식이 한 개인인 요섭의 기억에 의해서 붕괴되는 순간이다. 요섭은 신천학살이 세계사적인 이데올로기의 대립과 충돌 사건이라거나 미군이 '흡혈귀'라는 것이 사실은 북한의 국가권력이 그들의 체제를 유지하고 서로 죽인 자들 사이에서 발생할 수 있는 사회적인 적대감을 감추기 위해 불러낸 일종의 허구임을 잘 알고 있는 것이다. 왜냐 하면 그는 신천학살 당시 그 자리에 있었던 유경험자였기 때문이다. 그의 기억은 북한의 국가권력이 구축해 낸 환상프레임이 분열·해체되는 일종의 통로가 된다.

"이 동무들은 당시의 참극을 목격하고 살아난 사람들입니다. 선생님께 생생한 진실을 알려드리기 위해서 모였습니다."

그들은 처음에는 조심스럽고 불안한 기색으로 이야기를 꺼내더니 시간이 흐르면서 차츰 분노와 슬픔이 되살아나면서 마치 신이 오른 것처럼 목청이 커지

---

10 신천학살사건에 대한 북한 국가권력의 거시사적인 인식은, 남한 반공주의자의 인식과 그대로 대응된다는 점에서 남북의 논리는 상동성을 띤다. 각주 1)에서도 이미 밝혔듯이, 남한 반공주의자 김종문과 조동환은 신천학살사건의 학살주체를 우선적으로 공산당, 즉 북한 국가권력으로 본다. 이러한 시각은 남한 반공주의자가 남한의 국가권력의 대리(주체)가 되어 남한 국가권력의 입장을 간접적으로 시사해 주는 것에 다름 아닌데, 그들은 공산당이 해리슨을 보듯이, 공산당을 세계사적인 이데올로기의 대립 구조 속에서 평균적·익명적인 존재로 바라보는 것이다. 그들은 북한 해설원처럼 공산당, 부역자, 공비 등을 야수·악마·적으로 선(先)규정한 것에 다름 아니다. 또 그러한 인식 때문에 보복할 수 있었던 것이다.

11 지젝은 환상이 없이는 현실을 냉철하게 바라보기는커녕 현실 자체에 접근할 수 없다고 한다. 이 때의 환상은 비현실 혹은 공상을 의미하는 것이 아니라, 현실을 바라보는 일종의 관점, 즉 프레임 그 자체를 뜻한다. 현실은 그 환상프레임을 통해서 구성되는 것이다. 지젝의 논의는 거시사적인·이데올로기적인 인식이 일종의 환상프레임을 암시해준다. 북한의 국가권력이 미군을 야수·악마·적으로 규정하는 것은, 좌우 이데올로기 대립 구조 속에서 이미 그렇게 규정된 것이라는 논리가 가능해진다.(S. Zizec, 이수련 옮김, 『이데올로기라는 숭고한 대상』, 인간사랑, 2002, 206~210쪽.; Tony Myers, 박정수 옮김, 『누가 슬라보예 지젝을 미워하는가』, 앨피, 2005, 189~194쪽.)

고 눈물을 흘리기까지 했다. 그럼에도 불구하고 요섭은 이들의 호소가 기획된 것임을 잘 알았다. 요섭 자신도 당시의 그 자리에 있었으니까. 그러나 참극은 거의가 사실일 것이다. 악몽은 사실이지만 꿈에서 깨어났을 때 그 생생함을 잃어버린 말은 또한 얼마나 가벼운가. [⋯중략⋯] 그들은 모두 미군이라고 고쳐서 말했지만 당시에 미군은 주둔하지 않고 북쪽을 향하여 차를 타고 재빨리 지나갔을 뿐이다. 군대가 오기 직전과 뒤의 사십오일 동안 후방 병력의 대부분은 치안대와 청년단이었던 것을 요섭은 자신의 형 요한과 함께 잘 알고 있었다.[12]

신천학살이 한국·미국의 국가권력이 직접적으로 개입된 사건이 아님을 아는 요섭 앞에서 거짓으로 말하기, 그것은 북한의 국가권력이 반세기 동안 체제유지를 위해 구축해 낸 환상프레임이 분열을 일으키는 순간이다. 요섭은 "당시의 참극을 목격하고 살아난 사람들"의 "호소가 기획된 것임을 잘 알"고 있다. 그들의 호소 중에서 35,000여 명이 죽은 것은 사실이지만, "미군은 주둔하지 않"았음을 분명히 짚어내고 있는 것이다.[13] 이 부분에서 소설 『손님』의 작가 황석영은 요섭이라는 인물을 내세워 신천학살을 세계사적인 이데올로기의 대립과 갈등으로 보는 것이 아님을 암시한다. 요섭은 북한의 국가권력이 우익을 바라보는 거시사적·이데올로기적인 시각을 미시사적·경험적인 시각으로 다시 바라보는 것이다.

---

12 황석영, 『손님』, 창작과비평사, 2001, 108쪽.

13 미군이 신천지역에 오래 머물지 않았다는 것은 조동환의 기록에도 분명히 나온다. 그는 "그들-유엔군-은 원대로 오래 머물러 주지 않았다./잠시 쉰 후에는 다시 대열을 정돈하여 패주하는 적을 추격하여 안악쪽으로 떠났다."(조동환, 『항공의 불꽃』, 보문각, 1957, 459~460쪽.)라고 회상한 바 있다. 황석영의 소설 『손님』은 이러한 기록에 근거하여 집필된 듯하다. 이러한 기록의 사실성은 좀 더 검증될 필요가 있다.

3. 종교문화적인 갈등의 시각

1) 전쟁 이전의 갈등: 기독교 집단의 자기정체성 형성과 이데올로기 수용

이 장에서는 소설 『손님』을 중심으로 하여 신천학살사건이 남북한 국가권력이 직·간접적으로 개입한 것뿐만 아니라, 마을주민 간에 오랜 세월 동안 쌓여있던 종교문화적인 갈등이 전쟁 중에 폭발하여 발생한 것임을 분석하고자 한다. 먼저, 소설에서는 개화기 때부터 전쟁 이전까지 기독교 집단이 자신들의 독특한 종교문화적인 자기정체성을 형성하면서 그 외부와 어떻게 관계를 맺고 있는지를, 그리고 해방기에 좌우 이데올로기를 어떻게 선택하는지를 살펴보고자 한다. 작가 황석영은 요한·요섭의 조부인 류삼성이 동무 조반석의 권유와 서양인 목사 메켄지의 세례로 기독교 교인이 되는 과정을 중심으로 하여 황해도 지역의 기독교 집단이 그들 특유의 정체성을 형성하고, 나아가서 해방기에 자신들의 종교문화적인 정체성 위에서 우익 이데올로기를 수용하고 좌익 이데올로기와 갈등하는 양상을 면면히 보여준다. 이러한 기독교 집단의 자기정체성 획득과 이데올로기 수용 또는 갈등의 양상은, 전쟁 중 마을주민 간의 학살이 전개된 주요 원인들 중의 하나가 된다는 점에서 검토할 필요가 있다.

이 때 기독교 집단이란 작품 속의 공간적인 배경이 되는 북한의 황해도 신천 지역, 정확하게 말해서는 찬샘골에서 살아온 요한의 가계가 자신들의 종교적인 믿음을 가지고서 관계를 맺은 일군의 교인들을 뜻한다. 이들은 기독교라는 종교를 지니고서 자기들 특유의 계층적·종교문화적인 자기정체성을 지닌다는 공통점이 있다.[14] 이러한 기독교 집단의 자기정체성은 그 내부와 외부의 사이에서 갈등의 한 원인이 되는 경우가 있다는 점에서 주의를 요한다. 기독교 집단은 개화기 이후부터 해방기까지 자기 집단과 다른 집단 사이의 차이를 지으면서 자기정체성을 획득하는데, 그 과정에서 때로는 기독교 집단 특유의 종교적 특수주의(particularism)가 드러나 갈등의 한 원인이 되기도 한다.[15]

우리 손자 요한이 요섭이 잘 듣거라. 나넌 그날 매견시 목사님에게서 은혜 많이 받아서. 나넌 지금두 목사님 목소리가 귀에 쟁쟁허다. 그날 내가 배운 바가 머이댔너냐, 믿넌 자의 사명과 우리 아바지 하나님으 커나컨 사랑이다. 매견시

14 작품 속에서 요한 · 요섭 형제가 신앙적인 믿음을 가지고서 관계를 맺은 일군의 교인들은 비교적 계층적 · 종교문화적인 자기정체성을 지니는 것으로 추측된다. 황해도 지역의 서북 사람들은 19C 말부터 기독교를 수용하는 과정에서 위정척사를 고수하는 양반층이나 소농민과 같은 하층 사이의 중간층인 향반(서얼, 하층양반, 몰락양반) · 부민 · 중인이라는 계층적인 공통점을 지닌다. 또한 그들은 예수를 구세주로 믿는 신앙적인 믿음 위에서 양반층 · 하층과 구별되는 공통된 종교문화적인 욕구를 지니는데, 그 종교문화적인 욕구는 하층을 상대로 선교를 하고, 교회를 건립하는 자금을 대는 일로 나타난다(송현강,「초기 한국기독교 수용주도층 문제」,『한국기독교역사연구소소식』 74호, 한국기독교역사연구소, 2006.4, 50쪽 참조.; W. M. Baird, "Northern and Southern Korea" , The Koean Repository, Vol.4, 1897.5, 196쪽.), 개신교(기독교) 초기의 이러한 계층적 · 종교문화적인 자기정체성은, 해방 전후에도 지속적으로 나타난다. 특히 황해도 지역에서는 계층적으로 자작농인 중간층이 많아 교세가 확장되는 중요한 한 원인이 된다. 황해도 지역의 기독교는 장로교, 감리교, 성공회, 조선기독교회, 조선예수교 동양선교회 성결교회 등의 교단이 공존하며, 이 중에서 장로교가 가장 위세를 떨친다(『조선예수장로회총회 제:19회 회기록』, 1940, 106~107쪽.). 1939년 기준으로 볼 때에 장로교 황해 · 황동노회가 378개소, 교인이 38,394명 정도이다, 북한 지역 전체를 놓고 보면 1940년에는 기독교인 수가 23만 명, 1949년에는 2,000여 교회 20만여 명의 교인이 있던 것으로 확인된다(김흥수 편,「1949년 북한 종교현황」,『해방후 북한교회사』, 다산글방, 1992, 496쪽.).
작품 속에서 요한 · 요섭 형제의 조부 역시 중간층(마름)이다. 그의 조부는 황해도 개신교(기독교)의 주역으로서 계층적 · 종교문화적인 자기정체성을 지닌 것으로 판단된다. 작품 속의 찬샘골 역시 대지주가 3~4명, 자작농인 중간층이 100여 명, 머슴 · 드난살이 몇몇을 포함해 소작꾼인 하층이 90여 명 정도로 중간층이 많고, 이들 중간층이 중농 집안을 이루어 광명교회를 세운다. "기독교 지도자라는 사람치구 지주집안 아닌 사람이 있나"라는 순남의 비난을 찬샘골의 계층구조에 따라 미루어 짐작하면, 기독교 집단(의 지도자)은 대부분 자작농 형태의 중간층으로 파악된다(황석영,『손님』, 창작과비평사, 2001, 133;43;125쪽 참조.).

15 특수주의란 "어떤 특정한 개인이나 집단이 진리, 지식, 선함을 독점적으로 소유하고 있다고 보는 태도"이다. 이 특수주의는 "진리와 지식을 소유하고 있는 자신의 집단(내부집단, in-group)과, 그것을 소유하지 못한 타인의 집단(외부집단, out-group) 사이의 경계선을 만"들어 "내부집단에 대해서는 연대감과 충성심을 만들지만 외부집단에 대해서는 배타성과 적대감을 조장한다." 이 특수주의는 종교적인 경우에 적용되면, "자신의 종교만이 참되고 정당하며, 다른 모든 것들은 거짓이고 어리석고 사악하다"고 믿는 종교적 특수주의가 된다(이원규,「종교적 확산과 문화 갈등」,『현상과인식』 104, 한국인문사회과학회, 2008.5, 65쪽.).

목사님언 신천에 우리가 차린 성경강독회으에 찾아와선 내게 세레럴 주시고 그 해 여름에 전도 려행을 나가셌다가 일사병으루 돌아가셌다. 내가 조반석이 언니랑 피양 나가서 부흥회 예배 보구선 방언한 얘긴 들었지? 그 길루 집에 돌아와 대할머니가 뫼시던 성줏단지를 부세버렜다. 난 피양서 성경학교를 나와 목사 안수럴 받았다. 너이 오마니두 나허구 성경학교 함께 나온 목사 집안 딸이여. 너인 친가 외가 모두 하나님에게서 택함받언 백성덜이다.[16]

기러구 보니깨 우리집 주인덜 가족이 다디넌 광명교회에 나 겉은 사람언 한번두 얼씬얼 못해서. 소작인이라두 제 식구가 있넌 이덜언 서루 권하구 이끌어서 교회에 더러 나가댔다. 우리 겉은 일꾼덜이나 머슴덜언 일년 사시사철 일만 하거나 하다못해 꼴얼 베구 나무럴 하구 소 멕이기라두 하구 있대서. 그냥 먼발치서 예비당에서 들레오넌 종소리나 찬송가 소리럴 듣기만 했대서.[17]

위의 두 인용에서 주목되는 것은 기독교 집단이 자기 집단의 내부와 외부를 구분하고 있다는 사실이다. 앞의 인용은 류삼성의 말이다. 그가 특별하게 강조하는 것은 "믿넌 자의 사명과 우리 아바지 하나님으 커나컨 사랑"을 받은 자신의 가계가 "하나님에게서 택함받언 백성덜"이라는 점이다. 이러한 조부의 말은 자신이 "믿넌 자의 사명"과 "하나님으 커나컨 사랑"이라는 진리와 지식과 선함을 독점하고 있다는 종교적 특수주의의 한 표현에 다름 아니다. 이러한 그의 종교적 특수주의는 일부 외부 집단에 대한 배타성과 적대감으로 나타나면서 기독교 집단 특유의 자기 정체성을 형성하는 중요한 계기가 된다. 그 중에서 단적인 것이 "그 길루 집에 돌아와 대할머니가 뫼시던 성줏단지를 부세버"린 행위이다. '성줏단지'가 전통주의 혹은 샤머니즘을 상징한다면, 이 '부세버'린 행위는

16 황석영, 『손님』, 창작과비평사, 2001, 58쪽.
17 황석영, 『손님』, 창작과비평사, 2001, 79쪽.

전통주의를 신봉하는 외부집단에 대해서 배타적·적대적인 폭력을 행사함으로써 기독교 집단이 자기정체성을 드러내는 상징적인 사건이 된다.

뒤의 인용은 요한의 가계에 드난살이인 순남의 말이다. 순남은 참샘골에서 드난살이를 하는 하층인데, 그는 기독교 집단의 선교 대상조차 되지 못하는 외부집단이다. 그는 "우리집 주인덜 가족이 다디넌 광명교회에나 겉은 사람언 한번두 얼씬얼 못"한다고 하면서, 기독교 집단이 배제·차별·배타한 외부에 위치함을 분명히 말하고 있다. 이러한 순남의 말은 그가 드난살이로 찬샘골에 오기 이전부터 이미 기독교 집단 특유의 계층적·종교문화적인 자기정체성이 형성되었음을 암시한다. 요한의 가계를 포함한 찬샘골의 기독교 집단은 1940년대 전후를 기점으로 보면 이미 계층적으로 중간층의 위치를 차지하고 있으며, 광명교회를 세워 마을주민들 중 중간층에 대한 선교에 어느 정도 성공하여 특유의 자기정체성을 형성한 것이다. 쉽게 말해서 찬샘골은 중간층을 중심으로 한 기독교 집단과 그 외부로 나뉜 것이고, 이런 상황으로 볼 때 기독교 집단은 해방 이전에 이미 계층적·종교문화적인 자기정체성을 획득한 것이다.

이러한 기독교 집단은 해방 이후 미·소를 중심으로 한 좌우 이데올로기의 갈등 상황에 직면한다. 기독교 집단은 자신들의 상황과 환경에 맞게 좌우 이데올로기를 배타 혹은 수용하게 된다. 이 때 찬샘골을 비롯한 북한 지역의 기독교 집단 대부분은 해방기의 북한 사회를 점진적으로 지배한 김일성 권력과 대립하게 된다. 그 이유는 좌익(사회주의) 이데올로기가 종교를 아편으로 규정한다는 점, 북한 지역의 기독교를 이끈 핵심 지도자인 조만식이 김일성과 충돌하여 패배한다는 점, 중간층이 중심을 이룬 기독교 집단 및 교회가 토지개혁으로 인해 물질적인 토대의 많은 부분을 박탈당한다는 점 등이 있지만,[18] 무엇보다 정치세력화될 가능성

18 김흥수·류대영, 『북한종교의 새로운 이해』, 다산글방, 2002, 56~87쪽 참조.; 김광수, 『북한기독교탐구사』, 기독교문사, 1994, 185~276쪽 참조.

이 상존한 기독교 집단에 대한 김일성의 경계와 그의 권력 장악 로드맵 때문이다. 소설 『손님』에서는 해방 이후의 좌우 이데올로기에 대해서 요한을 비롯한 기독교 집단이 어떻게 대응하는지가 잘 나타나 있다.

> 목사님이 삼일운동은 우리 기독교인들이 단결하여 일으킨 운동이며 하나님의 역사하심으로 독립된 우리나라를 기독교의 나라로 만들도록 하여야겠다고 하면서, 공산당은 하늘이 무서운 줄도 모르고 온갖 무식쟁이와 비신자들을 모아놓고 소련이 시키는 대로만 하는 허섭스레기들이라고 강하게 말했지. 어디서 집어치워라! 하는 고함소리가 드리더니 사방에서 돌이 날아와 교회당 창문들이 깨어지고 우리는 몽둥이를 들고 나가서 막으려고 했는데 벌써 좌파 청년들이 문앞에서 우리 애들과 몽둥이 싸움을 벌이며 밀고 들어오는 거야. [⋯중략⋯] 저들이 맑스의 자본론을 들이댄다면 우리에게는 성경이 있었다. 이제 우리는 주님의 십자군이요 저쪽은 사탄의 세력이 되구 말았지. 이건 우리 할아버지짓적부터 조선이 개화하면서 시작되었던 거야.[19]

위의 인용은 1946년 평양 지역 교회의 삼일운동 행사에 대한 요한의 생각이다. 그가 생각한 기독교 집단은 "주님의 십자군"이고, 좌익 이데올로기를 지닌 '공산당'은 "사탄의 세력"인 것이다. 이러한 사고방식이 주목되는 것은, 요한이 해방기의 현실을 신앙적인 믿음 위에서 해석하고 있다는 점이다. 그는 이러한 기독교적인 이분법적 인식틀 위에서 세계를 바라보기 때문에, 좌우 이데올로기의 인식과 선택의 기로 앞에서 그 논리와 상황을 따지기 이전에 너무 쉽게 좌익 이데올로기를 폄하·무시하여 결과적으로 우익 이데올로기를 선택하게 된다. 그를 포함한 대부분의 기독교 집단은 좌우 이데올로기를 지식인·지도자·정치인처럼

19 황석영, 『손님』, 창작과비평사, 2001, 121~123쪽.

인식론적·사적(史的)으로 이해·판단하기보다는, 기독교적인 이분법적인 인식틀 위에서 반좌(反左)하여 친우(親右)한 형태로 수용한 것이다. "하나님의 역사하심으로 독립된 우리나라를 기독교의 나라로 만들도록 하여야겠다"는 목사(지도자)의 설교는, 대부분의 기독교 집단에게는 '현실화'되고 "인식 가능한 현상"으로 나타나고 있는 것이다.[20] 찬샘골에서는 이미 전쟁 이전에 심각한 종교문화적인 갈등을 품고 있었던 것이다.

2) 전쟁 중의 학살: 기독교 집단 내·외부의 갈등

앞 절에서는 개화기부터 전쟁 이전까지 기독교 집단이 자신들의 독특한 종교문화적인 정체성을 형성하면서 그 외부를 배제·배타하고 기독교적인 이분법적 인식틀에 근거하여 반좌친우의 이데올로기를 수용하는 양상을 살펴보았다. 이 절에서는 전쟁 중의 학살이 남북한 국가권력의 직·간접적인 개입뿐만 아니라, 기독교 집단 내·외부의 사이에서 전쟁 이전부터 첨예화된 종교문화적인 갈등이 폭발한 경우임을 분석하고자 한다. 전쟁 중의 학살은 주로 국가권력이 좌우 이데올로기로 나뉘어 개입되는 경우가 많지만, 소설 『손님』 속의 찬샘골에서 면식 있는 주민 간의 학살처럼 이러한 국가권력의 개입 이외에 마을 안의 기존 갈등이 중요한 한 요인으로 작용하는 경우도 있다.

찬샘골에서 전쟁 이전부터 오랫동안 쌓여온 종교문화적인 갈등은, 요한으로 대표되는 기독교 집단이 학살을 감행하는 주요 이유 중의 하나가 된다. 신천 지역은 전쟁 이전부터 기독교 집단이 특유의 계층적·종교문화적인 정체성을 유지하면서 반좌적인 성향을 지녀온 곳이다. 이 지역은 한국전쟁 중 북한의 국가권력에 의해서 점령된 관계로, 기독교

---

20 김광수, 『북한기독교탐구사』, 기독교문사, 1994, 233쪽 참조.

집단을 포함한 반북지향적(反北指向的)인 세력은 월남하거나 구월산에 숨어 들어가거나 집에 은신해 있었는데,[21] 1950년 9월 인천상륙작전 이후 커다란 권력의 변화가 발생한다. 그 변화란 소설『손님』에서 보면, 미군이 들어오고 공산당이 퇴각하기 전에 기독교 집단을 중심으로 한 반북지향적인 세력이 치안을 유지하자는 결의를 하고 그것을 실행에 옮겨 마을 안의 전쟁을 일으킨 것이다.[22]

---

21 여기에서 신천 지역의 반북지향적인 세력이란 북한의 국가권력에 반대하는 성향의 일군을 의미한다. 북한의 국가권력은 전쟁 직전인 1949년 종교의식을 제한하고 반체제적인 목사와 신자를 연행했다(김흥수 · 류대영,『북한종교의 새로운 이해』, 다산글방, 2002, 584쪽 참조.). 이에 대응하여 반북지향적인 세력—지주, 지식인, 교인, 우익계의 학생 및 교직원 등—들 중 핵심 인사들은 생명의 위협을 느껴서 남쪽이나 구월산으로 도망가거나 저항을 지속했다. 이후 한국전쟁이 발발하면서부터는 남북 지역 모두 좌우 이데올로기가 공개적으로 경쟁되는 해방기의 혼란 상태가 재현되었다(박명림,『한국 1950 전쟁과 평화』, 나남출판, 2002, 297~314쪽 참조.). 소설『손님』에서는 전쟁 이전에 이미 찬샘골에서 3~4명 정도 되는 지주나 반공주의자 봉수 등은 월남하고 기독교 집단 중 핵심인 요한이나 상호는 집에 숨었던 것으로 형상화된다.

22 소설『손님』에서는 신천 지역의 학살이 반북지향적인 세력 중에서 기독교 집단이 중심이 되어 일어난 것으로 서술된다. 북한에서 나온 저술을 참조하면 미국선교사 · 목사 · 장로 등의 기독교 집단이 신천 · 재령 · 순천 지역에서 학살을 주도한 것으로 기술된다. 미국선교사 윌리암스(한위렴(韓偉廉)) · 허일 · 안대선 · 선위렴 · 곽안련 · 권세열, 목사 김인도 · 오문한 · 권상두 · 이대영 · 고한규 · 황은균, 장로 서재문 등은 대표적인 학살의 주범이다. 이 중 "빨갱이들은 한 놈도 놔두지 말고 다 잡아죽이라"고 한 동평양교회 목사 황은균의 말은 당시의 상황을 적나라하게 보여준다(박일석,『종교와 사회』, 삼학사, 1980, 78~79쪽.). 이뿐만 아니라 기독교와 천주교 집단은 연합군이 일시적으로 북상했을 때 그들을 환영하거나 치안대 · 유격대 등을 만들어 약탈과 학살을 감행한 경우가 많다(홍동근,『미완의 귀향일기』상권, 한울, 1988, 230쪽.).
이와 달리 신천 지역에서 일어난 학살의 중심은 기독교 집단보다 반공 성향의 구국동지회 · 치안대 · 유격대였다는 주장도 있다. 조동환에 따르면, 신천 지역에서 학살을 진행하기 전 구국동지회 긴급회합을 가졌다고 한다. 이 회합의 참여자는 회장 1명, 선생 8명, 학생 1명, 천주교회 회장 1명, 구월산 학생유격대원 2명 등 총 13명으로, 그리고 봉기를 위한 각대의 지휘책임자는 구월산유격대, 북부대, 읍내잠복 학생대, 일반청년대 등으로 표현된다. 이러한 표현으로 볼 때 기독교 집단이 크게 표면화되지 않을 정도로 약한 세력일 가능성도 있다. 그렇지만 소설『손님』에서 "분쇄된 지주계급과 친일파, 부르주아 잔당, 반동 관료분자, 미제의 앞잡이인 선교사와 옛적부터 밀접한 관계에 있던 교회 및 주로 개신교 목사으 일부, 이덜이 국내 반동세력"인데, "대개 서루 겹체서 대부분이 기독교인덜"이라거나, "그래도 미적미적 북에 남아 있던 사람들은 기독교인이 대부분"(황석영,『손님』, 창작과비평사, 2001, 128;140쪽.)이라고 하는 구절, 그리고 앞단락에서 보고한 자료들을 참조하건대, 구국동지회 긴급회합 참석자나 봉기의 지휘책임자나 구국동지회원 · 치안대원 · 유격대원 중에서 기독교 집단에 속한 자들이 많았을 것으로 추측된다. 이 논문에서는 이러한 정황에 따라 반북지향적인 세력 중에서 기독교 집단이 중심인 것으로 이해하고자 한다.

하나님 아부지 저이넌 성령으 적인 공산당으 압제럴 받으멘서 믿음얼 지케왔습네다. 하나님께서넌 주 안에서 그 힘으 능력으로 강건하여지고 마귀으 계책얼 능히 대적하기 위하여 하나님으 전신 갑옷얼 입으라고 하셨습네다. 우리 싸움언 피와 살에 대한 것이 아니오 정사와 권세와 이 어둠의 세상 주관자덜과 사탄이라넌 악령에 대한 싸움이라 하셨습네다. 우리가 이 싸움에서 이길 수 있넌 유일한 방법언 하나님으 능력얼 으지하고 이 전쟁얼 위해 하나님으 무기럴 사용하며 우리 자신얼 준비시키는 것입네다.[23]

어느 놈이 손에 철사 끄틀얼 쥐구서난 달레들두만. 철사럴 낀타불겉이 내 코에다 꿰이넌데 아무리 정신이 없다구 해두 코빼럴 뚫어선 나르 잡아끄넝개 눈콰 얼굴이 당꺼번에 트더져나가는 거 같아서. 철사를 쥐구 톡톡 잡아댕길 적마다 얼굴이 아조 찢어지는 것 같두만. 요한이가 말했다.

이거이 다 우리 하나님이 내리넌 천벌이다.

나넌 목구멍으루 넘오오넌 피럴 삼키멘 그르릉 그르릉 말해서.

조선으 하나님얼 믿어라야.

요한이가 내 등뒤에서 웃넌 소리가 들레왔다.

바로 이새끼 상기두 숨이 기터갖구. 글두 모르넌 거이 강습 좀 받았다구 말언 넙죽넙죽 잘하누나.[24]

기독교 집단이 주도한 마을 안의 전쟁이 주목되는 이유는, 그들 스스로가 전쟁의 동기·원인을 종교문화적인 갈등으로 인식하고 있다는 것 때문이다. 앞의 인용은 봉기 직전 요한의 기도이다. 이 기도를 검토하면, 마을 안의 전쟁은 좌우 이데올로기로 나뉜 국가권력의 직·간접적인 집단학살보다는 찬샘골에서 전쟁 이전부터 쌓여온 종교문화적인 갈등, 좀

23 황석영, 『손님』, 창작과비평사, 2001, 203쪽.
24 황석영, 『손님』, 창작과비평사, 2001, 214쪽.

더 풀어서 말하면 신앙적 믿음에 근거한 기독교 집단과 그 외부 집단 사이의 갈등이 폭발한 것임이 암시된다. 요한이 공산당을 마귀·사탄·악령으로, 반대로 자신을 하나님의 편으로 규정한 것은 이미 해방기에서부터 있어온 것이기 때문이다. "우리 싸움언 피와 살에 대한 것이 아니오 정사와 권세와 이 어둠의 세상 주관자덜과 사탄이라넌 악령에 대한 싸움"이라는 것, 그것은 이교도인 북한의 국가권력에 맞선 해방기의 십자군전쟁이 지속되는 것이다.[25]

뒤의 인용은 기독교 집단의 종교문화적인 갈등이 폭발한 경우로써 좌익 이데올로기를 지닌 순남이 화자로 나온 것이다. 순남을 검거한 자는 그를 코뚜레 하여 데리고 가는 잔인함과 비인간성을 보여주는데, 이 상황에서 요한이 "이거이 다 우리 하나님이 내리넌 천벌이다"라고 내뱉은 말은, 마을 안의 전쟁이 심리적인 차원에서 보면 근본적으로 종교전쟁임을 명확하게 보여준다. 요한을 비롯한 기독교 집단은 "정사와 권세와 이 어둠의 세상 주관자덜과 사탄이라넌 악령에 대한 싸움"이라는 믿음이 삶의 세계에서 현실화되는 것을 확인하는 순간인 것이다. 요한을 중심으로 한 이러한 기독교 집단의 믿음은 일종의 독아론이어서, 북한 사회에 적응하고자 하는 북조선기독교연맹의 논리인 "조선으 하나님얼 믿어라야."는 이단적인 발언으로 취급된다[26].

---

25 이현주는 중세의 십자군 전쟁을 "1095년 교황 우르바누스2세(Urban II)가 "이교도"의 손에서 성지(聖地)를 구한다는 고귀한 종교적 목적 하에 시작한 종교전쟁"으로 논의한 바 있다(이현주, 「십자군 전쟁을 바라보는 작가의 시각 연구」, 『중세르네상스 영문학』 제11집 1호, 한국중세르네상스영문학회, 중세르네상스 영문학, 2003.6, 180쪽; 정기환, 「십자군 전쟁과 그 교훈」, 『세계의신학』 제11호, 한국기독교연구소, 1991.6, 38~73쪽 참조.).

26 김일성은 1949년 10월 "교인들은 〈하느님〉을 믿어도 다른 나라의 〈하느님〉을 믿을 것이 아니라 조선의 〈하느님〉을 믿어야 합니다."라는 발언을 한 바 있다(김일성, 「민족문화유산을 잘 보존하여야 한다」, 『김일성자작집』 제5권, 조선로동당출판사, 1980, 285쪽.). 김일성은 정권 초기 기독교 집단의 위세를 인정하여 기독교와 통일전선을 이루고자 했고, 건국사업(민주기지건설)이라는 목적을 위해 정치적으로 이용하고자 했다. "조선의 〈하느님〉"이란 건국사업에 동참하는, 다시 말해서 북한의 국가권력에 협조적인 형태의 신앙을 의미했다. 이런 신앙에 대해서 북한 지역의 기존 기독교 집단이 거부하고 이단시한 것은 물론이었다(류성민, 「해방 후 북한교회와 남북기독교 교류」, 『한국기독교와 역사』제4호, 한국기독교역사연구소, 1995.12, 107~110쪽 참조.).

요한으로 대표된 기독교 집단이 벌이는 마을 안의 전쟁이 더욱 폭력적인 것은, 그 집단의 내부와 외부를 가르는 방식 때문이다. 전쟁 중의 학살은 기독교 집단의 외부인 좌익 이데올로기 신봉자나 이단자들을 대상으로 한 것이었는데, 문제는 그 내·외부의 경계가 모호할 때이다. 면식 있는 마을주민들을 대상으로 한 것이어서 좌익 이데올로기·이단자와 기독교 집단이 뒤섞인 가족 구성이 있을 때 학살 대상의 선정은 한층 복잡한 것이 된다. 처음에는 기독교 집단을 탄압하거나 위협하는 북한의 국가권력-주체가, 그리고 차츰 그 가족이, 나아가 단순히 좌익 계열에 가담한 여맹·직맹·민청·군인들과 그 가족이 학살 대상이 되면서 수가 대폭 늘어나게 된다. 급기야 그 내·외부가 뒤섞인 자들도 학살 대상이 된다.

> 너이 누이가 죽어서.
>
> 나는 지난 한달 동안 사람 죽은 시체를 너무도 많이 보아서 별로 놀라지는 않았다. 다만 류요한이의 혈육을 감히 이렇게 한 놈이 누구인지 당장 알아내고 싶을 뿐이었다.
>
> 누구레 이랬시오?
>
> 매부가 옆에 쭈그려앉은 나의 멱살을 잡아흔들며 울음을 터뜨렸다.
>
> 너이말구 누가 이런 짓을 하간?
>
> 우리가요?
>
> 기래. 상호란 놈이 왔댔다. 나넌 운좋게 마루 밑에 숨어 있대서.
>
> 자작농일수록 당에 들어야 대접을 받는 세상인데 이게 죽을 죄라도 저지른 것이냐며 멱살을 잡아 흔들어대는 매부를 나는 간신히 떼어 놓았다.[27]

---

27 황석영, 『손님』, 창작과비평사, 2001, 246쪽.

위의 인용은 요한과 큰매부 사이의 대화이다. 요한의 가계는 대표적인 기독교 집단에 속하지만, 그의 큰누나가 당원과 결혼하면서 기독교 집단 내부와 외부 사이의 경계에 놓이게 된다. 이 때 기독교 집단에 속한 상호는 요한의 큰매부네를 학살할 수 있는 종교문화적인 근거를 얻게 된다. 요한의 가계를 중시여기면 기독교 집단의 내부이지만, 큰매부를 생각하면 그 외부이기 때문이다. 기독교 집단은 마을 안의 전쟁에서 외부를 배타·적대하되, 그 경계를 확장시켜 나아간다. 이렇게 되면 기독교 집단의 내부는 점점 좁아지고, 학살 대상은 큰 폭으로 증가하게 되며, 때로는 내·외부가 분간조차 되지 않게 된다. 기독교 집단의 내부에 있다손 치더라도, 학살을 일삼는 자는 때로는 신앙적인 믿음을 저버린 광인으로 취급되어 그와 그 연관자들이 학살될 수 있기 때문이다.[28] 이처럼 소설 『손님』에 나타난 전쟁 중의 학살은 전쟁 이전부터 쌓여온 마을 주민 간의 종교문화적인 갈등이 핵심적인 한 원인이 것이다.

4. 결론

이 논문의 문제제기는 한국전쟁 중에 일어난 신천학살사건을 바라보는 방식이었다. 신천학살사건은 주로 남북한 국가권력이 직·간접적으로 개입한 사건으로 알려져 왔지만, 황석영은 그의 소설 『손님』에서 오랜 세월 동안 마을주민 간에 쌓여온 종교문화적인 갈등이 폭발한 사건의 측면이 강한 것으로 형상화해 놓았다. 그의 작품은 좌우 이데올로기의 대립 사건에서 기독교 집단을 중심으로 한 종교문화적인 갈등 사건으로 신천학살사건의 좌표를 이동시켜 놓은 것이었다. 이 글에서는 거

28 요한이 기독교 집단 내부에 있는 상호의 애인 명선이네를 학살한 것이 그 사례가 된다.

시사와 미시사의 인식을 비교·대조하는 것을 연구방법론으로 설정하여 기독교 집단이 독특한 종교문화적인 정체성을 만들고 학살에 참여하는 과정을 분석했다.

첫째, 소설 『손님』의 서사를 추적하면서 북한의 국가권력이 신천학살사건을 바라보는 인식의 방법과 그 허구성을 검토했다. 북한의 국가권력은 거시사적인 인식을 바탕으로 하여 좌우 이데올로기가 대립한 가운데에 미군이 자행한 집단학살로 신천학살사건을 보았다. 신천박물관의 해설원은 학살주체로 여기는 해리슨을 '흡혈귀'로 규정하였는데, 이러한 규정은 세계사적인 이데올로기의 대립 구조 속에서 좌익이 우익을 바라보는 평균적·익명적인 시각을 그대로 노출시키는 것이었다. 그렇지만 이 소설이 강력한 서사적인 긴장감을 얻는 이유 중의 하나는, 이러한 거시사적인 인식이 요섭이라는 한 개인에 의하여 해체되기 때문이었다. 요섭은 자기 경험이라는 미시사적인 층위에서 "당시의 참극을 목격하고 살아난 사람들"의 "호소가 기획된 것임을 잘 알"았던 것이었다.

둘째, 소설 『손님』에서 주목되는 것은 신천학살사건이 남북한 국가권력이 직·간접적으로 개입한 것뿐만 아니라, 전쟁 이전부터 있었던 마을 주민 간의 오랜 종교문화적인 갈등이 전쟁 중에 폭발하여 발생한 것임을 생생하게 밝힌 점이었다. 우선, 소설에서는 개화기부터 전쟁 이전까지 기독교 집단이 자신들의 독특한 종교문화적인 정체성을 형성하여서 집단의 내부와 외부를 가르고, 좌우 이데올로기를 수용하는 양상을 잘 드러냈다. 찬샘골의 기독교 집단은 해방기까지 자기들 특유의 계층적·종교문화적인 정체성을 지녔는데, 더러 종교 특유의 특수주의적인 성향을 드러내기까지 했다. 류삼성이 자신의 가계를 "하나님에게서 택함받언 백성덜"이라고 하면서 '성줏단지'(전통주의)를 부숴버리거나, 드난살이 순남을 배제·차별·배타했던 것이 그 사례가 되었다. 또한, 이러한 기독교 집단은 해방기에는 좌우 이데올로기가 대립된 현실을 신앙적인 믿음

위에서 인식하여 좌익 집단과 극심한 종교문화적인 갈등 관계에 놓여 있었다. 자신들은 "주님의 십자군"이었고, '공산당'은 "사탄의 세력"인 것이었다.

그리고, 이 작품에서는 이러한 전쟁 이전의 갈등이 전쟁 중의 학살로 나타남을 극명하게 보여줬다. 전쟁 중에 좌우 이데올로기의 대립으로 인해 발생한 대부분의 집단학살과 달리, 찬샘골에서 벌어진 마을주민 간의 학살은 전쟁 이전의 종교문화적인 갈등이 폭발한 경우라는 점에서 그 성격이 구별되었다. 찬샘골이라는 마을 안의 전쟁은 "우리 싸움언 피와 살에 대한 것이 아니오 정사와 권세와 이 어둠의 세상 주관자덜과 사탄이라넌 악령에 대한 싸움"이자 "이거이 다 우리 하나님이 내리넌 천벌이다"라는 요한의 말처럼, 기독교 집단 스스로가 전쟁의 동기·원인·실천을 종교문화적인 것으로 인식하고 있었다. 마을 안의 전쟁이 더욱 폭력적이었던 것은, 학살 대상인 기독교 집단의 외부를 규정하는 방법에 있었다. 그 외부는 핵심적인 좌익 이데올로기 신봉자·이단자에서 차츰 범위가 넓어져 내·외부가 뒤섞인 자들까지도 포함되었고, 그 결과 내·외부가 분간조차 잘 되지 않을 때도 있었다.

이렇게 볼 때, 신천학살사건이 일어난 배경에는 남북한의 국가권력이 직·간접적으로 개입한 요인도 있지만, 전쟁 이전부터 오랫동안 마을주민 간에 쌓여온 종교문화적인 갈등이 폭발한 요인이 중요함이 확인된다. 신천학살사건은 우익 대 좌익이라는 이데올로기로는 설명할 수 없는 종교문화적인 측면이 사건의 주동자들 사이에서 상당히 뿌리 깊게 작용하고 있던 것이다. 소설 『손님』은 한 인간이 전쟁에 참여하는 미시사적인 논리를 잘 보여준 것이다. 이러한 논리는 앞으로 한국 근현대사를 다룬 문학을 검토하는 데에 좀 더 활용될 필요가 있다.

참고문헌

고인환, 「황석영 소설에 나타난 전통 양식 전용 양상 연구」. 『한민족문화연구』 26집, 2008.

곽차섭, 「서설:미시사란 무엇인가」. 곽차섭 편. 『미시사란 무엇인가』. 푸른역사, 2000.

김광수, 『북한기독교탐구사』. 기독교문사, 1994.

김명석, 「황석영 문학과 대화의 종교」. 『문학과 종교』 제13권 2호, 2008.

김미영, 「황석영 소설에 나타난 탈식민주의 고찰」. 『한국언어문화』 26집, 2004.

김일성, 「민족문화유산을 잘 보존하여야 한다」. 『김일성자작집』 제5권. 조선로동당출판사, 1980.

김재용, 「냉전적 분단구조 해체의 소설적 탐구」. 『실천문학』, 2001. 가을.

김종문 편, 『구월산』. 국방부 정훈국, 1955.

김흥수 · 류대영, 『북한종교의 새로운 이해』. 다산글방, 2002.

김흥수 편, 「1949년 북한 종교현황」. 『해방후 북한교회사』. 다산글방, 1992.

류성민, 「해방 후 북한교회와 남북기독교 교류」. 『한국기독교와 역사』 제4호, 1995.

박명림, 『한국 1950 전쟁과 평화』. 나남출판, 2002.

박일석, 『종교와 사회』. 삼학사, 1980.

박찬승, 『마을로 간 한국전쟁』. 돌베개, 2010.

성민엽, 「이데올로기 너머의 화해와 그 원리」. 『창작과비평』, 2001. 겨울.

송현강, 「초기 한국기독교 수용주도층 문제」. 『한국기독교역사연구소소식』 74호, 2006.

안남일, 「분단인식의 사유」. 『한국학연구』 16, 2002.

양진오, 「야만적 폭력으로서의 제노사이드, 그 혼돈의 진실」. 『현대사상』 1호, 2007.

오태호, 「황석영 소설에 나타난 이데올로기적 주체의 변화 양상 고찰」. 『국제어문』 33집, 2005.

윤영옥, 「『손님』의 서사전략과 굿 형식의 관련양상 연구」. 『국어문학』, 2007.

이원규,「종교적 확산과 문화 갈등」.『현상과인식』104, 2008.
이정희,「유령을 재울 것인가 기억에 몸을 입힐 것인가」.『당대비평』제17호, 2001.
이현주,「십자군 전쟁을 바라보는 작가의 시각 연구」.『중세르네상스 영문학』제11집 1호, 2003.
정기환,「십자군 전쟁과 그 교훈」.『세계의신학』제11호, 1991.
정진홍,『종교문화의 이해』. 청년사, 1995.
조동환,『항공의 불꽃』. 보문각, 1957.
조선중앙통신사 편,『조선중앙년감(朝鮮中央年鑑)』1951~1952. 조선중앙통신사, 1952.
현길언,「종교와 이념」.『문학과 종교』7권 1호, 2005.
홍동근,『미완의 귀향일기』상권. 한울, 1988.
홍승용,「미래의 조건」.『진보평론』12호, 2002.
황석영,『손님』. 창작과비평사, 2001.

Hofstede, Geert, 차재호 · 나은영 역,『세계의 문화와 조직』, 학지사, 1995.
Schlumbohm, J.백승종 · 장현숙 역,『미시사의 줄거움』, 돌베게, 2003.
Althusser, L., 김동수 역,「이데올로기와 이데올로기적 국가장치」.『아미엥에서의 주장』, 솔, 1991.
Zizec, S., 이수련 역,『이데올로기라는 숭고한 대상』, 인간사랑, 2002.
Myers, Tony, 박정수 역,『누가 슬라보예 지젝을 미워하는가』, 앨피. 2005.
Baird, W. M., "Northern and Southern Korea", *The Koean Repository*, Vol.4, 1897.

박영근 시의 탈식민주의적인 고찰

1. 서론

박영근이 등단한 1981년이 국가권력·자본에 맞선 민족민중문학이 활발하게 전개되는 시기라는 점은, 그의 시를 검토하는 데에 우선적인 고려사항이 된다. 1980년대의 민족민중문학이 그 이전의 시기와 가장 잘 구분되는 것 중의 하나는 지식인과 구별되는 민중 주체의 문학이 제기된 것인데,[1] 민중(노동자)이자 시인인 박영근의 시편은 그러한 문학의 핵심 사례가 되기 때문이다. 이러한 시대적인 요구와 잘 부합되는 사례가 된다는 것은 한편으로 시인에게 행복한 일이겠지만, 다른 한편으로는 그 시인의 시를 바라보는 일정하고 분명한 관점이 선험적으로 존재함을

1 1980~90년대 민족민중문학론에서 제기된 노동자의 위상, 문학의 주체, 그리고 계급주의에 대한 논쟁에 대해서는 다음과 참고할 것. 채광석, 「소시민적 민족문학에서 민중적 민족문학으로」, 《개방대학신문》, 1986(『민중적 민족문학론』, 풀빛, 1989, 219쪽).; 김명인, 「지식인 문학의 위기와 새로운 민족문학의 구상」, 『전환기의 민족문학』, 풀빛, 1987, 97쪽.; 김진경, 「민중적 민족문학의 정립을 위해」, 『전환기의 민족문학』, 풀빛, 1987, 116쪽.; 조정환, 「80년대 문학운동의 새로운 전망」, 『서강』, 1987.6(『민주주의 민족문학론과 자기비판』, 연구사, 1989, 34쪽).; 홍정선, 「민족문학 개념에 대한 역사적 검토」, 『문학과사회』, 1988. 가을호, 1060쪽.; 임우기, 「민족문학론의 계급론적 관점」, 『문학과사회』, 1988. 가을호, 1087쪽.; 이재복, 「1990년대 민족문학론에 대한 전개양상 연구」, 『비평문학』 24호, 한국비평문학회, 2006.12, 297~323쪽. 참조.

뜻하는 것이 된다.

이러한 선험적인 관점의 시 읽기가 유용한 경우도 많겠지만, 어떤 때에는 한 시인의 시를 과도하게 어긋나게 읽는 한 원인이 되기도 한다. 이 논문에서 다룰 박영근의 시가 바로 그러한 한 예가 된다. 박영근의 시는 일상적인 삶의 현실을 살아가는 노동자의 생각과 모습을 드러낸다는 점에서 중요한 의미가 있는데, 기존의 연구사에서는 이러한 노동자의 일상적인 생각과 모습에 대하여 1980년대의 민족민중주의·계급주의에 기초한 이념을 하나의 잣대로 하여 평가한 경향이 두드러져 왔다. 이러한 읽기를 통해 만나본 박영근의 시는 시대정신의 미달과 부족과 결여로 논의되기 쉬운 것이었다.

박영근의 시는 산업화·근대화 정책을 제시하고 그 정책을 따를 것을 요구하는 국가권력·자본의 이념과 피억압된 민중의 해방을 지향하는 노동의 이념 사이에서 나름대로 균형을 이루며 살아가는 일상적인 노동자의 모습을 생생하고 다양하게 그려낸다는 점이 특징적이다. 이러한 그의 시적 특징은 당대의 노동시인 중 실천적·투쟁적인 경향을 주로 보이는 박노해나 백무산의 시편과 구별되는 박영근 특유의 것이다. 이러한 시적 특징을 잘 살피고 검토하기 위해서는, 그의 시가 국가권력·자본의 이념과 노동의 이념 사이에서 혼성적·모방적·분열적인 면모가 있음을 주목할 필요가 있다. 이 논문에서는 이 점을 잘 살펴보고자 박영근의 시에 나타난 노동자의 일상적인 생각과 모습에 대해서 탈식민주의적인(post-colonialistic) 인식을 활용하여 세밀하게 드러내고자 하는 문제의식을 지닌다.

이 논문에서 말하는 탈식민주의적인(post-colonialistic) 인식이란 국가권력·자본(신식민자) 대 민중(피식민자)의 관계를 이분법적·상극적으로 보지 않고, 둘 사이의 혼성적·모방적·분열적인 모습을 주목하고자 하는 호미 바바의 사유를 의미한다.[2] 이 때 박영근의 시를 탈식민주의적인 인식으로 고찰하기 위해서는 시의 시간적 배경이 되는 1980~2000년대의 국가권력 · 자본이 (신)식민주의적인 성격을 지니느냐 점이 검토될 필요가 있다. 1980년대의 사회구성체 논쟁에서 보면 한국사회의 성격을 신식민지국가독점자본주의, 식민지반봉건주의, 혹은 신식민지예속국가독점자본주의로 규정내린 바 있고, 최근 탈식민주의 담론에서 "한국 역시 '팍스 아메리카나'로 일컬어지는 식민적 세계 질서 아래 있음"을 전제하는 것 등으로 미루어 볼 때에 신식민주의적인 성격이 있다고 규정해도 큰 무리가 없을 듯하다.[3]

그동안 박영근의 시에 대한 연구사는 노동의 이념을 앞세운 관점이 주를 이룬 경향이 있어 왔다. 1980년대의 비평은 주로 시대적인 변화를 감당해야 한다고 여긴 비평가들의 민족민중문학론적인 의식이 있어온 것이었다. 그의 시는 이러한 의식이 전제될 때에 노동 이념의 부합 여부에 따라서 다소 상반된 평가를 받아왔다. 그의 시가 그러한 이념에 잘 부합되지 않다고 여기는 평자들에게는 "감상주의적 부르짖음"이 많아 "시적 폭력" 혹은 "반폭력(counter-violence)으로 바꾸지지 못한다"[4]거나 "삶과 싸움의 전반에 동참하고 있지 못하다는 인상"[5]을 준다는 의미로 비판되었다. 그러나 비교적 부합된다고 판단한 평자들에게는 "감상주의라든지 경험주의 이런 부분들을 일거에 포기하려 하지 않고 그것을 딛고 서면서 보다 첨예한 현장의 문제하고 접맥을 시켜내는 데 성공을 하고 있"[6]다거나, "노동해방 세상에의 열망은 굴복되지 않는다"[7]거나, 혹은

---

2 H. Bhabha, 나병철 역, 『문화의 위치』, 소명출판, 2002 참조.

3 김영수, 「1980년대 사회구성체론과 노동운동」, 『역사와 현실』 77호, 한국역사연구회, 2010.9, 73~107쪽.; 이경원, 「탈식민주의의 계보와 정체성」, 고부응 외, 『탈식민주의: 이론과 쟁점』, 문학과지성사, 2003, 30쪽.

4 이재현, 「감상적 서정성과 건강한 현장성」, 박영근, 『취업 공고판 앞에서』, 청사, 1984, 133~134쪽.

5 권옥경, 「겨울밤을 살아내는 詩」, 박영근, 『대열』, 풀빛, 1987, 269쪽.

6 김명인 외, 「민족문학과 민중문학」, 『창작과비평』 59호, 1988. 봄호, 38쪽.

7 김이구, 「정서의 지향성」, 박영근, 『김미순傳』, 실천문학사, 1993, 161쪽.

"세계의 고통과 함께 자기를 찾아 혁명하려는 자의 비망록"[8]을 보여준다는 등의 표현으로 지지되었다.

이러한 상반된 평가는 문학과 이념과 실천이 일치하는 방향에서 이념의 관점을 하나의 잣대로 설정해 놓고 검토한 것이라는 점에서 역사적·시대적인 의미와 가치가 있었다. 그렇지만 2000년대에 와서 볼 때에는 그의 시가 보여주는 노동자 삶의 다양성과 미시성이 다소 간과된 측면이 있다는 점도 부정하기 힘들다. 특히 최근 들어 이러한 논의를 벗어난 박영근 시 연구가 늘어난 것은 유의미한 일이었지만, 국가권력·자본과 노동의 이념 사이에 위치하는 그의 시적 특징을 잘 검토하지 못한 점은 아쉬웠다. 그의 시에 대하여 김형수가 "실존주의에 가깝다"[9]고 한 것, 나희덕이 "현실을 어떤 정언으로 추상화하지 않고 있는 그대로 끌어안으려는 고투"[10]라고 한 것, 그리고 이성혁이 '아방가르드'적인 "강렬한 정동의 범람"[11]이라고 한 것이 그 대표적인 사례가 되었다. 이외에도 그의 시를 생태시적인 관점에서 살펴본 연구도 있었다.[12] 이러한 연구사는 두 이념의 사이에서 교섭하는 박영근 시의 특징을 잘 검토하지 못했다는 점이 약점으로 지적된다. 이 점에서 박영근 시에 나타난 노동자의 일상적인 생각과 모습을 탈식민주의적인 인식으로 고찰하고자 하는 본 논문의 문제의식이 요구된다.

본 논문에서는 호미 바바(Homi Bhabha)의 탈식민주의적인 인식을 활용하여 박영근의 시적 도정을 그 흐름의 맥락에 따라 세 시기로 구분하여

---

8 박수연, 「절망과 전망」, 박영근, 『저 꽃이 불편하다』, 창작과비평사, 2002, 105쪽.

9 김형수, 「어둠 속에 있는 자의 고독」, 박영근, 『지금도 그 별은 눈뜨는가』, 창작과비평사, 1997, 116쪽.

10 나희덕, 「꽃의 뿌리를 향한 행려의 기록」, 『창작과비평』 133호, 2006. 여름호, 393쪽.

11 이성혁, 「1980년대 노동시의 재인식」, 『실천문학』 82호, 2006. 여름호, 108쪽.

12 박영근의 시는 생태시적인 관점에서도 고찰되었다. 그 대표적인 경우는 다음과 같다. 박정근, 「독일생태시인과 박영근 생태시 비교」, 『한민족문화연구』 35집, 한민족문화학회, 2010.11, 103~132쪽.; 정연정, 「한국 현대 생태시 연구」, 『한국문예비평연구』 34집, 한국현대문예비평학회, 2011, 205~232쪽.

논의하고자 한다. 박영근의 시에서는 한국사회에서 노동·변혁의 이념이 강렬하게 제기되고 그것이 노동운동의 대변화를 이루어낸 1987년을, 그리고 노동운동의 일정한 성과와 더불어 성찰·반성이 제기된 1990년대 중반을 시적 도정의 두 변곡점으로 설정하는 것이 가능하다. 이러한 변곡점에 따라 박영근의 시적 도정을 구분해보면, 1980년대 초반에 제출된 시집 『취업 공고판 앞에서』(1984년), 1987년 이후 노동운동의 대변화를 보여준 시기의 두 시집 『대열』(1987년)과 『김미순傳』(1993년), 그리고 1990년대 중반 이후에 출간된 시집 『지금도 그 별은 눈뜨는가』(1997년), 『저 꽃이 불편하다』(2002년), 『별자리에 누워 흘러가다』(2007년)로 나뉜다.

호미 바바는 피식민자인 민중이 국가권력·자본의 산업화·근대화 욕망을 흉내내는 모방적(mimic)·혼성적인 존재이고, 국가권력·자본의 이념이나 노동·변혁의 이념으로 시선(eyes)화 되지 않는 이념들 '사이에 낀' 응시(gazes)의 존재이며, 상징계(the Symbolic)에 균열을 내어 담론적인 성찰과 전복을 보여주는 존재임을 검토한 바 있다.[13] 이러한 호미 바바의 논의를 참조하여 시집 『취업 공고판 앞에서』를 대상으로 하여 국가권력·자본의 산업화·근대화 욕망 앞에서 노동자는 어떠한 모습을 보이는가 하는 점을, 시집 『대열』과 『김미순傳』을 놓고서 국가권력·자본의 이념이나 노동·변혁의 이념 사이에 위치하는 노동자의 존재성은 어떠한가 하는 점을, 그리고 시집 『지금도 그 별은 눈뜨는가』, 『저 꽃이 불편하다』, 그리고 『별자리에 누워 흘러가다』를 중심으로 하여 시적 화자는 현실사회주의 붕괴 이후 국가권력·자본과 노동의 이념을 어떻게 성찰하고 있는가 하는 점을 검토하고자 한다.

13 H. Bhabha, 나병철 역, 『문화의 위치』, 소명출판, 2002 참조.; 고부응 외, 『탈식민주의: 이론과 쟁점』, 문학과지성사, 2003 참조.

2. 모방 욕망과 삶의 다양성

박영근의 시집 『취업 공고판 앞에서』에서 주목되는 부분은, 일상 속의 노동자를 서술하고 있다는 것이다. 1980년대에 피억압상태에서 해방으로 향하는 변혁담론 속의 노동자를 시적 대상으로 선택했던 박노해나 백무산의 시편과 비교해 볼 때, 박영근의 시에서는 그러한 변혁담론의 바깥에 있는 노동자의 다양한 모습을 포착하고 있음이 확인된다. 그의 시는 변혁담론의 관점으로 볼 때에 이념 미달의 시로 주로 평가되어 왔지만,[14] 일상 속에서 국가권력·자본의 욕망을 모방하며 살아가는 노동자의 욕망과 삶의 다양성을 형상화하고 있다는 점에서 새롭게 주목될 필요가 있다.

무엇보다 박영근의 시집에서 주목되는 것은 1980년대 노동자의 일상적인 모습을 보여준다는 사실이다. 그동안 사회과학·문학담론 속의 노동자는 피억압상태에서 해방을 지향하는 이념을 지닌 계급적인 존재로 인식되어 왔고, 그런 방향에서 논의되어 온 측면이 있었다. 좀 더 구체적으로 말해서 노동자는 국가권력·자본의 정치·경제적인 억압으로 인해 소외를 받고 있으나, "역사적으로 자기 회복에 의해 다시 역사의 주인으로 되어 가고 있는 사회적 존재"[15]인 민중의 대표적인 구성원으로 규정·이해되었던 것이다. 그렇지만 국가권력·자본과 대립하는 변혁담론의 관점에서 바라본 이러한 노동자의 이미지는 일상을 살아가는 노동자의 다양하고 미시적인 모습을 제대로 보여주지 못하는 문제점이 있다.

잘살자진성전자공원들아 어둡게 화장실 낙서 같은 곳에서도 얼어붙고

---

14 변혁담론의 관점을 보여준 기존의 연구사에서는 박영근의 시집 『취업 공고판 앞에서』가 이념 미달의 시편으로 언급되어 왔다. 앞장의 연구사 비판 부분을 참조할 것.

15 박현채, 「민중과 문학」, 김병걸 · 채광석 편, 『민족, 민중 그리고 문학』, 지양사, 1985, 73쪽.

오줌을 갈기며 얼어붙은 아랫도리로
이름을 써갈기며 군대삼년몸으로떼워나가자 개새끼처럼 웃던
날들 모집공고 위에도 눈발은 내려쳤다[16]

또 며칠째
텅 빈 작업장 어둡게 구석으로 밀리는 땅방울들
흔한 눈물들 큰 소리로 나무라면서
고향땅 환한 햇살들 허기 속에 구겨 넣고
들판처럼 텅 빈 웃음 밟으며 돌아보면
가위에 잘려서 무릎에 쌓이던 밤들
어머니 돈, 을, 벌, 고, 싶, 어, 요
양짓말너른들판청치마띄우며달려가고싶어요[17]

위의 두 시편은 모두 자본과 국가권력에 의해 소외 · 억압당하는 노동자의 비참한 현실을 형상화한 것이라는 변혁담론의 관점으로 읽을 수 있다. 이러한 관점에 근거하면 노동자는 비참한 현실의 자각을 통해서 노동자 계급의 변혁론적인 특성을 자각하는 방향으로 논의가 전개될 것이다. 그렇지만 이 글에서는 그러한 논의는 논의대로 이해 · 공감 · 인정하면서도, 일상을 살아가는 노동자의 다양하고 미시적인 모습은 그 모습대로 살펴보고자 한다. 박영근의 시에서는 노동자의 욕망과 삶의 다양성을 형상화하고 있다는 점에서 변혁담론과는 조금씩 다른 노동자의 모습이 드러나기 때문이다.

이렇게 보면 위의 두 시편에서는 1980년대 노동자가 국가권력 · 자본과 대립적인 위치에 있었던 것이 아니라, 오히려 그들이 추구하던 경제

16 박영근, 시 「취업 공고판 앞에서」 부분, 『취업 공고판 앞에서』, 청사, 1984, 15~17쪽.
17 박영근, 시 「앞날을 향하여」 부분, 『취업 공고판 앞에서』, 청사, 1984, 20~21쪽.

개발의 정책과 자본의 욕망을 적극적으로 따르고 싶어 하고 참여하고자 하는 일면이 잘 드러나 있다. 화자는 앞의 시에서 군입대를 앞두고 "잘살자진성전자공원들아"라고 하면서 자신의 동료들이 돈을 벌어 잘 살아야 한다는 말을 하고 있고, 뒤의 시에서는 일감이 없어 "텅 빈 작업장"에서 "어머니 돈, 을, 벌, 고, 싶, 어, 요"라면서 '돈'을 벌어 고향으로 돌아가고 싶은 마음을 드러낸다. 이 두 편의 시는 모두 국가권력·자본에 의한 노동자의 피억압상태를 주목한다기보다는, 부를 축적하여 생활을 풍요롭게 하자는 국가권력·자본의 욕망을 흉내 내고 따르고 있는 것이다.

물론 이러한 노동자의 욕망 표출이 국가권력·자본의 욕망과 똑같다거나 본질적으로 유사하다는 것을 의미하는 것은 아니다. 그렇지만 이러한 욕망의 표출은 변혁담론 속에서 피억압 혹은 소외의 상태로 규정된 노동자의 단수적·단면적인 이미지와 대립되고, 나아가서 노동자가 국가권력·자본의 욕망을 흉내 내는 과정에서 다양한 삶의 모습을 지님을 보여준다는 점에서 중요한 의미가 있다. 박영근 시 속의 노동자는 "수당 위에서 손가락처럼 붉게 떨어지는/졸음을 깨물며 늘어가는 적금통장의 까만 숫자들"에서 "인간승리라든가 성실"[18]과 같은 작은 희망을, 혹은 "서로 못생긴 얼굴들 부비면서/고향을 다시 만나면서 뚝방촌을 이루"[19]는 도시화 정책을 따르는 빈민들 삶의 건강함을 보여주는 것처럼 복수적·다면적인 이미지를 지니는 것이다.[20]

---

18 박영근, 시 「철거민 · 5」 부분, 『취업 공고판 앞에서』, 청사, 1984, 48쪽.

19 박영근, 시 「철거민 · 4」 부분, 『취업 공고판 앞에서』, 청사, 1984, 46쪽.

20 아울러 박영근의 시에서는 국가권력 · 자본의 착취로 인한 저임금보다 노동자 자신의 과거 고통으로부터 소외된 모습을 많이 보여주기도 한다. "누이여 불행이란 어두운 화장실 혼자 울면서/반 장 은 나 쁜 놈 죽 고 싶 다 오 늘 도 야 근 까 지/삼 천 이 백 원 벌 었 다 울 지 말 자 갈겨쓰던/낙서 같은 것은 아니었고/어린 방울나무에 패인 칼자국 같은 것//어린 시절 밤술에 취한 아버지/어머니를 걷어차고 단칸방과 다섯 식구를 후려칠 때/형과 함께 판자울타리 뒷울/방울나무에 그어대던 칼자국"(박영근, 「철거민 · 5」 부분, 『취업 공고판 앞에서』, 청사, 1981, 50쪽.)이라는 구절에서 노동자 '누이'는 국가권력 · 자본의 착취보다 "밤술에 취한 아버지"의 학대로 인해 마음속에 더 깊은 '칼자국'('불행')이 새겨져 있는 것이다. 그의 시집에서 '고향'은 주로 가난과 학대로 인해 노동자로 내몰린 원인이자 스스로 가계를 책임져야 하는 이유가 되는 경우가 많다.

박영근 시의 이러한 다양성·복수성이 지니는 가장 중요한 의미 중의 하나는, 피억압상태에서 해방으로 향하는 변혁담론이 지니는 과도한 이념성에서 벗어나 있다는 것이다. 그의 시적 서사는 변혁을 통해 이념화되는 노동자의 모습보다는 그 변혁의 이념이 한 존재 앞에 다가왔을 때 그 존재가 경험하는 감성의 변화에 집중되어 있다. 이러한 감성의 변화란 긍정과 부정, 희망과 절망, 기쁨과 고통, 혹은 능동과 수동을 모두 지닌 복합적·다성적인 것이라는 점에서 선형적인 변혁담론의 서사와 달리 비(非)선형적인 시적 서사를 만드는 한 원인이 된다.

> 넘어지면서, 자주 달리던 풀잎 정다운 언덕길
> 밀어내면서 무엇이되려는것이아니야
> 묻혀살뿐살아갈뿐…… 어깨 위로는 이 악물고
> 떨며 내려앉던 눈송이들. 내리면서
> 이곳이야
> 저곳이야 걸어가야 할 길 캄캄히 얼어붙는
> 질문들 앞에 울기도 하더니
>
> 아무 것도 버릴 것이 없어요. 적실 것도 없이
> 적실 것도 없이 머물던 눈물들과
> 싸울수록 막막하던 시간들, 바라보면 살아가면서
> 만나야 할 더 깊은 불면들이 되고 쓰러져서
> 비로소 움켜쥐는 앞날들이 되어요.[21]

피억압상태에 있는 노동자가 계급적인 자각을 통해서 해방의 실천으

21 박영근, 시 「비로소 떠나갈 곳조차 없는 이곳에서」 부분, 『취업 공고판 앞에서』, 청사, 1984, 9쪽.

로 나아가는 변혁담론의 선형성은 위의 시에서 드러나 있지 않다. 오히려 위 시의 화자인 노동자는 전위적인 "무엇이되려는것이아니"라는 점, "이곳이야 저곳이야 걸어가야 할 길 캄캄히 얼어붙는/질문들 앞에"서 결정을 내리지 못한다는 점, 그리고 "싸울수록 막막하던 시간들"이 유지되고 있다는 점 등을 말한다. 이러한 것들은 '캄캄한' 현실 앞에서 '싸'우는 것 역시 "막막한 시간들"이 된다는 노동자의 다면적 · 복수적인 감성을 보여준다. 이 점에서 "만나야 할 더 깊은 불면들이 되고 쓰러져서/비로소 움켜쥐는 앞날들이 되어요."라는 구절은, 국가권력 · 자본의 욕망과 변혁의 실천 사이에서 갈등하는 노동자 나름의 미래 찾기라는 의미 정도로 그 해석이 제한될 뿐이다.

이처럼 박영근 시의 감성은 자칫 과도한 이념성이 팽배할 수 있는 1980년대의 노동시에서 노동자 개인의 세밀하고 복잡한 심리 상태를 선명하게 드러낸다는 점에서 의미와 가치가 있다.[22] 다시 말해서 박영근 시 속의 노동자는 국가권력 · 자본이 규정한 경제개발을 위한 산업역군이라기보다는, 혹은 변혁적인 지식인이 바라본 "역사의 주인"이지만 "반폭력(counter-violence)으로 바뀌지 못"[23]하는 미완의 존재라기보다는, 국가권력 · 자본과 변혁적인 지식인 담론으로 잘 설명되지 않는 다양하고 복합적인 존재인 것이다.

3. 자본과 노동의 이념 '사이에 낀' 존재

박영근의 시집 『대열』과 『김미순傳』은 1987년 전후 우리 사회에서 뜨

22 "두려워 숨는 우리들"과 "우리들 부끄러움 밟으며/캄캄한 싸움이 되"(시 「새벽길 · 1」)는 구절도 박영근의 시에서 노동자의 세밀하고 복잡한 심리 상태를 드러내는 한 예가 된다.
23 이재현, 「감상적 서정성과 건강한 현장성」, 박영근, 『취업 공고판 앞에서』, 청사, 1984, 133쪽.

겁게 전개되었던 사회구성체논쟁과 노동운동의 분위기 속에서 출판된다. 1980년대 최초의 노동자시인으로 알려진 박영근은 이러한 변혁운동의 분위기에 일정한 영향을 받게 되는데, 이 장에서는 그의 시에서 이러한 영향이 어떻게 반영되었는가 하는 점을 살펴보고자 한다. 박영근 시 속의 노동자는 자본의 이념이 지향하는 성실한 근로자의 모습과 노동의 이념이 추구하는 노동자계급의 모습을 동시에 모순적으로 보여준다는 점에서 이념들 '사이에 낀' 노동자의 존재성을 세밀하게 보여준다.

박영근 시 속의 노동자는 자본의 이념 혹은 노동의 이념 중 어느 한쪽으로 편향되게 서술되지 않는 존재라는 점에서 문제적이다. 1980년대 중반 이후의 노동자는 자본의 이념으로 볼 때에 경제개발의 역군이 되겠지만, 노동의 이념으로 살피면 차별과 억압을 뚫고 노동자계급의 단결을 통해 투쟁으로 나아가는 변혁 주체로 시선화되는 경우가 많다. 박영근의 시에서는 노동자를 바라본 이러한 이념의 시선(eyes)을 응시(gazes)로써 되돌려주면서, 두 이념의 시선이 만들어놓은 노동자의 담론을 전복시키는 효과를 발생시킨다.

본인이 취업한 회사는 자동차부품 생산업체인 ○○주식회사입니다. 임금은 초임자의 경우 3,500원이었고, 근무경력이 이삼 년 된 장기근속자의 경우도 2~300원 차이가 있을 뿐 열악한 사정은 마찬가지였습니다. 또한 노동시간은 8시간의 기본노동시간과 의무잔업 4시간으로 하루 12시간이었는데, 그럼에도 불구하고 서로 철야·특근을 하지 못해서 안달이 날만큼 저임금지대였던 것입니다.[24]

얍살이 만수놈 보아라

24 박영근, 시 「최후진술」 부분, 『대열』, 풀빛, 1987, 19쪽.

손가락 두 도막 기계에 물리고
꿈꾸던 반장이 되었구나
앞자락에 떨어진 보상비도
헤실헤실 복지비로 내어놓고
회사의 자랑이 되어
내 뒷등을 미는구나[25]

자본의 이념으로 바라본 노동자는 성실하고 부지런한 근로자이고, 노동의 이념으로 보여진 노동자는 투쟁·저항하는 노동자계급이 될 것이다. 위의 두 시편에서는 자본/노동의 이념으로 시선화된 근로자/노동자계급의 모습을 노동자의 응시로써 전복시키고 있다. 이 때 이 응시라는 개념은 두 이념의 시선이 만들어 놓은 노동자 담론을 전복시키는 효과를 지닌다는 점에서 주의할 필요가 있다. 다시 말해서 위의 두 시에서 서술된 노동자는 자본의 이념으로 시선화된 근로자도, 그렇다고 노동의 이념으로 서술된 노동자계급도 아니라는 것이다.

화자는 앞의 시에서 "서로 철야·특근을 하지 못해서 안달이" 난 성실한 근로자의 이미지를 만들어 놓은 자본의 시선에 대해 '저임금지대'의 "열악한 사정"에 의해서 불가피하게 만들어진 것이라는 응시를, 아울러 뒤의 시에서도 투쟁·저항하는 노동자계급의 이미지를 구상해 놓은 이념의 시선에 대해 "앞자락에 떨어진 보상비도/헤실헤실 복지비로 내어놓고" 승진과 발전을 "꿈꾸던 반장"이 있다는 응시를 제시하기 때문이다.[26] 박영근은 그의 시편에서 이처럼 상반된 노동자의 이미지를 교차

25 박영근, 시 「여우발」 부분, 『대열』, 풀빛, 1987, 134~135쪽.

26 이러한 본 논문의 논의에 대해서 자본가의 끄나풀이 된 노동자를 비판하는 대목이 탈식민적 위반의 모습을 가진 노동자로 왜곡된다는 비판이 가능하리라고 본다. 충분히 일리가 있는 지적이다. 물론 시 「여우발」의 제목이나 시의 어조로 볼 때에 그렇게 이해될 여지가 많다. 그러나 이 논문에서는 그러한 '끄나풀이 된 노동자' 역시 자본의 이념으로 바라볼(시선화될) 때에 성실한 근로자의 이미지로 상징화되지 않고 늘 그 시선을 위반하는 응시의 부분이 있음을, 그

적·모순적으로 제시함으로써 자본과 노동의 담론을 전복시키고, 이러한 전복을 통해서 노동자는 자본과 노동의 이념 '사이에 낀' 존재로서 재(再)정체화된다.

이러한 박영근의 시적 전략은 자본계와 노동계 양쪽에서 다 비판받을 수 있는 것이었지만, 1980~90년대 노동자 계층의 상호모순적이고 분열된 욕망을 잘 보여주는 것이다. 이 때문에 박영근 시 속의 노동자는 "다시는 작업복 안 입으려고 했지만/암만 해도 안되겠어요/나서서 돈 벌러 댕겨야겠어요"[27]라거나 "철야 빠질 사람 손들어요"라는 반장에 말에 "무엇일까, 손이 올라가지 않는 것은/수당 때문일까, 두려움 때문일까."[28]라면서 계급적인 자부심이나 변혁의식이 부재한 자이이면서도, 동시에 "우리의 진실과 세상에 대한 '노동자적 입장'"[29]을 획득하거나 "당당하고 자랑스러운 노동자"[30] 혹은 "전체 노동자의 임금인상을 위해/함께 주먹을 흔드는/새로운 노동자의 모습"[31]을 동시에 보여주는 자가 된다.[32]

이러한 두 이념의 '사이에 낀' 노동자의 존재성이 가장 잘 드러나는 것은 장시 「김미순傳」에서이다. 이 장시에서 김미순은 1990년 여름 부평공단의 동양전자 조립라인에서 일하는 노동자이다. 그녀는 대공과 공

리고 마찬가지로 '끄나풀이 된 노동자'는 노동의 이념으로도 쉽게 시선화되지 않는다는 점을 강조하고자 한다. 일상 속의 노동자는 "서로 철야·특근을 하지 못해서 안달이" 나 있으면서도, "앞자락에 떨어진 보상비도/헤실헤실 복지비로 내어놓고" 승진과 발전을 "꿈꾸던 반장"을 지향하는 다양하고 모순적인 모습을 지니기 때문이다. 시집 『대열』에서는 다양하고 모순적인 노동자의 모습을 그려내고 있고, 그러한 형상화 속의 노동자는 자본과 노동의 이념 '사이에 낀' 존재임이 드러난 것으로 이해된다.

27 박영근, 시 「소식지를 보며」 부분, 『대열』, 풀빛, 1987, 70쪽.

28 박영근, 시 「공장 비나리 · 1」 부분, 『대열』, 풀빛, 1987, 228쪽.

29 박영근, 시 「편지 · 2」 부분, 『대열』, 풀빛, 1987, 34~35쪽.

30 박영근, 시 「어머니, 저는 왜 이 대열에 섰을까요」 부분, 『대열』, 풀빛, 1987, 89~90쪽.

31 박영근, 시 「겨울밤 학습」 부분, 『대열』, 풀빛, 1987, 53쪽.

32 본 논문의 이러한 논의에 대해서 노동자의 상호모순적이고 분열적인 욕망은 개개인에 따라서 다른 것이라는 비판이 가능하다. 쉽게 말해서 투쟁하는 노동자계급 따로, 돈 벌려는 근로자 따로 있다는 얘기인 것이다. 그렇지만 본 논문에서는 이러한 개개인의 노동자 모습이 한 노동자의 다면적 · 다성적인 측면이 때에 따라 드러나는 것으로 이해한 뒤에 논의를 전개하고자 한다. 노동자의 다양한 측면이 노동자라는 계층 속에 이미 내재되어 있다는 것이다.

단 프락치 운영실 소속의 형사 권도(權道)의 호의와 경제적인 지원으로 프락치가 되어 반(反)노조활동을 하면서도 자기 회사의 노동조합원으로서 적극 활동하는 이중적인 모습을 보인다. 노동조합의 내부 조직과 활동을 대공과에 보고하여 탄압의 계기를 만들면서, 동시에 노동조합의 교육과 실천을 열성적으로 하는 이 이중적인 모습이 바로 김미순의 자화상인 것이다. 그녀는 노동의 이념으로 보면 투쟁하는 노동자계급이요 국가권력·자본의 이념으로 보면 친자본적인 동향보고 근로자이지만, 사실은 두 이념에 기초한 담론의 바깥에 놓여 있어 이념의 시선으로는 뭐라고 규정할 수 없는 자아를 보여준다. 그 규정할 수 없는 자아는 권도가 바라보는 시선에 맞선 응시로써 명확하게 드러난다.

어허 저년 눈까리 좀 봐라
타는 불덩어리 봐라
인간 권도 권력의 일심으로
열두 세상 서른 굽이
처처에 칼을 세웠건만
저 불 속에 갇혀
이글이글 타는고나
어허 정녕 내 몰랐고나
온갖 감시 갖은 미행 붙여 뒤통수를 잡아두고
저년 옮겨가는 발자국 하나하나
똥물을 쏟는지
오줌발 세우는지
용갯물 싸는지 다 캐냈건만
저 눈 저 불 속에 타는
한세상은 몰랐고나

퉤—[33]

위의 인용은 권도가 스스로 거의 모든 것을 안다고 생각하는 김미순이 자신의 눈 앞에 있는 김미순이 아님을 깨닫고는 놀라는 부분이다. 김미순의 프락치 활동이 부진한 것을 문제 삼은 형사들은 그녀를 잡아다 협조를 종용하고 회유하는데, 그녀는 그것을 거부하면서도 그렇다고 노동의 이념을 표나게 주장하지도 않는다. 권도는 그러한 그녀의 '눈까리'를 바라보는데, 그 '눈까리' 속에서 자신에게 되돌아오는 응시를 경험한다. 그것은 "온갖 감시 갖은 미행 붙여 뒤통수를 잡아두고/저년 옮겨가는 발자국 하나하나/똥물을 쏟는지/오줌발 세우는지/용갯물 싸는지 다 캐"내어 자신이 잘 알고 있던 김미순의 모습이 아닌 것이다. 이 부분에서 국가권력·자본의 시선은 분열되고 "저 눈 저 불 속에 타는/한세상"이라는 응시가 되돌아오는 것이다.

이러한 김미순의 응시는 이념의 시선으로는 알 수 없고 규정될 수 없는 것이라는 점에서 중요하다. 국가권력·자본 혹은 노동의 이념에서 벗어나 있는 노동자 특유의 존재성인 것이다. 그것은 권도가 "그 비싼 돈으로도 살 수가 없고/그 무서운 권력으로도 조질 수 없는/웬 기이하고 엉뚱한 물건"으로 규정되는 미(未)정형성·불(不)명확성이요, "돈으로도 살 수 없고/칼로도 뺏을 수 없는" '무엇'[34]으로 부르는 비(非)인칭인 것이다. 이러한 미정형성·불명확성·비인칭의 특성을 지닌 노동자 특유의 존재성은, 1990년대의 현실에서 노동자의 강인한 생명력과 자생력을 의미한다. 노동자는 국가권력·자본 혹은 노동의 이념으로 뭐라고 규정내리고 상징화할지라도, 특유의 존재성으로 인하여 나름대로 현실에 대한 응전력과 생명력을 지니고서 시대적인 현실을 버티고 때로는 변화시

33 박영근, 장시 「김미순傳」 부분, 『김미순傳』, 실천문학사, 1993, 136쪽.
34 박영근, 장시 「김미순傳」 부분, 『김미순傳』, 실천문학사, 1993, 141;143쪽.

키는 것이다. 장시 「김미순傳」의 김미순은 바로 이처럼 자본과 노동의 이념 '사이에 낀' 존재인 것이다.

4. 자본의 상징계에 대한 균열과 근본적인 성찰

1990년 전후 현실사회주의 붕괴로 인한 이념의 혼란, 그리고 노동운동의 전반적인 약화와 쇠퇴는 박영근을 비롯한 노동자시인에게는 커다란 충격이 아닐 수 없다. 그의 시집 『지금도 그 별은 눈뜨는가』, 『저 꽃이 불편하다』, 그리고 『별자리에 누워 흘러가다』에서는 과거 노동운동의 과도한 이념 지향에 대한 반성을 통해 새로운 발전이나 진보를 주창하는 여타의 노동자시인과 방향을 달리 하게 되는 점이 주목된다. 반성을 통한 발전의 논리는 노동의 이념을 계승하여 전망을 찾는 것이지만, 박영근의 시적 전략은 자본의 상징계(the Symbolic) 자체를 문제시하고 균열의 지점을 발견한다는 점에서 좀 더 근본적인 성찰로 나아간다.

박영근이 시집 『지금도 그 별은 눈뜨는가』에서 그 이전의 시세계와 달라진 점은, 자본의 이념이 사회를 거의 완벽하게 지배하고 있음을 깨닫고 있다는 것이다. 쉽게 말해서 과거 변혁·진보의 이념으로 설명하고자 하는 노동, 통일, 노동자, 민족민중문학과 같은 가치가 지니고 있던 어떤 진정성이 사라지고, 그러한 것들을 포함한 거의 모든 것이 상품으로 규정되거나 재화(돈)로 환산되는 방식으로 사회 전체가 자본의 상징계에 편입되어 있다는 것이다. 자본의 상징계에서는 철거민의 고통과 좌절 대신 "입주예정 날짜를 띄우고 있는 재개발구역"의 '애드벌룬'[35]이 가시화되고, 통일 주체인 북한이 "까까머리 아이를 업은 웬 여인이/배급받은

35 박영근, 시 「희망에 대하여」 부분, 『지금도 그 별은 눈뜨는가』, 창작과비평사, 1997, 45쪽.

옥수수자루를 머리에 이고/억새가 하얀 둑길을 지나/평안북도 박천군 이라고 씌어진/남한 TV 자막 위를 걸어"[36]가는 광고의 이미지로 왜곡되며, 진실을 담아내어야 할 '시'가 "백화점 문턱도 넘지 못하는" 보잘 것 없는 '상품'[37]으로 전락되고 만다. 이러한 현실에서 시인이 택한 것은 상징계를 구성하는 이미지 혹은 상징을 문제시하는 것이다.

너(天池, 편자 주)는 그렇게 오리라
南과 北, 붉은 정지 신호등을 풀고
헬로우 스포츠카의 정통 엘란을 타고
오장육부 도처에 체인점을 세우며
개성이나 평양 어디쯤에서
희디흰 맥주 거품을 게워내며

취해 두드려대는 드럼 소리를 밟고
어떤 은유도 없이 알몸으로 오리라

[…중략…]

天池여, 천연사이다 원액으로 출렁거리는
내 마음속에 이미 세워진
거대한 광고탑이여[38]

---

36 박영근, 시 「CF를 위하여 · 1」 부분, 『지금도 그 별은 눈뜨는가』, 창작과비평사, 1997, 17쪽.
37 박영근, 시 「지금도 그 별은 눈뜨는가」 부분, 『지금도 그 별은 눈뜨는가』, 창작과비평사, 1997, 92쪽.
38 박영근, 시 「천지를 생각하며」 부분, 『지금도 그 별은 눈뜨는가』, 창작과비평사, 1997, 21~22쪽.

위의 시에서는 백두산의 천지가 시적 화자에게 '오'는 방식이 이채롭다. 천지는 시적 화자에게 있어서 "천연사이다 원액으로 출렁거리는/내 마음속에 이미 세워진/거대한 광고탑", 즉 상품으로 환원된 이미지, 혹은 자본의 상징계에 편입되어 있는 이미지인 것이다. 시적 화자는 그러한 천지가 자신에게 올 때에는 "어떤 은유도 없이 알몸으로 오리라"라고 예언 섞인 희망을 말하고 있다. 여기에서 "어떤 은유도 없"는 '알몸'이란 상당히 의미심장하다. 그 '알몸'이란 상징계를 구성하는 '은유'(이미지, 상징)의 옷을 벗겨내어 사물 본래의 존재성을 탐구하고자 하는 대상이 되는 것이고, 이러한 탐구는 자본의 상징계를 구성하는 '은유'에 균열을 내어 그 상징계의 구조를 뒤흔드는 작업이 되기 때문이다.

이러한 박영근의 시적 전략은 "저 불빛을 벗기면/너(Chrisrian Dior, 편자주)를 볼 수 있을까"[39]라거나, "내 안에도/나도 몰래/나를 키우고/나를 살리는 것 있다는데"[40]라거나, 혹은 "욕망이여/이제 너를 따라가마"[41]라는 구절에 오면 더욱 의미심장해진다. 시인이 시적 대상으로 탐구하고자 하는 것은 자본의 상징계에 포섭된 상품 '너'뿐만 아니라, 자기 자신인 '나'와 그 '나'의 '욕망'이기 때문이다. 이러한 탐구는 자본의 상징계 속에서 언어로 표현되지 못하는 불가능한 지점을 다른 언어를 통해 벌려놓는 것이 된다는 점에서 그 상징계 자체를 성찰하고자 하는 발본적인 노력인 것이다.

박영근의 시는 이처럼 언어의 극단까지 나아가는 방식으로 상징계에 균열을 내고 그 균열의 틈에서 물화·상품화된 인간·노동자의 본래 존재성을 다시 성찰하고자 한다. 이러한 노력은 시집 『저 꽃이 불편하다』와 『별자리에 누워 흘러가다』에서도 계속된다. 이 시집들에서는 『지금

39 박영근, 시 「광고탑에서」 부분, 『지금도 그 별은 눈뜨는가』, 창작과비평사, 1997, 98쪽.
40 박영근, 시 「눈물」 부분, 『지금도 그 별은 눈뜨는가』, 창작과비평사, 1997, 74쪽.
41 박영근, 시 「눈물」 부분, 『지금도 그 별은 눈뜨는가』, 창작과비평사, 1997, 74쪽.

도 그 별은 눈뜨는가』에서 보여준 시적 사유를 좀 더 심화시키는 방향으로 나아간다. 여기에서 검토의 대상이 되는 것은 시인 박영근이 자본의 상징계에 대한 기호론적인 전도를 보여주고 있다는 점이다. 이 기호론적인 전도는 상징계를 구성하는 기호(이미지)를 회의·부정함으로써 상징계에 균열을 내어 인식틀(episteme) 자체를 문제삼는 한 전략이 된다.

어둠에마저 빛나는, 내가 아직도 통과하지 못한
어떤 오월의 고통의
맨얼굴[42]

절정을 넘어가는 몸이여
나에게 욕망의 맨얼굴을 보여다오
사랑을 가르쳐다오[43]

두 편의 시에서 공통점은 '맨얼굴' 보기의 방식으로 기호론적인 전도를 시도하여 자본의 상징계를 회의·성찰하고 있다는 것이다. 첫 번째의 시에서 "오월의 고통"이란 아마도 국가권력·자본의 착취·억압으로 인해 발생하는 심리적인 반응일 것인데, 시적 화자는 그 "고통의 맨얼굴"을 보기를 원한다. 여기에서 '맨얼굴'이란 국가권력·자본의 착취·억압과 그로 인한 피억압이라는 낯익음 혹은 익숙한 얼굴을 바라보는 기존의 인식방식 즉 인식틀을 전도하고자 함을 의미한다. 두 번째의 시에서도 투쟁·변혁을 하건 또는 착취·억압을 하건 간에 심리적인 동인이 되는 '욕망'이 아닌 "욕망의 맨얼굴" 보기란, 자본의 상징계에서 낯익은 상품·부·권력의 '욕망'을 낯설게 보고 전복·전도하기를 의도하는 것이

42 박영근, 시 「꽃들」 부분, 『저 꽃이 불편하다』, 창작과비평사, 2002, 74쪽.
43 박영근, 시 「밀물의 방」 부분, 『별자리에 누워 흘러가다』, 창비, 2007, 64쪽.

된다. 이 점에서 '맨얼굴' 보기란 자본의 상징계에 포섭된 '고통'과 '욕망'이라는 상징이 내포했던 기존의 의미들을 전복시켜서, 시적 화자 본래의 존재성을 탐구하는 동시에 자본의 상징계 자체를 회의·성찰하는 전략이 된다.

이러한 박영근의 시전 전략은 자본의 상징계에 균열을 내는 하나의 시도로써 의미가 있다. 이러한 그의 시에서 '길'에 대한 소재가 많은 것 역시 우연이 아니다. "길 위에서, 길을 잃"[44]거나, "끝없는 행려가 있을 뿐 돌아갈 곳이 없다"[45]거나, 혹은 "낯선 술래가 되어 나를 찾"[46]는다는 구절들은, 모두 '길'에 대한 기호론적인 전도를 통해 자본의 상징계를 회의·성찰하는 과정을 보여주는 것이다. 이처럼 박영근의 시는 자본의 상징계에 대한 균열내기를 통해 그 상징계를 인식하던 기존의 틀 자체가 절대적이지 않음을 암시한다. 자본의 상징계에 틈을 내어 그 틈 속에 인간·노동자·세계 본래의 존재성을 개시(開示)하고자 하는 시도인 것이다.

5. 결론

1980년대에 등단하여 최초의 노동자시인으로 회자된 박영근의 시는 국가권력·자본에 맞선 민족민중문학의 관점으로 비교적 편향되게 읽혀왔다는 점이 이 논문의 문제의식이었다. 박영근의 시는 산업화·근대화 정책을 따르라고 요구하는 국가권력·자본의 이념과 피억압된 민중의 해방을 지향하는 노동의 이념 사이에 위치한 독특한 시적 특징을 지녔음에도, 기존의 연구사에서는 주로 노동 이념의 부합 여부에 따라 혹은

44 박영근, 시 「겨울비」 부분, 『저 꽃이 불편하다』, 창작과비평사, 2002, 16쪽.
45 박영근, 시 「행려」 부분, 『저 꽃이 불편하다』, 창작과비평사, 2002, 25쪽.
46 박영근, 시 「자술서」 부분, 『별자리에 누워 흘러가다』, 창비, 2007, 32쪽.

아예 이념을 멀리 한 평가를 하여서 세밀한 검토가 제대로 이루어지지 못한 측면이 있었다. 이런 상황에서 본 논문에서는 박영근의 시를 대상으로 하여 탈식민주의적인 인식으로 접근하여 시 속에 나타난 노동자의 일상적인 생각과 모습을 자세히 검토했다.

첫째, 시집 『취업 공고판 앞에서』에서는 국가권력 · 자본의 욕망을 모방하는 노동자의 욕망과 삶의 다양성이 드러났다. 이 시집 속의 노동자는 민족민중문학에서 논의된 계급적인 존재가 아니라, 일상을 살아가는 다양하고 미시적인 모습을 보여준 것이었다. 시 「취업 공고판 앞에서」와 「앞날을 향하여」에서는 국가권력의 정책과 자본의 욕망을 적극적으로 흉내 내고 따르는 노동자의 복수적 · 다면적인 모습을, 그리고 시 「비로소 떠나갈 곳조차 없는 이곳에서」에서는 노동자 개인의 세밀하고 복잡한 심리 상태와 변화를 드러내는 다성적 · 복합적인 모습을 나타냈다. 박영근 시 속의 노동자는 국가권력 · 자본이 규정한 산업역군이나 변혁적인 지식인이 바라본 "역사의 주인" 혹은 변혁미완자라기보다는, 다양하고 미시적인 일상 속의 노동자이었다.

둘째, 시집 『대열』과 『김미순傳』에서는 자본과 노동의 이념 '사이에 낀' 노동자의 존재성을 세밀하게 보여줬다. 박영근 시 속의 노동자는 자본이 지향하는 근로자의 모습과 노동의 이념이 추구하는 노동자계급의 모습이 상호모순적 · 분열적으로 표현되어, 두 이념의 시선이 만들어놓은 노동자 담론을 전복시키는 효과를 발생시켰다. 시 「최후진술」과 「여우발」에서는 자본/노동의 이념으로 시선화된 근로자/노동자계급의 모습을 노동자의 응시로 전복시킴으로써 노동자가 두 이념 '사이에 낀' 존재로서 재(再)정체화되었다. 또한 장시 「김미순傳」에서는 국가권력 · 자본의 대리인인 권도가 스스로 거의 모든 것을 안다고 생각하는 김미순의 낯선 응시를 경험함으로써 자본의 이념에서 벗어나 있는 미(未)정형적 · 비(非)인칭적인 노동자 특유의 존재성을 드러냈다.

셋째, 시집 『지금도 그 별은 눈뜨는가』, 『저 꽃이 불편하다』, 그리고 『별자리에 누워 흘러가다』에서는 노동의 이념을 계승한 새로운 진보를 주창하는 방향이 아니라, 자본의 상징계 자체를 문제시하고 균열의 지점을 발견하면서 근본적인 성찰로 나아갔다. 자본의 상징계를 구성하는 이미지(상징, 은유, 기호)를 회의·부정함으로서 그 상징계 자체를 성찰하는 전략을 보여줬다. "어떤 은유도 없이 알몸으로 오리라"(시 「천지를 생각하며」)라는 구절 속의 '알몸'이란 상징계를 구성하는 '은유'(이미지, 상징)의 옷을 벗겨내어 사물 본래의 존재성을 탐구하고자 하는 것이었다. 뿐만 아니라 시 「꽃들」과 「밀물의 방」에서 '맨얼굴' 보기란 기존의 의미들을 전복시켜 시적 화자 본래의 존재성을 탐구하는 동시에 자본의 상징계 자체를 회의·성찰하는 전략을 드러냈다.

지금까지 박영근의 시를 대상으로 탈식민주의적인 접근을 하여 그의 시 속에 나타난 주요 노동자가 국가권력·자본과 노동의 이념 사이에서 혼성적·모방적·분열적인 모습을 지님을 살펴보았다. 이러한 박영근의 시는 1980~2000년대에 국가권력·자본과 노동의 이념 사이에서 다양하고 복잡하며 미시적인 일상을 살아가고 있는 노동자(인간)의 생각과 모습을 세밀하게 형상화했다는 점에서 중요한 의미를 지닌다.

이러한 박영근 시의 의미를 고려해 볼 때에, 그의 시에서는 1980년대에 등장한 박노해나 백무산의 시와는 명백하게 달라지는 지점이 엿보인다. 박노해와 백무산의 노동시가 노동자의 해방과 투쟁을 강조하는 비교적 이념의 공간 속에서 만들어진 것이었다면, 박영근의 노동시는 노동자의 다양하고 모순적인 일상성을 형상화한 탈(脫)이념의 공간 속에서 구축된 것이기 때문이다. 변혁의 시대 혹은 민족민중문학의 시대로 부르는 1980~90년대의 시기에는 한편으로 노동의 이념이 유의미한 것은 물론이었고 그러한 이념에 영향을 받은 시편 역시 중요한 시대적·역사적인 의미를 갖는 것이겠지만, 다른 한편으로는 그러한 이념에서 벗어나 있는 노동자의 모습을 나름대로 표현한 시편 역시 중요한 가치를 지닌 것이 아닐 수 없다. 이러한 연구는 1980년대의 노동시를 읽는 우리들의 기존 관점을 문제시하고, 나아가 새로운 읽기를 시도한다는 점에서 필요한 것으로 판단된다.

참고문헌

박영근, 『취업 공고판 앞에서』, 청사, 1984.

______, 『대열』, 풀빛, 1987.

______, 『김미순傳』, 실천문학사, 1993.

______, 『지금도 그 별은 눈뜨는가』, 창작과비평사, 1997.

______, 『저 꽃이 불편하다』, 창작과비평사, 2002.

______, 『별자리에 누워 흘러가다』, 창비, 2007.

권옥경, 「겨울밤을 살아내는 詩」, 박영근. 『대열』, 풀빛, 1987.

김명인 외, 「민족문학과 민중문학」, 『창작과비평』 59호. 봄호, 1988.

김명인, 「지식인 문학의 위기와 새로운 민족문학의 구상」, 『전환기의 민족문학』, 풀빛, 1987.

김영수, 「1980년대 사회구성체론과 노동운동」, 『역사와 현실』 77호. 한국역사연구회, 2010.

김이구, 「정서의 지향성」, 박영근. 『김미순傳』, 실천문학사, 1993.

김진경, 「민중적 민족문학의 정립을 위해」, 『전환기의 민족문학』, 풀빛, 1987.

김형수, 「어둠 속에 있는 자의 고독」, 박영근. 『지금도 그 별은 눈뜨는가』, 창작과비평사, 1997.

나희덕, 「꽃의 뿌리를 향한 행려의 기록」, 『창작과비평』 133호. 여름호, 2006.

박수연 , 「절망과 전망」, 박영근. 『저 꽃이 불편하다』, 창작과비평사, 2002.

박정근, 「독일생태시인과 박영근 생태시 비교」, 『한민족문화연구』 35집. 한민족문화학회, 2010.

박현채, 「민중과 문학」, 김병걸 · 채광석 편. 『민족. 민중 그리고 문학』, 지양사, 1985.

이경원, 「탈식민주의의 계보와 정체성」, 고부응 외. 『탈식민주의:이론과 쟁점』, 문학과지성사, 2003.

이성혁, 「1980년대 노동시의 재인식」, 『실천문학』 82호. 여름호, 2006.

이재복, 「1990년대 민족문학론에 대한 전개양상 연구」, 『비평문학』 24호. 한국비평문학회, 2006.
이재현,「감상적 서정성과 건강한 현장성」, 박영근.『취업 공고판 앞에서』, 청사, 1984.
임우기,「민족문학론의 계급론적 관점」,『문학과사회』, 가을호, 1988.
정연정,「한국 현대 생태시 연구」,『한국문예비평연구』 34집. 한국현대문예비평학회, 2011.
조정환,「80년대 문학운동의 새로운 전망」,『서강』 1987. 6.;『민주주의 민족문학론과 자기비판』, 연구사, 1989.
채광석,「소시민적 민족문학에서 민중적 민족문학으로」,《개방대학신문》. 1986.;『민중적 민족문학론』, 풀빛, 1989.
홍정선,「민족문학 개념에 대한 역사적 검토」,『문학과사회』, 가을호, 1988.

H. Bhabha, 나병철 역,『문화의 위치』, 소명출판, 2002.

제3부 다문화시대의 민족 담론

다문화사회에 대한 시적 구현 양상

1. 문제제기

우리 사회는 현재 다문화사회로 빠르게 진입해 가고 있다. 전(全)지구적인 자본주의 체제에서 발생하는 자본과 노동의 급속한 이동은, 한국에서도 예외가 아니다. 불과 20년 사이에 진행된 이주의 결과, 2007년 기준으로 195개국에서 94만 명 정도, 즉 총 인구수의 2% 가량이 외국인인 것이다. 여기에는 합법·비합법적인 이주노동자와 여성결혼이주민, 다문화가정의 혼혈, 그리고 탈북자 등이 대부분이다. 이러한 급속한 변화와 달리 문화적 타자인 그들을 이해하고 바라보는 우리의 시각은, 그 변화를 좇아가지 못하고 있는 실정이다.

이 논문은 이러한 상황에서 다문화사회를 바라보는 우리의 시각(perspective)은 어떤 것이어야 하는가 하는 점을 문제로 제기한다. 최근 사회과학 분야에서 활발히 제기되는 논쟁 중의 하나는 다문화주의의 주체논쟁이다. 이 논쟁에서는 이주민을 위한 다문화주의냐 혹은 다수를 위한 다문화주의냐 하는 상호모순적인 입장이 대립되어 있다.[1] 이러한 양분된 입장은 앞으로 학문적인 혹은 정치적인 논의로 풀어나가야 하고 적절한 대안이 제시되어야 하지만, 현재의 상황에서 무엇보다 중요한 것은 우리 사회가 다문화사회로 진행되어 가고 있음을, 좀 더 자세히 말하자면 다수집단과 소수집단이 이미 혼성(hybridity) 되어가고 있음을 주목하는 시각의 형성이 중요하다.[2] 누구를 위한 것이냐 라는 분별적인 입장 이전에 이미 섞여 있음을 전제한 시각에서 문제를 해결해 나아갈 필요가 있는 것이다.

이 논문에서 2000년대의 시를 주목하는 이유가 바로 여기에 있다. 최근 들어 우리 문학에서는 다문화사회로 변화해가는 현실을 생생하게 형상화하고 있다. 시, 소설, 수필 분야에서 문화적 타자를 이해하고자 하는 노력은 상당히 주목되는데, 그 중 시 분야에서는 의미와 가치가 있는 현실의 변화를 예리하게 포착해 내고 있다.[3] 시 분야는 세계의 자아화라는

---

1 최근의 다문화주의 논쟁에서 주체 논쟁은 대타적인 측면이 있다. 오문석은 누구를 위한 다문화주의인가라는 문제를 제기하면서 이주민이 주체가 되어야 함을 강조하는 반면, 김혜순 등은 현장의 요구보다는 다수의 요구를 고려한 정책이 필요함을 주장한다. (김남국, 「한국에서 다문화주의 논의의 전개와 수용」, 『경제와 사회』, 343~350쪽 참조.)

2 이 논문에서는 우리 사회가 다수집단과 소수집단으로 양분된 것이 아니라 서로 이미 혼성되어 가고 있다는 시각을 형성하고자 한다. 이 때 혼성의 양상을 살피는 일은, 이 논문의 핵심문제를 풀어내는 방법이 된다. 여기에서 혼성이란 단순한 뒤섞임이 아닌 호미 바바(Homi bhabha)적인 의미에서의 뒤섞임이다. 바바는 S. 프로이트(S. Freud)의 양가성 논리와 프란츠 파농(Frantz Fanon)의 피식민자 정체성 분석과 E. 사이드(E. Said)의 오리엔탈리즘 담론을 재해석하면서 혼성성을 강조하는 탈식민주의론을 구성하는데, 이 논문에서는 프로이트, 파농, 사이드, 바바의 논의를 참고하고자 한다. 이들의 논의를 참조하면 식민자가 피식민자를 식민화하는 과정은 나를 닮되 완전히 닮지 말라는 동화와 차별 정책의 구현인데, 이 때 두 집단이 서로 혼성되면서 의도하지 않게 피식민자의 탈식민적인 비판과 저항이 드러남을 알 수 있다. 피식민자는 식민자의 동화 정책을 엉터리로 흉내(mockery)냄으로써 전복의 전술을 보여주고, 식민자는 피식민자에 대해서 애증의 양가성을 드러내어 심리적으로 분열된 모습을 나타냄으로써 늘 우월한 위치에 서 있지 못하며, 혼혈은 문화와 외모의 측면에서 인종적 차별에 혼란을 준다는 점에서 비판적 · 저항적인 것이다. 우리 사회의 다수집단과 소수집단이 동화와 차별의 정책 속에서 서로 혼성화되고 있다는 유사성을 주목할 때에 이들의 논의는 이 논문의 연구방법론으로써 활용이 가능할 것으로 판단된다. 소수집단은 다수집단을 엉터리 흉내냄으로써 전복의 계기를 보여준다는 점에서(2장 1절), 다수집단은 소수집단보다 우월한 위치에 서 있지 못하고 양가적인 심리를 드러낸다는 점에서(2장 2절), 그리고 혼혈은 단일민족주의에 대한 허위를 폭로한다는 점에서(2장 3절) 두 집단의 혼성적인 양상이 살펴지기 때문이다. (H. bhabha, 나병철 역, 『문화의 위치』, 소명출판, 2002, 참조.; 박상기, 「탈식민주의의 양가성과 혼종성」, 고부응 편, 『탈식민주의-이론과 쟁점』, 문학과지성사, 2003, 223~255쪽 참조.)

양식적인 특성을 활용해서 문화적 다수인 주체(자아)와 그 소수인 타자(세계)의 경계를 넘나드는 특유의 상상력을 보여줌으로써 주목에 값하는 것이다. 이 논문에서는 문화적인 혼성이 현재 진행 중임을 말하고자 하기 위해서 2000년대 이후의 시에서 보여주는 상상력을 검토하고자 한다.

문화적 타자를 소재로 한 시에 대한 그간의 논의는 창작주체의 측면에서 크게 두 가지로 나뉜다. 하나는 문화적 타자가 직접 쓴 시에 대한 것이다. 비토르히 타고르, 범 라우티, 단비르 하산 하킴 등의 이주노동자와, 장진성, 김옥애, 김대호, 김성민 등의 탈북자가 쓴 시를 언급한 경우이다. 이들의 시를 살펴볼 때에는 그들이 처한 현실적인 차별과 고통을 면밀하게 분석하기 보다는, 담론자(다수주체)의 노동의식이나 민족의식의 잣대를 중심으로 해서 살펴본 측면이 강하다. 주로 이주노동자 시의 경우 "지구적 자본주의체제에 맞설 수 있는 네트워크적 연대"[4]라는 노동의식의 차원에서, 그리고 탈북자 시의 경우 "통일 이후 남북의 시인들이 필연적으로 겪게 될 문화융합의 모델"[5] 혹은 "이데올로기에 의해서 이

---

3 시 분야에서 이주노동자, 여성결혼이주민, 혼혈, 탈북자 등의 문화적 타자를 다룬 주요 작품들은 창작주체의 측면에서 다음과 같이 분류된다. 최근 들어 문화적 타자에 대한 관심에 힘입어 작품이 늘어나는 추세이다.

①이주노동자가 창작주체인 경우: 비토르히 타고르의 시 「달 전화기」, 「오래된 희망」, 「이곳에 자유가 없다」(이상 나눔문화연구소 홈페이지에 있던 것을 고영직이 「어떻게 연대하고 적대할까?」(『실천문학』 2006.가을호)에서 소개.), 범 라우티의 시 「무제2」, 단비르 하산 하킴의 시 「아무도 모른다 나를」(이상 『작가들』(2006.가을호)에서 소개. 언어와 출판 문제 때문에 극히 제한적으로 발표되고 있으며, 그나마 소실된 경우가 많다.)

②탈북자가 창작주체인 경우: 장진성의 시집 『내 딸을 백 원에 팝니다』(조갑제닷컴, 2008), 김옥애의 시집 『죽사발 소동』(삼우사, 2005), 탈북자(김대호)의 시집 『벌거벗은 시의 고백』(리빙북스, 2003), 김성민의 시집 『고향의 노래는 늘 슬픈가』(다시, 2004).

③다수집단의 일원인 시인이 창작주체인 경우: 시집으로는 하종오의 『반대쪽 천국』(문학동네, 2004), 『국경 없는 공장』(삶이보이는창, 2007), 『아시아계 한국인들』(삶이보이는창, 2007), 『입국자들』(산지니, 2009)이 있고, 주요 시편으로는 한명희의 「무하마드 아크바르」(『두 번 쓸쓸한 전화』, 천년의 시작, 2002), 윤제림의 「손목」(『문학과사회』 2005년 봄호), 이동순의 「베트남 노동자」(『미스 사이공』, 2005), 김응교의 「곽」(『문학동네』 2005년 가을호), 김수열의 「연변여자」(『창작과비평』 2005년 가을호), 조용미의 「낯선 피」(『문학 · 판』 2006년 봄호), 문성해의 「튀기」(『문학수첩』 2006년 여름호), 장석남의 「돌들이 왔다」(『문예중앙』 2006년 여름호), 이하의 「탈북선 아이」(『문학수첩』 2006년 여름호) 등.

4 고영직, 「어떻게 연대하고 적대할까?」, 『실천문학』 2006. 가을호, 355~356쪽.

질화된 두 문화가 어떻게 서로 스며들어 하나의 문화로 융합되는지를 보여주는 생생한 '실험장'"[6]이라는 민족의식의 차원에서 검토되었다.

다른 하나는 다수집단인 시인이 문화적 타자에 대해서 관심을 보이는 시에 대한 것이다. 지속적으로 이주민에 대한 관심을 보이는 하종오를 비롯하여 문성해, 조용미, 장석남, 윤제림, 이동순, 김응교, 김수열, 이하, 한명희 등의 시편을 대상으로 해서 우리 문화 속의 타자에 대해서 살펴보고 있다. 이 때 담론자들은 주로 차별에서 공존으로 향해야 한다는 관점으로 시편을 바라보는데, 이러한 관점 속에는 소수집단에 대해서 거리를 두고 바라보는 다수집단의 위치설정이 은폐되어 있는 측면이 있어서 자칫 현재 진행 중인 두 집단 간의 혼성적인 면모를 놓칠 위험이 있다.[7] 다시 말해서 뒤섞이는 측면에 대한 논의 없이 다수집단의 위치에서 공존해야 한다는 주장은, 오히려 두 집단의 차이를 강조하는 딜레마에 빠질 수가 있는 것이다.

그간의 논의는 차별의 현실과 공존의 과제를 살펴본 것이었으나, 이제는 두 집단이 이미 혼성화되었음을 검토할 필요가 있다. 이 논문에서는 이러한 시각으로 2000년대의 시에 나타난 혼성의 양상을 세 부분으로 나누어 살펴보고자 한다. 먼저 문화적 타자의 시편을 통해서 소수집단

---

5 김용범, 「시인 김성민이 열어나갈 새로운 시의 지평」, 김성민, 『고향의 노래는 늘 슬픈가』, 다시, 2004, 119쪽.

6 류신, 「대동강과 한강을 잇는 시적 상상력의 가교」, 『실천문학』 2006. 가을호, 478~479쪽.

7 문화적 타자를 소재로 한 시에 대한 논의는, 주로 차별에서 공존으로 향하는 관점에서 이루어졌다. 이경수는 "서로 다른 이질적인 존재 사이의 연대를 통해 서로가 서로를 죽이지 않고 살리는 생성의 차이로 나아"(이경수, 「국경을 횡단하는 상상력」, 『작가와비평』 2006. 하반기, 76쪽.) 가야 함을, 그리고 허정은 "그들과 더불어 살고 인간적인 연대를 이끌어"(「코시안과 한국문학」, 『실천문학』 2006. 가을호, 403쪽.)내야 함을, 고명철은 하종오의 시가 "지금껏 실현하지 못했던 인류의 상생과 공존의 아름다운 가치가 실현되는 사회를 꿈"(「동일자의 근대적 국민국가의 폭력을 넘어서는」, 『아시아계 한국인들』, 삶이보이는창, 2007, 136쪽.)꿈을, 류찬열은 하종오의 시가 "우리와 그들의 분별을 넘어 우리와 그들의 소통을 향해 나아가자는 것"(「다문화시대와 현대시의 새로운 가능성」, 『국제어문』 44집, 297쪽.)임을, 그리고 신주철은 "서로 다른 문화적 배경에서 성장한 다양한 사람들이 서로를 이해하고 존중할 수 있는 바탕은 서로의 다름을 인정하는 것"(「2000년대 한국시에 드러난 다문화주의의 양상」, 『세계문학비교연구』 26집, 2009.3, 47쪽.)임을 주목했다.

이 모방하는 측면을(2장 1절), 그리고 다문화사회에 관심을 갖는 시인들의 시편을 통해서 다수집단의 양가적인 심리 상태를(2장 2절), 마지막으로 다수집단이 소수집단과 혼혈화되고 있거나 이미 혼혈적인 존재임을(2장 3절) 분석하고자 한다.

2. 혼성화된 집단들

1) 문화적 타자의 모방

이 절에서는 문화적 타자의 시편을 대상으로 해서 소수집단이 다수집단을 모방(mimicry)[8]하는 양상을 살펴보고자 한다. 여기에서 다루고자 하는 소수집단은 주로 이주노동자나 탈북자를 의미하는데, 이들은 한국사회에 편입되면서 다수집단의 이념과 정책을 배우고 흉내 내고자 한다. 이 때 이러한 소수집단의 모방하기란 다수집단의 동화 논리에 수용되는 것처럼 보이지만, 실제로는 그 동화의 논리를 전복·해체하는 의외의 결과를 낳는 경우가 많아서 주목을 요한다.

먼저, 이주노동자가 한국에서 저임금·장시간 노동을 성실하게 따라하면서 동시에 자유와 해방을 지향하는 노동자의 저항의식도 배우는 (혹은 흉내 내는) 경우를 살펴보기로 한다. 이주노동자는 "1988년 이후 제조업과 건설 부문의 인력이 부족하던 시기",[9] 즉 한국의 경제성장과 그에 따른 분배요구로 인해 장시간·저임금 노동자가 부족하던 시기에 그 대

8 바바는 모방이라는 용어를 '흉내(내기)'라는 말과 함께 사용하는데, 모방 또는 흉내(mimicry)는 다수집단의 모범을 충실히 따르는 미메시스(mimesis)인 듯하지만, 오히려 그것을 우습게 만드는 엉터리 흉내(mockery)가 된다는 점에서 전복적·해체적·혼성적인 저항을 보여준다고 한다. (H. bhabha, 나병철 역, 『문화의 위치』, 소명출판, 2002, 참조)

9 이선옥, 「한국에서의 이주노동운동과 다문화주의」, 오경석 외, 『한국에서의 다문화주의』, 한울아카데미, 2007, 82쪽.

안으로 수입된 성격이 짙다. 그들은 2005년의 한 조사에 따르면 평균적으로 511만원의 입국비용을 들여서 한국에 들어온 뒤 한 달에 1,005,632원의 저임금을 받으면서 2.98일을 쉬고, 하루 11.6시간의 장시간 노동을 한다.[10] 한국의 이주노동정책에 순순히 따르는 셈이다. 그런데 그들은 분배를 요구하던 과거의 저항의식도 그대로 모방한다는 점에서 주목된다.

나의 연애 시절
머나먼 곳으로 매일 떠나고 싶었다
나의 꿈이었던 것은
단지 하나의 소달구지

나의 노동자 시절
젖소처럼 매일 착취당한다
나의 꿈이었던 것은
단지 하나의 시집(詩集), '노동의 새벽'

인생의 많은 꿈을 희생시켰지만
그러나, '노동의 새벽'을 만났다
우리가 꿈꾸는 오래된 희망은 '바보회'
그리고 전태일의 사진 한 장

—비토르히 타고르, 시 「오래된 희망」 부분[11]

---

10 윤선오 · 박명호 · 권장수는 대구지역의 성서공업단지에서 근무하는 200명의 이주노동자를 대상으로 설문조사를 한 바 있다. 위의 수치는 평균적인 통계를 의미한다. 위에서 제시한 통계 이외에도 임금체불은 38.8%, 폭언 · 폭행은 63.2%, 그리고 여성의 경우 성희롱은 44.4%가 경험하는 등 열악한 노동현실을 여실히 나타낸다.(윤선오 · 박명호 · 권장수, 「이주노동자 현황 및 개선방안」, 『복사행정논총』제15집 2권, 2005.12., 221~260쪽 참조)

11 『실천문학』 2006.가을호, 352쪽.

이곳에 자유는 없다
이곳에 자유는 없다
이곳에 자유는 없다
가난하고, 슬프고, 굶주리고
헐벗은 자들에게
자유는 없다. 자유는 없다. 자유는 없다.

[…중략…]

신이시여 우리에게 자유를 주소서
자유를 위해 우리는 기꺼이 피를 흘리겠습니다.

—비토르히 타고르, 시 「이곳에 자유는 없다」 부분[12]

위의 시에서 이주노동자가 자신의 노동을 "젖소처럼 매일 착취당한다"고 규정하는 것, 그리고 "나의 꿈"이 "'노동의 새벽'"이자 "오래된 희망은 '바보회'/그리고 전태일의 사진 한 장"이라고 말하는 것은, 한국의 이주노동정책뿐만 아니라 노동자의 저항의식까지도 따라하고 있음을 보여준다. 아래의 시에서도 이주노동자가 "이곳에 자유는 없다"고 하면서 "자유를 위해 우리는 기꺼이 피를 흘리겠"다고 말하는 것은, 한국 노동자의 저항의식을 그대로 흉내 내는 것으로 이해된다. 이처럼 그들의 흉내는 자신들이 저임금·장시간 노동자를 대치하여 수입되었고 성실히 노동을 수행한다는 점에서 이주노동정책을 잘 따르는 미메시스인 것처럼 보이지만, 그 정책뿐만 아니라 1980년대 한국노동자의 저항의식까지도 따라하면서 엉터리 흉내가 되는 것이다. 1980년대의 노동자처럼

12 『실천문학』 2006. 가을호, 354~355쪽.

박노해와 전태일의 저항의식과 실천을 흉내 내어서 현실적인 착취로부터 벗어나고자 한다.

이러한 이주노동자의 흉내 내기는 다수집단의 정책을 전복하는 저항의 계기가 된다. 그들은 처음부터 저항적이거나 고국에서 저항의식을 지니고 온 것이 아니라, 한국의 다수집단(노동자)이 조성해 놓은 노동현실과 저항문화를 배움으로써 저항적인 것이다. 이 점에서 이주노동자가 보여주는 모방과 순종의 과정은, 결국 의외의 결과를 만들어서 다수집단에 대한 저항이 되는 것이다.[13]

그리고, 탈북자가 북한체제를 비판하는 남한체제의 이념을 순응하고 흉내 내면서도 북한을 그리워하는 엉터리 흉내를 내는 시편을 검토하기로 한다. 이 논문에서 말하는 탈북자는 북한 내부의 기아와 체제불만을 이유로 인해 탈북한 자들 중에서 남한 행을 선택한 약 1만 명 정도를 뜻하는 잠정적인 용어이다. 현재 중국 등지에서 대략 5~10만 명의 탈북자가 있다는 추측에 비추어볼 때, 탈북자는 북한체제와 대척하는 남한체제를 분명하게 긍정·순응하는 의사를 지닌 자들이다.[14] 그럼에도 이들은 남한에서 고향(북한)을 그리워하고 귀향의 소망을 품고 사는 자들이다.

> 고향집은 그가 바친 석 삼 년의 군복무기간에 모래성처럼 소멸되었습니다 아버님과 어머님은 돌아가시고 누이들은 뿔뿔이 흩어져 가고 유년의 웃음과 꿈마저 사라져 버렸습니다 스물 세 평 적은 집은 얼굴도 모르는 심 아무개의 차지가

---

13 이 뿐만 아니라 "법의 사원 안에서/기본권을 받지 못한 후/인간의 마음 사원 안에/인권을 못 받은 후"(시 「무제2」)라는 범 라우티의 시구절이나 "나의 마음은 어둡다/나는 왜 나처럼 되었나"(시 「아무도 모른다 나를」, 『작가들』 2006. 겨울호, 40~41쪽.)라는 단비르 하산 하킴의 시구절은, 이주노동자가 이주노동정책에 따라 성실하게 살아감에도 좌절과 고통에 휩싸인다는 내용을 보여준다는 점에서 그 정책의 모순과 문제점을 암시한다.

14 중국에 있는 탈북자들은 결혼 · 직업 등의 이유로 중국에 거주하고자 하는 경우, 한국 행을 희망하는 경우, 그리고 몽골 혹은 태국 행을 원하는 경우로 나뉜다. 그 중에서 체제이념이 유사하고 교류가 빈번한 중국에 살고 싶은 경우가 가장 많다.(최대석 · 조영주, 「탈북자 문제의 주요 쟁점과 전망」, 『북한학보』 33집 2호, 93~98쪽 참조.)

되어버렸나 봅니다 그래서 고향은 사라졌을까요 아파트 골목을 빠져 나와 색 바랜 벤치에 앉아 강기슭의 4층집을 멀거니 바라봅니다 첫 글을 익히던 조그마한 칠판 그 곁에 놓여있던 댑싸리 빗자루 위험하리만치 가냘픈 어머니의 허리는 그 집 베란다에 늘 걸려있었습니다 순이야, 순자야, 미숙아, 얘, 진이야… 그 어머니 만날 듯 싶어 산으로 오릅니다 오르고 내리도록 아무도 없는 고향의 산 푸드득 산 꿩 한 마리가 깃을 치며 날아오르고 있었습니다.

—김성민, 시 「전사의 자서전」 부분[15]

군복무를 마치고 고향집에 가자 가족이 모두 흩어지고 집도 빼앗겼다는 위의 시는, 시인의 기억을 바탕으로 한 것이다. 이 시에서 고향집이란 북한체제에 의해서 가족이 헤어진 고통의 공간인 것이다. 이러한 경험은 남한체제를 선택하고 수용하는 데에 어느 정도의 요인으로 작용했을 것으로 추측된다.[16] 이 때 위 시에서 주목해야 하는 것이 "그래서 고향은 사라졌을까요"라는 구절이다. 그의 기억 속에서 "어머니의 허리는 그 집 베란다에 늘 걸려있었습니다"라는 것은, 그가 고향을 그리워하고 긍정적으로 생각하고 있음을 보여준다. 그는 북한을 비판 · 거부하는 남한체제의 이념을 순응 · 모방하는 자임에도 고향(으로서의 북한)에 대해서는 여전히 그리움을 간직한 자인 것이다.

위의 시적 화자는 한편으로 남한체제의 이념을 흉내 내되 다른 한편으로는 북한을 그리워하는 엉터리 흉내를 내는 자인 것이다.[17] 그는 "떠

15 김성민, 『고향의 노래는 늘 슬픈가』, 다시, 2004, 22쪽.

16 김성민의 가족이 고향집을 빼앗기고 흩어진 이유는 그의 가족이 북한체제에 잘 적응하지 못했기 때문인 것으로 판단된다. 그의 아버지 김석순은 북한사회에서 교조적인 문학 경향에 반대하고, 다양하고 개성적인 문학을 주장했다가 순탄치 못한 삶을 살았다. 위의 시에서 보이는 가족의 파탄은 이러한 아버지의 삶과 밀접하게 관련되는 듯하다. 그가 남한 행을 선택한 한 이유로 제시한 시인으로서의 꿈도, 아버지의 문학관에 영향 받은 바가 크다. 이런 것들로 보았을 때, 김성민은 북한체제를 비판 · 거부하는 남한체제를 인정 · 긍정하는 자이다.(김성민, 『정체성 찾기의 시론』, 중앙대학교예술대학원석사학위논문, 2003, 7쪽;16~18쪽 참조.)

나던 나를 위해/아무도 울어준 이 없는 곳이 고향"임을 잘 알고 있음에도 그곳이 "못 다한 나의 사랑"[18]이라고 말하거나, "사랑하는 사람과 헤어지고/난, 그제서야 사랑을/확인할 수 있었습니다"[19]라고 고백하는 자이다. 이러한 이중적인 심리의 표출은 탈북자가 한국에서 정착해서 사는 것이 그만큼 힘겹다는 것을 뜻하고,[20] 나아가 탈북자정책이 부분적으로 실패하고 있음을 암시하는 것이다. 소수집단의 모방이 역설적으로 혼성적인 저항을 보여주는 부분이다.

2) 다수집단의 양가적인 심리

다문화사회에 관심을 가지는 주요 시인의 시편에서는 소수집단을 대하는 다수집단의 심리가 잘 드러나 있다. 흔히들 다수집단은 인종적·문화적인 소수집단에 대해서 월등히 우월하다는 일관된 인식을 지니는 것

17 이 글에서 탈북자가 고향으로서의 북한을 그리워하는 것은 단순히 인간이 자기가 자란 고향과 가족을 그리워하는 것과는 다른 차원의 문제가 되는 측면이 있다. 탈북자도 인간으로서 고향을 그리워할 수 있고, 그것은 인지상정이다. 그렇지만 고향을 그리워하는 것은 북한으로 귀환할 생각으로 이어지기 쉽고, 김성민을 비롯한 김대호, 김옥애와 같은 탈북자 시인들이 북한에 대한 그리움을 자주 공공연히 말하는 것은 남한의 탈북자 정책에 순응해도 살기가 어려워서 북한을 그리워한다는 측면이 강하게 부각되는 것이다. 이 점에서 그들은 남한체제의 이념을 따르되 온전히 따르지 못하는 엉터리 흉내를 내는 자들인 것이다.
탈북자를 대상으로 해서 망명 여부를 조사한 한 자료를 살펴보면, '미국 망명 생각 여부' 항목에서 매우 많다가 35.9%, 그리고 어느 정도 있다가 34.6%를 차지하고 있고, '북한 귀환 생각 여부' 항목에서도 한두 번 한다가 31.5%, 가끔 한다가 16.3%, 자주 한다가 6.8%를 차지한다.(오효림,「탈북자 300명 특별 리서치」,『월간중앙』, 2006.8, 136쪽 참조.)

18 김성민,「고백」,『고향의 노래는 늘 슬픈가』, 다시, 2004, 12쪽.

19 김성민,「고향 사랑1」, 위의 시집, 24쪽.

20 탈북자는 정부의 탈북자 정책을 따르고 정부가 제시하는 시민상을 배우려고 해도 실패하는 경우가 많다. 그들은 보통 중국 내에서 탈북브로커에게 500~1,000만원의 빚을 지고서 입국한 뒤 보조금·정착지원금으로 갚으면서 한국생활을 시작하여 경제적으로 곤란한 처지에 놓이고, 자본주의 시장경제에 대한 이해 부족으로 생활난에 처하기 쉬우며, 북한에서 취득한 학력과 자격증도 쉽게 인정받지 못한다. 이런 상황으로 인해서 그들 중 70%는 월 평균 100만원의 저임금에 시달리고, 80%는 부동산을 지니지 못하는 빈곤층이 된다.(정주신,「국내의 탈북자실태와 정부의 과제」,『통일전략』 제6권 1호, 2006.8, 110~113쪽 참조.)

처럼 생각되지만, 주요 시인들의 시편에 나타난 다수집단의 심리는 그처럼 단일 · 단순하지 않다. 이 절에서는 다문화사회에서 두 집단이 관계를 맺는 대표적인 두 가지의 경우, 구체적으로 말하면 한국인이 이주노동자를 대면할 때와 여성결혼이주민과 생활할 때의 경우를 살펴보면서 다수집단의 심리를 분석하고자 한다.

다수집단의 심리를 잘 보여주는 대표적인 시인 중의 하나는 하종오이다. 그의 주요 시편에서 한국인은 서구에서 차별을 받던 과거의 기억을 떠올리는 과정을 거치면서 이주노동자를 바라보는 냉대의 시선(eyes)을 일관되게 유지하지 못한다. 한국인은 아시아에서 건너온 이주노동자를 바라볼 때에는 우월한 감정을 지니지만, 서구에 가면 거꾸로 그러한 냉대의 시선을 받아서 열등한 감정을 드러내는 양가적인 심리를 지닌 존재이기 때문이다. 이러한 양가적인 심리는 주체와 타자 사이의 자리바꿈, 쉽게 말해서 주체가 타자가 되어보는 시적 동일시 혹은 시적 상상력을 통해서 서술된다.

가무잡잡한 아시안 둘
모퉁이 돌아갔다
무직 남자는 무심결에 눈으로 뒤좇았다
아시안 둘 뒷덜미에서
꽃그늘이 자우룩이 내렸다
무직 남자는 눈 끔벅이다가 부리나케 일어나
목련꽃 아래 지나서
아시안 둘이 왔던 쪽으로 걸어갔다
그가 직장 다닐 때 미국 가서
주택가 어슬렁어슬렁 산책했던 적에
백인 남자가 그를 빤히 쳐다보았었다

그날 기분을 그는 떠올려보았다
무직 남자가 모퉁이 돌아가려다가 뒤돌아보니
꽃그늘이 자우룩이 내려 있었다

—하종오, 시 「골목길」 부분[21]

위의 시에서 주목되는 것은 "무직 남자"의 양가적인 심리이다. 그는 "가무잡잡한 아시안 둘"을 "무심결에 눈으로 뒤좇"는데, 이 때의 '눈'은 아시아인에 대한 냉대의 시선에 다름 아니다. 이 시선은 "부직 남자"가 우등하고 정상적인 존재이며, 아시아인이 열등하고 비정상적인 존재라는 차별적인 인식의 산물이다. 그는 지배자의 우월하고 월등한 위치에서 아시아인을 내려다보고 있는 것이다. 그런데 그러한 시선으로 아시아인을 바라본 "무직 남자"의 우월성은 "그가 직장 다닐 때 미국 가서" "백인 남자가 그를 빤히 쳐다보았"던 시선을 떠올리면서 반전된다. "무직 남자" 역시 '미국'이라는 국가 안에서는 한국 속의 아시아인처럼 냉대의 시선을 받는 열등하고 비정상적인 자로 보이기 때문이다. "무직 남자"는 자기 자신에 대해서 우월하면서도 열등한, 그리고 정상적이면서도 비정상적인 양가적인 심리를 경험하는 것이다.

시인은 위의 시에서 "무직 남자"와 같은 다수집단이 은연중에 지니는 차별적인 인식을 균열시키고, 그도 역시 이미 혼성적인 존재임을 암시한다. "무직 남자"는 아시아인에 대해서는 주체이면서도 미국인에 대해서는 타자이기 때문이다. 이 점에서 시인의 서술 전략은 중심문화에 대한 자기비판이 된다. 시인은 자신이 속한 다수집단이 이주노동자과 같은 소수집단에 비해서 우월하다는 인식을, 자신이 소수집단이 되었던 경험과 병치시켜 놓음으로써 이미 뒤섞여 있음을 암시한다.[22]

---

21 하종오, 『국경 없는 공장』, 삶이보이는창, 2007, 36쪽.

이런 맥락에서 시인 하종오는 한국인 남성이 여성결혼이주민과 맺는 관계에서도 양가적인 심리가 내재되어 있음을 주목한다. 그의 주요 시편에서 여성결혼이주민과 혼인한 한국인 남성의 우월한 위치는, 그녀가 가난 때문에 자신과 결혼하여 이주해 온 것처럼 그 자신도 가난 때문에 자국인 여성과 결혼하지 못하고 그녀와 결혼했음을 깨닫는 과정을 거치면서 붕괴된다.[23] 여기에서 다수집단인 한국인은 여성결혼이주민을 동정하면서 스스로를 동정한다는 점에서 양가적인 심리를 보여준다.

말 한마디 통하지 않는 베트남 처녀와
한 이불 덮고 자야 한다는 걸 낯설어하다가
신부로 데리고 집으로 돌아오던
그날, 한국 처녀 선본 뒤 가난하다 퇴짜 맞고
밭길을 걸어서 돌아오다가 보았었던
[…중략…]
그날, 집안이 가난하면
딸 일찍 시집보내 한 입 덜려는 건
예전에 한국도 마찬가지였다는 생각이 들어

---

22 하종오는 이처럼 다수집단인 한국인의 우월성을 해체하고자 하는 시편을 많이 보여준다. 시집 『국경 없는 공장』에서 살펴보면, 시 「체불」과 「초복」에서 임금을 체불하거나 폭력을 행사하는 한국인의 우월한 이미지는 한국의 이민사와 제국주의적인 피억압의 경험을 상기할 때 열등한 이미지를 내재한 것이며, 시 「퇴직」에서 열등한 이주노동자의 이미지는 불법체류자로 자진신고를 해서라도 출국하려는 사건을 통해서 균열된다.(하종오, 『국경 없는 공장』, 삶이보이는창, 2007, 20~23;38~39쪽.)

23 2005년 기준으로 결혼이주민과 한국인 사이의 다문화결혼은 한국사회 전체 결혼의 13.6%에 육박한다. 특히 베트남 여성과의 결혼이 그 중에서 18.7%를 차지한다. 보통 한국인은 5박 6일의 일정으로 베트남에 가서 여성을 만나 결혼을 하여 데리고 오는데, 이 과정에서 여비 및 브로커 결혼비용이 800~1,000만 정도 들며, 이 중에서 30~40만원 정도의 돈이 신부 측에 전달된다. 이러한 방식의 결혼은 한국인의 입장에서 매매혼의 인상을 주어서, 한국인이 강자이고 여성결혼이주민이 약자라는 관계가 설정되기 쉽다. 여성결혼이주민에 대한 비하의식이 생기고, 그것은 높은 이혼율로 이어지는 한 이유가 된다. 더욱이 농촌의 경우 1/4의 여성결혼이주민이 남편에게 구타당한 경험이 있다.(오현선, 「한국 사회 여성이주민의 삶의 자리와 기독교 교육적 응답」, 오경석 외, 『한국에서의 다문화주의』, 한울아카데미, 2007, 232~259쪽.)

얼마나 슬퍼했던가

꽉 한국으로 시집오고 싶어 향긋 웃던
아내를 어젯밤 손찌검한 게 한심해서
남자는 밭을 매다 말고 한숨 내뱉었다

—하종오, 시 「코시안리-22」[24]

위의 시에서 다수집단인 한국인 남편은 양가적인 심리를 잘 보여준다. 그가 베트남 아내를 "어젯밤 손찌검한" 것으로 보아서 그녀에 비해 다문화가정 안에서 우월한 위치에 있음을 알 수 있다. 그러나 그는 자신의 잘못을 반성하는데, 이 때 그 계기가 되는 것은 자신이 약자의 위치에서 있었음을 떠올리는 것이다. 그가 베트남 아내를 신부로 맞이할 수 있었던 것은 그녀의 "집안이 가난"해서인데, 사실 그 자신도 "한국 처녀 선본 뒤 가난하다 퇴짜 맞"았던 경험이 있었던 것이다. 그와 그녀는 가난이라는 공통 조건 때문에 맺어진 사이였던 것이다. 이 과정에서 그는 자신이 그렇게 우월한 위치에 서 있지 못함을, 다시 말해서 그 자신도 한국처녀의 입장에서 보면 가난하고 열등한 존재임을 깨닫는 것이다.

시인은 우월하면서도 열등하다는 한국인 남편의 양가적인 심리를 포착하는데, 이것은 다문화가정 내에서 한국인의 우월한 이미지를 해체시킨다는 점에서 비판적인 것이 된다. 한국인(남편)은 자신의 가정에서는 여성결혼이주민에 비해서 우월하지만 한국사회에서는 경제적·문화적으로 열등하기 때문에 양가적인 심리를 지니게 된다. 시인은 이러한 한국인의 양가적인 심리를 드러냄으로써 다수집단이면서도 소수집단의 측면을 지님을, 다시 말해서 이미 혼성되어 있음을 보여주는 것이다.

24 하종오, 『아시아계 한국인들』, 삶이보이는창, 2007, 88~89쪽.

3) 혼혈의 상상력

한국인이 한민족이라는 사실은 과거 한국사회를 통합하는 중요한 이데올로기 중의 하나였다. 이 때 한민족이란 역사적으로 동일한 혈연·문화 공동체라는 의미로써 일종의 에스닉 집단(ethnic group)을 의미하는데, 한국인에게는 "한 핏줄–한 민족"이라는 단일민족주의에 대한 공고한 믿음이 있다.[25] 그렇지만 이러한 믿음은 오늘날 소수집단에 대한 차별의 근거가 된다는 점에서 재고될 필요가 있다. 다문화사회에 관심을 지니는 주요 시인들은, 이러한 단일민족주의 이데올로기가 숨기거나 간과하고 있는 것들을 형상화하면서 열린 사회를 지향하는 상상력을 보여준다.

우선, 한민족이 단일민족이라는 강고한 믿음을 해체시키면서 비판적인 태도를 보인 시편의 양상을 살펴보기로 한다. 한국의 단일민족주의는 1960년대 박정희 권력이 국가주의를 구현하기 위한 정치이데올로기로써 전유한 측면이 강하다. "우리는 단일 민족국가의 국민으로서 하나의 민족"이라는 박정희의 구상은, 역사 유적을 발굴하고 이순신 등의 인물을 민족영웅화하면서 단일민족의 신화를 만드는 중요한 근거가 된다. 이러한 과정을 거쳐서 단일민족주의는 한민족을 근원적으로 규정하는 집단무의식이 되고, 타인종과 민족에 대한 배타적인 의식을 형성한 결정적인 요인으로 작용하게 된다.[26] 그렇지만 한민족의 단일민족주의는 다문화사회에서 부정적인 요인으로 작용하기 쉽다는 점에서 성찰적인 태도가 요구된다.

　혼혈이란 한 종족과 한 종족이 만나는 것

---

25 오경석, 「어떤 다문화주의인가?」, 오경석 외, 『한국에서의 다문화주의』, 한울아카데미, 2007, 33쪽.

26 윤해동, 『식민지 근대의 패러독스』, 휴머니스트, 2008, 157~183쪽 참조.

어떤 피가 또 다른 낯선 피를 만나는 것이 아니던가
더운 피의 어미와 차가운 피의 아비를 둔 나도,
꼬리 없는 개와 다리 없는 개 사이에 온 이웃집 복실이도,
능선이 완만한 앞산과 첨탑을 여럿 거느린 뒷산과의 사이
베고 누우면 딱 좋을 저 언덕들도,
허연 등덜미의 앞냇가와 시퍼런 용소를 여럿 숨긴 뒷냇가 사이
흘러나온 서낭당 앞 개울도
엄격히 말하면 다 튀기였던 것
어미 아비가 뒤섞인 몸에서 변형된 어떤 피가 울렁거려 깨는 날이 있다

—문성해, 시 「튀기」 전문[27]

2

토박이 돌 하나 멈춰 서서
어디서 온 돌들이지?
냉이꽃처럼 버짐처럼 (짓눌린 것도 있다)
어디서 온 돌들이지?
바람 소리 서서
어디서 온 돌들이지?

3

우리는 모두 어디서 온 돌들이지?
우리는 모두모두 어디서 온 돌들이지?
그렇게 모두 흐느껴갈 적에
봄꽃 만발,

27 『문학수첩』 2006. 여름호, 149~150쪽.

서서 앉아서

우리는 모두 어디서 온 꽃들이지?

—장석남, 시 「돌들이 왔다」 부분[28]

동일한 혈통의 한 민족이라는 이데올로기는, 한민족의 역사를 살펴볼 때 허구적인 면모가 있다. 한민족은 선사시대부터의 원주 토인족, 쥬신족, 부여족, 신라 황금씨의 4대 족파들로 구성되었다는 한 연구를 굳이 참조하지 않더라도,[29] 근본적으로 혼혈적이지 않을 수 없는 것이다. 오랜 세월을 거쳐 온 에스닉 집단이라면 당연히 다른 에스닉 집단과 혈통이 섞이는 과정이 동반되기 때문이다. 위의 시에서 "엄격히 말하면 다 튀기였던 것/어미 아비가 뒤섞인 몸에서 변형된 어떤 피가 울렁거려 깨는 날이 있다"는 표현은, 바로 이러한 인식 속에서 유효한 것이다. 한민족은 이미 "한 종족과 한 종족이 만나는" '혼혈'의 과정을 거친 것이다. 위의 시인은 '어떤'/"또 다른 낯선 피"뿐만 아니라 '더운'/'차가운' '부모', "꼬리 없는"/"다리 없는 개", '앞산'/'뒷산', '앞냇가'/'뒷냇가'라는 문화적·자연적인 차이가 뒤섞이는 것 역시 '튀기'라고 하면서, 현재 우리 자신과 우리가 아는 거의 모든 것이 뒤섞여 있음을 보여준다.

아래의 시는 마당에 쌓여 있는 돌들의 이야기인데, 중요한 것은 "토박이 돌"이 나중에 온 '돌들'에게 "어디서 온 돌들이지?"라고 묻다가, "우리는 모두 어디서 온 돌들이지?"라는 좀 더 근본적인 자기질문을 던진다는 점이다. "토박이 돌"이 '토박이'인 것은 따지고 보면 그 마당에 조금 일찍 와서 자리를 잡았을 뿐인 것이지 원래부터 '토박이'일 수는 없는 것이며, 이 때 마당은 "토박이 돌"과 나중에 온 '돌들'이 뒤섞이는 공

28 『문예중앙』 2006. 여름호, 170쪽.
29 김산호, 『단군조선』, 다물넷, 2005, 참조.

간인 것이다. 이 돌들의 이야기가 원주민과 이주민의 비유로 해석된다면, 이 세상의 모든 마당은 원주민과 이주민이 혼혈되는 현장임을 짐작할 수 있다.

이러한 혼혈의 상상력은 시라는 장르에서 펼치기에 쉬운 것이 된다. 시 장르는 주관과 객관이 서로 융합하는 특유의 특성을 지니고 있는데, 위의 시에서는 이러한 특성이 유감없이 발휘되고 있다. 더욱이 에스닉 집단을 주제로 할 경우, 혼혈의 상상력은 우리 한민족이 지니고 있는 단일민족주의에 내한 자기비판적인 성격을 분명하게 드러낸다. 한민족은 다양한 에스닉 집단과 뒤섞이는 과정을 거쳐서 형성된 이미 혼성된(hybrid) 집단이기 때문이다. 이러한 인식은 비단 문성해와 장석남의 시뿐 아니라, 지하철의 유리창에서 보이는 자기 모습을 "귓바퀴는 몽골인의 그것/눈매는 베트남인의 그것/입술은 타이인의 그것/콧대는 캄보디아인의 그것/수수천년 전 수수만년 전/어디선가 헤어졌던"[30] 형상으로 여기는 하종오의 시에서도 나타난다.

단일민족주의에 대한 비판의 또 다른 양상은, 외국인으로 규정된 존재의 혈통을 살펴보는 시편에서 나타난다. 한국사회에서 단일민족주의의 타자는 주로 여성결혼이주민, 국내 혼혈, 국제 혼혈, 이주노동자, 화교 등을 뜻한다. 이 중에서 단기간 체류의 이주노동자와 중국계의 화교와 달리 여성결혼이주민과 국내 혼혈과 국제 혼혈은 다문화정책의 배려 대상이 되는데, 그 공통점은 한민족이라는 혈통을 생산하거나 일부 지니고 있다는 점이다.[31] 이 점에서 한국사회에서 외국인을 대하는 태도는

30 하종오, 「저녁 시간」, 『국경 없는 공장』, 삶이보이는창, 2007, 92~93쪽.

31 한국의 다문화정책을 살펴보면 거의 철저하게 혈통에 따라서 배려의 정도가 다르다. 여성결혼이주민처럼 한민족의 혈통을 재생산하는 데에 필요하거나, 국내 혼혈이나 국제 혼혈처럼 한민족의 혈통을 일부 지니고 있다면 국적을 취득하거나 생활하는 데에 필요한 일정한 권리를 주고 배려를 한다. 그렇지만 한민족의 혈통과 무관한 단기체류의 이주노동자나 화교에 대해서는 정책적인 배려가 거의 없다.(김희정, 「한국의 관주도형 다문화주의」, 오경석 외, 『한국에서의 다문화주의』, 한울아카데미, 2007, 66~69쪽 참조.)

단일민족주의라는 관점에서 한 치도 벗어나지 못했다고 해도 과언이 아니다. 이런 상황에서 한민족의 타자로 여겨진 외국인의 혈통 문제를 새롭게 보여주는 시편은 의미심장하다.

이젠 더욱 한국에 갈 수 없고
이젠 더욱 한국어를 쓸 수 없겠지만
노파는 망설인다 말해야 할지 말아야 할지
일제 때 처녀로 정신대에 끌려왔다가
태국 여자 행세하며 할머니로 살아남은 신세를

처자식까지 있는 손자 덩군터숭는이
한국 공장에 가서 몇 년 열심히 일하고 돈 모아
태국 집으로 돌아오면 부자 된다고 자랑할 때마다
노파는 속마음으로 속마음으로 바란다
한국에 머무는 동안
제 얼굴과 할머니의 얼굴에서
한국인의 이목구비를 느낄 수 있기를

—하종오, 시 「귀국」 부분[32]

위의 시에서 '덩군터숭는'은 자신을 태국인으로 알고 있고 또 그렇게 자의식을 형성하고 있으며, 한국에 이주노동자로 가게 됨을 기뻐하고 있다. 한국행은 "집으로 돌아오면 부자"가 되는 것이기 때문이다. 그렇지만 그는 순전한 태국인이 아니라, "일제 때 처녀로 정신대에 끌려왔다가/태국 여자 행세"한 '할머니'의 손자로서 일부분 한민족의 혈통을 지

32 하종오, 『입국자들』, 산지니, 2009, 184~185쪽.

니고 있는 것이다. 그는 자기 자신도 모르는 혼혈이다. 쉽게 말해서 '덩군터숭는'은 동시대에 있어서 순정한 것으로 여겨지는 한민족의 혈통이 이미 뒤섞이고 있음을 보여주는 증거가 되는 것이다.[33]

'덩군터숭는'은 완전한 단일민족주의가 한민족 시련의 근대사 속에서 불가능함을 암시하는 존재이다. 그의 존재는 한민족이라는 에스닉 집단의 경계선이 그리 분명하지 않음을, 좀 더 명확하게 말해서 단일민족주의 자체가 정치적 · 정책적인 이데올로기임을 추측하게 만든다. 이 점에서 위의 시를 쓴 하종오는 한민족이라는 다수집단 속에서 자기 집단을 향한 비판적인 성찰을 한 것이다. 우리가 한민족 혹은 외국인이라고 여긴 존재들이 실상 혼혈이라는 사실은, 단일민족주의에 대한 비판이자 저항인 셈이다.

3. 결론

이 논문은 다문화사회를 바라보는 우리의 시각을 문제 삼았다. 우리 사회가 현재 다문화사회로 빠르게 변화해 가고 있음에도 문화적 타자를 바라보는 시각은 그 변화를 좇아가지 못하고 있기 때문이었다. 문화적 타자를 바라보는 다수집단의 기존 시각은 소수집단에 대하여 거리를 두고 바라보는 고유한 위치가 은폐된 측면이 있었는데, 이 글에서는 2000년대의 시를 대상으로 하여서 다수집단과 소수집단이 이미 혼성되어가고 있음을 주목하는 시각을 형성하고자 했다. 시는 세계의 자아화라는

33 한민족과 타(他)에스닉 집단 사이의 혼혈은 근대사에 들어와서도 지속적으로 일어난다. 위의 시에서 알 수 있듯이 식민지 기간 동안의 타국이주 학병이나 정신대 여성과 타에스닉 집단 사이, 만주이주민들과 현지인들 사이, 1950~60년대 한국전쟁으로 인한 연합군과 한국 여성 사이, 최근 증가한 이주노동자와 한국인 사이, 베트남 전쟁 당시 한국 군인과 현지 여성 등 사이에서 빈번하게 일어난 바 있다.

양식적인 특성으로 인해서 두 집단의 경계를 넘나드는 특유의 상상력을 지님으로써 혼성화되는 집단들을 잘 보여주었다.

먼저, 문화적 타자가 직접 쓴 시편에서는 그들이 다수집단을 엉터리로 흉내 냄으로써 혼성적인 저항을 보여주는 상상력이 주목되었다. 문화적 타자의 흉내 내기는 다수집단의 모범을 충실히 따르면서도 그것을 우습게 만드는 엉터리 흉내가 된다는 점에서 전복성이 있었다. 비토르히 타고르의 시 「오래된 희망」과 「이곳에 자유는 없다」에서 보이듯이, 이주노동자는 한국에서 저임금 · 장시간 노동을 따라하면서도 아울러 자유와 해방을 지향하는 노동자의 저항의식도 흉내 내었다. 또한 김성민의 시 「전사의 자서전」을 보면 탈북자는 북한체제를 비판하는 남한체제의 이념을 순응함에도 북한을 그리워하고 귀환하고 싶어 했다. 이들 소수집단의 시에서 모방은 역설적으로 다수집단에 대한 혼성적인 저항이 되었다.

그리고, 다문화 사회에 대해 관심을 지닌 다수집단의 시인이 쓴 시편에서는, 다수집단의 양가적인 심리를 검토했다. 이 때의 다수집단은 소수집단에 비해서 우월한 위치에 서 있지 못하고 자신의 열등했던 기억 때문에 양가적인 심리를 보였다. 시 「골목길」에서는 한국인이 이주노동자에 대해서 우월한 위치를 선점하면서도 자신이 미국에서 겪었던 열등했던 기억을 회상함으로써 양가적인 심리를 보여줬다. 시 「코시안리-22」에서도 한국인 남성은 여성결혼이주민과 비교할 때 가정 내에서 우등한 위치에 있으면서도 자기 자신이 한국 사회 내부에서 열등한 위치에 있음을 자각하면서 양가적인 심리를 드러냈다. 이러한 다수집단의 양가적인 심리는 다수집단이 이미 혼성화되었음을 보여줬다.

마지막으로, 혼혈의 상상력을 서술한 주요 시인의 시를 살펴봤다. 한국인은 단일민족주의에 근거해서 자기 자신을 규정해 왔는데, 그러한 규정은 이데올로기적인 측면이 있었다. 시 「튀기」와 「돌들이 왔다」에서는 한민족의 혈통이 다양한 에스닉 집단들로 결합된 것으로 상상되면서 단일민족이라는 강고한 믿음이 비판되었다. 시 「귀국」에서는 단일민족주의에 대한 또 다른 비판의 양상을 보여줬다. 한민족의 타자인 이주노동자에게서 한민족의 혈통이 찾아진다는 서술은, 한민족 시련의 근대사에서 완전한 단일민족주의가 불가능함을 드러냈다. 이러한 혼혈의 상상력은 다수집단이 소수집단과 혼성화되고 있음을 암시했다.

다문화사회에서 다수집단과 소수집단이 혼성화되어 가는 이 변화의 양상은, 시에서 잘 드러났다. 시 분야는 그 특유의 장르적인 특성으로 인해서 이러한 혼성화의 지점을 예리하게 포착하고 있었던 것이다. 이렇게 볼 때 다문화사회를 바라보는 시각은 이제 혼성적인 것으로 바뀔 필요가 있고, 새로운 논의는 두 집단의 혼성성을 잘 이해하는 데에서부터 전개되어야 할 것이다. 소설론을 비롯한 인문·사회과학 분야로 논의를 확대하는 것이 앞으로의 후속과제가 될 것이다.

참고문헌

1. 기본자료

김성민, 『고향의 노래는 늘 슬픈가』, 다시, 2004.

김수열, 「연변여자」, 『창작과비평』 2005년 가을호.

김옥애, 『죽사발 소동』, 삼우사, 2005.

김응교, 「곽」, 『문학동네』 2005년 가을호.

문성해, 「튀기」, 『문학수첩』 2006년 여름호.

윤제림, 「손목」, 『문학과사회』 2005년 봄호.

이 하, 「탈북선 아이」, 『문학수첩』 2006년 여름호.

이동순, 「베트남 노동자」, 『미스 사이공』, 2005.

장석남, 「돌들이 왔다」, 『문예중앙』 2006년 여름호.

장진성, 『내 딸을 백 원에 팝니다』, 조갑제닷컴, 2008.

조용미, 「낯선 피」, 『문학 · 판』 2006년 봄호.

탈북자(김대호), 『벌거벗은 시의 고백』, 리빙북스, 2003.

하종오, 『국경 없는 공장』, 삶이보이는창, 2007.

하종오, 『반대쪽 천국』, 문학동네, 2004.

하종오, 『아시아계 한국인들』, 삶이보이는창, 2007.

하종오, 『입국자들』, 산지니, 2009.

한명희, 「무하마드 아크바르」, 『두 번 쓸쓸한 전화』, 천년의 시작, 2002.

단비르 하산 하킴, 시 「아무도 모른다 나를」, 『작가들』 2006. 가을호.

범 라우티, 시 「무제2」, 『작가들』 2006. 가을호.

비토르히 타고르, 시 「달 전화기」, 「오래된 희망」, 「이곳에 자유가 없다」, 『실천문학』 2006. 가을호.

2. 단행본

김산호, 『단군조선』, 다물넷, 2005.

윤해동, 『식민지 근대의 패러독스』, 휴머니스트, 2008.

H. bhabha, 나병철 역, 『문화의 위치』, 소명출판, 2002.

3. 논문

고명철, 「동일자의 근대적 국민국가의 폭력을 넘어서는」, 『아시아계 한국인들』, 삶이보이는창, 2007.

고영직, 「어떻게 연대하고 적대할까?」, 『실천문학』 2006. 가을호.

김남국, 「한국에서 다문화주의 논의의 전개와 수용」, 『경제와 사회』.

김성민, 「정체성 찾기의 시론」, 중앙대학교예술대학원석사학위논문, 2003.

김용범, 「시인 김성민이 열어나갈 새로운 시의 지평」, 김성민, 『고향의 노래는 늘 슬픈가』, 다시, 2004.

김희정, 「한국의 관주도형 다문화주의」, 오경석 외, 『한국에서의 다문화주의』, 한울아카데미, 2007.

류 신, 「대동강과 한강을 잇는 시적 상상력의 가교」, 『실천문학』 2006.가을호.

류찬열, 「다문화시대와 현대시의 새로운 가능성」, 『국제어문』 44집.

박상기, 「탈식민주의의 양가성과 혼종성」, 고부응 편, 『탈식민주의-이론과 쟁점』, 문학과지성사, 2003.

신주철, 「2000년대 한국시에 드러난 다문화주의의 양상」, 『세계문학비교연구』 26집, 2009.3.

오경석, 「어떤 다문화주의인가?」, 오경석 외, 『한국에서의 다문화주의』, 한울아카데미, 2007.

오현선, 「한국 사회 여성이주민의 삶의 자리와 기독교교육적 응답」, 오경석 외, 『한국에서의 다문화주의』, 한울아카데미, 2007.

오효림, 「탈북자 300명 특별 리서치」, 『월간중앙』, 2006.8.

윤선오·박명호·권장수, 「이주노동자 현황 및 개선방안」, 『복사행정논총』 제15집 2권, 2005.12.

이경수, 「국경을 횡단하는 상상력」, 『작가와비평』 2006. 하반기.

이선옥, 「한국에서의 이주노동운동과 다문화주의」, 오경석 외, 『한국에서의 다문화주의』, 한울아카데미, 2007.

이진경, 「하위제국주의 시대의 재한이주노동자와 한국인의 이산」, 『문학동네』 2006. 가을호.
정주신, 「국내의 탈북자실태와 정부의 과제」『통일전략』 제6권 1호, 2006.8.
조성면, 「이주민문학을 위하여」, 『작가들』 2006. 겨울호.
최대석 · 조영주, 「탈북자 문제의 주요 쟁점과 전망」, 『북한학보』 33집.
허　정, 「코시안과 한국문학」, 『실천문학』 2006. 가을호.

2000년대 한국문학에 나타난 문화적 소수자의 재현 양상 연구

1. 서론

이 논문의 문제제기는 2000년대의 주요 한국문학에 나타난 문화적 소수자(cultural minority)가 어떻게 재현되었는가 하는 것이다.[1] 이러한 문제제기가 필요한 이유는, 2000년대의 한국문학 논의가 단일민족의식을 지

1 이 논문에서 말하는 (문화적) 소수자는 킴리카(W. Kimlicka)의 논의에 근거를 둔다. 킴리카에 따르면 다문화담론 속의 소수자는 ①인종 카스트 그룹들, ②고립주의적 종교의 종족집단들, ③원주민들, ④소수민족=종속 지위의 민족들, ⑤이주자 종족집단들, ⑥이주자타국인들, ⑦이중 혹은 삼중 언어인 모델에 의한 단일 언어 사용 소수자 등으로 분류된다. 이 분류는 문화적 소수성(②, ⑤, ⑥, ⑦)과 혈통적 소수성(①, ③, ④) 등에 의해 나누어진 것이다(W. Kimlicka, 『현대 정치철학의 이해』, 장동진 외역, 동명사, 2006, 482~499쪽.). 이러한 구분은 그 사회의 상황에 따라 달라질 수 있다는 점에서 한국사회의 다문화 담론에서는 필요에 따라 재범주화가 가능하다(박병섭, 「다문화적 소수자 문제에서 한국의 특수성」, 『사회와 철학』 12호, 2006. 10, 99~123쪽.). 본 논문에서는 기존 다문화 논의에서 문제시된 탈북자 · 이주노동자 · 여성결혼이민자 · 혼혈뿐만 아니라, 귀화동포나 재한외국인 등도 소수자의 범주에 포함하고자 한다. 이 중 탈북자 · 귀화동포는 문화적 소수성을 그리고 이주노동자 · 여성결혼이민자 · 혼혈 · 재한외국인은 혈통적 소수성을 지니는 소수자이기 때문이다. 이렇게 볼 때 문화적 소수자란 주로 단문화적 · 동종혈통적인 환경을 지닌 한국의 국경을 넘어온 이종문화적 혹은 이종혈통적인 소수집단으로 규정된다. 여기에서 말하는 귀화동포란 근대 이후 간도 · 연해주 · 하와이 · 일본 · 만주 · 미국 · 동남아 · 중동 · 캐나다 · 호주 등으로 해외 이민 갔다가 역이민을 한 동포를 뜻하는 것으로, 그리고 재한외국인이란 고소득 전문직 외국인을 뜻하는 데니즌(denizen)과 빈곤 탈출을 위해 다른 나라로 이주한 마지즌(margizen)을 포함한 합법적 · 비합법적인 외국인 체류자를 뜻하는 용어로 잠정적으로 규정하고자 한다. 이 점에서 귀화동포는 한반도의 북쪽에서 제3국을 거쳐서

닌 문화적 다수자와 인종적·가족주의적인 차별과 빈곤에 시달리는 소수자라는, 다소 경직된 이분법적인 구조 속에서 전개된 혐의가 있기 때문이다.[2] 이처럼 문화적 소수자를 주로 탈북자·이주노동자·여성결혼이민자·혼혈로 규정한 뒤 그들을 피해자로 살펴본 논의는 한편으로 보면 한국사회에서 힘겹게 사는 그들의 고통과 피해의식을 주목했다는 점에서 나름대로 의미 있지만, 다른 한편으로 보면 그들의 이러한 모습이 부지불식간에 강조되면서 다양한 삶의 모습이 간과되었다는 점에서 문제가 있는 것이다.

이 논문에서는 그러한 단일한 모습의 편향성을 비판적으로 성찰하면서 한국문학에서 형상화된, 그러나 거의 논의되지 않았던 문화적 소수자의 다층적인 이미지를 탐색하고자 한다. 다층적인 이미지의 탐색 작

남쪽으로 이주한 탈북자와는 다소 다른 개념이 된다. 귀화동포는 타국에서 비교적 장시간 살았다는 점에서 실질적으로 이종문화적인 특성을 지니고 있으며, 여행·사업 등의 목적으로 체류하는 재한외국인 역시 한국의 문화와는 이질적인 자기 나라의 문화를 갖고 있다는 점에서 문화적 소수자로 구분 짓는 것이 가능하다고 본다.

그리고 이 글에서 소수자를 다룬 2000년대의 주요 한국문학이란 다문화주의적인 요소를 문제로 삼은 일군의 작품 중에서 본 논문의 문제의식을 보여주기에 적합한 박범신의 장편소설 『나마스테』(한겨레신문사, 2005), 정도상의 소설 「찔레꽃」(『찔레꽃』, 창비, 2008), 김연수의 소설 「모두에게 복된 새해」와 「케이케이의 이름을 불러봤어」(『세계의 끝 여자친구』, 문학동네, 2009), 그리고 하종오의 장시 「코시안 리」(『아시아계 한국인들』, 삶이보이는창, 2007)를 주로 의미한다. 이상의 작품은 문화적 다수자가 단일민족의식을 지녔다거나 소수자가 피해자라는 이분법적인 구조에서 벗어나 있는 존재를 재현하고 있다는 점에서 다문화주의적인 경향의 문학작품 중에서 논의의 대표성을 띠어 본 논문의 연구대상으로 적합하다. 다만, 논의 과정 상 각 장의 목적에 따라 장편소설, 단편소설, 장시가 다소 불균형하게 분석됨을 양해 바란다.

2 여기에서 문제시한 (문화적) 다수자의 단일민족의식은 한민족이 공유한 혈연적·문화적 동질성과 공동운명성과 함께 외부 세계에 대해 배타적·폐쇄적인 선민의식과 자기도취성이라는 양면성을(정영훈, 「단일민족의식의 위기」, 『정신문화연구』 85호, 2001. 겨울, 204~205쪽 참조.), 그리고 소수자의 인종적·가족주의적 차별은 그러한 단일민족의식의 배타성·폐쇄성에 의해서 이주노동자가 겪는 인종적인 억압과 여성결혼이민자가 받는 가족주의적인 갈등을 지시하기로 한다(김오남, 「전남지역 국제결혼 이주여성 복지실태조사 보고회 자료집」, 2006, 87~103쪽.). 이 때 가족주의란 "가(家)중심으로서 부계중심의 혈연주의, 가부장제 이데올로기(남성의 가부장권에 의한 여성 지배), 가족 서열적 사회관계와 가족 의례를 중시하는 지배 문화에 근거하며, 부모 공경과 자식 사랑의 서정적 가족주의를 내포"하는 한국의 전통적 가족주의를 의미한다(이영자, 「한국사회의 가족주의와 페미니즘」, 『현상과인식』 78호, 1999.10, 110쪽.). 본 논문에서는 다수자와 소수자를 단일한 이미지로 경직되게 인식하는 일부 논의의 태도가 다층적인 그들의 면모를 제대로 바라보지 못한다는 점을 비판적으로 검토하고자 한다.

업을 위해서는 이분법적인 구조적 인식에서 벗어난 탈구조적인 인식론(post-structural epistemology)을 연구방법으로 활용할 필요가 있다.[3] 이러한 탈구조적인 인식은 문화적 다수자와 소수자라는 두 범주의 정체성이 다면적·복수적인 특성을 지닌다는 점을 드러냄으로써, 다문화 문학논의에서 엿보였던 다소 경직된 이분법적인 인식을 극복하는 데에 기여할 것으로 기대된다. 특히 이러한 이분법적인 인식이 소수자인 타자(他者, other)를 또 다른 자아인 타아(他我, alter ego)로 재구성하는 독아론의 함정에 빠질 수 있다는 점에서[4] 본 논문의 문제제기는 상당히 중요한 것이 된다.

지금까지의 연구사에서는 문학작품 속의 문화적 다수자와 소수자에 대한 논의를 전개할 때, 저도 모르게 이분법적인 구조 속에서 살펴본 경

---

3 이 논문에서 연구방법론으로 활용하는 탈구조주의적 인식론이란 주로 미셸 푸코(M. P. Foulcault)와 자크 데리다(J. Derrida)의 논의에 근거를 둔 것으로써, 구조를 형성하는 두 대립항의 의미를 단일한 의미로 규정짓는 구조적 인식의 경직성을 극복하자는 인식의 한 방법을 뜻한다. 미셸 푸코는 담론이 생산될 때 금지·분할·배척·진위대립·주석·저자·과목들 등의 배제(exclusion) 과정이 개입되어 동일자와 타자의 분할(partage)이 생긴다고 통찰하고, 동일자의 바깥에서 사유하는 바깥(le dehors)의 사유를 강조하며(M. P. Foulcault, 『담론의 질서』, 이정우 역, 서강대출판부, 2002, 10~26;56~73쪽 참조.), 데리다는 플라톤이 글을 약이자 독이라고 하면서 말을 중시여긴 음성중심주의적인 태도를 전복시켜 말 역시 그리 믿을 것이 되지 못한다면서 독/약을 모두 뜻하는 파르마콘(pharmakon)을 해체기호로 제시한 바 있다(김형효, 『데리다의 해체철학』, 민음사, 1993, 참조.). 이들의 논의를 참고하여 2000년대의 주요 한국문학을 살펴보면, 단일민족의식을 지닌 문화적 다수자와 피해자의 모습을 지닌 소수자라는 구조적 인식에서 벗어나는 것이 가능하다. 박범신의 소설 『나마스테』와 정도상의 소설 「찔레꽃」을 보면 문화적 다수자인 단일민족이면서도 배제의 과정을 거쳐 차별된 그 내부의 소수자-귀화동포와 탈북자 등-가 존재함이 드러나고(2장), 김연수의 소설 「케이케이의 이름을 불러봤어」와 「모두에게 복된 새해」를 읽으면 소수자를 피해자로 규정짓는 논의의 바깥에 있는 재한외국인의 다양한 모습이 확인되며(3장), 하종오의 장시 「코시안 리」에서는 여성결혼이민자가 힘겨워하는 가족주의가 독이면서도 약이 되는 파르마콘의 측면이 있음이 살펴진다(4장).
본 논문은 이러한 연구방법론을 활용하여 작품들을 분석하면서 필요에 따라 핵심서사가 아닌 위성서사를 다루거나, 다문화 문학담론에서 잘 언급되지 않았지만 중요한 작품을 새롭게 조명하고자 한다. 가령 소설 『나마스테』의 핵심서사는 이주노동자 '카밀'의 시련이지만, 본 논문에서는 단일민족인 '신우'의 시련을 다루고자 한다. 또한 소설 「케이케이의 이름을 불러봤어」와 「모두에게 복된 새해」는 기존의 다문화 문학담론에서는 잘 논의되지 않았지만, 본 논문에서는 중요한 다문화주의 경향의 문학작품이 된다.

4 柄谷行人, 『탐구1』, 송태욱 역, 새물결, 1998, 참조.

우가 많이 있었다. 대부분의 논의는 탈북자 · 이주노동자 · 여성결혼이민자 · 혼혈 등의 소수자가 처한 인종적 편견이나 인권 차별을 문제 삼았고 그 대안으로 다수자의 자기성찰과 연대 필요성을 제기했는데, 이러한 문제의식과 대안 속에는 소수자가 피해자라는 관점이 내재화되어 있었다. 다수자의 자기성찰론은 한편으로 소수자를 백안시함을 비판하거나 죄책감을 가진 다수자의 시선을 성찰한 것이었으며,[5] 다른 한편으로는 의식 있는 다수자와 소수자가 함께 연대해야 할 필요성을 제시한 것이었다.[6] 이러한 논의는 소수자가 피해자라는 점을 부각시킨 것이었으나, 소수자의 다층적인 면모를 살펴보지 못했다는 문제점이 있었다.

이러한 문제점은 소수자의 다양성을 살펴보자는 과제를 제기하는 주요 원인이 되었다. 다문화 현상을 다룬 문학작품이 너무 편향적이라는 데에 초점이 맞춰졌다. 소수자의 다양성을 살펴보지 않은 채 소수자를

---

5 류찬열은 "시선의 폭력에 대한 주체의 반성과 성찰"에 대해서, 그리고 신주철은 "소수, 약자에 대한 동정과 죄책감의 시선"에 대해서 논의한 바 있었다(류찬열, 「다문화시대와 현대시의 새로운 가능성」, 『국제어문』 44, 2008.12, 285쪽.; 신주철, 「2000년대 한국시에 드러난 다문화주의의 양상」, 『세계문학비교연구』 26집, 2009.3, 참조.).

6 다수자의 자기성찰론은 소수자가 피해자라는 점을 중시여기면서 연대 필요성을 제기하는 방향으로 전개됐다. 허정은 "혼혈과 공존하면서 연대해나갈 방향"을, 고영직은 "지구적 자본주의체제에 맞설 수 있는 네트워크적 연대"를, 이경수는 "서로 다른 이질적인 존재 사이의 연대"를, 그리고 조성면은 "배타적 타자성을 넘어서 새로운 연대"를 주장했다.(허정, 「코시안과 한국문학」, 『실천문학』 2006. 가을, 385쪽; 고영직, 「어떻게 연대하고 적대할까」, 『실천문학』 2006. 가을, 355~356쪽; 이경수, 「국경을 횡단하는 상상력」, 『작가와비평』 2006 하반기, 76쪽; 조성면, 「이주민문학을 위하여」, 『작가들』 2006 겨울, 42쪽.)
이러한 연대필요성론에 대한 비판과 재비판도 제기되었는데, 이 때에도 소수자를 피해자로 여긴 관점은 동일했다. 복도훈이 "희생자들을 돕고 싶어하는 주체는 연대라는 환상 시나리오의 각본을 짜는 연기자"라고 하고, 황호덕이 "'우리와 같은 인간'으로 인정하는 일이란 과연 환대인가, 적대인가"라고 하면서 연대가능성을 비판했다. 이러한 비판에 대해서 최강민은 "이제 필요한 것은 거대한 적에 맞서 싸우기 위한 연대와 제휴, 그리고 이질적인 상호간을 이해하기 위한 탈국가적 상상력"이 필요하다고 하고, 이명원은 "아래로부터의 비국가적 연대 자체를 거부할 이유는 없다."고 하며, 조정현이 "그들 각자의 특이성을 살리는 방향에서 서로를 연결하는 공통성"을 제기하면서 재비판한 바 있었다.(복도훈, 「연대의 환상, 적대의 현실」, 『문학동네』 2006. 겨울, 498쪽.; 황호덕, 「국경은 없다」, 『문학동네』 2006. 겨울, 431쪽.; 최강민, 「초국가 자본주의 시대의 다양한 탈국가적 상상력」, 『작가와비평』 2006 하반기, 103쪽.; 이명원, 「마음의 국경:연대는 불가능한가」, 『문학수첩』 2007. 여름, 40쪽.; 조정현, 「경계-넘기를 넘어 인류인-되기로」, 『문학수첩』 2007. 여름, 86쪽.)

피해자로 보는 태도는 "오히려 타자에 대한 정체성과 소외를 강화시키는 역할"을 할 수 있다거나, "타자화 되었던 소수자의 차이를 수용하는 방식이 근대적 주체의 허구성을 또 다른 방식으로 반복"할 우려가 있음이 지적되었다.[7] 이러한 우려를 극복하려면 "우리 소설들은 현실 세계의 다양성 내지 혼종성을 포용"해야 한다거나, "세계의 변화를 민감하게 감지하고 반응하는 새로운 문제적 인물의 형상화로 삶의 다양한 이념을 모색하고 창출"[8]해야 함이 논의되었다. 그렇지만 이러한 논의들은 문학작품 속의 소수자가 다양한 측면으로 형상화되었다는 점을 놓친 부분이 있다는 점에서 다소 아쉬운 언급이었다.

이 점에서 다문화 문학논의가 문학작품의 재현 방식으로 쏠린 것은 당연한 현상이었다. 오윤호는 우리 문학이 "타자를 환대하지 못하는 위험스러운 재현"[9]임을 비판했고, 서연주는 좀 더 나아가서 "우리의 내면에 고착되어 있는 복제오리엔탈리즘적인 시선이 원주민/이주민이라는 이분법적 구조를 나누고 가해자/피해자라는 죄의식의 매커니즘을 불러일으켜 그것이 소설의 서사 재현에서 반복"[10]됨을 살펴봤다. 그리고 김대숙은 결혼여성이민자의 수기를 대상으로 "[도착 – 가족상봉 – 난관의 부딪침과 극복 – 갈등의 야기와 해소 – 자아의 수립 – 정착]"[11]이라는 성공담을 검토했다. 이러한 논의들은 한국문학에 나타난 소수자를 피해자로 보는 논의를 극복하고자 한 시도였는데, 수기 분석을 제외하면 그 구체적인 시도가 제대로 제출되지 못한 한계가 있었다. 이 점에서 2000년

---

7 김윤정, 「디아스포라 여성의 타자적 정체성 연구」, 『20009년 세계한국어문학회 추계 학술대회 발표집』, 136쪽.; 정혜경, 「2000년대 가족서사에 나타난 다문화주의의 딜레마」, 『현대소설연구』 40, 2009.3, 58쪽.

8 김양선, 「이주하는 여성들, 전락과 환멸의 서사」, 『내일을 여는 작가』 2006 겨울, 29쪽.; 우한용, 「21세기 한국사회의 다양성과 소설적 전망」, 『현대소설연구』 40, 2009.3, 8쪽.

9 오윤호, 「디아스포라의 플롯」, 『시학과 언어학』 17, 2009.8, 247쪽.

10 서연주, 「2000년대 다문화 소재 한국 소설에 나타난 스토리텔링 전략」, 『2000년대 문화환경과 문학』, 한국문예창작학회 제 17회 정기학술세미나, 2009.11.14, 46쪽.

11 김대숙, 「결혼 이주 여성의 자기체험서사에 관한 연구」, 『국어국문학』149, 2008.8, 284쪽.

대 문학작품 속의 소수자를 탈구조적으로 분석하고자 하는 본 논문의 필요성이 제기된다.[12]

2. 단일민족에서 차별된 내부의 소수자

문화적 다수자의 단일민족의식은 한민족이 혈연적·문화적으로 오직 하나라는 동질성을 부각시킴으로써 만들어진 것인데, 이 때 그 동질성이 과도하게 강조되면 단일민족 내부의 차별이 은폐되는 문제점이 발생한다. 혈연적·문화적인 동질성을 가진 단일민족이라 하더라도, 그 내부에는 귀화동포와 탈북자와 같은 소수자가 엄연히 존재하고 있기 때문이다. 단일민족이라는 기표는 이러한 소수자의 존재를 잘 설명하지 못하고, 그 차별이 간과되는 어감마저 있다. 이 장에서는 박범신의 소설 『나마스테』에 나타난 귀화동포인 '신우'와 그녀의 '작은오빠', 그리고 정도상의 소설 「찔레꽃」에서 보이는 탈북자 '충심'의 형상화를 통해서 단일민족이면서도 거기에서 차별된 그 내부의 소수자를 탐구하고자 한다.

먼저, 소설 『나마스테』 속의 주인공 '신우'와 그녀의 '작은오빠'를 통해서 단일민족의 구성원이면서도 상황에 따라 차별되는 귀화동포의 경우를 검토하기로 한다.[13] 이 소설에서는 미국으로 이민 갔다가 1992년 4월 로스엔젤레스의 흑인폭동사건에 휘말려 아버지와 막내오빠가 죽은

---

12 본 논문에서는 문화적 다수자와 소수자가 다소 경직된 이분법적인 구조 속에서 전개되는 것을 경계하고 그 대안으로 탈구조적인 인식을 해야 함을 강조하고자 한다. 이러한 강조는 다수자가 단일민족의식을 지니고 있으며 소수자가 피해자라는 현실의 상황을 어느 정도 인정하면서도, 동시에 그러한 현실의 상황이 절대적이지 않고 다면적일 수 있음을 드러냄으로써 이분법적인 구조를 해체하는 데에 일조하고자 하는 의도를 지닌다.

13 소설 『나마스테』에서는 '신우'와 그녀의 '작은오빠'에 대한 국적 문제가 언급된 적은 없지만, 미국에 이민갔다가 '귀국'했다는 표현으로 볼 때 귀화한 것으로 판단하여 본 논의를 전개했다 (박범신, 『나마스테』, 한겨레신문사, 2005, 135쪽.)

충격 때문에 역이민을 한 '신우'가 네팔에서 온 이주노동자 '카밀'을 인간적으로 사랑하는 것을 주된 문제의식으로 지니는데, 여기에서 '신우'와 그녀의 '작은오빠'가 한국사회에 적응하거나 외국인 이주노동자를 대하는 방식을 눈여겨보면 또 다른 문제의식이 찾아진다. '작은오빠'는 이주노동자 앞에서 배타적·폐쇄적 선민의식 혹은 인종차별적인 단일민족의식을 보이고 있는 반면, '신우'는 귀국 이후 잠깐 동안의 결혼생활에서 단일민족의 한 구성원이면서도 거기에서 소외된 소수자로 서술되고 있기 때문이다.

"무례? 저런 놈들 속셈을 내가 모를 줄 아니? 뻔할 뻔 자야. 너도 미국에서 자존심도 없는, 치사하고 더러운 멕시칸들, 많이 겪어봐서 알잖아. 네 막내오빠를 죽인 놈들이 그놈들이야. 네게 맡겨 달라고 해서 설마설마, 참고 기다려 왔는데 도대체 네 꼴이 지금 뭐냐?"

"카밀은 멕시칸이 아니야."

"멕시칸보다 더 못사는 놈들이잖아. 난 절대로 용납 못한다. 네가 쫓아내지 못하면 내가 나설 수밖에. 어디 남자가 없어서 하필 네팔 놈이냐?"

"오빠!"

나는 참지 못하고 꽥 소리쳤다.[14]

나는 돌아온 내 조국에 적응하기도 전에 결혼부터 했지만, 그것은 나를 귀하기 위해서가 아니라 나를 보다 단독자로 유폐시키기 위해서였다. 어이, 미국에서 어떤 놈하고 잤어? 흰둥이? 깜둥이? 남편은 술에 취해 돌아오기만 하면 내 앞가슴을 주먹으로 툭툭툭 치며 물었다. 물론 나는 처녀가 아니었다. (중략) 그러니 알코올 중독자이자 다중인격 장애자였던 남편이 어떤 식으로 나를 대하든

14 박범신, 『나마스테』, 위의 책, 153쪽.

자업자득이었다.[15]

'신우'와 '작은오빠'는 단일민족에 속하면서도 타인과 관계를 맺는 상황에 따라서 분할 · 구분되기도 한다. 소설 『나마스테』를 보면, '작은오빠'는 흑인폭동으로 인한 아버지의 죽음이라는 충격 때문에 "타민족에 대해 무조건적인 증오감과 불신"을 "거의 본능적 감정"[16]으로 지니는데, 그러한 감정은 이민사회에서 공동운명적인 성격의 한인사회를 형성하는 데에 도움이 되기도 하는 것이지만 자칫 배타적 · 폐쇄적인 단일민족의식을 지니게 하는 주요한 한 원인이 되기도 하는 것이다. 이러한 단일민족의식은 그가 역이민을 해서 '신우'의 연인인 '카밀'을 적대적으로 대하는 이유가 된다. 그는 '카밀'을 "멕시칸보다 더 못사는 놈들"들로, 나아가 "네 막내오빠를 죽인 놈들"로 비약시키고, "어디 남자가 없어서 하필 네팔 놈이냐?"라고 반문한다. 이러한 그의 태도는 그가 배타적 · 폐쇄적인 단일민족의식을 지니고 있음을, 그리고 그가 이주노동자 앞에서는 문화적 다수자로 위치하고 있음을 분명히 보여준다.[17]

'신우'의 경우는 '작은오빠'와 달리 단일민족에서 차별된 그 내부의 소수자로 재현된다. "알코올 중독자이자 다중인격 장애자"인 그녀의 남편은 '신우'의 이종문화적인 경험, 좀 더 구체적으로 말하면 그녀가 미국에서 다른 인종과 성적인 행위를 했을 것이라는 상상 속의 경험을 문

---

15 박범신, 위의 책, 143쪽.

16 박범신, 위의 책, 123쪽.

17 소설 속에서 '작은오빠'는 '카밀'과 '신우'가 헤어지게끔 유도하는데, 그 주된 이유는 배타적 · 폐쇄적 단일민족의식에서 연유한다. 그는 "출입국관리소 친구한테 직접 전화"(123쪽)를 하거나, "그놈들에게 뭐 사랑이 있는 줄 아니. 네가 한국 여자니까 붙는 거야."(163쪽)라고 하거나, '신우'가 '카밀'의 아이를 임신하자 "불법으로 낙태수술 하는 데를 알아보마."(184쪽)라고 하거나, 혹은 아이를 낳은 후에도 "그놈, 가족으로 받아들인 적 없다."(296쪽, 이상 박범신, 『나마스테』, 위의 책에서 인용.)고 하면서 무시하는 태도를 지닌다. 이러한 태도는 이후 둘 사이의 결혼을 유도하는 등 가족으로 인정하는 변화를 보이기도 하지만, "자네가 좋다는 게 아냐. 내 누이의 일이라 알아본 거지."라면서 배타적 · 폐쇄적 단일민족의식을 완전히 버리지는 않는다.

제 삼는다. "어이, 미국에서 어떤 놈하고 잤어? 흰둥이? 깜둥이?"라는 남편의 말 속에는, 성적인 차원에서 자신이 배타적 · 폐쇄적인 단일민족인 반면에 '신우'는 거기에서 소외된 내부의 소수자임이 전제되어 있다.

그리고, 소설 「찔레꽃」의 주인공인 '충심'이 재현되는 방식을 살펴보면서 탈북자가 단일민족으로 수용되면서도 차별되는 모순적인 양상을 분석하고자 한다. 이 소설 속에서 '충심'은 북한에서 살다가 중국과 몽고를 거쳐 한국 행을 선택한 탈북자 여인인데, 우리 사회에서 정착하기가 얼마나 어려운가를 보여주는 인물이다. 동일한 혈연과 동종의 고유문화를 가진 그녀는 다수자의 정치 · 경제적인 필요에 따라 때로는 단일민족으로 수용되기도 하고, 또 때로는 그 내부의 소수자로 전락하기도 한다. 이러한 그녀의 모습은 단일민족의식이 시대에 따라 그 의미가 변화하는 가변적인 것이고, 여러 권력주체에 따라 위계적으로 작동하는 기표임을 암시하기도 한다.[18]

> 노래방 도우미, 타인의 즐거운 노래에 장단을 맞추며 사는 인생이 내 운명의 어딘가에 있을 줄은 꿈에도 생각하지 못했다. 인천공항에 내릴 때만 하더라도 무엇이든 할 수 있을 것만 같았다. [⋯중략⋯] 그러나 하나원을 나오자마자 기다리고 있는 것은 탈북자는 이방인에 불과하다는 사실이다. 같은 민족이었지만 외국인노동자보다도 차별이 더 심했다. 조금이라도 번듯해 보이는 회사에 가서 면접을 보면, 탈북자라는 사실에 모두들 고개를 저었다. 심지어 식당에서도 탈북자라면 고개를 외로 꼬았다. 공장에 가서 재봉틀을 돌리거나 다른 일을 하고

18 탈북자가 (단일)민족담론에 배치되는 양상은, 담론을 생산하는 권력의 의도에 따라서 시대적으로 다소 다르게 나타난다. 탈북자는 1990년대까지는 남한체제의 우월성을 입증하는 국가영웅으로, 그 이후 대량탈북사태 때부터는 정치적으로는 민족포용정책에 의한 동화 · 통합의 대상으로, 경제적으로는 최소한의 생활지원을 통한 보호대상자로, 또는 국제적으로는 난민 등으로 그 위상과 의미가 다양하게 변한다.(정진헌, 「탈분단 · 다문화 시대, 마이너리티 민족지」, 오경석 외, 『한국에서의 다문화주의』, 한울, 2007, 139~141쪽.)

싫었지만 먼저 지나간 탈북자의 행세가 나쁘다는 소문 때문에 그것도 여의치 않았다. 집밖으로 나가면 나도 모르게 주눅 먼저 들었다.[19]

'충심'의 고백은 탈북자가 한국사회에서 단일민족으로 수용되면서도 거부되는 모순적인 상황에 처해 있음을 잘 보여준다. 그녀가 "인천공항에 내릴" 수 있었던 까닭이 심각한 식량난으로 인해 탈북자 일부를 수용한 한국의 민족포용정책에 기인한 것이라는 점에서 단일민족의 한 일원으로 수용된 것은 분명하다. 그렇지만 '충심'이 "탈북자는 이방인에 불과하다는 사실이다. 같은 민족이었지만 외국인노동자보다도 차별이 더 심했다."라고 고백한 데에서 알 수 있듯이, 한국사회 내부의 탈북자는 문화적 소수자로 규정된다. 그들은 정치적·경제적·문화적인 사고방식과 행동이 한국의 다수자와 상당히 다른 경우가 많아 적응에 어려움이 있으며,[20] "나도 모르게 주눅 먼저 들었다."라는 고백처럼 그들 스스로도 소수자의 감정을 지니고 있기 때문이다. 이러한 사실로 볼 때 단일민족의식은 그것을 담론화하는 정치·경제적 혹은 사적인 권력에 의해서 여러 스펙트럼을 만들어내며, 탈북자와 귀화동포는 여러 상황에 따라서 단일민족 내부의 소수자 위치를 차지하게 된다.

---

19 정도상, 「찔레꽃」, 『찔레꽃』, 창비, 2008, 202~203쪽.

20 장진성의 『내 딸을 백 원에 팝니다』(조갑제닷컴, 2008), 김옥애의 『죽사발 소동』(삼우사, 2005), 탈북자(김대호)의 『벌거벗은 시의 고백』(리빙북스, 2003), 김성민의 『고향의 노래는 늘 슬픈가』(다시, 2004)와 같은 탈북자 시문학을 살펴보면, 그들은 정치적으로 강력한 반북친남(反北親南)의 정서를 보이지만 심층적으로 볼 때 그 정서는 북한체제에서 형성된 친북반남(親北反南)의 이념적인 사고방식이 전도된 형태로 지속되는 것이고, 문화적으로도 북한에서 형성된 반(半)유교적인 가부장주의를 그대로 지니고 있으며, 경제적으로도 북한식 계획경제에 익숙하기 때문에, 정착과정에서 한국사회에 적응하기 어려운 소수자로 이해된다(강정구, 「탈북이주민 문화의 시적 수용」, 『외국문학연구』 35, 2009. 8, 참조.).

3. 피해자 논의의 바깥에 있는 재한외국인

2000년대 한국문학 속의 문화적 소수자가 논의되는 경우, 그들의 삶은 은밀하게 단수화되는 경향이 있다. 특히 이주노동자에 대한 논의에서는 그들이 인종적인 차별에 시달리는 피해자임이 강조되는 경우가 많이 눈에 뜨이는데,[21] 이러한 논의는 그들이 지닌 삶의 다양한 측면이 재현된 한국문학의 다층성을 보지 못하는 데에서 기인하는 것이다. 이런 상황에서 김연수의 소설 「모두에게 복된 새해」와 「케이케이의 이름을 불러봤어」는 재외한국인 중에서 이주노동자나 서구인 체류자에 대한 새로운 시각을 보여준다는 점에서 관심의 대상이 된다. 피해자 논의의 바깥에 있는 재한외국인의 모습은 상당히 낯설지만, 그의 소설에서 의미심장하게 제시된다.

한국사회 속의 이주노동자는 1988년 이후 급속도로 증가하기 시작해서 2007년 기준으로 48만 명 정도가 있고 여러 정부정책에 대응하여 합법적·비합법적으로 살고 있으며, 그 과정에서 다수자와 다양한 관계를 맺고 있다. 이주노동자는 한편으로 열악한 노동환경과 배타적인 사회풍조 속에서 인종적·성적인 차별을 받는 경우가 많은 것이 사실이지만,[22] 다른 한편으로는 한국사회에 적응하면서 나름대로 코리안 드림을 실현하고 한국인 다수자와 인간적인 교류를 하고자 노력하기도 한다. 다시

21 이주노동자는 주로 피해자로 규정되는 경향이 짙다는 점에 대해서는 1장의 연구사를 살펴볼 것.

22 성서공업공단에 근무하는 이주노동자 200명을 대상으로 한 설문조사에서는, 그들이 인종적·성적인 차별을 받고 있음이 확인된다. 그들은 평균적으로 511만원의 입국브로커비용을 들여 입국하고, 한 달에 1,005,632원을 받으며, 하루 11.6시간을 노동한다. 체불이 있는 경우가 38.8%이고, 그 중에서 외국인 이주노동자만 체불되는 경우가 47.8%이다. 인권의 측면에서도 폭언·폭행의 경험이 63.2%가 되고, 그 중 한국인이 가해자인 경우가 96.6%이다. 여성 대상의 성희롱 경우도 유경험자가 44.4%이며, 가해자는 66.6%가 한국인이다. 이주노동자의 신분증이나 마찬가지인 여권조차도 회사와 이민국이 56%를 소유하고 있다(윤선오·박명호·권장수, 「이주노동자 현황 및 개선방안」, 『복사행정논총』 제15집2권, 2005.12. 참조.).

말해서 이주노동자는 한국유입의 숫자나 그 기간으로 볼 때 다수자와 다양한 관계를 맺는 경우가 많은데, 그러한 예가 바로 소설 「모두에게 복된 새해」에서 확인된다. 이 소설에서는 한국인 다수자와 이주노동자 사이에서 논의되는 차별적 · 위계적인 질서가 전복된다.

> "그리고 혜진 영어 말합니다. Always I wanted a baby. I want to be the elephant like this. I am alone. I feel lonely. 혜진 영어 잘 못합니다. 맞습니다. 저도 한국말 잘 못합니다. 혜진 영어 말하면 저는 한국말 합니다. 서로서로 틀린 부분을 고쳐줍니다. 항상 저는 아기 원하겠습니다. 저는 이 코끼리 되기를 원하겠습니다. 저는 혼자입니다. 저는……."
>
> 그리고 이 친구는 더 이상 말을 잇지 못했다. 'lonely'라는 게 무엇인지는 알고 있지만, 다만 한국어로 어떻게 말하는 것인지 알지 못해서. 하지만 그게 무슨 상관이겠는가. 그게 무슨 상관이겠는가. 나는 가만히 우리가 흔히 볼 수 없는 숲과 잠에서 깬 아이와 사원의 기둥처럼 늠름한 다리를 가진 코끼리를 바라보고 있다가 혼자 중얼거린다. 저는 외롭습니다. 그게 아니라면, 저는 고독합니다. 그것도 아니라면 저는 쓸쓸합니다. 그것도 아니라면 마치 눈이 내리는 밤에 짖지 않는 개와 마찬가지로 저는……[23]

위의 인용은 인도인 이주노동자에 대한 '나'의 편견이 사라지고 있는 부분이다. '나'는 처음에는 아내 '혜진'이 친구라고 소개한 이주노동자 "사트비르 싱"에 대해서 인종차별적인 시선으로 바라봤다. 그의 어눌한 한국어 실력으로 보건대, 친구로서 깊은 대화를 할 수 없다고 하대한 것이었다. 그렇지만 위의 인용에서 보듯이 "사트비르 싱"은 '혜진'과 서로 외국어로 말하지만 속 깊은 대화를 함을 '나'에게 알려준다. "Always I

---

23 김연수, 「모두에게 복된 새해-레이먼드 카버에게」, 『세계의 끝 여자친구』, 문학동네, 2009, 140~141쪽.

wanted a baby. I want to be the elephant like this. I am alone. I feel lonely."라는 '혜진'의 말은, 그녀가 '나'에게도 하지 않았던 속내로써 현재 자신의 심리상태를 가장 진솔하게 드러내는 것이다. "사트비르 싱"은 "저는 외롭습니다."라고 해야 할 문장을 "저는 혼자입니다."로 번역할 정도로 한국어 실력이 서툴지만, 그녀의 말을 어휘적인 차원을 넘어서서 심리적·관계적인 차원에서 이해하고 있다는 점에서 분명히 친구인 것이다.

'혜진'과 "사트비르 싱"이 서로 관계를 맺어 친구가 됨을 보여주는 위의 인용은, 이주노동자를 피해자로 규정짓는 논의 방식과는 상당히 다른 측면이 있다. "사트비르 싱"은 문화적 다수자 중의 하나인 '혜진'의 고민을 들어주고 이해함으로써, 단일민족의식을 지닌 다수자 대 인종적인 차별에 시달리는 소수자라는 이분법적인 구조를 벗어나 있는 존재이기 때문이다. 더욱이 "사트비르 싱"은 자신이 '혜진'의 속내를 듣고 그녀를 이해하는 친구라는 점을 '나'의 앞에서 보여줌으로써, '나'와 대화를 할 만한 친구 혹은 '나'마저도 가르치는 자로 존재하는 것이다. "나는 가만히 우리가 흔히 볼 수 없는 숲(혜진의 외로운 내면)과 잠에서 깬 아이(혜진이 소망하는 아기)와 사원의 기둥처럼 늠름한 다리를 가진 코끼리(혜진의 자기이상상-이상 편집자 주)를 바라보고 있다가 혼자 중얼거린다."라는 구절에서 확인되듯이, '나'는 "사트비르 싱"을 통해서 '혜진'의 심리를 깨닫기 때문이다.

이 뿐만 아니라, 소설 「케이케이의 이름을 불러봤어」에서는 한국인과 서구인 체류자 사이의 관계도 새롭게 설정된다. 그의 소설에서는 서구인 체류자가 우등하고 한국인 다수자가 열등하다는 제국주의의 논리가 내면화되거나, 한국인 다수자가 서구인 체류자를 냉소적·비판적으로 바라보는 반(反)제국주의의 논리가 내면화되어 있지 않다. 오히려 이러한 논리와는 거리가 먼 곳에서 서구인 체류자와 한국인 다수자 간에도 마르크스가 말한 "목숨을 건 도약"[24]을 통해 서로 대화가 되고 교감이 오고감을 보여준다. 그의 소설은 서구인 체류자와 한국인 다수자가 대화의 가능성 문제를 제기함으로써 기존의 차별적 · 위계적인 질서가 붕괴될 수 있는 가능성을 드러낸다.

> 전날 나는 한국의 한 신문사 기자와 인터뷰를 하면서 굶주림을 이기지 못하고 북극곰을 잡아먹은 어느 극지 탐험가에 대한 일화를 들려줬다. 그 탐험가는 결국 '하이퍼바이터미노우시스에이' 때문에 죽었다. 에스키모 사냥꾼들은 해피처럼 '하이퍼바이터미노우시스에이'가 뭔지는 몰랐지만, 조상들에게 북극곰을 잡아먹으면 안 된다는 금기를 듣고 자랐다. 해피가 말한다. "아마 두고두고 미안한 마음 같은 것이겠죠." 그 말에 이번에는 내가 해피의 말을 따라 하면서 웃는다. 그래서 나는 'nak'이 케이케이의 젖은 몸 같은 걸 뜻하는 단어가 아니라는 사실을 깨닫는다. 하지만 뭐 어떤가. 그래도 나는 해피가 죽은 아들 때문에 두고두고 미안해했다는 사실을, 하여 극지 탐험가처럼 죽어도 좋겠다고 생각한 적이 있다는 사실을 알게 됐는걸. 해피도 이제 알겠지. 케이케이의 젖은 몸이 있어서 내가 살아갈 수 있었다는 걸.[25]

어느 여성작가대회의 초청으로 한국에 온 서구인 체류자 '나'는 주최측의 배려로 동시통역사인 한국인 '해피'와 함께 한다. '나'와 '해피'는 통역과 관광안내라는 것을 매개로 한 고용관계이지만, 어떤 한쪽이 우위를 점유하거나 자신의 사고방식을 강요하는 위계적인 질서 아래 있지 않다. 오히려 '나'와 '해피'가 대화하고 서로를 교감하는 방식은 자신의 사고방식을 전제할 수 없는 심리적인 장소에서 그 사고방식을 의심하고, 자신에게는 없는 절대적인 타자성을 엿보는 과정이 된다. '해피'가

24 柄谷行人, 『탐구1』, 송태욱 역, 새물결, 1998, 참조.
25 김연수, 「케이케이의 이름을 불러봤어」, 『세계의 끝 여자친구』, 위의 책, 30~31쪽.

말한 'nak'은, 처음에는 '내' 사고방식 속에서 구성한 "케이케이의 젖은 몸 같은 걸 뜻하는 단어"였지만, 그녀의 이야기에 관심을 기울이면서 "해피가 죽은 아들 때문에 두고두고 미안해했"음과 "하여 극지 탐험가처럼 죽어도 좋겠다고 생각"과 밀접하게 관계된 의미로 새롭게 정립되는 것이다. 이것은 자신이 옳다고 믿는 사고방식이 전제되지 않는 심리적인 지점에서 타자의 타자성과 만나서 대화하는 것, 즉 새로운 언어규칙이 성립되는 것이다.[26] 이처럼 김연수의 소설은 다수자가 우위에 있고 소수자가 그 아래에 있다는 위계질서가 전복되는 지점을 보여줌으로써, 다수자와 친구가 되고 교감이 통하는 소수자의 가능성을 암시한다.

4. 가족주의라는 독/약

여성결혼이민자가 한국사회에 적응하면서 직면하는 문화적인 차이 중의 하나는 무엇보다 한국 특유의 가족주의이다. 모국에 비해서 시부모에 대한 효와 남편에 대한 순종을 강조하고 그것에 부합하지 못할 때에는 나쁜 여자로 규정되는 가족주의 이데올로기는, 낭만적인 사랑을 꿈꾸면서 결혼이민을 선택한 여성들에게 심각한 난관이 아닐 수 없으며, 더러는 결혼생활의 부적응과 가정파탄·이혼이라는 심각한 결과를 산출하는 중요한 원인이 되기도 한다. 2000년대의 한국문학·문화 논의

26 이 소설 속에서 'nak'이란 '해피'가 죽은 아이 때문에 고통스러워하고 부부관계를 힘겨워할 때 그녀 "남편의 친구 중에는 그런 게 부부라면 도대체 무슨 'nak'으로 살아가느냐"하는 물음 속에 나온 용어이다. 그 용어는 원래 한국어 낙(樂)을 뜻하는 것이지만, '해피'와 그 뜻을 모르는 외국인 체류자 사이의 "목숨을 건 도약"(소통)을 통해서 새로운 언어규칙(의미)으로 정립된다. 그것은 외국인 체류자에게 "해피가 죽은 아들 때문에 두고두고 미안해했"음과 "극지 탐험가처럼 죽어도 좋겠"음의 뜻으로 소통되는 것이다. 이 때 "목숨을 건 도약"이란 상품이 원래 가치를 내재한 것이 아니라 교환이라는 도약의 행위를 통해서 가치가 발생하는 것임을 마르크스가 강조한 표현인데, 가라타니 고진은 언어와 의미의 관계를 상품과 가치의 관계로 살펴보면서 마르크스의 이 어휘를 전유한다(柄谷行人, 『탐구1』, 송태욱 역, 새물결, 1998, 참조.).

에 나타난 여성결혼이민자는 이러한 가족주의에 희생당하는 존재로 그려지는 경우가 많은데, 이 경우에는 자칫 가족주의에 적응하여 비교적 잘 사는 여성결혼이민자의 모습을 간과·경시하기 쉽다.[27] 이러한 상황에서는 가족주의가 독이면서도 약이 되기도 한다는 탈구조적인 시각이 요구된다.[28]

가족주의라는 독/약을 잘 보여주는 작품이 바로 하종오의 장시 「코시안 리」이다. 이 시는 필리핀·베트남·타이·조선족 여성이 결혼해 입국

27 한국의 가족주의는 부계중심적 · 가족서열적 · 가부장제적인 여성 지배의 중요한 원인이 되어서, 낭만적인 사랑을 꿈꾸어 이민한 여성결혼이민자에게 있어 고통의 중요한 원인이 되기도 한다. 국제결혼은 2006년 기준으로 한국 내 총 결혼건수의 11.9%를 차지하고, 여기에서 남성보다 여성결혼이민자가 9.9%로 압도적으로 많다. 한국인은 850~1200만원 정도의 돈을 브로커 비용으로 들여 1주일 이내의 패키지 형식으로 관광형 맞선을 보고 곧바로 결혼을 한다. 이 중 여성이나 그 가족에게 돌아가는 돈은 거의 없다고 한다. 이러한 국제결혼이 성황을 이루는 까닭은 한국 내에서 빈곤 · 장애 등의 이유로 여성을 구하지 못하는 노총각과 후진국에서 탈출하여 신분상승을 꿈꾸는 여성 사이의 이해관계가 맞아 떨어지기 때문인데, 입국 이후 남성 가족 주도의 결혼 생활로 인해서 여성결혼이민자는 정서적 · 언어적 · 문화적 · 가부장제적인 문제점을 심각하게 인식하는 경우가 많다. 특히 2005년 전국 결혼 이민자 조사에 따르면, '가정폭력 경험이 있다'의 경우가 22.3%, 그 중에서 '신고한 적이 있다'는 8%이고, 가정폭력 경험 중에서 모욕적 말이 31%, 구타 위협이 18.4%, 물건던짐이 23.7%, 손발 구타가 13.5%, 성행위 강요가 14%, 변태적 성행위 강요가 9.5%가 되며, 이혼율도 급증하는 추세라고 한다(김오남, 『결혼이민자가족의 이해』, 집문당, 2008, 103~166쪽.; 김영옥 외, 『국경을 넘는 아시아 여성들』, 이화여대출판부, 2009, 11~78쪽 참조.). 이 논문에서는 이러한 피해자 관점(victim perspective)의 논의가 많이 늘어나는 추세이기는 하지만, 그러한 관점이 자칫 여성결혼이민자가 자신의 삶을 책임지고 삶의 조건을 변화시키기 위해 적극적인 실천을 할 수 있는 주체적 행위자임을 부인하는 결과를 가져올 수 있다는 콘스터블(N. Constable)과 사이몬스(Simons)의 견해를 참고하여 논의를 전개하고자 한다(N. Constable, Romance on a Global Stage, Berkeley:University of California Press, 2003.; L. Simons, "Marriage, Migration, and Markets:International Matchmaking and International Feminism", Ph. Dissertation, Univ. of Denver).

28 파르마콘이란 독/약이 동시적으로 공존하는 양상을 지칭하는데, 이 파르마콘의 논리는 여성결혼이민자가 한국의 가족주의를 독/약으로 경험하는 측면을 설명하기에 적합하다. 이 때 여성결혼이민자의 가족주의 경험은 현실 속에서는 '동시적'이지만 논의절차상 '분절적'일 필요가 있다. 먼저 "가(家)중심으로서 부계중심의 혈연주의, 가부장제 이데올로기(남성의 가부장권에 의한 여성 지배), 가족 서열적 사회관계와 가족 의례를 중시하는 지배 문화"라는 독인 측면을 다룬 뒤, "부모 공경과 자식 사랑의 서정적"인 약인 측면을 다루어야 전체를 살펴볼 수 있다(이영자, 「한국사회의 가족주의와 페미니즘」, 『현상과인식』 78호, 1999.10, 110쪽.). 이 때 독인 측면과 약인 측면의 개별 사례가 다르다고 해도, 여성결혼이민자의 가족주의 경험을 다룬다는 점에서는 공통 사례가 된다.

하는 과정부터 시작하여 문화적응 · 가사 · 농사 · 출산 · 육아 · 부부생활 · 시부모관계 · 가계경제 · 가출 등 여성결혼이민자가 겪는 주요 문제를 여러 사람들의 에피소드 형식으로 엮어내고 있다. 이러한 장시의 성격 때문에 여성결혼이민자를 바라보는 모순적이고 다양한 시각이 혼재되어 있다는 점은 주목에 값한다. 우선 여성결혼이민자가 부적응하는 경우를 살펴보면서 가족주의라는 이데올로기가 어떻게 독이 되는지 검토하고자 한다.

외딴집 젊은 여자가 앞섶 풀어진 채
외마디 지르며 마당으로 뛰쳐나왔다
강간하지 말아욧!

겉늙은 사내가 고의춤 잡고
한마디 내뱉으며 뒤따라 나왔다
부부관계 안 하려면 결혼 왜 했냐!

순간, 시어미가 방문 벌컥 열고는
고래고래 소리쳤다
네년을 베트남에서 데려오느라
몇 년 농사진 것 다 들었다
갈 테면 2천만원 내놓고 가![29]

가족주의에 의한 여성결혼이민자가 겪는 피해의 한 단면을 보여주는 것이 위의 인용이다. 베트남 출신의 여성결혼이민자가 부부강간을 거부

29 하종오, 「코시안 리」, 『아시아계 한국인들』, 삶이보이는창, 2007, 82~83쪽.

하면 부부 사이에서 그 문제가 상의·해결되는 것이 아니라 가족의 문제로 비화되고 그 속에서 부계중심적·가족서열적·가부장제적인 가족주의가 작동한다. "겉늙은 사내"는 "부부관계 안 하려면 결혼 왜 했냐!"고 하면서 결혼을 성욕의 해결 수단으로 이해하는 가부장제적인 남성의 권위를 드러내고, '시어미'는 "네년을 베트남에서 데려오느라/몇 년 농사진 것 다 들었다/갈 테면 2천만원 내놓고 가!"라고 하면서 며느리를 '구매 가능한 상품'으로 규정하면서 가족서열적인 위계질서를 분명히 표명하고 있다. 여성결혼이민자는 한국의 가족주의에 의해서 나쁜 여자로 재현되는데, 이 때 그녀에게 있어서 가족주의는 독에 다름 아닌 것이다.

이러한 가족주의는 독으로 드러나는 경우도 있지만, 반대로 약으로 드러나는 경우도 있어서 주의를 요한다. 가족주의는 한국사회의 가족을 구성하는 실질적인 이데올로기라는 점에서 가족 구성의 개별 형태만큼이나 다양한 면모들을 드러내는데, 그 면모들 중에서 잘 언급되지 않는 것이 여성결혼이민자가 적응하는 사례이다. 대부분의 여성결혼이민자는 가족구성 과정에서 결혼 초기의 시련과 갈등을 극복하여 일정한 역할을 부여받아 가족 내의 자기정체감을 성취하며 결혼생활을 대체로 만족하는 단계에 이르게 된다. 하종오의 장시 「코시안 리」에는 이러한 에피소드가 나온다는 점에서 주목을 요한다.

베트남인 며느리와 손자가 걱정되어
노파는 마음 놓지 못하겠던지
맑게 한 번 눈떠본 뒤에야 숨 거두었다

베트남 며느리는 울다가
시어머니가 겨울에 추우면 털옷 짜서 입으라고
가르쳐주던 뜨개질 떠올라 흑흑 울었고

손자는 눈물 흘리다가
할머니가 아이들과 잘 어울려 놀라며
가르쳐주던 공기놀이 떠올라 주룩 눈물 흘렸다

상복 처음 입고
취토 처음 하지만
자식이 상주 되자
베트남인 며느리는 비로소 안수인 된 걸 알았나[30]

위의 인용에서는 가족주의가 약이 되는 것을 보여준다. 가족주의는 자식이 부모를 공경하고 부모가 자식을 사랑하는 애정적·서정적인 면모를 지니고 있는데, 위의 인용에서 베트남 출신의 여성결혼이민자와 혼혈인 '손자', 그리고 시어미니인 '노파' 사이에서는 이러한 면모가 엿보인다. '노파'는 임종을 앞두고도 "베트남인 며느리와 손자가 걱정되어" "마음 놓지 못하"는 자식 사랑을 드러내고, "베트남 며느리"는 "시어머니가 겨울에 추우면 털옷 짜서 입으라고/가르쳐주던 뜨개질 떠올라 흑흑 울었고" '손자'는 "할머니가 아이들과 잘 어울려 놀라며/가르쳐주던 공기놀이 떠올라 주룩 눈물 흘렸다"는 구절에서 어른에 대한 그리움과 공경을 보여준다. 이들은 국제결혼 초기의 시련과 고난을 극복하고서 서로 관심과 애정을 지닌 원만한 가족을 구성한 것이고, 이 가족 속에서 여성결혼이민자는 '며느리'이자 '손자'의 '어머니'로서 자기 위치를 확고하게 차지하고 있는 것으로 판단된다.

이러한 가족의 모습은 가족주의가 약이 된다는 사실을 입증하는 한 예가 된다. 더욱이 여성결혼이민자는 "자식이 상주 되자" "비로소 안주

30 하종오, 「코시안 리」, 앞의 시집, 123~124쪽.

인 된 걸 알았다"라는 구절에서 확인되듯이, 가족의 '안주인'으로서 새로운 정체성을 부여받는다. 시인 하종오는 여성결혼이민자가 가족 속에서 피해자가 되는 이미지와 함께, 그녀들 스스로가 자신의 삶을 책임지고 운영해 나아가는 모습을 재현함으로써 그녀들을 피해자로 보는 논의의 편향성에서 벗어나 있는 것이다.[31]

5. 결론

다문화와 관련된 기존의 문학논의는 부지불식간에 단일민족의식을 지닌 문화적 다수자 대 인종적·가족주의적인 차별에 시달리는 소수자라는 다소 경직된 이분법적인 구조적 인식 속에서 진행된 측면이 있었다. 이러한 논의는 2000년대의 주요 한국문학이 다수자와 소수자에 대해서 다층적인 재현 양상을 보인다는 점에서 재고될 필요가 있다는 것이 본 논문의 문제의식이었다. 본 논문에서는 주요 문학작품 속에 드러난 다층적인 이미지의 탐색을 위해서 이분법적인 구조적 인식에서 벗어나는 탈구조적인 인식론을 연구방법으로 구축하여 다수자와 소수자가 다면적·복수적인 특성을 지니는 모습으로 드러남을 분석하고자 했고, 그 결과 다음과 같은 결론이 도출되었다.

첫째, 혈연적·문화적으로 오직 하나라는 동질성에 바탕을 둔 다수자

31 하종오의 장시 「코시안 리」에서는 여성결혼이민자의 부정적인 경험 이외에도, 긍정적인 경험이 형상화된 부분이 많다. 여성결혼이민자는 "베트남 남자한테 시집갔더라면/쉽사리 써볼 수 없을 육아용품/한국 남자한테 시집와서/마음껏 사들이는 자신을 대견해하"(66쪽)면서 가족이 주는 물질적인 풍요를 즐거워하고, "남편들이 경운기로 실어다 나른/쌀부대가 마루에 쌓이자/베트남인 부인은 손뼉을 치고/필리핀인 부인은 싱글벙글하고/타이인 부인은 두 손 맞잡았다"(109쪽)고 하면서 가족의 일 년 농사를 기뻐하며, "베트남인 한 며느리가/도로 나와서 처음 듣는 베트남 노래 불렀다/시부모들이 한 둘 손장단 치며/어깨 들썩거리기 시작"(118쪽)했다면서 시부모와 화합되는 모습으로 그려지기도 한다.

의 단일민족의식은, 귀화동포와 탈북자와 같은 그 내부의 소수자를 차별하는 상황을 간과한 측면이 있었다. 박범신의 소설 『나마스테』에서 주인공 '신우'와 그녀의 '작은오빠'는 상황에 따라 다수자였다가 소수자가 되는 양상을 잘 보여줬다. '작은오빠'는 배타적·폐쇄적인 단일민족의식에 근거해서 '카밀'을 바라보는 다수자였지만, '신우'는 미국에서 다른 인종과 성적인 행위를 했을 것이라는 상상 속의 경험을 문제시한 남편에 의해서 소수자로 차별되었다. 정도상의 소설 「찔레꽃」 역시 단일민족으로 수용되면서도 차별되는 탈북자의 모순적인 삶을 잘 포착했다. 주인공 '신우'는 탈북자를 수용한 한국 민족포용정책의 수혜를 입어 입국한 단일민족의 한 구성원이었지만, 단일민족 사회에서는 정치적·경제적·문화적인 사고방식·행동이 상이하여 부적응하는 내부의 소수자였다.

둘째, 이주노동자가 인종적인 차별에 시달린다는 피해자 논의의 바깥에는 다층적인 삶의 모습을 보여주는 재한외국인이 있었다. 김연수의 소설 「모두에게 복된 새해」에서 이주노동자 "사트비르 싱"은 한국인 서술자 '나'에 의해서 인종차별적인 시선으로 그려지다가, 차츰 다수자인 '혜진'의 고민을 들어주고 속내를 이해하는 혹은 부부인데도 그녀의 속내를 모르는 '나'를 가르치는 친구로 형상화되면서 이분법적인 구조적 인식에서 벗어난 자로 서술되었다. 또한 소설 「케이케이의 이름을 불러봤어」에서는 '나'와 '해피'가 자신의 사고방식을 전제할 수 없는 심리적인 장소에서 그 사고방식을 의심하면서 'nak'에 대한 새로운 언어규칙을 만들고 서로 교감을 나누는 동등한 자로 형상화되었다. '나'와 '해피'는 피해자 논의의 바깥에 있는 존재들이었다.

셋째, 여성결혼이민자가 한국 사회에 적응하면서 현실적으로 부딪히는 가족주의는 독이면서도 약인 측면이 있었다. 하종오의 장시 「코시안리」에서는 필리핀·베트남·타이·조선족 여성이 한국사회와 가족 속에서 적응하면서 겪는 이야기를 에피소드 형식으로 서술하고 있는데, 이 때 가족주의는 양면성으로 드러났다. 베트남 출신 여성결혼이민자의 부부강간을 형상화한 부분에서는, 남편이 가부장제적인 권위를 노출시키고 시어머니가 가족서열적인 위계질서를 강조하면서 부정적인 가족주의 이데올로기가 여실히 나타났다. 반면 가족주의는 약인 측면이 있었다. 베트남 출신 여성결혼이민자와 혼혈인 '손자', 그리고 시어머니인 '노파' 이야기 부분에서는 부모 공경과 자식 사랑이라는 서정적인 가족주의 이데올로기가 엿보였다. 여성결혼이민자가 가족 내에서 어머니와 '안주인'으로 역할을 부여받고 자기정체감을 획득하는 모습도 보여줬다.

이러한 결과로 볼 때, 2000년대 한국문학 속의 문화적 다수자와 소수자는 다층적인 양상이 내재되어 있음이 확인된다. 단일민족의식을 지닌 다수자 속에는 그 내부의 소수자가, 그리고 소수자가 피해자라는 논의의 바깥에는 친구가 되거나 교감이 오가는 이주노동자와 가족주의에 잘 적응하는 여성결혼이민자가 있었던 것이다. 이러한 다층적인 양상의 탐구는 다문화화가 진행되는 한국사회의 구체와 세목을 좀 더 세밀하게 보여주는 한 방법이 된다는 점에서 중요한 의미가 있다. 이 논문은 이러한 의미 찾기의 일환이다.

참고문헌

강정구, 「탈북이주민 문화의 시적 수용」, 『외국문학연구』 제35호, 2009.

고영직, 「어떻게 연대하고 적대할까」, 『실천문학』, 2006. 가을호.

김대숙, 「결혼 이주 여성의 자기체험서사에 관한 연구」, 『국어국문학』 149, 2008.

김성민, 『고향의 노래는 늘 슬픈가』, 다시, 2004.

김양선, 「이주하는 여성들, 전락과 환멸의 서사」, 『내일을 여는 작가』, 2006. 겨울호.

김연수, 「모두에게 복된 새해」, 『세계의 끝 여자친구』, 문학동네, 2009.

______, 「케이케이의 이름을 불러봤어」, 『세계의 끝 여자친구』, 문학동네, 2009.

김오남, 「전남지역 국제결혼 이주여성 복지실태조사 보고회 자료집」, 2006.

______, 『결혼이민자가족의 이해』, 집문당, 2008.

김영옥 외, 『국경을 넘는 아시아 여성들』, 이화여대출판부, 2009.

김옥애, 『죽사발 소동』, 삼우사, 2005.

김윤정, 「디아스포라 여성의 타자적 정체성 연구」, 『20009년 세계한국어문학회 추계 학술대회발표집』, 2009.

김형효, 『데리다의 해체철학』, 민음사, 1993.

류찬열, 「다문화시대와 현대시의 새로운 가능성」, 『국제어문』 제44호, 2008.

박범신, 『나마스테』, 한겨레신문사, 2005.

박병섭, 「다문화적 소수자 문제에서 한국의 특수성」, 『사회와 철학』 제12호, 2006.

복도훈, 「연대의 환상, 적대의 현실」, 『문학동네』, 2006. 겨울호.

서연주, 「2000년대 다문화 소재 한국 소설에 나타난 스토리텔링 전략」, 『2000년대 문화환경과 문학』, 한국문예창작학회 제 17회 정기학술세미나, 2009.

신주철, 「2000년대 한국시에 드러난 다문화주의의 양상」, 『세계문학비교연구』 26집, 2009.

오윤호, 「디아스포라의 플롯」, 『시학과 언어학』 제17집, 2009.

우한용, 「21세기 한국사회의 다양성과 소설적 전망」, 『현대소설연구』 제40호, 2009.

윤선오·박명호·권장수, 「이주노동자 현황 및 개선방안」, 『복사행정논총』 제15집

2권, 2005.
이경수, 「국경을 횡단하는 상상력」, 『작가와비평』, 2006. 하반기.
이명원, 「마음의 국경:연대는 불가능한가」, 『문학수첩』, 2007. 여름호.
이영자, 「한국사회의 가족주의와 페미니즘」, 『현상과인식』 제8호, 1999.
장진성, 『내 딸을 백 원에 팝니다』, 조갑제닷컴, 2008.
정도상, 「찔레꽃」, 『찔레꽃』, 창비, 2008.
정영훈, 「단일민족의식의 위기」, 『정신문화연구』 제85호, 2001.
정진헌, 「탈분단 · 다문화 시대. 마이너리티 민족지」, 오경석 외. 『한국에서의 다문화주의』, 한울, 2007.
정혜경, 「2000년대 가족서사에 나타난 다문화주의의 딜레마」, 『현대소설연구』 제40집, 2009.
조성면, 「이주민문학을 위하여」, 『작가들』, 2006. 겨울호.
조정현, 「경계-넘기를 넘어 인류인-되기로」, 『문학수첩』, 2007. 여름호.
최강민, 「초국가 자본주의 시대의 다양한 탈국가적 상상력」, 『작가와비평』, 2006. 하반기.
탈북자(김대호), 『벌거벗은 시의 고백』, 리빙북스, 2003.
하종오, 「코시안 리」, 『아시아계 한국인들』, 삶이보이는창, 2007.
허 정, 「코시안과 한국문학」, 『실천문학』, 2006. 가을호.
황호덕, 「국경은 없다」, 『문학동네』, 2006. 겨울호.
柄谷行人, 송태욱 역, 『탐구1』, 새물결, 1998.

Constable, N., *Romance on a Global Stage*, Berkeley:University of California Press, 2003.
Foulcault, M. P., 이정우 역, 『담론의 질서』, 서강대출판부, 2002.
Kimlicka, W., 장동진 외 역, 『현대 정치철학의 이해』, 동명사, 2006.
Simons, L., "Marriage, Migration, and Markets:International Matchmaking and International Feminism", Ph. Dissertation. Univ. of Denver.

탈북이주민 문화의 시적 수용

—탈북이주민 시의 개념과 특질을 중심으로

1. 문제제기

최근 우리 사회에서 탈북자의 증가는 새로운 문학담론을 형성하게 만드는 중요한 원인이 된다. 그 동안 우리 문학은 북한문학뿐만 아니라 재외한인문학까지 지속적으로 관심을 지녀왔고, 문학연구의 커다란 틀로서 한민족문화권을 설정하기도 한 바 있다.[1] 이러한 관심은 주로 한민족의 구성원이 국가별로 흩어지고 모이는 디아스포라를 기본 관점으로 하는 것이다. 그렇지만 탈북자는 한민족의 두 국가 사이에 낀 존재라는 점에서 약간 다른 양상을 보인다. 탈북자는 디아스포라에서 문제되는 언어소통보다는 이념적·문화적인 이유로 말미암아 쉽게 정착하지 못하는 복잡한 정체성을 보이기 때문이다. 이러한 사이에 낀 존재를 다루는 것이 우리 문학에서 새로운 과제로 등장한 것이다.

탈북자를 다루는 문학에서 무엇보다 문제가 되는 것은 탈북자에 대한 시각일 것이다. 우리 사회 속의 탈북자는 1990년대 식량난으로 인한 대

1 김종회 편, 『한민족문화권의 문학』, 국학자료원, 2003, 5~7쪽 참조.

량이탈 현상을 전후로 하여서 체제선전의 도구에서 우리 사회에 동화·통합되어야 할 사회적인 약자로서 그 위상이 변화해왔다. 북한 국경을 넘은 자의 숫자가 비공식적인 통계로 볼 때에 10~30만 명, 그리고 남한에 입국한 탈북자의 숫자가 1만 명이 넘은 현재의 상황에서, 그들은 남한체제의 우월성을 보여주는 이데올로기적인 영향력을 더 이상 담지하지 못할 뿐더러, 자신이 살아온 과거의 삶조차 거의 인정받지 못하는 처지에 놓여있다. 쉽게 말해서 분명히 '무엇'인 채로 살아왔지만 여기에서는 '무엇'이라고 규정될 만한 관심을 받지 못하고, 또 그렇다고 해서 새로운 '무엇'으로 규합될 만한 공동체를 만들어내지 못하는 우리 사회의 타자(the other)인 것이다.[2]

이제 탈북자를 다루는 문학의 당면과제는 차이를 인정하고 공감할 수 있는 다양성을 모색하는 일이다. 새로운 문학담론은 '다르다'라는 사실이 사실상 차별이 되는 현실에서 차이로 이해되는 방법을 찾는 방향으로 나아가야 한다. 그들은 남한체제를 긍정하여 선택했지만, 남한을 이해하는 이념적·문화적인 인식틀(episteme)이 여전히 과거 북한에서 만들어진 것이라는 점에서 이쪽도 저쪽도 아닌 제3의 공간을 사는 자들이다. 이러한 제3의 공간을 설정하고 이해하는 일은, 그들이 처한 삶의 다양성을 인정하고 보존하는 것이 된다. 더욱이 제3의 공간을 검토하는 일이란 통일 이후 남북한의 만남에서 예견되는 혼란과 고통을 예시(豫示)하는 것이라는 점에서 통일문학 논의에서도 유의미한 작업이 된다.[3]

2 탈북자는 과거 북한에서 취득한 자격증과 졸업장을 제대로 인정받지 못하고, 다양한 전문직종의 종사자들도 남한에서 자리 잡지 못하고 있는 실정이다. 더욱이 북한과 남한 사이의 이념적·문화적인 차이를 극복하지 못하는 어려움에 처해 있다.(김성민, 「탈북자는 무엇을 말할 수 있는가」, 『고향의 노래는 늘 슬픈가』, 다시, 2004, 113~115쪽 참조.) 또한 그들은 남한 정착 과정에서 전국 각지의 새터민 이주지로 분산됨으로써 소수자로서의 공동체 형성에도 어려움을 겪고 있다.(정주신, 『탈북자문제의 인식』, 한국학술정보, 2007, 80쪽 참조.)

3 탈북자 시인 김성민의 시에 대해서 김용범은 "통일 이후 남북의 시인들이 반드시 겪어야 할 내홍을 앞질러 겪고 있"(「시인 김성민이 열어나갈 새로운 시의 지평」, 김성민, 『고향의 노래는 늘 슬픈가』, 다시, 2004, 128쪽.)다고 했고, 류신은 "통일 이후 발생할 남북한 주민 간의 사회·문

이러한 상황에서는 '탈북'과 '이주'의 문제를 동시에 주목하는 시각의 설정이 요구된다. 탈북자는 동포주의에 입각해서 외국인이주노동자나 결혼이주민과는 달리 정책적인 차원의 지원을 받는 것이 사실이지만, 그들 역시 주류사회에 편입되지 못하고 타민족 이주자처럼 하위계층 노동자로 편입되는 경우가 많고 때로는 국민의 세금을 축낸다는 이유로 타민족 이주자보다도 따가운 시선의 대상이 된다는 점에서는 이방인의 삶을 살고 있다. 이러한 주변적인 삶의 양상이 문학 속에 나타난다는 점에서 탈북과 이주의 문제를 함께 살펴봐야 탈북자가 서 있는 위치를 잘 포착할 수 있다.

본고의 문제의식은 바로 이 부분에 있다. 이 논문은 2000년대 들어서 증가 현상을 보이고 있는 탈북자를 다룬 문학, 특히 시에 대한 개념을 정립하고 그 시의 양상을 살펴보고자 한다.[4] 먼저, 탈북이주민 시에 대한

화 갈등의 정도와 강도를 미리 예측해 볼 수 있는 귀중한 '전망대'인 동시에 이데올로기에 의해서 이질화된 두 문화가 어떻게 서로 스며들어 하나의 문화로 융합되는지를 보여주는 생생한 '실험장'"(「대동강과 한강을 잇는 시적 상상력의 가교」, 『실천문학』, 2006년 가을, 478~479쪽.)이라고 말했다.

4 탈북자를 다룬 문학은 1990년대 이후부터 지금까지 시, 소설, 수필(수기)을 막론하고서 다양한 스펙트럼을 보이고 있다. 시와 수필이 주로 탈북자 자신에 의해서, 반면에 소설이 남한작가에 의해서 주로 씌어진 점은 특이하다. 탈북자의 입장에서는 시와 수필이 쓰기 쉽고 많은 지면으로 인해서 발표와 출판이 용이했을 것으로 추측된다.
본고에서는 탈북자를 다룬 시를 대상으로 하여 논의를 전개하고자 한다. 지금까지 탈북자가 출간한 시집은 장진성의 『내 딸을 백 원에 팝니다』(조갑제닷컴, 2008), 김옥애의 『죽사발 소동』(삼우사, 2005), 탈북자(김대호)의 『벌거벗은 시의 고백』(리빙북스, 2003), 김성민의 『고향의 노래는 늘 슬픈가』(다시, 2004) 등이 있고, 탈북자를 일부 다룬 시집은 하종오의 『입국자들』(산지니, 2009) 등이 있다. 본고에서는 이 중에서 탈북자 자신의 목소리를 주목하고자 장진성, 김옥애, 김대호, 김성민의 시집을 주요 연구대상으로 설정하고자 한다.
이러한 연구대상의 설정에 대해서 탈북이라는 개념을 축소시킨다는 비판이 가능하다. 1948년 이후부터 한국전쟁 전후로 한 월남자를 다룬 문학, 혹은 한국전쟁 이후부터 1990년대 초반까지 귀순자를 다룬 문학도 넓게 보면 탈북이라는 범주를 중핵으로 하고 있기 때문이다. 이러한 문제제기도 의미 있는 것이지만, 그 동안 월남자에 대한 논의는 분단문학에서, 그리고 귀순자에 대한 논의는 우리 문학에서 거의 이루어지지 않았다는 현실을 염두에 둔다면, 1990년대 이후 대량탈북사태로 인한 탈북자를 다룬 일군의 문학 논의는 어느 정도 설 자리가 있다는 것이 필자의 판단이다. 더욱이 이러한 비판을 수용하여서 탈북에 대한 논의를 역사적으로 확장하기 위해서라도, 혹은 외국인이주노동자와 결혼이민여성을 포함한 이주자문학론을 전개하기 위한 사전작업으로도 본 논의가 필요하다고 본다.

개념을 정립하고자 한다. 탈북이주민 시라는 개념이 필요한 이유는 탈북이라는 이념선택의 논리와 함께 이주의 현실에 대한 관심이 요구됨을 강조하기 위해서이다. 본 논문에서 설정한 탈북이주민이라는 용어는 분단 이후 다양하게 변화되어 왔으며, 그러한 용어들 속에는 그것을 사용하는 자의 이념과 전략이 숨어 있다. 이 글에서는 탈북과 이주의 현상을 서술한 시의 상황을 주목하고자 탈북이주민과 탈북이주민 시의 용어 문제를 살펴보고자 한다.

그리고 이 논문은 그 동안 우리 문학계에 선보인 탈북이주민 시를 대상으로 하여서 시의 양상과 특질을 검토하고, 앞으로 나아갈 방향을 모색하고자 한다. 그 양상은 크게 탈북과 이주라는 두 가지로 나뉜다. 먼저, 탈북이주민 시는 탈북 선택의 논리를 다루는 경우가 많다. 탈북자는 북한이 살기에 부적합해서 남한을 선택했다는 점을 자주 강조하는데, 이 부분에서 그들이 남한 행을 선택한 이상 이데올로기와는 무관한 삶을 살 수 없음을 암시한다. 이 글에서는 그들의 시에서 이데올로기가 작동하는 독특한 방식을 살펴보고자 한다.

또한, 탈북이주민 시에는 우리 사회에서 한민족이면서도 이방인으로 사는 모습, 혹은 이주민으로서의 삶이 형상화된 사례가 많이 보인다. 그들은 한국정착과정에서 민족순혈주의와 동포주의에 근거한 동화의 대상이 되고 타자화된다. 따라서 그들의 시에는 이주민의 문화적 소수성을 드러내는 경우가 많다. 이러한 문화적 소수성을 살펴보고 그 의미를 드러내는 작업은, 문화적 다수자와 소수자 사이의 경계를 해체하고 공존의 윤리를 탐구하는 일이 된다.

2. 탈북이주민과 탈북이주민 시에 대한 명칭 문제

탈북이주민 시란 탈북이주민을 중심 소재로 활용한 시를 의미하는 다소 폭넓은 개념이다. 이 때 탈북이주민이라는 용어의 의미를 파악하는 것은 탈북이주민 시의 개념정립을 위한 선결과제가 된다. 탈북이주민이라는 용어는 북한인이 탈북했다는 것과 남한으로 이주해서 살고 있다는 사실을 동시에 뜻하는 것인데, 그 동안 이 범주를 지칭하는 용어가 다양하게 사용되어온 까닭에 기존의 용어를 함께 정리하면서 탈북이주민과 탈북이주민 시 용어의 필요성을 제시하고자 한다. 어떤 범주를 지칭하는 용어의 개념사를 검토하는 일은, 곧 그 용어를 사용하는 자의 시각을 살펴보는 것이 된다.

한반도에서 탈북이라는 개념은 남한과 북한이 국가를 건립한 이후에 발생한 것이다. '탈(脫)'이라는 용어에는 국경을 넘는다는 월경의 의미가 들어있기 때문이다. 이런 의미에서 탈북이란 북한의 국경을 넘어서 중국이나 남한 등의 제3국으로 간다는 행위를 뜻한다. 그렇지만 이 용어가 본격적으로 사용된 것은 1990년대 중반 이후 식량난으로 인해 생존을 위해서 중국으로 국경을 넘기 시작한 때부터이다. 그것은 북한 당국 쪽에서 보면 체제를 위협하는 정치적 차원의 디아스포라이고, 북한 주민 쪽에서는 생존을 위한 거의 유일한 방법이다.[5]

우리 국가 쪽에서 관심을 갖는 탈북은 주로 그 행선지가 남한인 경우이다. 탈북에 대한 인식은 1990년대 중반을 전후로 하여 상당한 변화를 보인다. 1990년대 초반까지의 법률에서는 남한으로 탈북한 자를 월남귀

---

5 탈북행위에 대해서 북한 당국과 민중은 상반된 상황에 처해 있다. 김정일은 탈북자에 대해서 "간첩 하나 잡는 것보다 탈북자 하나 막는 것이 중요하다"고 말한 바 있다. 그렇지만 북한에서 1995~1998년 사이에 기아 등으로 인한 사망자 수가 250~300만 명 정도라는 비공식적인 통계가 있을 만큼 탈북은 생존을 위한 불가피한 선택인 경우가 많다. (최창동, 『탈북자, 어떻게 할 것인가』, 두리, 2000, 21쪽 참조.)

순자, 월남귀순용사, 귀순북한동포로 불렀다.[6] 적국의 인물 혹은 적대적인 자가 귀화한다는 의미의 '귀순(歸順)'이나 용감한 사람이라는 뜻의 '용사'라는 표현에서 짐작할 수 있듯이, 탈북행위는 배한에서 친한으로 이해되는 것이다. 특히 그 용사의 범주에는 배한괴뢰집단의 군인과 간첩이나 소속단체의 직원뿐만 아니라 "민간인으로서 그 집단에 항거하여 귀순한 자"[7]도 포함된다. 탈북한 민간인도 귀순의사를 밝히면 용사가 되는 것이다. 이러한 인식이 가능했던 것은, 탈북행위가 상당히 어렵고 드물었으며, 귀순의사가 남한체제의 우월성을 간접적으로 증명하는 데에 활용되었기 때문이다.

탈북에 대한 인식이 전환된 것은 1990년대 중반 이후 그 행렬이 기하급수적으로 늘어나면서부터이다. 기아로 인한 대량탈북사태는 탈북의 희소성을 감소시키고, 오히려 남한 행 탈북자를 동포주의에 의거해서 보호와 동화·통합의 대상으로 보게 만드는 중요한 원인이 된다. 이 때부터 관계법령에서는 북한이탈주민이라는 용어를 사용하고 그들을 최소한의 생활지원을 통해 보호대상자로 전락시켜버린다. 현재 공식적인 법률용어 이외에도 난민, 탈북자, 자유이주민, 자유북한인, 새터민, 자유민, 이주민, 분단 마이너리티 등의 용어가 서로 경쟁하고 있는 상황이다.[8]

6 탈북자는 1962~1977에는 「국가유공자및 월남귀순자 특별보호법」, 1978~1992년에는 「월남귀순용사특별보상법」, 1993~1997년에는 「귀순북한동포보호법」, 그리고 1997년 이후부터는 「북한이탈주민보호 및 정착지원에 관한 법」이라는 관계법령에 의해서 그 신분 및 처우가 결정된다.

7 「월남귀순용사특별보상법」 제2조 1항

8 난민이란 본래 정치적 의견을 이유로 박해를 받을 만해서 자신의 국적을 이탈한 사람을 뜻하는데(「난민의 지위에 관한 국제협약」(1951) 제1장 제1조), 탈북자의 경우도 환경파괴와 그것을 방치한 정치체제의 불만 때문에 고향을 떠났다는 점에서 정치적인 '환경난민'이 된다.(최창동, 『탈북자, 어떻게 할 것인가』, 두리, 2000, 117~134쪽 참조.) 탈북자란 용어는 황장엽이 1997년 망명 당시 자신을 탈북자라고 말한 데에서 비롯된 것이다. 이 용어는 가장 일반적으로 사용되어 왔지만, 2001년에 전우택 · 윤덕룡 의원은 그들을 대상으로 한 설문조사에서 그들이 자유북한인과 자유이주민이라는 용어를 선호함을 밝힌 바 있다. 이 용어들은 탈북자들이 북한을 탈출했다는 사실보다 자유를 찾아 왔다는 데에서 그들의 자의식이 형성되었음을 보여주는 것이다.

탈북에 관계된 용어의 복잡성은 그 만큼 여러 입장들이 서로 다른 목소리를 내고 있음을 의미한다. 이 논문에서는 탈북 행위뿐만 아니라 이주 상황을 주목하고자 하기 때문에 탈북이주민이라는 용어를 새롭게 사용하고자 한다. 이 용어는 그들이 우리 사회에 첫발을 내디디는 순간, 이념적 · 문화적인 소수자로 전락하면서 이주민으로서의 힘겨운 삶을 살고 있음을 주목하는 용어이며, 자칫 탈북이라는 정치적인 맥락이 지나치게 강조되면서 이주민의 현실 상황이 경시 · 소외되는 난점에서 벗어나기 위해 전략적으로 선택된 것이다.[9] 탈북이주민은 탈북 못지않게 이주에도 관심의 초점이 놓여 있는 것이다.

탈북이주민 시라는 용어는 탈북시 혹은 탈북자시와 경쟁관계에 놓여 있는데, 두 용어가 탈북이라는 의미를 공공연히 부각시킴으로써 이주라는 현재의 상황을 주목하는 일을 약화시킬 위험성이 있음을 자각하고 그러한 위험성을 피하기 위한 것이다. 이주민이라는 개념이 탈북이라는 특수한 조건 속에서 살펴지는 것이고, 탈북이라는 조건 역시 이주라는 특수한 상황에서 논의되는 것이라는 점에서 탈북과 이주라는 개념은 동시에 중요시될 필요가 있다.

더욱이 탈북이주민 시라는 개념은 남한 내의 탈북자를 이주민이라는 범주 속에 집어넣으려는 전략을 보여주는 것이다. 탈북이주민은 사실상

2005년 통일부에서는 북한정권을 자극시키는 탈북자라는 용어를 대치하고자 자유민, 이주민, 새터민 중 어떤 용어를 희망하는지에 대해서 조사하면서 정치적 색체가 거의 없는 새터민을 선택 · 사용했다. 이 때 새터민이란 새로운 터전에서 삶의 희망을 갖고 사는 사람을 뜻한다. 그러나 2007년에 북한민주화위원회는 새터민이 중국 등에 살고 있는 탈북자를 배제한 것이고 자신들은 폭압과 독재의 나라인 북한에서 탈출했기 때문에 자신들을 탈북자로 불러야 한다고 주장한 바 있다. (http://www.hani.co.kr/arti/society/society_general/208800.html) 최근 들어 통일부에서는 새터민 대신 북한이탈주민을 공식용어로 사용하고 있다. 분단 마이너리티(소수자)는 이산가족, 납북자 및 월북자, 그들의 가족, 탈북자, 비전향장기수, 국군포로, 북파공작원 등을 총칭하는 개념이다.

9 본고에서는 탈북자라는 용어도 경우에 따라 사용하고자 한다. 이 때 탈북자라는 용어는 북한 국경을 넘은 자, 즉 중국 내의 불법체류 중인 북한주민과 남한 내의 탈북이주민 등을 모두 아우르는 개념이다.

외국인이주노동자와 결혼이주민처럼 이주자 범주의 한 구성원이다. 그들의 공통점은 모국을 월경해서 한국으로 이주했고, 현재 정착초기단계에 있으며, 주류사회에서 여러 방식으로 배제·소외되어 있다는 것이다. 탈북이주민은 같은 한민족이기는 하지만 남한과는 완전히 상이한 국가체제와 분단 이후 변질된 문화적인 차이로 인해서 사실상 타민족이주자처럼 우리 사회의 소수자이자 약자의 위치에 놓여 있다. 이 점에서 새로운 문학담론은 그들의 문화적·국가적·인종적인 차이를 인정·보존하는 다문화주의적인 시각에서 이주자문학론을 구성할 필요가 있으며, 탈북이주민 시 역시 그러한 논의의 일부분이 된다.[10]

물론 탈북이주민 시의 개념 설정은 여러 문제점도 함께 지니고 있다. 우선 이 용어는 탈북현상이 사라지거나 통일이 되면 어떻게 불러야 할지 고민되는 잠정적인 개념이다. 통일이 되어 하나의 국가가 된다면 탈북이라는 용어는 그 유효성을 상실할 것이고, 이주라는 개념 역시 약화될 것이 분명하다. 탈북이주민 시라는 개념은 분단문학에서 한민족에게서 제한적으로 의미를 지니는 것이고, 통일문학의 시대에는 새로운 개념으로 흡수될 것으로 예상된다. 또한 그 개념은 사회적인 소수자를 인정·보호하자는 취지에 어울리지 않게, 오히려 주류문학과 소수자문학을 나누는 경계선으로 고착될 우려가 있다. 소수자문학이 소수자 특유의 상황을 고착시켜놓고서 그들 스스로를 경계 짓는 것으로 기능할 위험이 상존한다. 이러한 문제점에도 불구하고 탈북자의 탈북과 이주 현상을 함께 고려하면서 그들의 문학적인 양상과 특질을 검토해야 한다는 필요성은, 탈북이주민 시의 개념이 요구되는 가장 중요한 이유이다. 탈북이주민 시는 탈북이주민의 특수한 상황을 검토하는 데에 있어서 의미

10 최근 들어 사회과학 분야를 중심으로 해서 탈북이주민을 분단과 통일의 맥락에서 보지 않고 다문화주의의 맥락에서 보는 시각이 늘고 있는 추세이다. 그 대표적인 사례로는 정진헌의 논문 「탈분단·다문화 시대, 마이너리티 민족지」(오경석 외, 『한국에서의 다문화주의』, 한울, 2007)를 참조할 것.

있는 용어가 될 것이다.

3. 시의 양상과 특질

1) 탈북의식의 중층구조

탈북이주민 시는 탈북과 이주의 문제성을 동시에 지니고 있는데, 이 장에서는 탈북의 문제성을 중심적으로 다루고자 한다. 탈북이주민 시에 나타난 탈북의식이란 탈북에 대한 여러 생각들, 구체적으로 말해서 탈북을 한 계기와 남한 행을 선택한 이유 등에 관련된 생각을 의미한다. 이들의 시에서 탈북의식은 표면적으로 반북친남(反北親南)의 대립성을 보이고 있으나, 심층적으로는 북한체제에서 길들여진 이념적인 사고방식이 거의 그대로 작동하는 지속성을 지닌다는 점에서 중층적인 구조를 띤다.

먼저, 반북친남의 표층구조를 살펴보기로 한다. 탈북이주민은 탈북을 감행하고 남한 행을 선택했다는 점에서 반북친남의 정서를 지니며, 자신의 선택에 대한 나름의 논리를 지니는 경우가 많다. 그들은 탈북 과정에서 북한체제에 대한 강한 반발심을 지니게 되며, 반대로 남한 행을 선택하면서 자유주의 이념에 공감·동조한다. 그들의 월경은 주로 기아라는 현실적인 문제에서 기인했겠지만,[11] 남한 행의 선택은 북한체제를 반대하고 남한체제를 선(先)-긍정했음을 의미한다. 이러한 반북친남의 심

11 곽해룡에 따르면, 탈북 목적은 단순 식량위기에 따른 절박한 상황의 탈출구, 보다 나은 삶을 위한 경제적 이유, 정치적 이유 등으로 나뉜다. 1990년대 초·중반에는 주로 식량위기가 주된 이유였으나, 1990년대 후반부터는 차츰 경제적 이유와 정치적 이유도 늘어나는 경향을 보인다. (『북한이탈주민 현황과 문제』, 학국학술정보, 2005, 57~59쪽.) 현재 우리 시단에 제출된 탈북이주민 시에서는 주로 식량위기가 탈북의 주된 이유임이 확인된다.

리구조는 탈북이주민 시에서 고스란히 나타나 있다.

그 궁전은
산 사람 위해서가 아니다
수조 원 벌려고
억만금을 들인 것도 아니다

죽은 한 사람 묻으려고
삼백만이 굶어죽는 가운데
화려하게 일어서
우뚝 솟아서

누구나
침통하게 쳐다보는
삼백만의 무덤이다

—시 「궁전」 전문[12]

위의 시에서 주목해야 할 것은 반북친남의 정서이다. 시인은 "김정일 정권은 300만 대아사(大餓死) 속에서도 국고를 털어 김일성의 시신을 보존할 금수산기념궁전을 지었다. 아마 그 돈으로 쌀을 샀다면 수십만의 목숨을 살려냈을 것이다"라는 메모를 위의 시에 첨부함으로써, '궁전'이 금수산기념궁전임을 암시하며 그 궁전의 정치적·경제적인 문제점을 밝히고 있다. "죽은 한 사람 묻으려고/삼백만이 굶어죽는"다는 표현에서 알 수 있듯이, 시인은 북한체제의 기아현상이 당의 정치적인 선택과 무

12 장진성, 『내 딸을 백 원에 팝니다』, 조갑제닷컴, 2008, 55쪽.

관하지 않음을 강조한다. 북한 민중의 기아가 정치적인 이유 때문이라는 시인의 발상,[13] 그리고 위의 시가 실린 시집의 시편 대부분이 기아를 소재로 다루고 있다는 사실은[14] 탈북자가 상당히 반북적인 성향을 지님을 알 수 있게 한다.

여기에서 중요한 것은 탈북이주민이 보여주는 북한체제에 대한 전복성이다. 그들은 과거 북한에서 보여줬을 법한 체제에 대한 무한 긍정을 무한 부정으로, 그리고 당과 수령에 대한 맹목적인 충성심을 무조건적인 불신으로 바꾸어 놓는다. 그들은 체제이념의 문제 앞에서는 북한을 무조건적으로 부정할 대상으로, 그리고 남한을 상대적으로 긍정할 대상으로 이해한다. 이러한 점으로 미루어 볼 때, 그들이 자유를 찾아 남한에 왔다는 표현은 엄밀히 말해서 정말로 남한에 이상적인 자유가 있어서 그것을 찾으러 온 것이라기보다는, 북한과 대비되는 남한체제의 긍정적인 속성을 자유로 여긴 데에서 비롯된다. 자유주의 이념은 원래 "재주만 있으면 어떠한 경력이든 추구할 수 있다는 오늘날 '기회의 평등'과 '능력주의'"[15]를 의미하는 것이지만, 탈북이주민이 말하는 자유는 그것이 아니라 기아에서 벗어날 수 있는 자유라는 측면이 강하다.

이 때 탈북이주민 시에서 표면적으로 드러나는 남한에 대한 무한 긍정은, 심층적으로 볼 때 상당히 다른 양상으로 이해된다.

---

13 이러한 발상은 황장엽의 발상과 그 궤를 함께 한다. 황장엽은 "이 굉장한 시신궁전을 꾸리는 데 8억 9천만 달러가 들었다. … 8억 9천만 달러면 강냉이를 적어도 600t 이상 살 수 있다. 북한에 식량이 매년 200만t씩 모자라는 것으로 보아도 600만t이면 3년 동안은 식량 문제를 해결할 수 있는 것이다"라고 말한 바 있다.(『북조선 진실 허위』, 동경:광문사, 1999, 30~32쪽.) 그렇지만 이러한 발상에 대해서 김일성 신화에 물든 북한사회 내부의 민중이 어느 정도 공감을 표할 것인가 하는 것은 별개의 문제이다.

14 기아를 소재로 하면서 반북친남의 정서를 보이는 장진성 시집의 대표적인 시편은, 농작물을 훔치는 자를 처형하라는 김정일의 지시에 의하여 옥수수를 훔친 아이를 죽인다는 내용의 시 「아이의 꿈」, 농사를 지어봤자 국가에 수탈당한다는 내용의 시 「불타는 대풍년」, 인민들은 굶어죽는데 국가는 수십 톤 무게가 나가는 사적비를 건설한다는 내용의 시 「사적비」, 그리고 유엔과 한국의 구제미를 정부가 거절하여 인민이 굶어죽는다는 내용의 시 「바다 건너 사람들」 등이 있다.

15 I. Wallerstein, 『월러스틴의 세계체제 분석』, 이광근 옮김, 당대, 2005, 146쪽.

황홀한 삶의 터전, 옛말처럼
영화처럼 그려보던 보금자리가
바로 이곳이 아니었던가!
이제는 배고파 헤매지 않아도 되고
잡혀갈까 무서워 떨지 않아도 되고
그냥 깨끗하고 성실하게 진심을 받쳐
노력만 하면 잘 살 수 있는 인간 사회
우리가 왔고 내가 왔다는 것이
믿어지지 않고 정말 놀라웠습니다.
북한 공산당 간부들이나
살 수 있고 갈 수 있는 별장같은
정착교육을 위해 지은 시설
보금자리 하나원이 우리를 위해
마련되고 기다리고 있다는 사실
대한민국을 위해 한 일도 없고

—시 「너무도 놀라웠습니다」 부분[16]

위의 시에서는 남한 체제에 대한 무한 긍정을 보여주는데, 이 무한 긍정의 태도는 북한문학을 접해 본 사람이라면 다소 익숙한 것이다. 내가 사는 곳이 "황홀한 삶의 터전"이자 "영화처럼 그려보던 보금자리"이고, '별장같은' '시설'이 "우리를 위해/마련되고 기다리고 있"는 국가가 너무도 고맙다는 설정은, 당과 수령이 베풀어서 인민이 잘 살게 되었다는 북한문학의 양상과 너무도 흡사한 것이다. 위의 시에서 '하나원'이나 '대한민국', 그리고 "북한 공산당 간부"라는 용어를 빼고 읽으면, 북한문

16 김옥애, 『죽사발 소동』, 삼우사, 2005, 132쪽.

학과 거의 구별되지 않는다. 북한문학에서 수령과 당과 인민을 종교적인 삼위일체로 이해하는 방식이, 위의 시에서는 수령과 당을 '대한민국'으로 대치시켜 놓고서 거의 그대로 나타나 있는 것이다.[17]

이러한 현상은 북한체제에서 살면서 형성된 이념적인 사고방식이 전도된 형태로 지속되고 있음을 암시한다. 탈북이주민은 표면적으로 반북친남의 논리를 펴고 있지만, 심층적으로는 북한과 남한 기표의 자리바꿈이 있을 뿐이지, 체제이념을 이해·수용하고 활용하는 사고방식은 거의 그대로임을 알 수 있다. 이러한 체제이념의 전도성은 탈북이주민이 자유주의 국가를 선택했음에도 "엉덩이가 보일 듯 말 듯하는/스커트를 입은 청소년 여자애들"[18]을 '꽃뱀'이나 '창녀'로 바라보는 이유를 잘 설명해준다. 그들은 남한의 "청소년 여자애들"을 북한에서 형성된 반(半)유교적인 가부장주의 속에서 바라보기 때문에 그 자유를 이해할 수 없는 것이다.

탈북이주민 시에서 살펴볼 수 있는 탈북의식은 표면적으로 반북친남의 대립성을 보이지만, 심층적으로는 북한체제에서 형성된 이념적인 사고방식이 왜곡된 형태로 지속되는 중층구조를 보여주고 있다. 이 점에서 탈북이주민은 이념적 소수자이다. 그들은 북한체제의 이념을 긍정하지 않지만, 그러한 사고방식으로 세계를 바라보고 이해한다는 점에서 소수자인 것이다. 남한에서 북한을 사는 자들, 그들이 바로 탈북이주민인 것이다. 이러한 이념적 소수성을 이해해야 탈북이주민 시에 대한 올바른 접근이 가능하다. 한 체제에서 태어나 성장하면서 만들어진 인식

---

17 이러한 방식은 김옥애의 시집에 볼 수 있는 "그렇게 못 살았던 대한민국이 …/새마을운동의 기적을 창조하면서/구슬땀을 받쳐 최첨단 발전도상에/당당하게 앞 서고 있음"(시 「새마을운동의 기적」)이라는 구절이나 "슬프고 외롭고 비관이 닥칠 때면/기대어 하소연할 수 있는 기둥/한 민족의 소중한 동포애가 있고/대한민국의 따뜻한 사랑과 품 있어"(시 「사선의 아리랑 고개」)라는 부분에서 '대한민국'을 북한으로, 그리고 '새마을운동'을 천리마운동으로 바꾸어 보면 동일하게 나타나고 있음을 알 수 있다.

18 김옥애, 『죽사발 소동』, 삼우사, 2005, 15쪽.

틀은 무의식적인 것이기 때문에, 쉽사리 다른 체제의 이념을 의도적으로 선택한다고 해서 해체되는 것이 아니다.

2) 이주민의 문화적 소수성

이 장에서는 탈북이주민 시에 나타난 이주의 문제성을 살펴보고자 한다. 탈북자는 남한 사회로 이주한 순간, 문화적 소수자[19]로서의 삶을 살아간다. 탈북이주민은 남한 사회에서 민족순혈주의와 동포주의에 근거한 동화(assimilation)의 대상이 되어서 국가·종교·시민단체의 지원을 받으며 정착하는데, 그 과정에서 문화적 다수자의 은밀한 차별적인 시선과 폭력으로 인해서 타자화된다. 탈북이주민이 쓴 시에서는 주로 이러한 이주의 현실을 보여주면서 문화적 소수성을 드러내는 양상이 중심을 이룬다.

우선, 탈북자라는 차별적인 시선(eyes)의 폭력에 대응하는 한 방법으로써 '벌거벗기'를 시도하는 탈북이주민 시를 검토하고자 한다. 탈북이주민은 그들을 표상하는 주체의 의도와 전략에 따라서 민족통일 사업의 '역사적인 사명을 띤' 주체, 통일 이후의 북한사회를 기독교 정신과 자본주의 시장경제체제로 변화시키는 선지자, 외상후스트레스장애(PTSD)를 극복해야 하는 개인, 동정의 대상이거나 문명화가 덜 된 시골뜨기, 1960~70년대 순수미를 간직한 형제자매, 남한의 영세민, 혹은 이등국

19 문화적 소수자라는 개념은 Kymlicka에 따르면 ① 인종 카스트 그룹들racial caste groups, ② 고립주의적 종교의 종족집단들isolationist ethnoreligous groups, ③ 원주민들indigenous people, ④ 소수 민족national minorities = 종속지위의 민족들substate nations), ⑤ 이주자 종족집단들 immigrants, ⑥ 이주자 타국인들metics, ⑦ 이중 혹은 삼중언어인 모델에 의한 단일언어 사용 소수자(one-language speaker)을 뜻하지만,(『현대정치철학의 이해』, 장동진 외 옮김, 동명사 2006, 482~499쪽 참조.) 이런 분류에 근거하면 탈북이주민의 집단성이 잘 설명되지 않는다. 이런 사정 때문에 이 글에서 문화적 소수자란 탈북이주민을 뜻하는 경우 같은 한민족이면서도 남한 동포(문화적 다수자)의 은밀한 차별적인 시선과 폭력에 시달리는 주변적인 집단을 의미하는 개념으로 편의상 규정하고자 한다. 아울러 문화적 소수성이라는 개념은 그러한 문화적 소수자가 나름대로 자기 상황에 대응하는 특성을 지시하는 것으로 한다.

민 등으로 이미지화된다.[20] 이러한 이미지들은 국가·종교·시민단체의 동화 전략에서 기인한 것이다. 탈북이주민 시에서는 이러한 이미지를 '벌거벗기'를, 그래서 다 똑같은 인간으로 바라봐주기를 희망한다.

이게 웬 날벼락인가

내 젊음의
뜨거운 가슴으로
맞이했던 사랑도
피끓는 열정으로 이뤘던
부와 명예도
다 어데 가고
이게 웬 날벼락인가

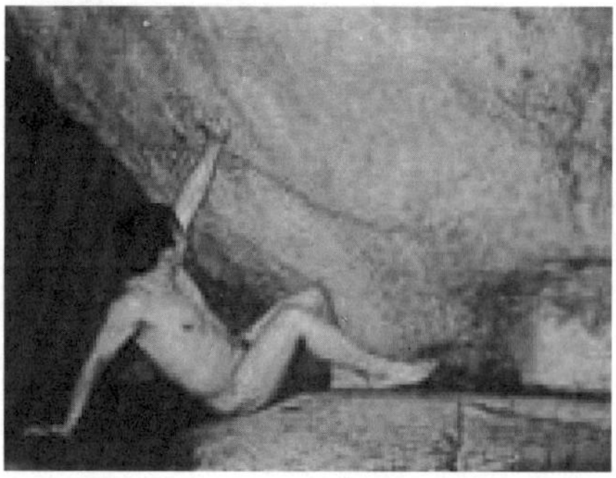

—시 「날벼락」 부분[21]

20 정진헌, 「탈분단 · 다문화 시대, 마이너리티 민족지」, 오경석 외, 『한국에서의 다문화주의』, 한울, 2007, 139~142쪽 참조.
21 탈북자, 『벌거벗은 시의 고백』, 리빙북스, 2003, 68쪽. 이 시집에는 시인의 이름이 탈북자로 명기되었으나, 탈북자 도서 리스트를 참조하면 '김대호'로 나타나 있다.

위의 시에서 주목되는 것은 시인으로 생각되는 자의 나체 사진이 함께 실려있다는 것이다. 나체는 상징적인 퍼포먼스의 일종이다. 시인이 자신의 시집에서 이름을 '탈북자'로 명기해 놓았고, 시집 전체의 주요 내용이 이주민으로서 남한 사회를 살아가는 고통과 역경을 보여준다는 점에서 옷 벗는 행위는 자신을 벌거벗은 인간, 즉 동화의 대상으로써 타자화된 이미지가 아닌 맨몸 그대로 혹은 인간 그 자체로 봐달라는 의도로 이해할 필요가 있다. 시인이 시집의 책머리에서 "인간이 실 한 올 걸치지 않은 모습으로 솔직해질 수 있다는 건 어려운 일이겠지만 동시대를 살아가는 사람들에게 이 사회의 소외된 계층 즉 탈북자들의 삶을 대변할 사명감으로 결심을 굳히게 되었다."[22]라고 말한 것으로 볼 때, '벌거벗'음은 차별적인 시선에 포착되지 않는 탈북이주민의 맨몸, 즉 이주민으로서 겪을 수밖에 없는 고통과 역경의 모습을 다소 도발적으로 표현한 것이다.[23]

이 점에서 '벌거벗기'는 탈북이주민에게 향한 문화적 다수자의 은밀한 폭력적 시선에 맞서는 응시(gaze)가 된다. 그것은 문화적 다수자가 그렇다고 여기는 시선을 해체하고서 그들의 상징계에서 위반되는 탈북이주민의 실존을 드러낸다. 이 지점에서 '벌거벗기'는 문화적 소수자의 혼성적인(hybrid) 저항으로 작용할 수 있다. 동화의 전략이 무화되는 지점, 좀 더 구체적으로 말하면 동화의 전략에 충실히 따르지만 그렇게 살아도 삶의 고통과 역경이 여전하다는 규정불가능한 실존이 드러나는 혼성의 지점은, 역설적으로 동화주의에 대한 비판이자 문화적인 저항이 된

22 탈북자(김대호), 『벌거벗은 시의 고백』, 리빙북스, 2003, 5쪽.

23 김대호의 시집에서는 이처럼 벌거벗은 나체 사진과 시가 함께 실려 있다. 그 중에서 이주민이 겪을 수밖에 없는 고통과 역경의 모습이 강조된 시편은, "임 잃고 혼자된 마음/구름처럼 변덕스러운데/저기/교회의 창 너머로/들려 오는 찬송가 소리에/내 설움을 달"래는 시 「구름」, "밤마다 잠을/제대로 못 이루고/때때로/숨이 꽉 막히면서/혈압이 떨어지"는 "귀순 후유증"을 앓는 시 「귀순 후유증」, 그리고 "추석날//아무데도/찾아 갈데 없는/이 신세"를 한탄하는 시 「추석」 등이 있다.

다.[24] "사랑도/피끓는 열정으로 이뤘던/부와 명예도/다 어데 가고/이젠 웬 날벼락인가"라는 구절은 동화하고자 했으나 그것이 실패였음을 보여주는 것으로 이해된다.

그리고, 탈북이주민 시에서 탈북자라는 차별적인 시선에 대응하는 다른 한 방법은 인간 보편의 고향의식을 드러내는 것이다. 타국에서 고향이란 인간의 존재론적인 근원으로 상상되는 심리적인 공간이다. 그곳은 현실적인 경험의 좋고 나쁨을 떠나서 자기 존재를 성찰하고 정체성을 탐구할 때에 기원이자 궁극의 지점이 된다. 북한은 이념적으로 비판될지라도, 고향이라는 측면에서는 인간의 존재론적인 정서를 지닌 곳이다.[25]

미루나무

숲이 시작되는 마을 끝자락에 싸리나무 울타리 빙 둘러친 영아네 집이 있었습니다 할아버지와 단둘이 살면서 새빠지게 감자농사만 짓던 기집애 먼발치에서 사내자식의 바짓가랑이만 보여도 황급히 삽작문을 닫아걸고 사라져버리던

24 H. Bhabha, 『문화의 위치』, 나병철 옮김, 소명출판사, 2002, 95~143쪽 참조. 응시는 식민자의 시선에 맞서는 타자의 시선을 의미한다. 식민자는 자신의 시선(eyes, 상징계) 속에서 절대적인 타자성을 지닌 타자를 자신이 잘 안다고 여기는 타아(他我)로 만드는데, 그 과정에서 타자는 응시를 되돌려줌으로써 식민자의 상징계에서는 설명할 수 없는 절대적인 타자성이 드러나서 상징계는 균열되고 해체된다. 이 점에서 응시는 식민자의 시선과 섞이면서 저항하는 혼성적인 저항이 된다. 탈북이주민 시에서 '벌거벗기'는 문화적 다수자가 자신의 상징계 속에서 잘 안다고 여기는 탈북이주민의 이미지를 여지없이 해체시키고자 한다는 점에서 일종의 응시가 된다.
실제로 탈북이주민을 대상으로 망명 여부를 조사한 자료를 보면, '미국 망명 생각 여부' 항목에서 매우 많다가 35.9%, 그리고 어느 정도 있다가 34.6%를 차지하고 있고, '북한 귀환 생각 여부' 항목에서도 한두 번 한다가 31.5%, 가끔 한다가 16.3%, 자주 한다가 6.8%이다. 이러한 통계자료는 탈북이주민에 대한 배려와 이해가 우리 사회에서 아직도 부족하며, 국가·종교·시민단체의 동화 전략이 일정한 한계에 부딪혀 있음을 암시한다. (오효림, 「탈북자 300명 특별리서치」, 『월간중앙』, 2006. 8, 136쪽 참조.)

25 탈북이주민의 고향의식을 조사한 오인혜에 따르면 북한에 대한 장소애는 이중적이라고 한다. "태어난 곳이면서 어린시절을 보낸 추억이 있는 장소라는 그리움과 호감이 있는 동시에 탈북할 수밖에 없었던 부정적이며 극단적인 경험에서 오는 회피, 두려움 등의 부정적인 감정이" 양가적으로 있다고 한다. (「탈북자의 고향의식과 그 변화」, 『대한지리학회 학술대회논문집』 2007. 6, 236쪽.)

새침데기 그라면서도 뭐, 시집갈 채비를 한다고 그것도 꼬옥, 읍내에만 가고 싶다고 삼시 감자만 먹는 촌놈인 주제에 가르마는 늘 올곧기만 하던 고향 가시나의 이름입니다. 눈썹 그릴 줄은 몰라도 저보다 큰 소 엉덩짝 팡팡 두드리며 밭고랑은 얼마나 기차게 타고 넘던지 밥이면 밥 국수면 국수 감자를 섞어야만 뭐가 되는 줄 알던 가시나 그래서 보배 같은 감자를 삶의 끝자락처럼 부여안고 오늘도 고향 밭고랑에 섰을 그녀가 어젯밤 꿈에 내 집 문을 두드렸습니다. 나도 이젠 장가갈 나이가 된 모양입니다.

—시 「감자 촌 가시나」 전문[26]

탈북이주민도 심리적인 고향이 있음을 보여주는 위의 시는, 북한을 부정적인 공간으로 이해하는 문화적 다수자의 획일적인 시선에 대한 일종의 응시가 된다. 이주민의 고향은 문화적 다수자의 고향처럼 과거의 기억으로 남아 있으면서도 자기 자신을 이해하고 설명하는 근거가 되는 곳이다. 그곳은 단순한 향수의 공간이라는 의미를 넘어서 '지금 이곳'(da)을 사는 존재와 맞닿아 있다. 위의 시에서 "나도 이제 장가갈 나이가 된 모양"이라는 구절은, 장가를 갈 이유를 고향에서 찾는다는 점에서 주목된다. 시적 화자는 "감자농사만 짓"고 "시집갈 채비를 한다"는 고향의 '기집애'가 "어젯밤 꿈에" 나타난 것을 통해서 자신이 장가가고 싶다는 것을 느낀다. 이것은 삶의 이유나 동기, 목적을 고향의 기억과 연결시키면서 자기 존재를 깨닫는 태도이다. 다시 말해서 고향이란 나의 정체성을 설명하고 이해하는 근거가 되는 존재론적인 공간이다.

북한을 존재론적인 고향으로 보여주는 태도는, 누구나 다 똑같은 인간임을 강조하는 것이다. 고향은 이념을 뛰어넘는 초월성의 공간이다. 위의 시가 실린 김성민의 시집에서는 고향에 대한 그러한 의식이 자주 엿

---

26 김성민, 『고향의 노래는 늘 슬픈가』, 다시, 2004, 29쪽.

보인다. 그곳의 '옥류교'는 "도망치듯 고향을 떠나버릴 땐 그놈의 다리가 얼마나 길어 보이던지…… 예까지 닿아 있"는 현재적인 것이고, "길 없는 고향의 그리움"은 "땅을 갈고 흙을 이겨서/바람과 구름과 푸른 하늘에/미소하는 미소할 수 있는"[27] 안락한 '보금자리'를 만들고 싶은 이유가 되는 것이다.

탈북자가 이주민이 된 순간, 그들은 문화적 소수자가 되어서 문화적 다수자의 타자로서 살아간다. 탈북이주민 시에서는 타자가 된 그들의 목소리가 차별적인 시선에 대응하여 생생하게 드러난다. 그들 중 일부가 보여준 '벌거벗기'와 고향의식은 현재 생성되고 있는 그들 특유의 문화적 소수성이다. 거기에는 이념이 아닌 인간 그 자체로서 자신을 봐달라는 문화적인 요구가 숨어 있다. 탈북이주민 시는 이러한 문화적 소수성을 주목해야 제대로 된 접근이 가능하다.

4. 결론

최근 탈북이주민의 증가는 새로운 문학담론을 형성하게 만드는 중요한 원인이 되는데, 이 때 문제가 되는 것은 시각이었다. 탈북이주민을 바라보는 시각이 여러 차례 바뀌어 왔다는 사실은, 그들을 말하는 담론주체의 의도와 욕망에 따라 제각기 재현되고 있음을 암시했다. 탈북이주민은 디아스포라의 범주에 포함되면서도 주요 문제가 언어보다는 이념적 · 문화적인 것이라는 점에서 복잡성을 지녔다. 본고에서는 탈북뿐만 아니라 이주의 문제를 주목해서 살펴봐야 그들이 서 있는 제3의 공간을 잘 포착할 수 있다는 시각을 제시하면서 탈북이주민 시의 논점을 살펴

27 김성민, 「그 여름을 내가 살았다」, 앞의 시집, 27쪽.

봤다.

첫째, 탈북이주민과 탈북이주민 시의 용어 문제를 검토했다. 탈북이주민이란 범주는 국가의 법률에서 월남귀순자, 월남귀순용사, 귀순북한동포, 북한이탈주민으로 명시했고, 그 이외에 담론주체의 의도에 따라서 난민, 탈북자, 자유이주민, 자유북한인, 새터민, 자유민, 이주민, 분단 마이너리티 등으로 부르기도 했다. 본고에서는 이러한 용어사를 검토하면서 그들이 우리 사회에 진입하는 순간 이념적·문화적 소수자로 전락하는 상황을 주목해서 탈북과 이주의 문제를 함께 살펴보고자 탈북이주민이라는 명칭이 요구됨을 주장했다. 탈북이주민 시라는 용어는 탈북이주민을 중심 소재로 활용한 시를 의미하는 개념이 되었다. 이 개념은 통일 이전의 한시적인·제한적인 개념이라는 문제점이 있지만, 탈북자라는 용어가 자칫 간과할 수 있는 이주의 문제를 강조한다는 점에서 의미 있는 용어로 이해되었다.

둘째, 본고에서는 지금까지 제출된 탈북이주민 시를 중심으로 해서 시의 양상과 특질을 살펴봤다. 탈북이주민 시는 탈북과 이주의 문제성을 동시에 지녔지만 편의상 두 부분으로 나눠 분석했다. 먼저, 탈북이주민 시에 나타난 탈북의식이 중층적인 구조를 띠었음을 검토했다. 표면적으로는 시 「궁전」에서처럼 탈북과 남한 행을 선택한 이유를 드러내고자 북한체제에 대한 반발·비판과 전복을 보여주면서 반북친남의 대립적인 정서가 표현됐다. 그렇지만 시 「너무도 놀라웠습니다」에서 볼 수 있듯이, 심층적인 차원에서 남한에 대한 무한 긍정이란 북한체제에서 형성된 이념적인 사고방식이 전도된 형태로 지속된 것임을 추측할 수 있었다. 시에 나타난 탈북이주민은 이러한 중층적인 탈북의식을 지닌다는 점에서 이념적 소수자였다.

그리고, 탈북이주민 시에 나타난 이주민의 문화적 소수성을 주목했다. 탈북이주민은 남한 사회에서 정착하자마자 국가·종교·시민단체의 동화 대상이 되면서 타자화되었는데, 탈북이주민 시에서는 탈북자라는 차별적인 시선에 대응하는 몇몇 방법이 드러났다. 시 「날벼락」에서는 '벌거벗기'의 방식이 나타났다. 이 시에서는 시인으로 추정되는 자의 나체 사진이 실려있는데, 그것은 동화의 대상이 아닌 맨몸 그대로 혹은 인간 그 자체로 봐달라는 의도로 이해되었다. 탈북자에 대한 문화적 다수자의 시선에서 벗어나고 싶다는 일종의 응시 혹은 혼성적인 저항으로 볼 필요가 있었다. 또한 시 「감자 촌 가시나」에서처럼 고향의식을 드러내는 것 역시 이념보다는 인간 그 자체로 봐달라는 요구로 판단되었다. 탈북이주민에게도 고향은 이념이나 향수의 의미를 넘어서서 존재의 기원이자 궁극이 되는 존재론적인 공간이었다. 탈북이주민 시에서는 우리 사회에서 '벌거벗기'를 시도하고 북한을 존재론적인 고향으로 여기는 문화적 소수성을 보여줬다.

탈북이주민 시에는 자신의 정체성을 '무엇'이라고 규정짓기보다는 '무엇'이 되지 못하는 찢기고 헤진 이미지가 드러나는 경우가 많다. 그것은 '무엇'으로 규정짓지 못하게 만드는 이유가 우리 사회를 주도하는 이념적·문화적 다수자의 시선, 즉 동화주의에서 비롯된 것임을 암시한다. 탈북이주민 시의 현재 양상을 고려할 때, 이념적·문화적 소수성을 살펴보고 그것의 의미를 드러내는 본고의 작업이 필요한 이유가 바로 이것이었다. 본고의 작업은 앞으로 탈북이주민소설을 포함해서 이주자 문학으로 확대되어야 한다.

참고문헌

「월남귀순용사특별보상법」 제2조 1항.

곽해룡, 『북한이탈주민 현황과 문제』, 한국학술정보, 2005.

김대호, 『벌거벗은 시의 고백』, 리빙북스, 2003.

김성민, 『고향의 노래는 늘 슬픈가』, 다시, 2004.

김옥애, 『죽사발 소동』, 삼우사, 2005.

김용범, 「시인 김성민이 열어나갈 새로운 시의 지평」, 김성민, 『고향의 노래는 늘 슬픈가』, 다시, 2004.

김종회 편, 『한민족문화권의 문학』, 국학자료원, 2003.

류 신, 「대동강과 한강을 잇는 시적 상상력의 가교」, 『실천문학』, 2006년 가을.

오인혜, 「탈북자의 고향의식과 그 변화」, 『대한지리학회 학술대회논문집』 2007. 6.

오효림, 「탈북자 300명 특별 리서치」, 『월간중앙』, 2006. 8.

장진성, 『내 딸을 백 원에 팝니다』, 조갑제닷컴, 2008.

정주신, 『탈북자문제의 인식』, 한국학술정보, 2007.

정진헌, 「탈분단 · 다문화 시대, 마이너리티 민족지」, 오경석 외, 『한국에서의 다문화주의』, 한울, 2007.

최창동, 『탈북자, 어떻게 할 것인가』, 두리, 2000.

하종오, 『입국자들』, 산지니, 2009.

황장엽, 『북조선 진실 허위』, 동경:광문사, 1999.

http://www.hani.co.kr/arti/society/society_general/208800.html.

W. Kimlicka, 『현대정치철학의 이해』, 장동진 외 옮김, 동명사 2006.

H. Bhabha, 『문화의 위치』, 나병철 옮김, 소명출판사, 2002.

I. Wallerstein, 『월러스틴의 세계체제 분석』, 이광근 옮김, 당대, 2005.

대학생 대상의 다문화교육 일 고찰

—문학교육을 중심으로

1. 문제제기

이 논문은 여러 분야에서 진행되는 다문화교육(multicultural education)이 문화적 소수자와 초중고 학생 중심으로 편중되어 있다는 사실을 비판적으로 바라보는 데에서 출발한다.[1] 다문화교육이 문화적 다수자와 소수자가 지닌 차이를 서로 인정하고 평등을 지향하는 이념적인 실천의 한 형태라면, 그 대상에는 문화적 소수자나 초중고 학생뿐만 아니라 다수자, 그 중에서 고등교육의 대상인 대학생이 포함될 필요가 있고 그래야만 그 이념이 실질적으로 구현될 것으로 기대된다. 이 논문의 문제의식은 바로 이 부분에 있다. 이 논문은 문화적 다수자의 일부인 대학생의 소수자 인식은 어떠하고, 다문화 문학교육(literacy education)의 효과는 어

1 이 글은 필자가 대학생을 대상으로 하는 대학 강좌 '문화와 다양성'에서 상호인정과 평등을 지향하는 다문화주의적인 경향의 문학교육(이하 다문화 문학교육)을 3년 동안 진행하면서 요구되는 문제의식을 논문의 방식으로 풀어낸 것이다. (문화적) 다수자와 (문화적) 소수자란 각각 인종적 · 민족적 · 문화적인 중심집단과 주변집단을 이르는 용어를 뜻한다. 이 글의 연구대상인 대학생은 한민족이라는 에스닉(ethnic)으로 지칭되는 문화적 다수자로서 문화적 소수자에 대한 차별적 · 배타적인 의식을 보여주는 동시에 고등교육의 대상이 되는 자를 뜻한다. 문화적 소수자는 이주노동자, 여성결혼이주민, 혼혈, 탈북자 등 국민의 2% 정도를 지시한다.

떤 것인가 하는 점을 문제로 제기한다.

대학생이 교육의 중요한 대상이 되는 이유는, 그들이 다문화사회를 열린 마음으로 수용해야 하는 21세기의 예비 리더임에도 불구하고 현재 각 대학 내에서 다문화 교육 강좌 및 프로그램이 상당히 부족한 실정이며, 현실적으로는 차별과 불평등을 조장하는 문화적 다수자의 일부이기 때문이다. 문화적 소수자를 대면하는 다수자는 서로 인정하고 평등해야 함을 잘 알고 있지만, 실제로는 그들을 무시하고 차별하는 경우가 많다는 점에서 문제점이 발생한다. 슬라보예 지젝(S. Zizec)의 사고를 빌면 이러한 차별주의는 무의식적인 층위에서 발생하는 이데올로기적인 환상(ideological fantasy)의 일종인 것이다.[2] 이러한 환상을 가로지르기 위해서는 문화적 다수자가 소수자에 대해서 느끼는 차별적·배타적인 감성을 성찰하고 인식틀(episteme)을 바꿀 필요가 있는데, 이 때 효과적인 것 중의 하나가 이 글에서 제기하는 문학교육이다.

문학교육은 다수자의 감성을 변화시킴으로써 인식까지도 전환하게 만드는 힘이 있다는 점에서 주목된다. 이 점에서 대학생을 대상으로 하는 다문화 문학교육의 효과를 검토하는 일은 이 논문의 문제의식을 구체화하는 중요한 방법이 된다. 이 논문에서는 문학교육 과정을 통해서 대학생이 문화적 소수자에 대해서 연민과 두려움을 느껴 윤리적·지적인 성질의 카타르시스(catharsis)에 도달함으로써, 혹은 다수자와 소수자 사이의 견고한 경계가 해체되는 동일시적인 성격의 융화(schmelz) 작용을 경험함으로써 소수자가 지닌 차이를 좀 더 인정하고 이해할 수 있음을 살펴보고자 한다.[3]

---

2 S. Zizec, 『이데올로기라는 숭고한 대상』, 이수련 역, 인간사랑, 2002, 173~180쪽.

3 이 논문은 문화적 다수자인 대학생을 대상으로 하는 다문화교육이 필요하다는 전제 아래 문학교육이 유의미함을 살펴보고자 하는 목적을 지닌다. 이런 목적을 달성하기 위한 다문화 문학교육의 실행과정은 자아 인식 단계, 독서 단계, 인식 전환 단계 등 크게 세 단계로 나뉜다.
첫째, 자아 인식 단계에서는 문화적 다수자가 소수자를 대상화하여 타자로서 바라보고 자신과 다른 존재로 여기는 차별주의에 빠져 있다는 기존의 설문 조사를 통해서 대학생 자신의 자아를 다문화교육 담론은 1990년대 후반 이후 간헐적으로 제기되었다가 2000년대 중반 이후 정부의 관심과 함께 비약적으로 증가하기 시작했고,[4] 그 과정에서 한국 상황에 적합한 다문화교육에 대한 몇몇 주목할 만한 언급이 있어 왔다. 그렇지만 다수자인 대학생을 대상으로 하는 다문화교육은 그 필요성이 원론적인 차원에서 제기되었을 뿐, 사실상 교육의 사각지대에 놓여 있는 실정이다. 지금까지는 주로 다문화교육론의 이념을 살펴보면서 소수자 대상의 사회 적응 교육이 진행된 방식을 검토하고 그 문제점을 지적한 논의나, 현재 비정기적으로 실행되는 초중고 학생들의 교육 상황이나 그 한계 혹은 초등·중등교육과정의 과목별

인식하는 것이다. 둘째, 독서 단계에서는 대학생이 다문화주의적인 경향의 문학작품을 경험하는 것이다. 셋째, 인식 전환 단계에서는 대학생이 카타르시스와 융화 작용을 경험함으로써 차별주의를 넘어서서 소수자가 지닌 차이를 인정·이해하는 것이다. 담당교수는 대학생이 다문화주의 경향의 문학작품에서 연민과 두려움의 카타르시스를 경험하게 하고 자신들도 소수자와 같은 삶의 불행에 빠질 수 있다는 윤리적·지적인 인식을 획득하도록 지도한다.

카타르시스는 아리스토텔레스가 말한 것인데, 비극의 주인공이 인생의 예측할 수 없는 운수의 기복에 의해서 행복에서 불행으로 몰락할 때에 관객이 연민과 두려움의 감성을 느끼는 것을 말한다. 연민은 "파괴적 또는 고통스러운 악이 어떤 사람에게 부당하게 발생하는 것을 볼 때, 또한 그런 일이 우리와 우리의 친구들에게도 일어날 수 있으며 또 곧 일어날지도 모를 때 생기는 괴로운 감정"이고, 두려움은 "미래의 어떤 파괴적 또는 괴로운 악에 대한 정신적 그림 때문에 생기는 고통 또는 불안"이다. 이 연민과 두려움의 감성은 그 불행이 괴로운 것이고 누구에게나 일어날 수 있음을 자각하는 윤리적·지적인 인식을 유발한다.(이상섭, 『아리스토텔레스의 『시학』 연구』 문학과지성사, 2002, 193~203쪽.) 그리고, 담당교수는 대학생에게 다문화주의적인 경향의 시를 읽힘으로써 주객의 경계가 해체되는 융화의 상태를 간접체험하게 하고 그 상태에 공감하여 동일시적인 인식에 도달하도록 유인한다. 이 때 융화는 슈타이거가 논의한 것인데, 시적 자아와 세계(타자) 사이의 경계와 같은 "견고한 것의 녹아내리는 작용이다." 그것은 동감의 감성 속에서 주체와 타자가 자신의 경계를 허물어뜨리고 하나가 되는 상태를 뜻하며, 시의 독자는 그 융화의 상태에 공감해서 동일시적인 인식에 도달할 수 있다.(E. Steiger, 이유영·오현일 역, 『시학의 근본개념』, 삼중당, 1978, 109~122쪽.) 이 점에서 카타르시스와 융화 작용은 문화적 다수자의 감성을 변화시킴으로써 인식까지도 전환시키는 다문화 문학교육의 한 방법으로 활용가능하다고 본다.

4 정부에서는 2006~2007년 사이에 다문화 가정을 위해 언어·사회적응교육을 준비하는 「이주민가족의 보호 및 지원 법안」이나 「다문화가족 지원법 제정안」, 혼혈 가족을 위한 복지·교육·편견방지 프로그램을 제시한 「혼혈인 가족 지원에 관한 법률안」을 발의했고, 교육인적자원부에서는 '다문화가정 자녀 교육지원 계획'을 발표하고 '2007 개정 교육과정'에서 '다문화교육'을 범교과 주제의 하나로 도입했다. 이러한 정부의 노력에 힘입어서 다문화교육 담론은 2000년대 중반에 사회, 정책, 문화, 교과과정을 비롯한 여러 분야에 걸쳐서 본격적으로 제기되었다.

논의가 중심이었다.

다문화교육 담론에서 가장 많은 부분은 다문화교육의 이념을 제시하면서 소수자 대상의 적응 교육에 대한 것이었다. 다문화교육은 원래 서구에서 논의되던 것이었지만,[5] 한국사회에서도 이주노동자, 여성결혼이주민, 혼혈, 탈북자 등의 문화적 소수자가 사회문제시 된 2000년대 들어서 관심의 초점이 되었다. 다문화교육이 차이의 인정과 평등을 지향하는 이념적인 실천이라는 점이 강조되면서[6] 문화적 소수자의 사회·학교 적응이 중요한 논제가 되었다. 이러한 다문화교육은 주로 한국어 습득과 문화적응이라는 현실적인 목표 아래 동화 위주의 교육이었을 뿐,[7] 문화적 다수자에 대한 관심을 경시한 문제점이 있었다.

다수자 대상의 다문화교육론은 그 필요성이 제기되었지만,[8] 본격화되

---

5 서구의 다문화교육 담론은 인종 및 민족 차별에 대한 대안으로 제기되었는데, 그 출발은 간혹 19C-20C 초로 논의되기도 하지만 대부분의 경우 1960년대 시민권 운동의 일환으로 촉발된 것으로 알려져 있으며, 1980-90년대 다양한 이주민 집단의 디아스포라로 인해서 본격적으로 전개되었다.(Alkin, Marvin C.(ed)., Encyclopedia of Educational Research-sixth edition(vol.3), N.Y:Macmillan Publishing Company, 1992, 871쪽.)

6 다문화교육의 이념에 대해서 데이비드만(Davidman)은 문화적 다원주의, 교육평등, 인종 및 성차별주의의 감소, 사회재건주의 · 다인종교육 · 글로벌교육과의 통합으로, 매닝(Manning)과 바르뜨(Baruth)는 문화적 · 인종적 · 사회계급적 · 종교적 · 젠더적 차이를 인식 · 수용 · 이해하는 것으로, 뱅크스(Banks)와 안병환은 평등한 교육기회를 위한 교육개혁운동으로(안병환, 「다문화교육의 현황과 다문화교육 접근방향 탐색」, 『한국교육논단』 8집, 2009, 156~158쪽 참조.), 한경구는 개성과 독특성을 존중하면서 차별을 없애는 교육으로(한경구, 「3장. 다문화사회란 무엇인가」, 유네스코 아시아 · 태평양 국제이해교육원 편, 『다문화사회의 이해』, 동녘, 2007, 129쪽 참조), 김선미는 시민들이 자신들이 속해 있는 문화와 서로 다른 문화에 대한 올바른 지식, 가치, 태도를 갖추기 위한 다양한 문화에 대한 필요성으로(김선미, 「다문화교육의 개념과 사회과 적용에 따른 문제」, 『사회과교육학연구』 2호, 2000, 63~81면 참조) 이해한다. 요약하면 서로의 차이를 인정하고 평등을 지향하는 이념인 것이다.

7 한국의 다문화교육에 대해서 "다문화 가정의 자녀들이 우리 문화에 동화하고 적응하게 하기 위한 교육이 중심"(김선미 · 김영순, 『다문화교육의 이해』, 한국문화사, 2008, 59쪽)이었다거나, "한국어, 한국 문화 이해 교육이나 학교생활 적응에 초점이 맞춰져 있는 적응 교육"(양영자, 「한국의 다문화주의」, 오경석 외, 『한국에서의 다문화주의 현실과 쟁점』, 한울, 2007, 215쪽)이었다거나, 혹은 "공급자 중심, 말하자면 한국인 중심의 다문화 공감법들"(한준상, 「8장. 다문화교육에 대한 호모노마드식 접근」, 유네스코 아시아 · 태평양 국제이해교육원 편, 『다문화사회의 이해』, 동녘, 2007, 288쪽.)이었다고 몇몇 논자들이 비판한 바 있다.

8 이민경은 한국의 다문화교육이 이주자 중심으로 진행되면서 정주자(문화적 다수자)라는 교육의 한 축을 놓치고 있음을 논의했고(이민경, 「한국사회의 다문화 교육 방향성 고찰:서구 사례를

지 못한 한계가 있었다. 인천의 '다름이 아름다운 인권교실'이나 안산의 '찾아가는 다문화교실'에서 볼 수 있듯이 초중고 학생들을 대상으로 하여 일회성의 음식·종교·문화 체험교육이 중심이었을 뿐이지, 다수자의 중심문화와 차별주의를 성찰하는 다문화교육은 거의 부재한 실정이었다.[9] 뿐만 아니라 문학, 도덕, 음악 등의 중등교육과정 내의 개별교과 과목론에서도 다수자의 차별적인 감성과 인식을 성찰·전복하는 논의는 아쉬움이 있었다.[10] 이처럼 기존 논의를 검토해 볼 때, 다수자 중의 일부인 대학생의 인식적인 특성을 살펴보고 다문화 문학교육의 효과를 주목하는 작업이 요구됨을 알 수 있다.

2. 소수자에 대한 다수자의 인식적인 특성

문화적 다수자는 소수자에 대해서 차이를 인정하고 평등을 지향해야 함을 잘 알고 있지만, 차별과 불평등을 조장하는 행동을 무의식적으로 하는 경우가 많다. 이러한 지식과 행동 사이의 괴리는, 문화적 다수자의

통한 시사점을 중심으로」, 『교육사회학연구』 18권 2호, 2008, 87쪽 참조.), 오성배는 "모든 사회 구성원들을 대상으로 하는 다문화 이해 교육이 시행될 필요"가 있음을 주장했다(오성배, 「한국 사회의 소수민족 '코시안' 아동의 사례를 통한 다문화교육의 방향 탐색」, 『교육사회학연구』 16권 4호, 2006, 153쪽.).

9 류성환, 「현장에서의 다문화교육 사례」, 오경석 외, 『한국에서의 다문화주의 현실과 쟁점』, 한울, 2007, 269~279쪽 참조.

10 교과목 연구에서는 주로 '2007 개정 교과과정'에서 제안된 다문화교육을 적용하는 문제가 중심이었지, 다수자의 차별주의를 성찰·전환하고자 하는 논의는 크게 주목되지 못했다. 임지현은 뱅크스의 개념중심의 수업모형을 활용하여서 문학교육에 적용했으며(임지현, 「문학교육을 통한 다문화교육연구」, 경희대교육대학원, 2008, 참조.), 최숙기는 국어교과서에서 다문화제재 선정에 대해서 살펴보았다(최숙기, 「국어 교과서 다문화 제재 선정에 관한 연구」, 『독서교육』 18호, 2007, 참조). 그리고 정희태는 통일교육을 다문화교육적인 관점에서 접근했고(정희태, 「제7장 한국의 다문화교육에 관한 연구: '도덕과'를 중심으로」, 『통일전략』 제8권 제2호, 2008.8, 한국통일전략학회, 참조.), 김지현은 국제음악교육을 넘어서는 다문화음악교육의 가능성을 주장했다(김지현, 「한국사회에서 다문화주의와 교육」, 『철학연구』 106집, 2008.5, 참조.).

차별주의가 자기 집단과 주변집단의 현실관계를 구성하는 이데올로기적인 환상의 차원에서 발생하는 것이기 때문이다. 쉽게 말해서 문화적 다수자의 차별주의는 현실을 바라보고 구성하는 하나의 무의식적인 프레임 혹은 관점이 되는 것이다.[11] 이 장에서는 기존의 설문조사를 근거로 해서 문화적 다수자가 소수자를 지식의 차원에서는 어떻게 이해하고 있으며 행동의 차원에서는 어떻게 차별하고 있는지를 분석함으로써, 다수자의 일부인 대학생의 자아를 스스로 인식하는 계기를 만들고자 한다.[12]

지식의 차원에서 보면, 문화적 다수자는 소수자도 동등한 권리가 있고 소수자의 전통을 보호해야 함을 잘 알고 있으며, 특히 소수자가 한국의 국적을 지니면 한국인인 것으로 이해하고 있다. 문화적 다수자는 소수자에 대해서 상당히 개방적이고 현재 진행되는 다문화사회를 긍정적으로 인식하고 있는 것처럼 보인다. 최근의 몇몇 조사결과를 놓고 보더라

11 문화적 다수자의 차별주의는 소수자를 차별적으로 바라보고 소수자와의 위계를 구성하는 일종의 프레임 혹은 관점이 된다. 지젝의 논의를 참조하면, 차별주의라는 프레임은 그 자체가 차별적인 현실을 만드는 인식틀이라는 점에서 문화적 다수자가 소수자에게 대하는 모순적인 태도를 잘 살펴볼 수 있는 방법론이 된다. 문화적 다수자는 지식의 차원에서는 차별주의가 부당하다는 것을 잘 알고 있지만, 행동의 차원에서는 여전히 무의식적으로 차별을 행하는데, 그 이유는 차별주의 그 자체가 현실을 인지 가능하게 만드는 프레임이기 때문이다. 쉽게 말해서, 다수자는 자신이 소수자에 대해서 차별적으로 바라보고 있는 것을 알지 못한 채로 그것을 현실이라고 인식하는 것이다.(S. Zizec, 『이데올로기라는 숭고한 대상』, 이수련 역, 앞의 책, 64~69쪽 참조.; Tony Myers, 『 누가 슬라보예 지젝을 미워하는가』, 박정수 역, 앨피, 2005, 189~194쪽 참조.)

12 이 장에서 소수자에 대한 대학생의 차별주의를 살펴보기 위해서 선택한 방법은, 기존 설문 조사를 통한 자아 인식이다. 문화적 다수자의 지식을 보여주는 [표 1]은 일반인을, 그리고 문화적 다수자의 행동을 드러내는 [표 2]는 현실 속에서 차별을 받은 이주노동자를 대상으로 한 설문조사를 편집한 것인데, 대학생 역시 문화적 다수자의 일부라는 점에서 문화적 다수자로서의 자기 모습을 객관화하여 인식할 것으로 기대된다. 이 때 일반인을 중심으로 한 문화적 다수자의 지식 · 행동 패턴이 대학생에게도 기대될 수 있는 것이냐 하는 비판이 제기될 수 있다. 물론 일리가 있는 비판이지만, 이 논문에서는 대학생도 문화적 다수자의 일부라는 점에서 일반인의 지식 · 행동 패턴이 유사하게 예상되고, 또 그러한 예상 속에서 자신이 지닌 차별주의를 인식하고 반성할 수 있을 것으로 판단했다. 실제로 '문화와 다양성' 강좌 시간에 조사해 보면 [표 1]의 설문내용은 대학생도 유사한 수치로 나타나는 것이 확인됐다.([표 2]의 설문내용은 이주노동자와 같은 소수자가 다수자의 행동을 언급한 것이므로 조사가 곤란했다.)

도 문화적 다수자는 소수자의 차이를 인정하고 있다. 그렇지만 그 조사 결과의 이면을 눈여겨보면, 다른 양상이 은폐되어 있음이 확인된다. 문화적 다수자는 소수자와 다르고 소수자가 중심집단으로 동화되어야 한다는 표리부동한 인식을 숨기고 있다.

[표 1] 문화적 다수자의 지식[13]

설문 내용	매우 찬성	다소 찬성	보통	다소 반대	매우 반대
한국 국적이 없어도 합법적으로 한국에 이주한 사람은 동등한 권리를 가져야 한다.	20.6	35.3	28.6	12.4	2.3
소수 인종 집단의 전통과 풍습을 보존해 주기 위해 정부가 이들을 지원해야 한다.	13.8	43.4	35.3	6.1	0.9
한국 국적을 가지고 있는 사람이 가장 한국인이다.	53.2	36.2		9.9	0.7
외국인이 한국국적을 보다 쉽게 취득할 수 있게 해야 한다.	2.8	27.2	50.3	16.2	3.5
한국의 전통과 풍습을 같이하지 않는 사람들이 완전하게 한국인이 되는 것은 불가능하다.	14.8	40.4	29.1	12.4	3.1
한국인 혈통을 가지고 있는 사람이 가장 한국인이다.	39.3	43.9		15.4	1.4
한국어를 잘 하는 사람이 가장 한국인이다.	18.6	46.7		30.7	4.0

위의 [표 1]을 보면, 문화적 다수자 중의 55.9%는 합법적으로 이주해 온 소수자의 권리를 자신들과 동등한 것으로 여기고 있고, 그들 중의 57.2%는 소수자의 문화를 보호할 필요가 있음에 찬성하고 있다. 문화적 다수자 중 절반 이상은 소수자를 인정하고 서로 평등해야 함을 알고 있

13 [표 1]은 「다민족사회 코리안 리포트」(세계일보 · 엠브레인 공동조사, 2007.4.24.), 「국가 정체성 여론 조사 1차 빈도표」(중앙일보 · 동아시아연구원 공동조사, 2005.10.)에서 필요한 부분을 편집한 것이다.

는 것이다. 그렇지만 국적과 문화에 대한 그들의 생각을 살펴보면 그 이면이 엿보인다. 문화적 다수자는 한국 국적을 가지고 있는 사람이 한국인이라는 데에는 89.4%가 동의하면서도, 외국인이 한국국적을 보다 쉽게 취득할 수 있게 해야 한다는 데에는 고작 30%만이 찬성한다. 더욱이 한국인이 되려면 한국의 전통·풍습, 혈통, 한국어를 공유해야 함에 각각 55.2%, 83.2%, 65.3%가 지지한다. 쉽게 말해서 문화적 소수자가 한국인이 되고자 한다면 표층적으로는 국적을 취득하면 되겠지만, 심층적으로는 여전히 문화·혈연·언어 공동체인 한민족이라는 에스닉 집단에 속하지 않고서는 어렵다는 것을 암시한다.

이러한 해석은 한국인이 혈연민족주의 대신 국적민족주의를 지향하고 있다는 기존의 지적이 다소 피상적인 것임을 암시한다.[14] 표면적으로는 국적을 중시하고 있지만, 그 심층에서는 여전히 문화적 소수자에 대한 차별주의의 구체적인 발현양상 중 하나인 혈연민족주의 혹은 단일민족주의가 작동하고 있는 것이다. 문화적 다수자는 혈연적으로 상이한 자가 근본적으로 한민족에 편입되기 어렵다는 심리구조를 보여준다.

이처럼 문화적 다수자는 소수자에 대해서 모순된 이해를 하고 있는데, 이제 행동의 차원에서는 어떻게 소수자를 대하고 있는지 살펴보기로 한다. 문화적 다수자는 소수자와 평등해야 하고 그들을 이해해야 함을 잘 알고 있음에도, 현실에서는 그들을 비하의 시선으로 바라보거나 경제적·문화적인 차별을 행하는 경우가 많다. 그들은 자신의 행동이 차별적인 것을 몰라서 차별하는 것이 아니라, "자신들이 행하고 있는 바를 알고서 그것을 행"[15]하는 것이다. 다음은 대구지역의 성서공업단지에서 근무하는 200명의 이주노동자를 대상으로 한 설문조사 중 몇몇 중요한 내용을 표로 만든 것이다.

---

14 중앙일보·동아시아연구원 공동조사, 2005.10. 참조.
15 S. Zizec, 『이데올로기라는 숭고한 대상』, 이수련 역, 앞의 책, 68~69쪽.

[표 2] 성서공업단지 내 문화적 다수자의 행동[16]

설문 내용	결과(%)
임금 체불	있다(38.8), 없다(61.2)
체불 경험이 있다면	외국인 근로자만 체불(47.8), 한국인 근로자도 같이 체불(52.2)
폭언 · 폭행	있다(63.2), 없다(36.8)
가해자	한국인 상사(43.3), 한국인 동료(53.3), 외국인 동료(3.3)
성희롱 경험 (여자)	있다(44.4), 없다(55.6)
성희롱 가해자	한국인 상사(33.3), 한국인 동료(33.3), 외국인 동료(33.3)
본인의 여권 소유 여부	본인(42), 회사(52), 이민국(4), 기타(2)

[표 2]에서는 성서공업단지 내 문화적 다수자가 소수자에게 대하는 행동의 패턴을 잘 보여준다. 문화적 다수자는 사회적 · 경제적인 필요에 의해서 소수자를 이주시켜 놓았다는 점에서 그들에게 적절한 경제적 · 인권적인 대우를 해야 하지만, 실제의 현실에서는 그들을 무시하고 비하한다. 경제적인 측면에서 한국인과 이주노동자 간의 임금 격차가 크다는 점은 논외로 치더라도 임금 체불이 있는 경우가 38.8%이고, 그 중에서 외국인 이주노동자만 체불되는 경우가 47.8%나 된다. 또한 인권의 측면에서도 한국인 간에는 거의 있을 수 없는 폭언 · 폭행이 63.2%가 되고, 한국인이 가해자인 경우가 96.6%이다. 여성 대상의 성희롱 경우도

16 윤선오 · 박명호 · 권장수, 「이주노동자 현황 및 개선방안」, 『복사행정논총』 제15집2권, 2005.12. 참조.

유경험자가 44.4%이며, 가해자는 66.6%가 한국인이다. 이주노동자의 신분증이나 마찬가지인 여권조차도 회사와 이민국이 56%를 소유하고 있다.[17]

이러한 [표 2]의 통계를 [표 1]과 겹쳐놓고 볼 때, 문화적 다수자는 일반적으로 소수자가 동등한 권리를 가져야 하고 평등해야 함을 지식의 측면에서는 잘 알고 있지만, 실제의 행동에서는 그들을 경제적으로 불평등하게 대하고 인권적으로도 비하하는 인식적인 특성이 있음이 확인된다. 이런 결과는 문화적 다수자의 일부인 대학생에게도 해당됨을 추측할 수 있으며, 그러한 인식을 지닌 자아를 스스로 반성하는 계기를 마련해 준다.

이러한 문제의 해결방법 중 하나는 무엇보다 차별주의가 만들어낸 상징계(현실)에서 배제된 소수자의 실재(real)를 드러냄으로써 그 상징계가 해체되는 지점을 찾아내는 것, 다시 말해서 다수자의 감성을 변화시키고 인식을 전환하게 돕는 문학교육을 통해서 소수자의 실재를 새롭게 발견하고 차별주의라는 상징계를 균열내는 것이 된다.[18] 좀 더 구체적으로 말하면, 문화적 소수자를 타자로서 인식하고 자신과 다른 존재로 여기는 차별주의에 빠져 있는 문화적 다수자는, 다문화 문학교육을 통해서 카타르시스와 융화 작용을 경험함으로써 소수자에 대한 윤리적·지적인 인식이나(3장 1절) 주객의 경계를 넘어서는 동일시적인 인식을(3장 2절) 획득할 필요가 있다. 이것이 다문화 문학교육이 요청되는 한 이유이다.

---

17 더욱이 이주노동자가 평균적으로 511만원의 입국브로커비용을 들이고 한 달에 1,005,632원을 받으며 하루 11.6시간을 노동한다는 점을 염두에 둔다면, 문화적 다수자의 불평등 조장과 몰이해는 그들이 견디기 어려운 환경에 노출되어 있는 중요한 이유임을 추측하게 만든다.

18 지젝은 이데올로기적인 환상이 만드는 (차별주의라는) 상징계에서 배제된 실재를 드러냄으로써 그 상징계가 해체되는 지점이 있음을 강조한다. 이러한 사유는 감성과 인식의 변화를 통해서 소수자의 실재를 드러내는 문학교육에도 적용된다고 본다.(S. Zizec, 『이데올로기라는 숭고한 대상』, 이수련 역, 앞의 책, 216~223쪽.)

3. 다문화 문학교육의 효과

1) 문화적 소수자에 대한 윤리적·지적인 인식

문화적 다수자의 일부인 대학생을 대상으로 하는 문학교육은 다문화주의적인 경향의 문학작품[19]을 통해서 그들의 감성을 변화시키고 인식을 바꾸는 효과가 있다. 이 장에서는 다문화주의적인 경향의 문학작품 중 그 대표성이 있다고 판단되는 박범신의 장편소설 『나마스테』와 하종

19 이 글에서 말하는 다문화주의적인 경향의 문학작품이란 문화적 다수자와 소수자 사이의 상호 이해와 평등이라는 다문화주의적인 시각에서 이주노동자, 여성결혼이주민, 혼혈, 탈북자 등 문화적 소수자를 주요 소재로 한 일군의 텍스트를 뜻하는 잠정적인 용어이다. 2000년대 들어서 다문화주의의 관심과 맞물려 양적 · 질적인 비약이 일어나고 있는 상황이다. 편의상 주요 시, 소설, 동화로 나누어보면 아래와 같다.
①주요 시: 한명희의 「무하마드 아크바르」(『두 번 쓸쓸한 전화』, 천년의 시작, 2002), 윤제림의 「손목」(『문학과사회』 2005년 봄호), 이동순의 「베트남 노동자」(『미스 사이공』, 랜덤하우스코리아, 2005), 김응교의 「곽」(『문학동네』 2005년 가을호), 김수열의 「연변여자」(『창작과비평』 2005년 가을호), 조용미의 「낯선 피」(『문학 · 판』 2006년 봄호), 문성해의 「튀기」(『문학수첩』 2006년 여름호), 장석남의 「돌들이 왔다」(『문예중앙』 2006년 여름호), 이하의 「탈북선 아이」(『문학수첩』 2006년 여름호), 비토르히 타고르의 시 「달 전화기」, 「오래된 희망」, 「이곳에 자유가 없다」(고영직이 「어떻게 연대하고 적대할까?」(『실천문학』 2006. 가을호)에서 소개), 범 라우티의 시 「무제2」, 단비르 하산 하킴의 시 「아무도 모른다 나를」(이상 『작가들』(2006. 가을호)에서 소개.) 등 이상 개별 시, 장진성의 시집 『내 딸을 백 원에 팝니다』(조갑제닷컴, 2008), 김옥애의 시집 『죽사발 소동』(삼우사, 2005), 탈북자(김대호)의 시집 『벌거벗은 시의 고백』(리빙북스, 2003), 김성민의 시집 『고향의 노래는 늘 슬픈가』(다시, 2004), 하종오의 『반대쪽 천국』(문학동네, 2004), 『국경 없는 공장』(삶이보이는창, 2007), 『아시아계 한국인들』(삶이보이는창, 2007), 『입국자들』(산지니, 2009) 등 이상 시집.
② 주요 소설: 강영숙의 「갈색 눈물방울」(『문학과 사회』 2004 겨울)과 『리나』(랜덤하우스, 2006.), 공선옥의 「가리봉 연가」(『유랑가족』, 실천문학사, 2005.), 김재영의 「아홉 개의 푸른 쏘냐」(『코끼리』, 실천문학사, 2005.)와 「코끼리」(『코끼리』, 실천문학사, 2005.), 박범신의 『나마스테』(한겨레신문사, 2005.), 손홍규의 「이무기 사냥꾼」(『문학동네』 2005 여름.), 이명랑의 『나의 이복형제들』(실천문학사, 2004.), 정도상의 『찔레꽃』(창비, 2008), 천운영의 『잘가라, 서커스』(문학동네, 2006.), 한수영의 「그녀의 나무 핑궈리」(『그녀의 나무 핑궈리』, 민음사, 2006.)와 「번지점프대에 올라서다」(『그녀의 나무 핑궈리』, 민음사, 2006.) 등.
③ 주요 동화: 공선옥의 『울지마 샨타!』(주니어랜덤, 2008), 김려령의 『완득이』(창비, 2008), 김일광의 『외로운 지미』(현암사, 2004), 김중미 외 4명의 『블루시아의 가위 바위 보』(창비, 2003), 박채란의 『까매서 안 더워?』(파란자전거, 2007), 원유순의 『우리 엄마는 여자 블랑카』(중앙출판사, 2005), 조대현 외 9명의 『지붕 위의 꾸라마 아저씨』(문공사, 2003), 황복실 외 4명 『까만 달걀』(샘터, 2006) 등.

오의 시편을 대상으로 하여서, 문학교육 담당교수가 다문화 문학교육을 통해 대학생의 인식 전환을 유도하는 과정의 사례를 검토하고자 한다. 먼저, 문학교육은 대학생이 박범신의 장편소설 『나마스테』를 통해서 연민과 두려움의 감정을 경험하며, 그 경험에서 이주노동자의 불행이 자신들에게도 일어날 수 있다는 윤리적·지적인 인식을 형성하도록 유도하는 효과가 있음을 살펴보기로 한다.[20] 이 소설은 이주노동자인 '카밀'이 불법체류 중 우연히 한국인 '신우'와 사랑에 빠져 살다가 정부의 단속에 맞서 항거·투쟁해 자살에 이른다는 서사를 지니는데, 대학생은 그 서사를 좇아가면서 이주노동자의 상황과 내면을 실감나게 이해하게 된다.

우선, 문학교육 담당교수는 '신우'의 아버지가 미국이민 시절 조롱당한 일과 '카밀'이 이주노동자의 비참하고 처참한 실상을 말한 부분을 비교해서 읽히면서, 대학생이 아리스토텔레스가 말하는 연민과 두려움의 감정을 느낄 수 있도록 돕는다. 이 경우 대학생은 이러한 감정들을 경험함으로써 자신들의 처지와는 무관하게 생각했던 이주노동자의 참혹하고 괴로운 삶이 자신들에게도 충분히 일어날 수 있다는 지적인 자각과, 그들이 불쌍하다는 윤리적인 인식을 동시에 실감하게 된다.

로스엔젤레스에서 마켓을 운영할 때, 어느 날 아버지는 술에 취해서 들어와 자조적으로 말한 적이 있었다.

---

20 여기에서 연민과 두려움의 감정은 아리스토텔레스가 말한 것으로써 카타르시스를 의미한다. 이 때 이 카타르시스는 비극의 플롯구조에서 발생하는 것이지 소설의 서사에는 해당되지 않는다는 해석이 있다. 아리스토텔레스가 그의 저서 『시학』에서 "비극은 (중략) 이야기가 아닌 극적 연기의 방식을 취하며 연민과 두려움을 일으켜서 그런 감정들의 카타르시스를 행하는 것"이라고 논의했기 때문이다. 그렇지만 그는 저서 『정치학』에서 "음악을 사용함으로써 그 결과 치유와 정화(카타르시스)를 얻"는다고 논의한 바 있다. 그 자신도 카타르시스를 다른 장르에서도 발생되는 것으로 이해했던 것이다. 이 점에서 본고는 이주노동자의 실상과 자살이라는 비극적인 서사를 소재로 한 소설 『나마스테』에서도 카타르시스를 느낄 수 있다고 판단했다.(이상섭, 『아리스토텔레스의 『시학』 연구』, 문학과지성사, 2002, 40쪽;199쪽.)

"야, 한국에 꽃 피고 새가 우냐"

어떤 흑인이 가게에 들렀다가 너희 나라에도 꽃이 피고 새가 우느냐, 묻더라는 것이었다. 아버지가 당황하여 가만히 있자 너희 나라 사람도 사랑하고 연애하느냐, 덧붙여 물었던가 보았다.(57쪽.)

아, 한국 사람들은 우리들 심정 잘 알겠구나.

그렇지 않은가요. 누나? 우리 네팔 사람처럼 가난해봤고, 침략 받아봤고, 돈 벌러 팔려가 봤고, 그러니 우리 같은 사람들 심정 잘 알 테니 뭐는지 이해해주겠구나, 생각하는 거 당연하지 않으냐구요. 그런데 학바 회사 관리 부장, 말하는 거예요.

너희 같은 종자가 다른 놈들 보면 무조건 화가 나. 패고 싶어.(84쪽.)

앞의 인용은 '신우'의 아버지가 미국이민 시절 "어떤 흑인"에게 받았던 조롱이고, 뒤의 인용은 '카밀'이 신우에게 들려준 한국인에 대한 속내이다. 두 인용을 비교하면 이주노동자는 그가 악한이거나 혹은 무슨 다른 이유가 있어서가 아니라, 한 국가 내부에서 문화적 소수자이기 때문에 차별과 천대를 받는 것으로 추측된다. "학바 회사 관리 부장"이 "너희 같은 종자가 다른 놈들 보면 무조건 화가 나. 패고 싶어."라고 말한 것은 동일인종 내부의 인종차별에서 비롯된다. 한국인의 이러한 가학성은 "네팔 사람처럼 가난해봤고, 침략 받아봤고, 돈 벌러 팔려가 봤"던 때의 피학대 경험을 간과한 것이다. 앞의 인용에서 볼 수 있듯이, 한국의 문화적 다수자인 한국인이 미국에 가면 그곳의 다수자에게 "야, 한국에 꽃 피고 새가 우냐"라는 조롱과 멸시를 받기 때문이다.

문학교육 담당교수는 이러한 두 인용을 겹쳐놓으면서, 이주노동자가 경험하는 고통스러운 악(차별주의)에 대해서 대학생이 두려움과 연민의 감성을 경험하도록 유인한다. 이 때의 두려움은 이 고통스러운 악을 상상함으로써 생기는 것이고, 연민은 단지 그들이 불쌍하다는 수준을 넘어서서 "파괴적 또는 고통스러운 악이 어떤 사람에게 부당하게 발생하는 것을 볼 때, 또한 그런 일이 우리와 우리의 친구들에게도 일어날 수 있"다는 "괴로운 감정"[21]의 수준에서 발생하는 것이다. 이러한 감성은 이주노동자에게 닥친 불행과 악이 문화적 다수자인 한국인에게도 닥칠지 모르는 것이고, 혹은 현재 한국의 바깥에서 경험되는 것이라는 지적인 인식을 만들어준다.

소설 『나마스테』에서 이주노동자에 대한 처지와 내면이 좀 더 실감나게 읽히는 부분은 작품 후반부를 이끄는 이주노동자의 자살 이야기이다. 이 부분에서도 문학교육 담당교수는 한국정부의 무관심과 비인간적인 불법체류 단속으로 인하여 이주노동자가 자살에 이르는 서사의 과정을 자세히 분석해줘서, 대학생이 연민과 두려움의 감성을 느끼고 그들의 처지를 이해하는 윤리적 · 지적인 인식에 도달하게 유도한다. 이주노동자 '카밀'이 자살을 예감하는 부분을 중심으로 논의를 심화시키고자 한다.

> "두, 두고 봐요. 또…… 죽을 거야…… 계속……."
>
> 카밀이 발작적으로 돌아서 나를 안았다.
>
> 그와 나의 예감이 그 순간 악수하듯 일치했다. 우리는 한참 동안 엘리베이터 앞에서 부둥켜안고 서 있었다. 예감은 일치했지만, 그렇다고 그와 내가 보는 방향도 같다고 할 수는 없었다. 나는 그를 껴안고서 방안에 두고 나온 애린을 보고 있었고, 그는 나를 껴안고서 폭력적인 세계의 끝을 보고 있었다. 그는 처음으로 뚜렷하게 개인적인 삶으로부터 전체적인 공동체의 삶으로 나가는 길을 보고 있었던 셈이었고, 나는 한사코 그를 내 가정 안에 한 개인으로 붙잡아 주저

21 이상섭, 『아리스토텔레스의 『시학』 연구』, 앞의 책, 195쪽.

앉힐 길을 찾고 있었던 셈이었다.(251쪽.)

이주노동자 '구룽'과 '다르카'가 자살했다는 소식을 들은 뒤, '카밀'이 내뱉은 말이 "두, 두고 봐요. 또…… 죽을 거야…… 계속……."이다. 이 소설의 서사를 따라가 보면 이주노동자는 한국행을 위해서 입국브로커에게 3,000~4,000불을 주는데, 그 정도의 돈은 본국에서는 엄청난 것이고 주로 빚을 낸 것이다. 한국에 와서는 그 빚을 갚고 부끄지도 취할 수 있지만, 사업주의 사기나 임금체불 혹은 산재나 병으로 인해서 돈을 벌 수 없는 상황이 되면 문제가 발생한다. 불법체류가 발생되는 이유는 불법적인 입국구조와 노동력 착취와 비인권의 시스템인데도, 정부에서는 불법체류를 이주노동자 개인의 문제로 인식하고서 단속과 강제출국으로 해결하고자 한다. 이주노동자의 자살은 주로 빚 때문에 본국으로 갈 수도 없고 단속 때문에 한국에 거주할 수 없는 이러한 진퇴양난의 상황 때문에 생기는 것이다. '카밀'이 "나를 껴안고서 폭력적인 세계의 끝을 보고 있었"다는 구절은, 그가 이주노동자의 불가피하고 극단적인 상황을 보고서 죽음의 방법으로 항의하고자 함을 암시한다.

문학교육 담당교수는 이러한 이주노동자의 상황을 살펴보는 대학생이 그들에 대해서 연민과 두려움의 감성을 느끼고 그들의 삶을 이해하는 윤리적 · 지적인 인식을 생성할 수 있게 돕는다. 이 때 대학생은 우리 사회가 이주노동자의 불행한 처지를 무관심하게 내버려두는 불평등 착취구조 앞에서 두려움을 느끼게 되고, 자신도 그러한 상황에 처해 삶의 궁지에 내몰리면 자살이라는 극단적인 선택을 취할 수도 있다는 사실을 자각하게 되며, 동시에 그러한 이주노동자에 대해 연민을 느끼게 된다. 이러한 윤리적 · 지적인 인식의 형성은 대학생이 지닐 수 있는 차별주의를 해소하고 이주노동자의 실재를 이해하는 중요한 계기가 된다.

2) 주객의 경계를 넘어서는 동일시적인 인식

문학교육은 대학생이 다수자와 소수자의 경계를 넘어서는 융화의 상태가 형상화된 다문화주의적인 경향의 시편에 공감함으로써 동일시적인 인식을 형성하게 만드는 효과가 있음을 검토하고자 한다. 슈타이거에 따르면 서정시는 "영혼의 힘으로 충만 되나 정신성이 결여되어 있"[22]는데, 이러한 장르적인 특성은 문화적 다수자와 소수자가 각각을 주객으로 구분하던 "정신성이 결여"되고 그 구분이 사라지는 상태, 즉 "영혼의 힘"이 충만 되는 순간의 경험을 가능하게 한다. 하종오의 시편에서는 이러한 융화 작용이 잘 드러나 관심의 대상이 된다.

이 때 문학교육 담당교수는 하종오의 시편에서 문화적 다수자가 음악을 매개로 소수자와 함께 어울림으로써 주객의 견고한 경계가 허물어지는 융화의 순간이 있음을 제시함으로써 대학생의 인식 변화를 유도한다. 문화적 다수자는 소수자를 차별주의에 근거해서 바라볼 때에 각각 중심집단과 주변집단이라는 구별적 · 경계적인 인식에서 벗어나지 못한다. 그렇지만 함께 어울리는 음악의 체험은 이러한 인식을 넘어서는 한 계기가 된다. 시인 하종오는 그러한 계기들을 형상화함으로써 견고한 경계적인 인식을 해체하고자 한다.

> 며느리들이 앞에 나와 줄지어 서서
> 손장단 맞추고 노래 불렀다
> 이따금 시어미들이 밭고랑에 앉아
> 하염없이 치던 손장단
> 하염없이 흥얼거리던 노래였다

22 E. Steiger, 이유영 · 오현일 역, 『시학의 근본개념』, 삼중당, 1978, 127쪽.

술잔 훌쩍이던 시부모들이 시무룩해져서
눈길 멀리 푸른 하늘로 돌렸다
며느리들이 멋쩍어 자리로 들어가는데
그 중 가장 나이 어린 베트남인 한 며느리가
도로 나와서 처음 듣는 베트남 노래 불렀다
시부모들이 하나 둘 손장단 치며
어깨 들썩거리기 시작하니
타이인 며느리들 필리핀인 며느리들도 하나 둘 나와서
번갈아 다른 외국말로 처음 듣는 노래 불렀다
어르신네들이 거푸 술잔을 비웠다

—시「코시안 리-39」부분[23]

위의 시에서 흥미로운 부분은 마을 경로잔치에서 "베트남인 한 며느리/도로 나와서 처음 듣는 베트남 노래 불렀다"는 구절이다. '시부모들'인 문화적 다수자는 여성결혼이주민인 소수자가 한국 노래를 익혀서 '흥얼거'릴 때에는 '시무룩해'졌다가, 가사를 알아들을 수 없는 외국노래를 부를 때에는 오히려 "어깨 들썩거리기 시작"한 것이다. '시부모들'은 '며느리들'이 자신들을 서툴게 따라하는 동화의 노력보다는, 자신들의 노래와는 이국적인 노래를 멋들어지게 부르는 차이의 모습에서 흥이 나아 "하나 둘 손장단 치며/어깨 들썩거리"고 어울리게 되는 것이다. 이때 음악 특유의 흥은 중심집단과 주변집단이 서로의 경계를 허물어뜨리고 영혼의 상태 혹은 융화의 상태가 되게 하는 촉매가 된다.

대학생은 하종오의 시편을 통해 이러한 융화의 상태에 공감하면서 소수자와의 동일시적인 인식을 경험하게 된다. 그의 시편에서는 이처럼

23 하종오, 『아시아계 한국인들』, 삶이보이는창, 2007, 117~118쪽.

서로의 어울림을 통해서 동감의 감성을 느끼고 동일시적 인식을 유발하게 하는 장면이 많다. "아시안들이 좋아하니 연주를 멈출 수 없다/어떤 나라 말을 하지 않아도 마음을 알 수 있는 자리"[24]나 동남아 청년 밴드가 "브루스를 연주하기 시작하자" 낯선 노인들이 "양손으로 살포시 껴안"[25]는 장면은, 국적과 피부색을 떠나 음악을 통해서 다르면서도 서로 어울려 하나가 되는 부분이다.

그리고 문학교육 담당교수는 문화적 다수자가 소수자에 대한 사랑과 관심을 보이는 하종오의 시편을 제시함으로써 주객의 구분이 분명한 대학생의 인식 변화를 돕는다. 한국 사회에서는 1990년대 전후 한국노동자의 인권향상 · 임금상승으로 인한 고위험 · 저임금 노동자의 부재를 겪으면서 그 대안으로 이주노동자를 받아들이는 과정에서 그들을 타자화 · 차별화한 바 있다. 그렇지만 그들에 대한 문화적 다수자 일부의 사랑과 관심은 서로의 관계를 근본적으로 성찰하게 만든다.

> 인도네시안은 승합차 사서 발리에서 관광안내 할 작정했고
> 스리랑칸은 콜롬보에서 가면무용극단에 입단할 작정했고
> 뱅골리는 배 사서 갠지스강에서 민물고기잡이 할 걱정했고
> 네팔리는 에베레스트산 아래서 노새 키울 작정했다
> 돈 벌게 해준 한국이 고맙지만 그 말은 나누지 않고
> 넷 아시안은 국물까지도 말끔하게 마시고
> 쓰레기통에 스티로폼 용기 갖다 넣었다
> 쪽방 이웃사촌으로 지내온 넷 아시안은
> 이렇게 함께 둘러앉아 마지막 점심 끝냈다
> 그때 한 한국 여자가 와서 살풋 웃으며

---

24 하종오, 「4인조 밴드」, 『국경 없는 공장』, 삶이보이는창, 2007, 25쪽.
25 하종오, 「밴드와 막춤」, 『입국자들』, 산지니, 2009, 129쪽.

네팔리 곁 빈 의자에 앉더니
결혼 승낙 받으러 같이 네팔로 간다고 했다
아시안 셋이 환하게 웃으며 박수 크게 쳤다

—시 「원탁」 부분[26]

위의 인용은 이주노동자 넷이 출국을 앞두고서 원탁에 둘러 쌓여 "마지막 점심"을 하는 장면이다. 이 장면에서 네 명은 모두 한국에서 어느 정도의 돈을 번 자들인데, 귀국 뒤의 계획을 서로 말하면서도 "돈 벌게 해준 한국이 고맙지만 그 말은 나누지 않"는다. 그 이유는 아마도 문화적 다수자인 한국인이 그들에게 보여준 차별과 배타로 인한 반감 때문일 가능성이 크다. 위의 시에서 이러한 반감이 반전되는 것은 "한 한국 여자가 살풋 웃으며/네팔리 곁 빈 의자에 앉더니/결혼 승낙 받으러 같이 네팔로 간다"고 말하는 부분에서이다. "한 한국 여자"와 '네팔리' 사이의 결혼 때문에 "아시안 셋이 환하게 웃으며 박수 크게" 치는 구절은, 문화적 다수자와 소수자 사이의 사랑과 그들에 대한 관심으로 인해서 주객의 경계가 소멸되고 모두 일체감을 느끼는 융화의 순간을 보여준다.

이 "살풋 웃"거나 "환하게 웃"는 모습은 문화적 다수자와 소수자가 사랑이라는 동감의 감성 앞에서는 주객의 경계를 떠날 수 있음을 확인시켜 준다. 대학생은 이러한 감성에 공감해서 사랑 앞에서는 서로 다르면서도 하나라는 동일시적인 인식을 획득하게 된다. 이 외에도 하종오는 사랑을 통해서 한국 내부의 차별주의를 극복하는 시편을 보여준다. 시 「연인」에서는 "파키스탄 자밀 씨가 청혼한 날부터 한국인 정숙 씨는" "같은 것은 한 가지/둘 다 공장 노동자/서로 마음이 몸을 끌어당긴다"[27]고 생각하는 것이나, 시 「한 가지 이유」에서 한국에서 강제추방당한 "까비따 씨"가 한

26 하종오, 『국경 없는 공장』, 삶이보이는창, 2007, 53쪽.
27 하종오, 『입국자들』, 산지니, 2009, 157쪽.

국인 남자를 기다리는 이유가 "서로 사랑하여 함께 살았"[28]기 때문이라는 점은 그러한 예가 된다. 사랑은 국경을 넘고 차별을 넘는 융화의 한 작용이기 때문이다. 이처럼 융화 작용은 주객의 구별을 넘어서는 동일시적인 인식을 가능하게 한다.

4. 결론

이 논문의 문제제기는 문학교육을 통해서 대학생이 문화적 소수자가 지닌 차이를 좀 더 인정하고 이해할 수 있음을 검토해보는 것이었다. 문학교육은 대학생의 감성을 변화시킴으로써 인식까지도 전환하게 하는 힘이 있다는 점에서 다문화교육의 좋은 방법이 되었다. 기존의 담론이 소수자 대상의 적응 혹은 동화 교육이었던 현실에서는, 문화적 다수자 중의 일부인 대학생을 중심으로 하는 다문화 교육이 요구되었다. 이 논문에서는 소수자에 대한 대학생의 인식이 어떠하고, 다문화 문학교육의 효과가 어떠한 것인가 하는 점을 증명하고자 했다.

먼저, 문화적 소수자에 대한 다수자의 인식적인 특성을 분석함으로써 대학생 자신의 인식을 자각하도록 하는 계기를 마련했다. [표 1]과 [표 2]를 비교해 보면 다수자는 지식의 차원에서 소수자에 대해 차이를 인정하고 평등을 지향해야 함을 잘 알고 있지만, 행동의 차원에서는 차별과 불평등을 조장하는 행위를 하는, 즉 지식과 행동의 괴리를 보였다. 이러한 문화적 다수자의 차별주의는 소수자를 차별적으로 바라보는 프레임이며, 그것 자체가 현실을 구성하였다. 차별주의는 소수자를 불평등하게 만들고 비하한다는 점에서 심각한 문제였는데, 이 문제를 해결하는

---

28 하종오, 『입국자들』, 앞의 책, 199쪽.

한 방법은 문학교육을 통해 감성과 인식을 변화시킴으로써 소수자의 실재를 새롭게 발견하고 차별주의라는 상징계에 균열을 내는 것이었다.

이어서 이 논문에서는 대학생을 대상으로 하는 문학교육이 그들의 감성을 변화시키고 인식을 바꾸는 효과가 있음을 사례 연구를 통하여 두 가지의 측면에서 주목하였다. 첫째, 문학교육은 다문화주의적인 경향의 소설을 통해 대학생이 연민과 두려움의 카타르시스 작용을 경험하고 문화적 소수자의 곤경이 자신들에게도 일어날 수 있다는 윤리적·지적인 인식을 형성하도록 돕는 효과가 있었다. 박범신의 장편소설『나마스테』에서 '신우' 아버지의 조롱과 이주노동자 '카밀'의 말을 비교하게 함으로써, 그리고 삶의 궁지로 내몰리는 이주노동자의 서사를 드러냄으로써 그들에 대한 차별과 멸시가 상황과 공간에 따라서 대학생 자신에게도 경험된다는 지적인 인식을 형성하였던 것이다.

둘째, 문학교육은 다문화주의적인 경향의 시를 통해서 대학생이 주객의 경계가 해체되는 융화의 상태를 간접체험하고 그 상태에 공감함으로써 동일시적인 인식을 형성하도록 유도하는 효과가 있었다. 2000년대 들어서 하종오가 보여준 일련의 시적 작업에서 주목할 만한 부분은 문화적 다수자와 소수자가 한데 어울려서 자신의 경계를 허물어뜨리고 융화의 상태가 될 수 있는 지점을 포착한 것이었다. 결혼여성이주민이 '시부모들' 앞에서 이국적인 노래를 불러 서로 흥을 느끼고 "어깨를 들썩거리"는 것, 그리고 "한 한국 여자"가 "살풋 웃으며" '네팔리'와의 사랑을 고백하는 것은 주객의 경계가 소멸되는 융화의 장면이었고, 대학생은 그 장면에 공감해서 동일시적인 인식을 획득하게 되었다.

이처럼 다문화 문학교육은 소수자 차별주의에 빠져 있는 대학생을 대상으로 그들의 감성을 변화시키고 인식을 전환하는 한 방법이 된다. 문학교육은 대학생이 소수자의 처지와 실상에 대해서 연민과 두려움을 느껴 윤리적·지적인 인식을 얻거나, 다수자와 소수자의 견고한 경계가 해체되는 융화 작용에 공감함으로써 동일시적인 인식을 형성하도록 돕는 효과가 있다. 이러한 연구결과를 바탕으로 해서 다문화 문학교육은 대학생을 비롯한 일반인을 대상으로 좀 더 확대되어야 하며, 다문화주의를 지향하는 교수법과 소수자와의 새로운 관계 설정 문제는 앞으로 추가로 논의되어야 한다.

참고문헌

1. 단행본

김선미 · 김영순, 『다문화교육의 이해』, 한국문화사, 2008.
이상섭, 『아리스토텔레스의 『시학』 연구』, 문학과지성사, 2002.

Alkin, Marvin C.(ed), Encyclopedia of Educational Research-sixth edition(vol.3), N.Y;Macmillan Publishing Company, 1992.
E. Steiger, 『시학의 근본개념』, 이유영 · 오현일 역, 삼중당, 1978.
S. Zizec, 『이데올로기라는 숭고한 대상』, 이수련 역, 인간사랑, 2002.
Tony Myers, 박정수 역, 『누가 슬라보예 지젝을 미워하는가』, 앨피, 2005.

2. 논문 및 비평

중앙일보 · 동아시아연구원 공동조사, 「국가 정체성 여론 조사 1차 빈도표」, 2005.10.
세계일보 · 엠브레인 공동조사, 「다민족사회 코리안 리포트」, 2007.4.24.

김선미, 「다문화교육의 개념과 사회과 적용에 따른 문제」, 『사회과교육학연구』 2호, 2000.
김지현, 「한국사회에서 다문화주의와 교육」, 『철학연구』 106집, 2008.
류성환, 「현장에서의 다문화교육 사례」, 오경석 외, 『한국에서의 다문화주의 현실과 쟁점』, 한울, 2007.
안병환, 「다문화교육의 현황과 다문화교육 접근방향 탐색」, 『한국교육논단』 8집, 2009.
양영자, 「한국의 다문화주의」, 오경석 외, 『한국에서의 다문화주의 현실과 쟁점』, 한울, 2007.
오성배, 「한국사회의 소수민족 '코시안' 아동의 사례를 통한 다문화교육의 방향 탐색」, 『교육사회학연구』 16권 4호, 2006.
윤선오 · 박명호 · 권장수, 「이주노동자 현황 및 개선방안」, 『복사행정논총』 제15집 2권, 2005. 12월.
이민경, 「한국사회의 다문화 교육 방향성 고찰:서구 사례를 통한 시사점을 중심으로」, 『교육사회학연구』 18권 2호, 2008.
임지현, 「문학교육을 통한 다문화교육연구」, 경희대교육대학원, 2008.
정희태, 「제7장 한국의 다문화교육에 관한 연구:'도덕과'를 중심으로」, 『통일전략』 제8권 제2호, 한국통일전략학회, 2008.
최숙기, 「국어 교과서 다문화 제재 선정에 관한 연구」, 『독서교육』 18호, 2007.
한경구, 「3장. 다문화사회란 무엇인가」, 유네스코 아시아 · 태평양 국제이해교육원 편, 『다문화사회의 이해』, 동녘, 2007.
한준상, 「8장. 다문화교육에 대한 호모노마드식 접근」, 유네스코 아시아 · 태평양 국제이해교육원 편, 『다문화사회의 이해』, 동녘, 2007.

3. 다문화주의경향의 문학작품

1) 시

김성민, 『고향의 노래는 늘 슬픈가』, 다시, 2004.
김수열, 「연변여자」, 『창작과비평』, 2006. 가을호.
김옥애, 『죽사발 소동』, 삼우사, 2005.
김응교, 「곽」, 『문학동네』, 2005. 가을호.
단비르 하산 하킴, 「아무도 모른다 나를」, 『작가들』, 2006. 가을호.
문성해, 「튀기」, 『문학수첩』, 2006. 여름호.
범 라우티, 「무제2」, 『작가 들』, 2006. 가을호.
비토르히 타고르, 「달 전화기」, 「오래된 희망」, 「이곳에 자유가 없다」, 고영직, 「어떻게 연대하고 적대할까?」, 『실천문학』, 2006. 가을호.
윤제림, 「손목」, 『문학과사회』, 2005. 봄호.
이　하, 「탈북선 아이」, 『문학수첩』, 2006. 여름호.
이동순, 「베트남 노동자」, 『미스 사이공』, 랜덤하우스코리아, 2005.

장석남, 「돌들이 왔다」, 『문예중앙』, 2006. 여름호.
장진성, 『내 딸을 백 원에 팝니다』, 조갑제닷컴, 2008
조용미, 「낯선 피」, 『문학 · 판』, 2006. 봄호.
탈북자(김대호), 『벌거벗은 시의 고백』, 리빙북스3, 2003.
하종오, 『반대쪽 천국』, 문학동네, 2004.
______, 『국경 없는 공장』, 삶이보이는창, 2007.
______, 『아시아계 한국인들』, 삶이보이는창, 2007.
______, 『입국자들』, 산지니, 2009.
한명희, 「무하마드 아크바르」, 『두 번 쓸쓸한 전화』, 천년의 시작, 2002.

2) 소설
강영숙, 「갈색 눈물방울」, 『문학과 사회』, 2004. 겨울.
______, 『리나』, 랜덤하우스, 2006.
공선옥, 「가리봉 연가」, 『유랑가족』, 실천문학사, 2005.
김재영, 「아홉 개의 푸른 쏘냐」, 『코끼리』, 실천문학사, 2005.
______, 「코끼리」, 『코끼리』, 실천문학사, 2005.
박범신, 『나마스테』, 한겨레신문사, 2005.
손홍규, 「이무기 사냥꾼」, 『문학동네』, 2005. 여름.
이명랑, 『나의 이복형제들』, 실천문학사, 2004.
정도상, 『찔레꽃』, 창비, 2008.
천운영, 『잘가라, 서커스』, 문학동네, 2006.
한수영, 「그녀의 나무 핑궈리」, 『그녀의 나무 핑궈리』, 민음사, 2006.
______, 「번지점프대에 올라서다」, 『그녀의 나무 핑궈리』, 민음사, 2006.

3) 동화
공선옥, 『울지마 샨타!』, 주니어랜덤, 2008.
김려령, 『완득이』, 창비, 2008.
김일광, 『외로운 지미』, 현암사, 2004.
김중미 외, 『블루시아의 가위 바위 보』, 창비, 2003.

박채란,『까매서 안 더워?』, 파란자전거, 2007.
원유순,『우리 엄마는 여자 블랑카』, 중앙출판사, 2005.
조대현 외,『지붕 위의 꾸라마 아저씨』, 문공사, 2003.
황복실 외,『까만 달걀』, 샘터, 2006.

원문 출처

제1부 민족문학적인 인식틀의 형성

평민 문학의 전통화와 민족문학적인 글쓰기의 재창조: 『비평문학』 36집, 한국비평문학회, 2010.6, 33~56쪽.

진보적 민족문학론의 민중 개념 형성론 보론: 『세계문학비교연구』 27집, 세계문학비교학회, 2009.6, 45~66쪽.

제2부 '민족문학=근대문학=리얼리즘' 다시 읽기

1970년대 민중-민족문학의 저항성 재고(再考): 『국제어문』 46집, 국제어문학회, 2009.8, 45~68쪽.

1970~90년대 민족문학론의 근대성 비판: 『국제어문』 38집, 국제어문학회, 2006. 12, 287~310쪽.

리얼리즘에 대한 창비 세대의 태도: 『현대문학의 연구』 39집, 한국문학연구학회, 2009.10, 489~516쪽.

종교문화적인 갈등으로 바라본 신천학살사건—황석영의 장편소설 『손님』론: 『외국문학연구』 42집, 외국문학연구소, 2011.5, 9~32쪽.

박영근 시의 탈식민주의적인 고찰: 『한국언어문화』 46집, 한국언어문화학회, 2011.12, 61~83쪽.

제3부 다문화시대의 민족문학

다문화사회에 대한 시적 구현 양상: 『어문학』 106집, 한국어문학회2009.12, 289~311쪽.

2000년대 한국문학에 나타난 문화적 소수자의 재현 양상 연구: 『외국문학연구』 38집, 외국문학연구소, 2010.5, 9~32쪽.

탈북이주민 문화의 시적 수용—탈북이주민 시의 개념과 특질을 중심으로: 『외국문학연구』 35집, 외국문학연구소, 2009.8, 9~28쪽.

대학생 대상의 다문화교육 일 고찰—문학교육을 중심으로: 『우리말글』 47집, 우리말글학회, 2009.12, 79~103쪽.

찾아보기

A~Z